Heidi Rehn, Jahrgang 1966, wuchs im Rheintal auf. Die geschichtsträchtige Kulisse weckte in ihr schon früh die Begeisterung für vergangene Zeiten. Seit ihrem Germanistik- und Geschichtsstudium stöbert sie mit großer Leidenschaft in Archiven und Bibliotheken. Das 19. Jahrhundert hat es ihr dabei ganz besonders angetan. Mittlerweile lebt sie schon zwanzig Jahre in München und arbeitet dort als freie Journalistin und Autorin. Ihr Romandebüt, »Das Institut«, wurde im Rowohlt Verlag veröffentlicht. Im Emons Verlag erschienen der Rheintal-Krimi »Theos Erbe« und der historische Kriminalroman »Thonets Gesellen«. Weitere Informationen unter www.dierehn.de.

Dieses Buch ist ein Roman. Alle darin geschilderten Ereignisse sind frei erfunden. In besonderem Maße gilt das für Handlungen und Äußerungen der auftretenden oder erwähnten Personen, auch wenn einige von ihnen nicht der Phantasie der Autorin entsprungen sind. Darüber hinaus sind Ähnlichkeiten mit lebenden oder toten Personen rein zufällig.

H E I D I   R E H N

BLUTIGE HÄNDE

HISTORISCHER KRIMINALROMAN

Emons Verlag

Umschlagzeichnung: Heribert Stragholz
Druck und Bindung: Clausen & Bosse GmbH, Leck
Printed in Germany 2006
ISBN-10: 3-89705-457-4
ISBN-13: 978-3-89705-457-8

Meinen Eltern, Anneliese und Willi Zimmer

»Glaube nicht, es muss so sein,
weil es so ist und immer so war.«
(Hedwig Dohm, Frauenrechtlerin,
1831–1919)

»Die Verbesserung der Lage
der arbeitenden Klasse wird
stets ein Gegenstand Meiner
vorzüglichen Sorgfalt sein.«
(Maximilian II., 1811–1864,
König von Bayern, 1848–1864)

Montag, 25. April 1870

Nach Emmas Frage wurde es still im Laden. Von draußen drangen Straßengeräusche herein: aufgebrachte Frauenstimmen, das fröhliche Pfeifen eines Buben, Hundegebell, das Schimpfen eines Mannes. Ein Fuhrwerk ratterte vorbei. Je lauter es draußen zuging, umso unerträglicher empfand Emma die Stille im Laden. Mehrmals räusperte sie sich. Die Luft war trocken, Staub kitzelte ihr in der Nase. Sie unterdrückte ein Niesen. Schnell wischte sie sich mit dem Handrücken über die Stirn. Dass ihre Mission schwer würde, hatte sie befürchtet, aber derart schwer? Josef Riederer war kein sonderlich leichter und erst recht kein besonders angenehmer Gesprächspartner.

Für kurze Zeit erfüllte das Brummen eines Insekts den Laden. Emma folgte ihm mit den Augen, wie es die Spur des Sonnenlichts suchte, das gelblich trüb durch die Fensterscheiben drang. Auf einmal kam das Insekt Alois zu nah. Ein gezielter Schlag seiner großen Hand brachte es zur Strecke. Das Brummen erstarb.

Emma konzentrierte sich wieder ganz auf Riederer. Er verströmte Schweiß- und Seifengeruch, vermischt mit einer Wolke schweren Herrenparfums. Breitbeinig hatte er sich hinter dem Verkaufstresen aufgebaut und rührte sich nicht. Rechts und links von ihm standen Tischnähmaschinen der Marke Singer. Ihr auf Hochglanz polierter Stahl funkelte im Sonnenlicht. Zwischen seinen Nähmaschinen wirkte Riederer wie ein weiteres Ausstellungsstück.

Emma schien es, als warte sie bereits eine Ewigkeit auf seine Antwort. Um sich abzulenken, versuchte sie, sein Äußeres mit dem, was sie über ihn wusste, zusammenzubringen: Sein winziger Kopf thronte auf einem breiten, kurzen Hals, der kaum Platz für den steifen Hemdkragen ließ. Ohnehin war der kräftige Hals nur die folgerichtige Fortsetzung des massigen Oberkörpers. Der dunkle Anzug passte nicht zu ihm; das feine englische Tuch spannte über den Armen. Einem Metzgergehilfen oder Bauernburschen hätte die derbe Figur zur Ehre gereicht, aber dem Besitzer eines der größten Nähmaschinengeschäfte der Stadt?

Sie verbot sich weitere Gedanken dieser Art. Es war nicht der rechte Zeitpunkt, Schlechtes über ihn zu denken. Schließlich wollte sie ihn zu ihrem Vorteil umstimmen. Unwillkürlich streckte sie ihren zierlichen Körper in die Höhe und drückte die flache Brust heraus.

Sie bemerkte die Schweißperlen auf Riederers Stirn. Suchend wanderte sein Blick durch den Raum, haarscharf an ihr vorbei. Die knollige Nase bildete den einzig ruhenden Pol in seinem Gesicht. Um den Mund zuckte es. Langsam färbten sich seine Wangen dunkelrot, die Adern an den Schläfen schwollen an. Er beugte sich nach vorn, stützte sich mit den Händen auf der Ladentheke ab. Das Holz ächzte unter der Belastung.

Hinter Emma scharrte Alois mit den Füßen. Warum konnte der keine Ruhe geben! Sie presste die Lippen aufeinander, um nicht laut loszuschimpfen.

Plötzlich riss Riederer mit einem gurgelnden Geräusch den Mund auf. Ein, zwei seufzerähnliche Laute kamen zunächst hervor, dann brach das Lachen aus ihm heraus, laut und dröhnend.

Es traf sie wie eine Ohrfeige. Unwillkürlich fasste sie nach Alois' Arm. Mit einem wütenden »Lass mich!« entwand er sich ihrem Griff und schrie etwas Richtung Riederer. Emma presste die Hände auf ihre Ohren und kreischte »Ruhe« mitten in das Zetern der beiden Männer hinein.

Schlagartig verstummten sie wieder. Riederer wischte sich mit einem Taschentuch die Stirn, während Alois sie mit offenem Mund anstarrte.

»Was gibt's da zum Lachen?«, fragte sie erbost. Sorgfältig strich sie den Stoff ihres Rocks glatt. »Ob's die teure Nähmaschine wieder zurücknehmen, hab ich gefragt. Keine zwei Wochen ist's her, dass ich die bei Ihnen gekauft hab. Gehütet hab ich's wie meinen Augapfel: keine Kratzer an der Maschine, keine am Koffer, kein gar nichts.«

Als Riederer weiter schwieg, forderte sie ihren Bruder auf:

»Alois, hol's einmal her, damit sich der Herr Riederer das selbst anschauen kann.«

Sie nickte ihm zu und trat etwas von der Ladentheke weg. Alois stapfte hinüber zur Eingangstür, wo er den unscheinbaren Holzkasten bei ihrem Eintreten abgestellt hatte. In der ausgebeulten Hose und der zerschlissenen Jacke sah er ärmlich aus. Sein Kinn war schlecht rasiert. Emma schämte sich für ihn. Für diesen wichtigen Gang hätte er sich wenigstens den Sonntagsanzug anziehen können!

Mit dem schweren Gerät vor der Brust kam er zurück und platzierte es auf dem Verkaufstresen direkt vor Riederers Nase, zwischen die beiden anderen Maschinen. Offen stand ihm der Widerwille ins Gesicht geschrieben.

Um das brummige Verhalten ihres Bruders wettzumachen, gab Emma sich umso freundlicher. Das Lächeln kostete sie viel Kraft, doch es war wichtig. Behutsam lüftete sie den Koffer. Gleich blitzte der Stahl der Nähmaschine auf. Wehmütig strich sie über die Silberplatte unter dem Schiffchen. Ihr rissiger Handrücken stach von dem fein geputzten Untergrund ab. Aus den Augenwinkeln bemerkte sie, wie Riederer die Brauen runzelte. Rasch wischte sie mit dem Zeigefinger einen kaum sichtbaren Fleck weg, richtete erst das Schiffchen, dann die Nadel im Lot aus. Ein letztes Mal glitten ihre Fingerspitzen über den schlanken Querarm der Maschine. Das Firmenwappen war zweifarbig gestaltet. Sie fuhr das eingekerbte Muster nach, spürte es durch die Hornhaut ihrer zerstochenen Fingerkuppen. Schließlich ließ sie ihre Hand auf dem Holzknauf der Kurbel liegen.

»Ganz für neu können S' die wieder verkaufen. Schaut noch genauso aus wie die andern.« Kurz wies sie mit dem Kopf in Richtung der beiden Maschinen auf dem Tresen. »Also, Herr Riederer: Nehmen S' die jetzt wieder zurück? Geben S' mir halt eine von den andern. Eine von den Ausländischen muss es gar nicht sein. Eine von den ganz einfachen langt mir auch schon. Nur eine Doppelsteppnaht muss sie können und einen gescheiten Stoffvorschub haben, mehr braucht's nicht, aber das wissen S' ja selbst. Ich näh ja schon länger für Sie.«

Tapfer lächelte sie weiter. Riederer antwortete noch immer nicht.

Das gab es doch nicht! Der ließ sich einfach nicht aus der Reserve locken. In ihrem Nacken spürte sie Alois' Schnaufen. Bestimmt richtete der sich gerade zu seiner vollen Bäckergehilfenstatur auf. Gleich würde er wieder losbrüllen.

»Also?«, fragte sie wieder und trat warnend mit dem rechten Fuß nach dem Schienbein ihres Bruders. Riederer schnäuzte in sein Taschentuch. »Keinen Pfennig zahlen S' drauf dabei«, versicherte sie. »Im Gegenteil, zwei Raten für die Jones hab ich Ihnen schon gezahlt. Auf die andre Maschine anrechnen können S' die meinetwegen ganz, auch wenn die billiger ist.«

Hinter ihr grunzte Alois empört auf. Sie redete hastig weiter: »Das wär sogar ein rechter Vorteil für Sie. Und ich näh weiter wie immer.«

»Ich bin keine Wohltätigkeitseinrichtung. Ich bin Geschäftsmann.« Langsam kam Leben in Riederer. »Wenn ich auf solche Offerten einging, dann könnt ich gleich zusperren. Sie haben die Jones gekauft, jetzt bezahlen S' die auch. Wie Sie das machen, ist mir egal. Die Raten sind sowieso schon mehr als günstig. Da verdien ich fast gar nichts dran. Außerdem dürfen S' noch für mich nähen. Seien S' froh! Danach würd sich so mancher die Finger schlecken, grad jetzt, wo die Gehilfen streiken und kaum jemand in der Stadt mehr schneidern lässt. Also, denken S' mal drüber nach, was ich Ihnen da anbiet. Neuer Stoff für Hosen liegt hinten im Lager. Nehmen S' den mit, und dann nichts wie ab mit Ihnen! In zwei Tagen ist alles fertig, verstanden? Grüß Gott miteinander!«

Damit drehte er sich um, schob den dicken Wollvorhang zur Seite und wollte im Büro verschwinden. Doch Alois war schneller. Mit einem Satz sprang er über die Theke und riss ihn herum. In Statur und Kraft war er Riederer mindestens ebenbürtig. Riederer zog den Kopf zwischen die breiten Schultern, als Alois ihn am Revers packte und schüttelte.

»Du elender Dreckskerl, du! Ein feiner Geschäftsmann bist. Wehrlose Weiber greifst dir raus. Vor Männern hast wohl zu viel Angst, was?«

»Alois, hör auf!« Emma zwängte sich an einer Tischnähmaschine vorbei, um hinter den Tresen zu gelangen, wo sie versuchte, ihren Bruder von dem Ladenbesitzer wegzuziehen.

Für drei war es dort hinten viel zu eng. Mehrmals musste sie dem Gerangel der beiden Männer ausweichen. Zwei Stapel Papier wurden aus einem Regalfach gefegt, eine Dose mit Stecknadeln fiel zu Boden. Die dünnen Nadeln verteilten sich über die Holzdielen. Emma geriet auf dem glatten Papier ins Straucheln und stieß mit dem Ellbogen gegen eine der Nähmaschinen auf der Theke. Erschrocken griff sie nach dem guten Stück. Zum Glück war nichts passiert. Am ganzen Leib zitternd, gab sie auf und zog sich zurück.

Alois ließ nicht von Riederer ab. Immer heftiger schüttelte er ihn.

»Ein Blutsauger bist, ganz ein elendiger! Erst verkaufst die lumpigen Nähmaschinen für teures Geld, und nachher spielst dich noch als Wohltäter auf! Eine Frechheit ist das, ganz eine bodenlose! Gib's zu: An Leuten wie meiner Schwester verdienst dich dumm und dämlich. Schwatzt ihnen die Nähmaschinen auf und lässt sie nachher zum Hungerlohn für dich schuften! Einen Halsabschneider nenn ich so einen wie dich, gewiss keinen ehrlichen Geschäftsmann!«

Er stieß ihn heftig von sich weg und spie angewidert vor ihm aus.

Emma hielt den Atem an. Wie gelähmt stand sie da.

Von dem Stoß war Riederer nach hinten gekippt. Dabei riss er die Arme zur Seite, suchte mit den Händen Halt an den Holzregalen, um nicht umzufallen. Er bekam nur den Vorhang zu fassen. Verzweifelt packte er den Stoff, glitt mit den schweißnassen Fingern ab. Weiß zeichneten sich die Knöchel an seinen Händen ab. Alois packte ihn noch einmal, zog ihn dicht vor sein Gesicht.

»Da machst dir gleich vor Angst in die Hose, was? Du großer Geschäftsmann, du!«, raunte er leise, bevor er wieder losbrüllte: »Umbringen sollt man dich, du Sauhund! Am besten abstechen wie ein Schwein!«

Hinter dem Vorhang erklang ein spitzer Schrei.

»Die Ladnerin!«, entfuhr es Emma.

Gleich nach ihrem Ausruf hatte sie sich wieder gefasst. Jetzt gab es nur noch eins: abhauen! Energisch zog sie an Alois' Jackenärmel.

»Lass gut sein, Alois! Komm, naus, bevor du uns alle unglücklich machst.«

Vorsichtig stülpte sie den Kasten über ihre Nähmaschine und zurrte den Lederriemen fest.

»Elendes Pack! Bei der Gendarmerie zeig ich euch an«, zeterte Riederer in ihrem Rücken.

Noch bevor sie es verhindern konnte, wirbelte Alois erneut herum und streckte den Ladenbesitzer mit einem einzigen Faustschlag nieder. Ein dumpfes Geräusch war zu hören, als Riederer zu Boden ging.

Böses ahnend, schob Emma Alois zur Seite und sah auf Riederer hinab. Verdreht lag sein massiger Körper zwischen Ladentheke und Regal. Auf den Holzdielen zeichnete sich ein feines, dunkles Rinnsal ab.

»Du Dummkopf!«, fuhr sie Alois über die Schulter hinweg an. »Was hast da wieder angestellt?«

»Nichts wie weg!«, wisperte er und zog sie mit sich fort.

Das Kindergeschrei wurde immer lauter. Emma hörte auf, an der Nähmaschine zu kurbeln, und lehnte die Stirn an den Näharm aus kühlem Stahl. Wie lange würde das noch gehen? Sie konnte es schon jetzt nicht mehr ertragen! Das Brüllen schraubte sich ins Unerträgliche. Sie biss sich auf die Lippen, bis sie schmerzten. Schließlich warf sie den Stoff zur Seite, sprang vom Tisch auf und lief hinüber in die Ecke.

»R-u-h-e!«, schrie sie. »Ruh sollst geben, sag ich!«

Wütend stampfte sie auf. Im nächsten Moment aber tat ihr der Ausbruch schon Leid: Mit rotem Kopf lag der sechs Monate alte Lorenz in seiner Kiste aus grob zusammengenageltem Holz, notdürftig abgepolstert mit Flicken und Stroh. Die Seele schien er sich aus dem schmächtigen Leib brüllen zu wollen. Immer wieder rang er nach Luft, reckte die kurzen Ärmchen nach oben. Sein Anblick war zum Steinerweichen, Emma kämpfte mit den Tränen.

Die vierjährige Rosemarie saß auf dem niedrigen Hocker gleich neben ihrem Bruder, auf den Knien ihre über alles geliebte Puppe aus zerfledderten Stoffresten, die Hände fest an die Ohren gepresst.

»Mutter, wann ist der endlich still?«, fragte sie mit hellem Stimmchen.

»Weiß nicht«, murmelte Emma und wischte sich den Schweiß von der Stirn. Obwohl die Küche nachmittags im Schatten lag, war es heiß darin. Dabei brannte nicht einmal ein Feuer im Herd. Es reichte bereits, dass die frühsommerliche Sonne den ganzen Morgen über durch die Fenster hereinschien. Gern hätte Emma ein Fenster aufgerissen, um etwas frische Luft hereinzulassen, aber das ging nicht. Georg würde frieren.

Georg, Georg – immer nur Rücksicht auf den Georg!, loderte es in ihr auf. Nein, es war nicht recht, dass sie so dachte. Abermals biss sie sich auf die Lippen. Der konnte doch auch nichts für das ganze Elend.

Noch immer brüllte der Kleine. Ausdauer hatte er, stellte Emma fest, vorzeitiges Aufgeben war nicht seine Sache. Zigmal hatte sie ihn bereits zu beruhigen versucht: erst mit Singen, dann mit Herumtragen. Sie wusste nicht mehr, was sie noch tun sollte. Sie musste nähen. Der Vormittag beim Riederer fehlte ihr schon. Der Riederer – wenn sie nur wüsste, was mit dem wirklich geschehen war! Die Sache ging ihr nicht mehr aus dem Kopf. So, wie er dagelegen hatte, reglos, mit dem Blut auf dem Boden, befürchtete sie das Schlimmste. Wenn sie nur wegkönnte, um nachzusehen oder sich ein wenig umzuhören.

Lorenz steigerte sich immer mehr in seinen unbändigen Zorn hinein. Natürlich hatte er Hunger, das war ihr klar. Aber außer dem Mehlbrei konnte sie ihm nichts geben, mehr hatte sie nicht, und den spie er immer wieder aus. Erneut spürte sie Tränen in den Augen. Als kleines Mädchen hatte sie in solchen Situationen wütend mit den Füßen aufgestampft. Hilflos sah sie auf den Säugling hinab, nagte an ihrem rechten Zeigefinger. Die entzündete Haut rund um das Nagelbett brannte. Vorsichtig nahm sie den Kleinen doch noch einmal aus der Kiste. Zwei-, dreimal schnaufte er, dann kippte sein Köpfchen kraftlos gegen ihre Schultern. Das Brüllen hatte ihn völlig erschöpft.

»Still, still«, raunte sie ihm ins winzige Ohr. Dabei wiegte sie den Oberkörper hin und her. Langsam ging sie zum Herd hinüber. Vom Regal nahm sie mit der freien Hand einen schmalen Streifen

Leinen, feuchtete ihn an und tunkte ihn kurz in den Zuckertopf, bevor sie ihn dem Kleinen in den Mund schob. Gierig begann er daran zu saugen. Kurz darauf schlief er endgültig ein.

»Will auch was!«, meldete sich Rosemarie und klammerte sich an ihren Rock.

»Wenn ich doch nichts hab!« Zermürbt schubste Emma die Kleine weg. Der Blick, den sie für diese Grobheit aus den großen, dunklen Augen ihrer Tochter erntete, zerriss ihr fast das Herz. Sie erschrak. Rasch strich sie der Kleinen mit der freien Hand über den Kopf. »Der Onkel Alois kommt nachher noch. Gewiss bringt er dir eine Brezn mit.«

Bei diesen Worten knurrte ihr eigener Magen und ihr wurde schummrig. Sie wusste nicht, ob sie hoffen sollte, dass Alois wirklich noch einmal kam oder dass er längst aus der Stadt verschwunden war. So ein Dummkopf! Warum hatte er auch sofort losschlagen müssen? Ausgerechnet bei einem Kerl wie dem Riederer! Es war immer das Gleiche mit Alois' unbändiger Wut und seiner zügellosen Kraft.

»Will aber jetzt was!«

Zornig stampfte Rosemarie auf. Das riss Emma unsanft aus ihren Gedanken.

»Gib Ruh, wenn die Mutter es sagt«, erklang plötzlich Georgs Stimme aus der kleinen Kammer hinter der Küche. Der Zurechtweisung folgte ein Hustenanfall, der schließlich in ein Rasseln überging und in einem verzweifelten Ringen nach Luft endete.

»Schon gut«, rief Emma in seine Richtung. Noch immer schaukelte sie den kleinen Jungen auf dem Arm. Die andere Hand tätschelte weiter Rosemaries blonden Lockenschopf. »Geh raus und spiel«, schlug sie ihr vor und schob sie in den dunklen Flur.

Rosemarie schüttelte energisch den Kopf. Doch Emma blieb fest.

»Hab jetzt keine Zeit für dich. Sei brav und lauf naus!«

»Viel zu weich bist«, sagte Georg, als ihre Tochter endlich aus der muffigen Küche verschwunden war. »Die muss besser folgen.«

Innerlich stöhnte Emma auf, laut fragte sie: »Warum? Satt wird's davon auch nicht. Da kann s' auch gleich aufmüpfig bleiben.«

Die letzten Worte hatte sie leise gesagt, eigentlich mehr zu sich selbst als zu ihrem Mann. Dennoch schien er es gehört zu haben.

»Was?« Seine Empörung ging in einem weiteren Hustenanfall unter.

Emma sparte sich eine Erwiderung. Besser, sie konzentrierte sich darauf, den schlafenden Lorenz behutsam in seine Kiste zu betten. Erst als sie davon überzeugt war, dass er friedlich schlummerte, trat sie zu ihrem Mann ans Bett. Wortlos hielt sie ihm ein grau verwaschenes Tuch hin.

Das wenige Licht, das durch das Fenster zur Straße in die niedrige Kammer hereinfiel, wirkte trüb. Die Scheiben waren staubig und fast blind. Instinktiv hauchte Emma sie an und rieb eine Weile mit dem Zipfel ihrer Schürze darüber. Dabei versuchte sie, draußen auf der Straße etwas zu erkennen. Es nützte nichts. Nachdenklich wischte sie ihre Finger am Rock ab und drehte sich wieder zu Georg um.

»Reg dich nicht auf.« Mit besorgtem Blick verfolgte sie, wie er sich Blut vom Kinn tupfte. »Ruh musst geben, sonst wird's nie besser.«

»Das wird schon«, entgegnete er und machte Anstalten, aus dem Bett aufzustehen. »Ich helf dir drüben. Nicht, dass der Riederer wieder Ärger macht.«

»Der gewiss nicht mehr«, beeilte sie sich zu versichern und drückte ihn in die Kissen zurück. Dabei wich sie seinem Blick aus. Wenn Georg nur nicht weiter fragte! Sie wollte rasch wieder in die Küche verschwinden.

»Komm ein bisschen her zu mir!«

Matt streckte er die Hand nach ihr aus. Sie ging einen Schritt auf ihn zu, sah zu ihm hinunter. Ob er etwas ahnte?

Eine Weile wanderten seine Augen ziellos durch die Kammer. Ein verdammtes Loch, in dem sie da hausten! Das hatten sie sich einst ganz anders vorgestellt. Doch was nutzte es? Die Einrichtung war karg, sie besaßen nicht viel. Außer dem Bett und dem kleinen Nachttisch gab es in der Schlafkammer nur noch einen Schemel und zwei Haken an der Wand. An dem einen hingen Emmas gutes Kleid und das bestickte Tuch. Beides hatte sie am Vormittag auf ihrem Gang zu Riederer getragen. Der andere Haken war leer. Georgs zweite Garnitur Kleidung hatte sie längst versetzt. Er brauchte sie nicht mehr. Seine Hose lag auf dem Schemel; das Hemd hatte er an.

Nebenan in der Küche waren kaum mehr Besitztümer vorhanden: ein Tisch, vier Stühle, die Kiste für Lorenz und ein kleines Bett für Rosemarie. Die Kommode mit dem wenigen Geschirr und den beiden Töpfen sowie eine weitere Garnitur Bettwäsche waren fast schon ein Luxus, den sie eigentlich längst zum Pfandhaus hätten bringen müssen. In beiden Räumen bröckelte der Putz von den Wänden. Hie und da klebten Reste von toten Fliegen daran. Im Herrgottswinkel hing ein Kreuz, unter dem schon lange keiner mehr betete. Die oben im Himmel fühlten sich wohl sowieso nicht zuständig für eine Schneiderfamilie wie sie, erst recht nicht, wenn darunter ein Protestantischer war so wie der Georg.

»Hast noch gar nichts gesagt, wie's beim Riederer war.«

Georg schaute ihr ins Gesicht. Das hätte sie sich denken können: Lockerlassen tat der nicht so schnell. Sie senkte die Augen, begann, die Falten ihres Rocks zu ordnen. Sie wollte jetzt nicht mit ihm darüber reden, es änderte sowieso nichts mehr.

Er bohrte weiter: »Der Alois hat die Maschine wieder zurückgebracht, hab ich gesehen. Umtauschen wollt der Riederer sie also nimmer?«

»Nein«, sagte sie knapp und wollte wieder hinüber, zu ihrem Nähzeug. Auch wenn der Riederer nicht mehr war, irgendwer würde ihr die Sachen schon abkaufen, vielleicht sogar zu einem besseren Preis. Sie musste doch auch einmal ein bisschen Glück im Leben haben.

»Bleib!« Unter Stöhnen schälte Georg den Oberkörper aus den fleckigen Kissen heraus und stützte sich auf die zittrigen Arme. »Hab ich's nicht gleich gesagt? Ein Ausbeuter ist das, ganz ein mieser, genau wie die anderen. Hätt'st gleich mehr Obacht geben müssen: Erst schwatzt er dir eine viel zu teure Maschine auf, und jetzt lässt er dich nicht mehr aus. Und für die Näherei zahlt er sowieso viel zu wenig. Nacht für Nacht quälst dich damit rum. Und wozu? Nur damit der Saukerl seinen Reibach macht!«

Auf Georgs Schimpfen folgte sofort ein heftiges Husten. Emma konnte das nicht mehr ertragen. Am liebsten würde sie auf der Stelle davonlaufen. Doch was würde dann aus den Kindern? Aus Georgs Brust kam wieder das Röcheln, das sie schon lange nicht mehr ängstlich zusammenfahren ließ. Sie beugte sich hinunter und klopfte ihm auf den Rücken. Manchmal brachte ihm das Linderung.

Nach einer Weile hatte er sich wieder gefasst und redete angestrengt weiter: »Bald hat's ein Ende mit solchen Lumpen! Ohne uns sind die aufgeschmissen, Emma. Wir nähen die Sachen, die sie verkaufen. Abhängig von uns sind die, nicht wir von denen! Bald tun's alles, nur damit wir weiter für sie arbeiten, wirst schon sehen. Dafür streiken wir schließlich seit zwei Wochen. Glaub mir, Emma, bald wird alles besser. Bald kommen wir aus dem Loch hier raus und essen jeden Tag Fleisch und Speck.«

Abermals bezahlte er seine lange Rede mit einem Hustenanfall. Besorgt wartete sie ab, bis er wieder Luft bekam. Dass er selbst jetzt nicht aufhören konnte mit seinen Parolen, selbst jetzt nicht verstand, dass er damit nichts ausrichten konnte! Noch auf dem Krankenlager gönnte er sich keine Pause. Bei allem ging es ihm nur um den Kampf für die Sache der Arbeiter, bis ins Grab hinein würde er daran festhalten. Doch war er nicht längst der Einzige, der wirklich noch daran glaubte, dass sie mit dem Streik etwas erreichen konnten? Seinen Freunden vom Streikkomitee traute Emma schon lange nicht mehr, erst recht nicht denen vom Arbeiterverein. Oder war einer von denen schon mal hergekommen, um nach dem sterbenskranken Georg zu schauen? Dabei war er doch nur krank geworden, weil er sich bei seinem Meister krumm und bucklig geschuftet hatte, fünfzehn, sechzehn Stunden am Tag, sieben Tage die Woche. Eng wie die Stecknadeln in ihrer Schachtel hockten die Gehilfen in dem feuchten Kabuff aufeinander, machten sich ständig gegenseitig krank mit ihrer Husterei, um am Ende nur eine Hand voll Gulden Lohn heimzutragen. Als einer der ganz wenigen war Georg bereit gewesen, laut was dagegen zu sagen, trotz seines Hustens und Fieberns diese unglaublichen Zustände offen anzuprangern. Gedankt hatte es ihm allerdings niemand. Schmählich allein gelassen hatten sie ihn alle, nun, wo es langsam zu Ende ging mit ihm.

Als der Hustenanfall vorbei war, griff Georg nach ihrer Hand, hob sie zum Mund und küsste zärtlich jede einzelne ihrer zerstochenen Fingerkuppen. Widerstrebend ließ sie es geschehen.

»Und dann musst auch nicht mehr arbeiten, Emma. Dann reicht's, wenn ich das Geld heimbring, das versprech ich dir!«

Müde sank sein Kopf in die Kissen zurück. Er lächelte sie an. Sie zwang sich, das Lächeln zu erwidern. Noch brachte sie es nicht über sich, die Wahrheit zu sagen. Wenigstens die Hoffnung sollte ihm bleiben.

»Wo steckt eigentlich der Alois? Ist der noch in der Stadt oder schon wieder nach Haus?«

»Weiß nicht«, gab sie zu. »Er wollt noch mal weg, was erledigen. Bevor er wieder naus nach Dachau fährt, kommt er gewiss noch mal her. Drüben beim Hueber gibt's doch den besten Bock. Nachher wollen s' anstechen. Da wird der Alois nicht fehlen wollen.«

Ihre Stimme zitterte. Doch Georg schien nichts davon zu merken.

»Emma«, rief Georg ihr nach, als sie in die Küche eilte.

Auf halbem Weg drehte sie sich noch mal zu ihm um.

»Ist wirklich alles in Ordnung?«

Friedrich Kirsch, gelernter Schriftsetzer aus Mainz, seit einigen Monaten im Auftrag der Sozialdemokraten als Agitator im Königreich Bayern unterwegs, brauchte einige Minuten, bis er begriffen hatte, was Josef Riederer, seines Zeichens Besitzer eines großen Nähmaschinengeschäfts in der Münchener Kaufingerstraße unweit des Marienplatzes, ihm da soeben vorgeschlagen hatte. Ungläubig fuhr er sich mit der Hand durchs Gesicht, rieb sich das Kinn. Die Rasur am Morgen war schlecht ausgefallen, nun, in den frühen Abendstunden, fühlte sich die Haut so kratzig an, als habe er sich seit Tagen nicht mehr rasiert. Er schnaufte unwirsch, strich sich das rotblonde Haar aus der Stirn. Die unruhigen Nächte steckten ihm in den Knochen. Sein Schlafplatz in dem winzigen Herbergshäuschen in der Au war nicht sonderlich komfortabel, zu viele übernachteten dort. Zwar besaß er den Luxus einer eigenen Matratze, dennoch schlief er schlecht. Mit fast dreißig steckte man die fehlende Ruhe nicht mehr so leicht weg. Morgens bekam er einen Becher Kaffee oder was sie dafür ausgaben und einen Kanten Brot. Das reichte nicht über den Tag. Das warme Essen mittags im Wirtshaus hätte ihm gut getan. Ein Jammer, dass sein Freund Neff und er es hatten stehen lassen müssen. Zu schnell waren sie mit den anderen Männern in Streit geraten. Leider passierte es in letzter Zeit häufiger, dass sie aus einem Wirtshaus hinausgeprügelt wurden. Oft ging es gleich los, sobald sie jemand als Vertreter des Arbeitervereins erkannte. Viele Münchener Gesellen reagierten gereizt auf ihre Anwesenheit, warfen ihnen vor, nur auf Unruhe aus zu sein. Dabei wollten Neff und er den Männern doch nur helfen, sich endlich gegen die unmöglichen Zustände zu wehren. Warum sonst redeten sie seit Monaten auf den Versammlungen, lehrten Interessierte die Zusammenhänge der Arbeiterfrage, berieten die, die sich, wie die Schneidergehilfen, endlich zum Streik entschlossen hatten? Jetzt lief er sich sogar die Hacken ab, um den Schneidergehilfen die Gründung einer Produktivgenossenschaft zu ermöglichen. Tief atmete er durch, um das Magenknurren zu unterdrücken. Sein Hirn war vernebelt, er dachte langsamer als sonst.

»Ist das Ihr Ernst?«, hakte er sicherheitshalber noch einmal nach. »Sie bieten uns *fünf* von den englischen Zylindernähmaschinen zum Preis der amerikanischen? Und das auf Raten über *ein* ganzes Jahr? Bei *zehn* Prozent Zinsen?«

Riederer nickte stumm. Gemächlich verschränkte er die Arme vor der Brust, stellte sich breitbeinig hinter der Ladentheke auf. Er überragte Kirsch um einen guten Kopf, brachte sicherlich das Anderthalbfache seines Gewichts auf die Waage. Als Kirsch ihn weiter betrachtete, fiel ihm eine kleine Wunde über Riederers linkem Ohr auf. Das Haar war dort blutverkrustet. Kaum sichtbar verformte eine Beule den Schädel an dieser Stelle. Die Verletzung musste frisch sein. Kirsch beschlich das Gefühl, bei Riederer nicht nur in geschäftlichen Angelegenheiten besser auf der Hut zu bleiben.

Schwungvoll drehte er sich auf dem Absatz seines Fußes um und schlenderte zu den Tischnähmaschinen, die an der rechten Seite des Ladens aufgebaut waren. Die Hände ließ er in die löchrigen Hosentaschen gleiten, tat so, als berühre ihn das eben Gesagte reichlich wenig.

Die Luft im Geschäft war stickig. Nur zu gern hätte er die Ladentür aufgerissen, um für Erfrischung zu sorgen. Kurz davor blieb er stehen. Statt zur Ladentür trat er näher an die ausgestellten Nähmaschinen heran. Beiläufig drehte er mit seinen langen, schmalen Fingern an der Handkurbel einer Singer-Nähmaschine, strich über den blank polierten Näharm der Wheeler & Wilson direkt daneben. Zum Glück prangten die Markennamen gut sichtbar auf den Maschinen, sonst hätte er sie nicht voneinander unterscheiden können. Als er sich zu denen eines deutschen Herstellers im Regal beugte, gab er sich Mühe, einen echten Kennerblick aufzusetzen. Mühsam entzifferte er das Blatt Papier direkt daneben, auf dem die Vorzüge der Maschine angepriesen wurden, wiederholte murmelnd einige der Begriffe, die er sicher noch gut für das Gespräch gebrauchen konnte. Riederer sollte nicht merken, dass er von der Sache eigentlich gar keine Ahnung hatte.

Im Kopf überschlug er hastig, was Riederers Angebot im Einzelnen bedeutete. Rechnete es sich wirklich für die Genossenschaft, darauf einzugehen? Die englische Jones-Zylinder war eine der teuersten Nähmaschinen, das wusste er mittlerweile. Nicht umsonst war er seit dem Mittag in insgesamt fünf verschiedenen Geschäften gewesen. Ausgiebig hatte er sich beraten und die Maschinen vorführen lassen. Die Jones bot zweifelsohne eine hervorragende Qualität. Allerdings war ihm noch immer nicht ganz klar, welche Unterschiede zwischen ihr, der Howe und der Wheeler & Wilson bestanden, warum Singer vergleichbare Maschinen weitaus günstiger anbieten konnte und wieso die deutschen Fabrikate sowieso viel billiger waren als die englischen und amerikanischen. Da kaufte man doch am besten einfach diese? Nähen taten doch sowieso alle.

Kirsch begann zu schwitzen. Unwillkürlich stöhnte er auf. Bei allem Denken und Rechnen stand eines zumindest fest: Dieser Riederer unterbreitete ihm das bislang verlockendste Angebot für die Produktivgenossenschaft, zu der er die Schneidergehilfen überreden wollte.

»Was ist? Hat's Ihnen die Sprache verschlagen?« Riederer

schmunzelte. »Geben Sie zu: So günstig ist sonst keiner. Das hat Ihnen noch kein anderer offeriert, nicht wahr?«

Deutlich war der Triumph aus seinen Worten herauszuhören.

»Warum tun Sie's?«, fragte Kirsch und registrierte überrascht den flatterigen Blick in Riederers Augen.

»Warum nicht? Warum soll ein Geschäftsmann wie ich nicht den einfachen Schneidern helfen? Das sind meine Kunden. Meine Hochachtung vor dem Mut der Schneidergehilfen. Streiken – das imponiert mir, ganz ehrlich. Das hat sich noch keiner getraut. Dabei wird es höchste Zeit, was gegen das ganze Elend zu tun. Die feinen Damen und Herren packen sich ja gern in prächtige Anzüge und Kleider, aber zahlen wollen sie dafür nur so viel wie für das Nähen einer Kinderschürze. Sie haben schon Recht: Das gehört sich nicht! Die Schneider müssen endlich einen gerechten Lohn für ihre Arbeit fordern. Die feinen Leute müssen zahlen, was die Sachen wirklich wert sind.«

»Ich glaub nicht, dass die feinen Leute Schuld haben«, entgegnete Kirsch. »Das sind eher die Meister. Die saugen ihre Gehilfen bis zum letzten Tropfen aus, sieben Tage die Woche, sechzehn Stunden am Tag. Und das in diesen Löchern, die sie Werkstatt nennen. Da drin werden die Gehilfen nur krank. Wenn sie wenigstens einen Lohn dafür bekämen, der zum Leben reicht.«

»Und mit dieser neumodischen Genossenschaft wollen Sie die Schneidergehilfen aus dem ganzen Schlamassel rausholen? Die Schneidergehilfen sollen selbst zum Unternehmer werden? Die sollen sich am Ende selber helfen?«, fragte Riederer interessiert.

»Nicht ganz«, erwiderte Kirsch. »Zunächst mal sollen sie mit der Genossenschaft Geld verdienen für die Streikkasse, damit der Kampf um bessere Arbeitsbedingungen weitergehen kann. Auf lange Sicht wird alles nur dann anders, wenn die Regierung die Gesetze ändert. Höhere Löhne und bessere Arbeitsbedingungen müssen per Gesetz feststehen. Dann erst halten sich die Meister dran. Werden die Schneider nur selbst Unternehmer, ohne dass es die entsprechenden gesetzlichen Vorschriften gibt, wird nichts anders.«

»Weil die dann auch nur wenig Lohn zahlen wollen«, ergänzte

Riederer mit ernster Miene. »Als Unternehmer haben sie nämlich auch nur den eigenen Profit im Blick.«

»Genau!« Begeistert über die Zustimmung von dieser unerwarteten Seite überschlug sich Kirschs Stimme.

Riederer führte unterdessen seine Rede fort: »Doch vorerst gibt's noch keine Genossenschaften. Vorerst streiken die Gehilfen weiter wie schon seit mehr als zwei Wochen, auch ohne dass noch Geld in der Streikkasse ist. Die Meister bluten langsam aus, weil ihnen die schlecht bezahlten Handlanger fehlen. Allein können die Meister die Schneiderarbeit nicht erledigen. Die Aufträge liegen also unerledigt herum. Haben die Schneidergehilfen aber erst ihre Genossenschaft, kann die den Meistern die Aufträge wegschnappen. Und damit kommt das Geld für das Weiterstreiken in die Kasse.«

Kirsch nickte. Riederer hatte begriffen.

»Wissen Sie was, mein Lieber«, schloss der Ladenbesitzer, »ich glaub, wir beide kommen miteinander ins Geschäft!« Riederers Pranke landete auf Kirschs Schulter. Der sackte unter dem kräftigen Schlag zusammen. Riederer redete ungerührt weiter: »Ich geb Ihnen die fünf Zylindernähmaschinen für Ihre Genossenschaft. Die Konditionen sind klar: einhundert Gulden pro Maschine plus zehn Prozent, wenn Sie in monatlichen Raten zahlen.«

Ob des stattlichen Preises schluckte Kirsch zweimal, dennoch schlug er ein. Bei den anderen Händlern hatte die Jones immerhin einhundertdreißig oder sogar einhundertfünfunddreißig Gulden bar auf die Hand gekostet, bei Riederer sparten sie also von vornherein erheblich am Preis.

»Heut noch können Sie die Maschinen abholen. Die stehen schon hinten im Lager bereit. Wenn Sie mehr brauchen, dann natürlich wieder zum gleichen Preis. Sagen Sie einfach Bescheid, wie viele Sie wann haben wollen, und ich besorg sie Ihnen.«

»Donnerstag reicht für die erste Lieferung. Erst muss die Versammlung am Mittwoch zustimmen, aber das ist reine Formsache.«

Kirsch gab sich zuversichtlicher, als er war. Es war sicher noch ein gutes Stück Arbeit, die Schneider von der Idee mit der Genossenschaft zu überzeugen, noch dazu, wenn damit erst einmal Kosten für Maschinen statt Einnahmen für die Streikkasse verbunden waren. Selbst Robert Neff, sein derzeit engster Gefährte im Arbeiterverein, hatte nicht viel von der Idee gehalten, als er ihm am Mittag davon erzählt hatte. »Dieses ganze Geschwätz von wegen Hilfe zur Selbsthilfe ist doch dumm«, hatte er dazu nur gesagt, »was wir brauchen ist eine Festschreibung der Arbeitsbedingungen durch die Regierung, keine Arbeiter, die selbst zu Ausbeutern werden.« Auch das halbe Dutzend verärgerter Männer, das sie kurz darauf aus dem Wirtshaus geworfen hatte, schien ganz ähnlich zu denken. Genau auf das Stichwort »Genossenschaften« hin waren sie auf Kirsch und Neff aufmerksam geworden und hatten sie angegriffen.

»Wie Sie meinen«, brummte Riederer unterdessen schon eine Spur unfreundlicher, setzte aber nach einer Weile nach: »Ich hätt da noch ein Angebot für Sie und Ihre Genossen.«

Erwartungsvoll sah Kirsch ihn an. Abermals wich der Ladenbesitzer dem direkten Blick aus, unruhig wanderten seine Augen stattdessen durch das Geschäft. Dabei rieb er sich mehrmals das glatt rasierte Kinn.

Als nichts mehr auf seine Ankündigung folgte, fragte Kirsch schließlich: »Und das wäre?«

Riederer hüstelte in die Faust, bevor er antwortete: »Ich hab's eben schon gesagt: Durch den Streik liegen viele Aufträge unerledigt bei den Meistern.«

Interessiert horchte Kirsch auf. Riederer sprach weiter: »Grad jetzt, wo die ganze Branche durcheinander ist, sind gute Aufträge rar. Die feine Kundschaft wandert ab, lässt lieber anderswo schneidern, statt länger auf die hiesigen Schneider zu bauen oder gar das Ende des Streiks abzuwarten.«

Seine Stimme wurde leiser. Verschwörerisch beugte er seinen massigen Oberkörper über den Ladentisch und wisperte: »Langfristig kann dadurch die Lage für das Schneidergewerbe in München völlig aussichtslos werden. Wenn die Kunden erst einmal weg sind in eine andere Stadt, dann ist es vorbei, ganz egal, wie die Händel zwischen Meister und Gehilfen ausgehen. Und dann nützt Ihnen und Ihren Kameraden auch die beste Genossenschaft nichts mehr.«

Bei den letzten Worten schwoll seine Stimme wieder an. Sein Körper schnellte in die Senkrechte. Er verschränkte die Arme vor der Brust und sah wieder von oben auf ihn herab.

»Aber trotzdem liegen noch immer einige sehr lukrative Aufträge bei den Meistern. Wohlgemerkt: bei den Meistern.«

Er unterstrich das Gesagte, indem er den Zeigefinger hob und eine kurze Pause einlegte, während der er zufrieden grunzte.

»Sie aber brauchen Aufträge für Ihre Genossenschaft, stimmt's? Die feine Kundschaft wird, mit Verlaub, den Teufel tun und bei Ihnen schneidern lassen. Die macht sich doch nicht mit den Gewerkschaftern gemein. Wie aber kommen die Aufträge und Sie nun doch zusammen?«

Endlich kam sein Blick auf Kirschs Gesicht zur Ruhe. Er kostete die Situation bis ins Letzte aus, das spürte Kirsch deutlich. Doch was nutzte es, wenn er sich darüber ärgerte? Riederer saß am längeren Hebel. Also tat er ihm den Gefallen und fragte kurz: »Und wie?«

Riederers Gesicht verzog sich zu einem breiten Lachen. Schnell antwortete er: »Durch mich, mein Lieber, natürlich durch mich! Nur ich kann Ihnen und Ihren Genossen helfen, an diese Aufträge heranzukommen. Ich habe Kontakte zu der feinen Kundschaft, mir vertrauen die Leute. Ich habe nämlich ein Auftreten!«

Er streckte den Bauch nach vorn, strich sich mit der Hand über den Wams. Dabei glitt sein Blick vielsagend über Kirsch. Der ertrug die offenkundige Beleidigung stoisch.

Der Ladenbesitzer fuhr fort: »Ich hätte sogar schon einige sehr lukrative Sachen für Sie an der Hand: nur beste Stoffe, beste Schnitte und selbstverständlich die allerbeste Kundschaft. Da können Sie sich ganz auf mich verlassen.«

Kirsch sagte immer noch nichts. Fieberhaft versuchte er, seine Gedanken zu sortieren und gleichzeitig dem Ladenbesitzer weiter zuzuhören. Noch wusste er nicht, was er von den Ausführungen halten, wie er mit dem überraschenden Angebot umgehen sollte. Die Produktivgenossenschaft war außerdem nicht einmal gegründet, geschweige denn von den Schneidergehilfen überhaupt befürwortet worden.

»Was überlegen Sie noch? Aufträge sind rar!« Riederers eben

noch lachendes Gesicht verzog sich zu einer Grimasse, fest schlug er mit der Faust auf die Theke. »Ich biet Ihnen eine einmalige Kooperation, und Sie müssen erst noch nachdenken? Glauben Sie, Sie sind der Einzige, mit dem ich zusammenarbeiten kann? Glauben Sie, ich wär auf Sie und Ihre Genossenschaft angewiesen? Da täuschen Sie sich aber!«

Ein zweiter Schlag krachte auf die Theke nieder. Von der Erschütterung fiel ein Becher mit Bleistiften um. Riederer wischte die Stifte ohne Hinzusehen mit der Hand zu Boden.

»Was sagen Ihre Genossen dazu? Wie stehen Sie da mit fünf teuren Maschinen, die bezahlt werden müssen, aber ohne Aufträge zum Nähen?«

»Das muss nicht Ihre Sorge sein«, bemerkte Kirsch und bemühte sich, ruhig zu bleiben. »Was haben Sie davon? Sind die Aufträge überhaupt sauber?«

»Natürlich sind die Aufträge sauber!« Riederers Gesicht lief rot an. »Jetzt langt's mir aber! Was glauben Sie, wen Sie vor sich haben? Statt froh zu sein, dass ich Ihnen helfen möcht, werden Sie frech. Passen S' nur auf!«

Blitzschnell schoss Riederer um die Verkaufstheke herum und packte ihn am Kragen. Damit wurde es auch Kirsch endlich zu bunt. Wütend schlug er um sich und schrie: »Fassen Sie mich nicht an!«

»In meinem Laden fass ich an, wen ich will!«

»Aber nicht mich!«

»Herr Riederer, brauchen S' Hilfe?« Eine krähenartige Alte lugte verängstigt zwischen dem Vorhang hervor. »Soll ich den Schandi rufen?«

Unwillig ließ Riederer von Kirsch ab. Der trat drei Schritt zurück.

»Scher dich um deinen eigenen Kram, Kathi«, knurrte der Ladenbesitzer und strich seinen Anzug glatt. »Mit dem hier werd ich schon allein fertig. Geh heim, 's ist spät!«

»Wie S' meinen«, murmelte die Alte, verschwand noch einmal hinter dem Vorhang, um kurz darauf mit einem schwarzen Häkeltuch über der Brust und einem winzigen Hut auf dem Kopf quer durch den Laden zur Tür zu eilen. Kirsch fühlte einen Moment lang ihren missbilligenden Blick auf sich ruhen. Riederer schenkte sie dagegen keine Beachtung mehr. Erstaunt bemerkte Kirsch das und sah ihr nach, bis sich die Ladentür hinter ihr schloss.

»Ich wollt Ihnen gar nichts«, wandte er sich an Riederer, sobald sie wieder allein waren. »Ich wollte nur wissen, was es mit den Aufträgen auf sich hat. Ich vertrete gutgläubige Gehilfen. Deren ganze Existenz hängt von der Genossenschaft ab. Also: Sind die Aufträge sauber?«

»Was fällt Ihnen ein!« Abermals brauste Riederer auf. »Was fragen Sie das immerzu? Wer sind Sie überhaupt? Nur so ein dahergelaufener Gewerkschafter! Es langt! Hauen S' ab!«

Sein Arm schnellte nach vorn, knapp an Kirschs Kopf vorbei. Mit ausgestrecktem Zeigefinger wies er auf die Tür, doch Kirsch zögerte, der Aufforderung zu folgen.

»Raus aus meinem Laden, sag ich! Schleich dich, du dreckerter Hund, du! Lump, elendiger, oder muss ich dir erst Beine machen?«

»Moment, einen Moment noch«, flehte Kirsch.

Riederer war nicht mehr zu bremsen. Erneut stürzte er sich auf Kirsch. Dem gelang es dieses Mal noch weniger, sich gegen den Angriff zu wehren. Riederer war nicht nur größer, sondern auch entschieden stärker als er. Bald drückte er Kirsch mit bloßen Händen die Gurgel zu. Gerade noch gelang es Kirsch, mit der rechten Hand das Messer zu greifen, das er stets am Hosengürtel trug.

Die Ladenglocke bimmelte, die Tür schwang auf. Aus den Augenwinkeln erspähte Kirsch die Silhouette eines dunkel gekleideten Herrn, der mit wohlklingender Stimme fragte: »Störe ich?«

Die frische Luft tat gut. Severin Thiel atmete mehrmals tief durch. Die Wirtshaustür fiel mit einem lauten Knall ins Schloss. Stickiger Bierdunst, hitzige Debatten und lautstarke Proteste blieben dahinter zurück. Die Versammlung dauerte schon fast drei Stunden. Längst war zu viel Bier geflossen, als dass einer noch einen klaren Kopf, geschweige denn eine genaue Vorstellung vom weiteren Tun bewahrt hatte. Noch eine ganze Weile würden die Brauereiknechte beieinander sitzen, eine Entscheidung für oder gegen einen Streik würden sie dabei sicher nicht mehr treffen. Aus ihrem Misstrauen gegen die sozialdemokratischen Redner hatten sie keinen Hehl gemacht. Von dem Vorschlag, sich den streikenden Schneidergehilfen anzuschließen, hatten sie gleich gar nichts gehalten. Solidarität mit anderen Gewerken war ihnen suspekt. Aber wenn die Brauereiknechte nicht streiken wollten, was führten sie dann im Schilde, um ihre Forderungen nach mehr Lohn und besseren Arbeitsbedingungen durchzusetzen? Thiel war ratlos.

Seltsam, dass Neff und Kirsch nicht gekommen waren. In letzter Zeit hatten die beiden auf keiner Versammlung gefehlt. Womöglich hätten sie die Zweifler doch noch umstimmen können. Ausgezeichnete Redner waren sie ja, und vor allem Kirsch wirkte ehrlich überzeugt von der Sache. Der riss die Gesellen immer mit. Wo die zwei nur steckten?

Von einer der vielen Kirchturmuhren schlug es drei viertel neun. Thiel beschloss, es für diesen Abend gut sein zu lassen mit seinen Beobachtungen. Ruhigen Gewissens machte er sich auf den Weg in die Polizeidirektion. Vielleicht schaffte er es noch, den Bericht für den Polizeidirektor zu schreiben. Dann konnte er morgen früh ein wenig später zum Dienst erscheinen. Er setzte den Tschako auf den Kopf und ging los, froh, die langen Beine endlich bewegen zu können. Bald schon verschwanden die Konturen des Karlstores hinter ihm im Dunkel. Die Sohlen seiner Stiefel klackten auf den Pflastersteinen.

Vor ihm lag eine lange, leere Straße. Um diese Stunde zogen sich die anständigen Bürger bereits in ihre Häuser zurück, und die weniger anständigen rückten im Schutz der Finsternis aus. Sobald es richtig dunkel war, würden sie mit ihren dubiosen Geschäften beginnen. Thiel war erleichtert, keinen Wachdienst bei der Gendarmerie schieben und solche Kreaturen aufspüren zu müssen. Er verschränkte die Hände auf dem Rücken und marschierte geradeaus weiter. Dass er sich damals nicht zur Gendarmerie gemeldet hatte, war eine gute Entscheidung gewesen, trotz allem. Grübelnd zwirbelte er an seinem Oberlippenbart. Dass ihm das immer wieder durch den Kopf ging, gerade so, als ob er seine Entscheidung doch bedauerte! Wahrscheinlich lag es mal wieder an dem, was er eben auf der Versammlung gehört hatte. Je länger er an all diesen Zusammenkünften teilnehmen und die Reden der Sozialdemokraten anhören musste, desto unzufriedener wurde er mit seinem eigenen Dasein. Und nicht zuletzt mit sich selbst, weil er sich nicht traute, den Mund aufzumachen.

Schluss damit! Energisch richtete er sich auf, drückte die Brust heraus, dass die goldenen Knöpfe auf der dunkelblauen Uniformjacke im letzten Tageslicht blitzten.

Die imposanten Verwaltungsgebäude linker Hand wirkten wie drohende Ungetüme. Auf der rechten Seite reihten sich schmale, hoch aufragende Bürgerhäuser dicht aneinander. In einigen gab es Weinstuben, Kaffeehäuser und Gasthäuser wie das »Schimon« oder die »Blaue Traube«, in anderen befanden sich ansprechende Ladenlokale. Waren aller denkbaren Arten buhlten um die Aufmerksamkeit williger Käufer. Es gab eigentlich nichts auf der Welt, was man auf der kurzen Strecke zwischen Karls- und Marienplatz nicht kaufen konnte. »Konfektionen«, »Herrenausstatter« oder »Mode-Waren-Lager« prangte es auf jedem dritten oder vierten Schild entlang der Straße, inzwischen fast alles Geschäfte, die »Bekleidung von der Stange« für jedermann anpriesen. Damit konnte Thiel wenig anfangen. Seine Uniformen ließ er alle paar Jahre bei einem eingeführten Schneider in der Damenstiftstraße anfertigen, Zivilkleidung trug er äußerst selten. Einen einzigen Anzug hatte er sich seit seiner Hochzeit vor fünfzehn Jahren nähen lassen, und den hatte er für Bettys Beerdigung gebraucht.

Rasch wandte er sich anderen Geschäften zu. Schweren Herzens versagte er sich einen Abstecher zu einem der von ihm hoch geschätzten Tabakwarenläden. Ein Blick in die reich bestückten Schaufenster, die im hellen Mondlicht umso verführerischer aussahen, hätte nur unerfüllbare Wünsche geweckt. Sein Lohn war karg, da blieb kein Spielraum für überflüssige Genüsse.

Weiter vorn lieferten sich im schwachen Lichtkegel einer Gaslaterne zwei Katzen einen erbitterten Kampf. Böse fauchten sie sich an. Thiel hielt auf sie zu. Eine der Katzen richtete sofort ihren Schwanz auf und krümmte den Rücken. Schon tastete er nach seinem Säbel, da lenkte das plötzliche Bellen eines Hundes das Tier von seinem Angriff ab. In großen Sätzen sprangen die Katzen davon.

Das Bellen des Hundes klang sehr aufgeregt. Der Tonlage nach musste es sich eher um einen kleinen Kläffer denn um einen Furcht einflößenden Wachhund handeln. Das Gebell schraubte sich in immer höhere Tonlagen. Auf einmal wurde es leiser und erstarb schließlich ganz. Ein schrilles Aufjaulen folgte, ein letzter, verzweifelter Schmerzensschrei, dann Stille. Thiel bildete sich ein zu hören, wie jemand davonlief. Er legte die Hand an den Säbelgriff und eilte vorwärts, in die Richtung, in der er den Hund vermutete.

Am Ausgang eines Gässchens stieß er auf ein lebloses Bündel. In pulsierenden Stößen schoss Blut heraus. Ein letztes Seufzen entfuhr dem kleinen Körper, dann war es vorbei. Mitleidig besah Thiel sich das erbärmlich zugerichtete Tier, ein kleiner Mischlingshund mit hellem, strähnigem Fell, magerem Leib und sicherlich mehreren Dutzend Flöhen, wie die unzähligen wunden Stellen auf der Haut verrieten.

Thiel richtete sich wieder auf, lief ein Stück weit in die bereits stockfinstere Gasse hinein. Sehen konnte er niemanden mehr. Unverrichteter Dinge ging er langsam zurück zur Kaufingerstraße.

Der tote Hund war verschwunden. Als er sich verwundert umsah, entdeckte er auf der gegenüberliegenden Straßenseite einen groß gewachsenen, sehr schlanken Mann. Sein dunkler Gehrock und die gestreiften Hosen saßen perfekt, helle Gamaschen rundeten die elegante Erscheinung ab. Die linke Hand fuhr gerade lässig in die Rocktasche, an einem der Finger blinkte ein Ring auf. Unwillkürlich spreizte der Unbekannte Zeigefinger und Daumen am Eingriff ab, schob mit dem Unterarm den Rockschoß nach hinten. Sah so ein Hundemörder aus? Wohl kaum. Aber vielleicht hatte der Herr etwas beobachtet? Entschlossen trat Thiel an ihn heran.

Das Mondlicht beschien ein über und über mit einem schwarzen Bart bedecktes Gesicht. Eine rot geränderte Narbe leuchtete knapp unter dem rechten Auge auf. Doch nicht das erregte Thiels Aufmerksamkeit. Erst eine ganze Weile später wurde ihm klar, dass es der seltsame Blick gewesen war, der ihn angezogen und gleichzeitig abgestoßen hatte: Das eine Auge stierte leer geradeaus, das andere suchte unterdessen Halt auf Thiels Gesicht.

»Stehen Sie schon länger da?«, erkundigte sich Thiel nach einem höflichen Gruß.

»Warum?«

Die Stimme klang tief und melodisch.

»Haben Sie zufällig gesehen, wer den kleinen Hund abgestochen hat?«

»Nein, tut mir Leid. Aber um diese Zeit lungern hier oft recht derbe Kerle herum. Vielleicht sollten Sie Ihre Patrouillen verstärken? Macht keinen guten Eindruck, wenn im Dunkeln das üble Gesocks die Straßen beherrscht. Einen schönen Abend noch, Herr Offiziant.«

Noch bevor Thiel sich nach Weiterem erkundigen konnte, verbeugte sich der Mann, setzte seinen Zylinder auf und ging davon.

Verblüfft sah Thiel ihm nach.

Dienstag, 26. April 1870

Um sich einen ersten Überblick zu verschaffen, blieb Thiel in der Ladentür stehen. Dicht drängelten sich die Neugierigen um ihn. In ihrer Gier nach Sensationen zeigten sie seiner Uniform gegenüber nicht den geringsten Respekt, sogar der heftige Regen hielt sie nicht davon ab, vor dem Laden auszuharren. Mit einem lauten »Grüß Gott« begab er sich schließlich hinein.

Auch drinnen reagierte niemand auf seinen Gruß. Vom Tageslicht drang nur ein schwacher Strahl durch die Schaufensterscheiben. Mehrere grün Uniformierte schoben sich zwischen wuchtigem Verkaufstresen und voll gestopften Regalen hin und her. Zwei, drei kleine Tische mit Nähmaschinen standen quer im Raum, auf einem Hocker kauerte eine ältere Frau und weinte in ein Taschentuch. Vergeblich versuchte ein junger Gendarm, sie zu beruhigen.

Der Tote lag in einer großen Blutlache hinter der Ladentheke. Ein Herr in Anzug kniete direkt neben der Leiche und sprach von unten herauf leise mit einem zweiten, ebenfalls in dunkles Tuch gekleideten Herrn. Der lehnte an der weit entferntesten Ecke der Ladentheke und nickte zwar gelegentlich mit dem Kopf, schien aber trotzdem Schwierigkeiten zu haben, den Ausführungen des Knienden zu folgen.

Die vielen Menschen in dem schmalen Raum hatten die Luft dick werden lassen. Feuchtigkeit hing in ihren Kleidern, über allem lag ein süßlicher Geruch. Angewidert verscheuchte Thiel ein Insekt, das um seinen Kopf schwirrte, und schob den Gedanken weg, wo es gerade hergekommen sein mochte.

Als der kniende Herr innehielt, um Luft zu schöpfen, nutzte Thiel die Pause, vor dem stehenden Herrn vorschriftsmäßig zu salutieren.

»Stehen Sie bequem!« Polizeidirektor Karl von Burchtorff

wischte sich durchs rot angelaufene Gesicht, sein voluminöser Backenbart zitterte. »Ein furchtbares Malheur! Gut, dass Sie endlich da sind, Thiel. Schauen Sie sich um, damit Sie einen Eindruck bekommen, und dann lassen Sie uns gleich hier noch darüber reden.«

Mit dem rechten Arm vollführte er eine ausholende Geste, die linke Hand verschwand unterdessen in der Rocktasche.

»Zu Befehl!«

»Der Tote ist Josef Riederer«, erklärte Burchtorff bereits weiter, »Mechaniker und Inhaber dieses Nähmaschinengeschäfts. Die Ladnerin, eine gewisse Kathi Bauer, hat ihn in der Früh gefunden.«

Thiel wurde misstrauisch. Warum gab ihm der Polizeidirektor höchstpersönlich diese Informationen? Eigentlich wäre das doch die Aufgabe eines der anwesenden Gendarmen gewesen. Wieso war Burchtorff überhaupt da? Und warum hatte er auch noch ihn rufen lassen?

Der Polizeidirektor gewährte ihm nicht viel Zeit, darüber nachzudenken. Keine Sekunde ließ er ihn auf seinem Rundgang aus den Augen.

Alles war akribisch aufgeräumt, sowohl vorn im Laden als auch hinten in Lager und Büro: Die Papiere und Bücher lagen Kante auf Kante auf dem Pult, die Stifte gespitzt und der Länge nach sortiert daneben. In den Regalen an der rückwärtigen Seite des Lagerraums stapelten sich einige Stoffballen, rund zwei Dutzend Nähmaschinen und Holzkoffer reihten sich auf dem Boden. Nichts deutete auf einen Raubüberfall hin.

»So was ist mir noch nicht untergekommen«, stellte Burchtorff fest.

Langsam drehte Thiel sich zu seinem Vorgesetzten um. Die Situation war mehr als prekär. Noch wusste er nicht, was er von all dem halten sollte, geschweige denn, wie seine Rolle dabei aussah und was der Polizeidirektor von ihm erwartete.

»Wann ist es denn passiert?«, entschloss er sich mit einer mehr als legeren Erkundigung, den üblichen Kotau vor Burchtorff zu unterlassen. Dem schien ohnehin gerade anderes wichtiger als das strikte Beharren auf Formalitäten.

»Der Arzt meint, irgendwann gestern Abend. Genaueres wird die Obduktion ergeben.«

»Trotzdem hat ihn erst die Ladnerin in der Früh gefunden?«, stellte Thiel erstaunt fest. »Hat ihn keiner vermisst? Seine Frau, seine Kinder, das Personal zu Haus?«

»Herr Riederer ist, vielmehr war, allein.« Burchtorff hüstelte in die Faust. »Genaueres müssen Sie noch herausfinden. Ich kenne ihn flüchtig. Er verkehrte gelegentlich im ›Tambosi‹.«

Das war es also! Der Tote gehörte zu dem erlauchten Kreis der Stammgäste im »Tambosi«, genau wie der Polizeidirektor. Das erklärte, weshalb Burchtorff persönlich am Tatort war. Und weshalb er ihn nicht aus den Augen ließ. Bestimmt würde er gleich auf besonders rasche Aufklärung des Falles drängen.

»Ein schreckliches Verbrechen!« Burchtorff baute sich hinter dem Stehpult auf und begann, mit seinen steifen Fingern in den Büchern zu blättern. Dabei befeuchtete er immer wieder die Fingerspitzen. Bald hing ein kaum sichtbarer Speichelfaden von seinem Mund.

Angewidert wandte Thiel sich ab. Der Regen trommelte inzwischen stärker gegen das Fenster. Es wurde noch düsterer in dem schummrigen Büro.

Burchtorff schienen die schlechten Sichtverhältnisse bei seiner Lektüre nicht zu stören. Ungerührt blätterte er weiter. Endlich schlug er das Buch zu und schaute wieder auf. Thiel nahm Haltung an.

»Lassen Sie das, Thiel. Ich habe Sie vorhin schon darum gebeten.« Der Polizeidirektor fuchtelte mit der Hand durch die Luft. »Wir müssen jetzt alles tun, um den gewissenlosen Täter schnellstmöglich dingfest zu machen. Eigentlich ist die Gendarmerie für solche Vorfälle zuständig, aber bei diesem Mord gibt es ganz besondere Umstände.«

Ergeben nickte Thiel.

»Und die liegen nicht allein darin, dass mir das Opfer entfernt persönlich bekannt war«, setzte Burchtorff nach. Dabei trat er hinter dem Pult hervor, verschränkte die Arme auf dem Rücken und begann, auf und ab zu gehen.

»Josef Riederer war nicht nur ein angesehener Geschäftsmann.

Aufgrund seiner Waren hatte er vor allem mit Schneidern zu tun. Und die sorgen gerade für ganz besonderen Aufruhr in der Stadt.«

Abrupt blieb er stehen. Seine Stimme war lauter geworden. Oder lag es daran, dass der Regen leiser geworden war? Thiel zog die Augenbraue hoch. Es juckte ihn am rechten Nasenflügel. Undenkbar, sich jetzt dort zu kratzen.

Zum Glück sprach der Polizeidirektor schon weiter: »Aber das alles muss ich Ihnen nicht erst erklären. Das wissen Sie selbst am besten.«

Dicht vor Thiel blieb er stehen. Thiel spürte seinen Atem im Gesicht, eine Mischung aus kaltem Zigarrenrauch und Kaffee, dünn überlagert von einem herben Parfum. Unwillkürlich schluckte er, was Burchtorff wohl falsch verstand. Missbilligend verzog er den Mund, dann aber lächelte er: »Sie sind der richtige Mann für diesen Fall.«

Er klopfte ihm auf die Schulter. Plötzlich erschien ein triumphierendes Blinzeln in seinen Augen.

»Außerdem, mein lieber Thiel, ist der Fall sowieso schon so gut wie gelöst.«

»Was?«

»Ja, Sie haben richtig gehört: Der Fall ist so gut wie gelöst. Es gibt nämlich eine Zeugin.«

Mit drei großen Schritten war der Polizeidirektor beim Vorhang, riss ihn schwungvoll auseinander und rief ins Geschäft hinein: »Die Ladnerin, bittschön!«

Thiel vernahm ein erschrockenes »Ich?«. Eine Männerstimme blaffte: »Wer sonst?« Dann kratzte Holz über Holz, männliche Stiefelschritte knallten auf dem Boden, leichte Frauenschritte trappelten näher, der Vorhang schob sich ein weiteres Stück auseinander, und die ältere Frau aus dem Laden trat ein. Dicht am Vorhang blieb sie stehen, knickste mit zittrigen Beinen und faltete ihre Hände vor dem schmalen Leib. Ihre Augen hafteten fest vor ihren Fußspitzen auf dem Boden.

»Treten Sie näher, Fräulein Kathi, nicht so schüchtern. Der Polizeioffiziant tut Ihnen nichts, dafür sorge ich schon.«

Er lachte übertrieben.

»Sagen Sie ihm doch einfach noch mal, was Sie gestern Abend

beobachtet haben. Sie haben es vorhin ja schon mehrmals erzählt.«

Die Ladnerin nickte, sagte aber immer noch nichts.

»Also?« Die Stimme des Polizeidirektors klang nun schon etwas ungeduldiger. »Kommen Sie, Fräulein Kathi, wir haben nicht ewig Zeit, wir müssen einen Mörder verhaften. Sie haben eine wichtige Beobachtung gemacht, das schildern Sie dem Herrn Offizianten jetzt bittschön einfach noch mal.«

Die Frau blieb weiter stumm.

»Also gut, dann sage ich es eben selbst.« Sichtlich unzufrieden wandte Burchtorff sich wieder Thiel zu: »Sie hat gesehen, wie das Opfer, also Herr Riederer, gestern Abend in seinem Laden bedroht worden ist, handgreiflich bedroht. Den Rüpel hat unser Fräulein Kathi hier genau gesehen, so genau, nicht wahr, Fräulein Kathi, dass sie ihn jederzeit beschreiben und wiedererkennen kann. Herr Riederer hat sie dann zwar nach Haus geschickt, aber nach allem, was der Doktor bislang festgestellt hat, muss er kurz darauf schon niedergestochen worden sein. Also ist es mehr als wahrscheinlich, dass der Mann, den das Fräulein Kathi zuletzt bei Herrn Riederer gesehen hat, auch unser Täter ist. Na, was sagen Sie dazu, Thiel?«

Burchtorff tätschelte der Frau die Schulter. Die Freude, so schnell einen Tatverdächtigen präsentieren zu können, überwog den Ärger über ihren verpatzten Einsatz. Und es ließ ihn offenkundig übersehen, dass seine Vermutung eigentlich recht dünn war. Gerade wollte Thiel eine gewisse Vorsicht vor zu voreiligen Schlussfolgerungen anmahnen, da bemerkte er Burchtorffs Gesichtsausdruck. Sofort schwenkte er ein und fragte überaus freundlich: »Sie haben also den Mann, der so heftig mit dem Herrn Riederer gestritten hat, ganz genau gesehen?«

»Ja«, hauchte sie.

»Wie hat er denn ausgeschaut?«

Aufmunternd nickte er ihr zu. Im Stillen hoffte er, dass Burchtorff nicht wieder dazwischenredete. Schließlich wollte er von der Frau selbst hören, was sie beobachtet hatte. Nervös knetete sie den Stoff ihres Rocks, sah erst zu Burchtorff, dann zu Thiel, dann wieder zu Burchtorff.

»Jung war er«, wisperte sie schließlich.

»Und weiter? Was hatte er an?«

»Angezogen war er«, die Frau überlegte sichtlich angestrengt, »so wie heutzutag halt alle! Also mit so einer Jacken und einer Hosen und einer Mütze.«

»Ach«, entfuhr es Thiel entmutigt. Im Geiste sah er sich schon den Steckbrief formulieren. Eine grandiose Beschreibung! Fast die gesamte männliche Bevölkerung Münchens stand damit unter dringendem Tatverdacht.

»Wie jung?«, hakte er nach.

»So um die dreißig?« Allmählich erwachte die Ladnerin aus ihrer Erstarrung. »Sind Sie jetzt ein richtiger Gendarm oder nicht? Ihre Uniform schaut ganz anders aus als die von den Schandis vorn im Laden.«

»Da haben Sie Recht, Fräulein Kathi«, lobte der Polizeidirektor. »Gut beobachtet.« Wieder lächelte er triumphierend über ihren Kopf hinweg zu Thiel hinüber. »Das hier ist nämlich ein Offiziant der Stadtpolizei und kein Gendarm. Deshalb trägt er einen blauen Rock und keinen grünen.« Bekräftigend schlug er Thiel auf die Schulter. »Dafür ist der Herr Polizeioffiziant mit ganz besonderen Aufgaben betraut und nicht auf Wachgang. Ihm können Sie vertrauen. Sagen Sie ihm einfach alles, was Sie wissen, Fräulein Kathi.«

Damit eilte er durch den Vorhang hinaus in den Laden.

Thiel stöhnte auf. Nun war er zwar endlich allein mit der Zeugin und konnte sie ungestört befragen, dennoch fühlte er sich unbehaglich. Die Sache widerstrebte ihm. Das lag nicht nur an der krähenartigen Gestalt von Fräulein Kathi. Ihre dürren Finger umklammerten den Stoff der Schürze, die wässrig blauen Augen bohrten sich in sein Gesicht. Mühsam suchte er nach Worten, um sie zum Reden zu bringen. Er wusste, dass Burchtorff hinter dem Vorhang ungeduldig wartete. Und er wusste genau, worauf. Es blieb ihm nichts anderes übrig, als alle Bedenken fahren zu lassen und es mit der Zeugin zu probieren.

Als er dem Polizeidirektor eine Viertelstunde später in den Laden folgte, war er nicht nur genau über das Aussehen des Verdächtigen informiert, sondern hatte auch erfahren, warum er mit Riederer in heftigen Streit geraten war.

»Und das«, erklärte er Burchtorff, »ist wohl der entscheidende Hinweis.«

Dabei wollte er es bewenden lassen und sich endlich an die Arbeit machen.

»Raus mit der Sprache, Thiel: Wer ist es?«

Ungeduldig trommelte der Direktor mit den Fingern auf die Ladentheke. Das mochte Thiel nicht. Einen Moment war er versucht, dagegen zu protestieren, erinnerte sich aber gerade noch rechtzeitig, wen er vor sich hatte.

»Wohl einer vom Arbeiterverein«, gab er ausweichend preis.

»Wer?« Burchtorff unterbrach das Trommeln abrupt. Sein Gesicht färbte sich dunkelrot, als er losblaffte: »Etwa dieser Neff, dieser unverschämte Bursche? Hab ich's mir doch gleich gedacht! Letzten Sonntag erst war der mit einer Delegation bei mir im Büro. Ein übler Bursche, Thiel, so was sehe ich gleich auf den ersten Blick. So einem ist alles zuzutrauen. Schauen Sie, dass Sie ihn sofort verhaften und zu mir bringen! Den knöpf ich mir höchstpersönlich vor.«

Thiel schluckte, bevor er leise klarstellte: »Nein, nicht Robert Neff, Herr Direktor. Der Beschreibung nach muss es wohl eher Friedrich Kirsch gewesen sein.«

»Wer?«, raunzte Burchtorff verärgert. Dann fing er sich wieder und fragte ruhiger: »Und wer um Himmels willen soll das schon wieder sein?«

»Einer, der sich für die Sache der Gehilfen einsetzt«, entgegnete Thiel, begriff aber im selben Moment, dass Burchtorff ihm schon gar nicht mehr zuhörte.

Die Lautstärke stieg an. Erhitzt redeten die Schuhmachergehilfen aufeinander ein. Ein-, zwei-, wenn nicht sogar dreihundert hatten sich in dem Saal gleich neben dem Schankraum versammelt. Vom Diskutieren waren ihre Köpfe rot angelaufen. Hin und wieder sauste eine Faust auf den Tisch, dass die Krüge hüpften, Hände fuchtelten durch die Luft, suchten dem Gesagten durch weitschweifige Gesten mehr Nachdruck zu verleihen, weil die Stimmen immer brüchiger wurden. Das viele Reden, die Lautstärke und die schlechte Luft machten ihnen zu schaffen.

Dennoch ging das Debattieren weiter, niemand gönnte sich eine Pause.

»So ein Streik ist doch ein Schmarrn!« Sicherlich zum zehnten Mal an diesem Abend erklang die Feststellung, um sofort von einem anderen Zwischenrufer mit einem »Richtig zeigen müssen's wir denen da oben endlich mal!« widersprochen zu werden.

»Das kümmert die doch einen feuchten Kehricht!«, stellte ein anderer fest, der gleich mit »Was weißt denn du!« niedergeschrien wurde.

So ging es immer wilder durcheinander. Mit den Bierkrügen vor der Brust duckte sich die Bedienung unter den gestikulierenden Armen weg. Dabei schwappte der Schaum auf den Bieren über. Bald wurde ihr nasses Mieder zur Zielscheibe gieriger Männerblicke. Resolut parierte sie gleich die erste obszöne Bemerkung mit einem barschen »Scher dich weiter!«.

In der Empörung kümmerte sich keiner um die drei Männer an der Stirnseite des Saales. Noch stand Robert Neff hinter dem Tisch. Sein buschiger Schnurrbart vibrierte, der Blick seiner grünen Augen wanderte unruhig umher, mehrmals fuhr er sich mit beiden Händen durch die lange Lockenmähne. Kirsch beobachtete erst seinen Freund, dann die anderen Männer. Neff wirkte unentschlossen, in seinem Gesicht fand sich nicht die geringste Spur mehr von dem berühmt-berüchtigten Lächeln, mit dem er sonst nicht nur die Frauen für sich einzunehmen pflegte. Rechts neben dem stämmigen Neff saß der Wortführer der Schuhmachergehilfen. Auch sein Gesicht war rot vor Erregung, die blassblauen Augen quollen weit aus dem teigigen Gesicht heraus. Seit längerem trommelte er mit den Fingern auf den Tisch, hörte plötzlich abrupt damit auf und stellte sich neben Neff.

»Männer!«, schrie er in den Saal.

Erschrocken horchten die Männer in den vorderen Reihen auf.

»Halt's Maul!«, rief jemand.

»Halt's selber«, brüllte er zurück.

»Ruhig Blut«, ging Neff dazwischen. »Also so kommen wir nicht weiter.«

Die nächsten Worte raunte er dem Schuhmacher ins Ohr. Kirsch verstand nicht, was sie miteinander besprachen. Enttäuscht wandte er sich ab. In seinem Innern rumorte es. Nicht, weil die Versammlung nicht so lief, wie Neff und er es sich erhofft hatten, sondern vor Hunger. Schon wieder hatte er den ganzen Tag lang keine ordentliche Mahlzeit bekommen. Das Geld hatte lediglich für ein trockenes Brot und einen Teller wässrige Suppe gereicht. Eigentlich hatte er erwartet, am Abend von den Schuhmachergehilfen eingeladen zu werden. Sonst war das üblich, quasi als Lohn für die Rede, doch die Stimmung war nicht danach.

»Mir reicht's«, verkündete ein älterer Mann plötzlich. Seine Bassstimme übertönte die anderen. Alle sahen zu ihm hinüber.

Der Alte sonnte sich kurz in der Aufmerksamkeit, dann erklärte er dröhnend: »Ihr vom Arbeiterverein macht doch genauso leere Versprechungen wie all die anderen. Seit mehr als zwei Wochen streiken die Schneidergehilfen –«

»Geh mir weg mit deinen Schneidern!« – »Die gehen uns nichts an«, riefen andere dazwischen.

»Die gehen uns sehr wohl was an«, erwiderte der Alte und verschaffte sich mit einer energischen Handbewegung die Aufmerksamkeit im Saal. »Die zwei hier vom Arbeiterverein haben nämlich die Schneidergehilfen überhaupt erst zum Streik angestachelt. Aber jetzt, wo die Schneider dastehen ohne Geld und ohne Hoffnung, dass überhaupt jemals was besser wird, jetzt lassen s' die einfach im Stich. Denen zwei ist doch egal, was aus unsereinem am End wird. Die wollen gar nicht unbedingt für solche wie uns was Besseres erkämpfen. Die wollen nur, dass viele von uns auf sie hören und tun, was sie uns sagen. Denn damit kriegen die zwei in ihrem Arbeiterverein mehr Macht. Und um nichts andres geht's denen. Was aber das Beste für die ist: Mit jedem von unsereinem, der in den Arbeiterverein reingeht, kommt bei denen mehr Geld in die Kasse, weil ein jeder von uns was einzahlt. Und was aber dann mit dem Geld gemacht wird, das weiß halt niemand so genau. Von denen, die streiken, kriegt's jedenfalls keiner. Das könnt ihr ja an den Schneidern sehen. Aber das wollen die zwei hier«, der Alte wies mit der Hand auf Neff und Kirsch, »natürlich nicht so gern offen zugeben.«

Kirsch hielt die Luft an, um das Magenknurren zu unterdrücken. Ihm wurde immer flauer. Neff lächelte starr.

»Also wir beide«, erwiderte er betont ruhig, »wir haben keine Geheimnisse vor euch.«

»Was du nicht sagst!« – »Sag halt, was du mit dem Geld machst!«

Neff hob die Hand, bat um Ruhe. Nach einer Weile legten sich die Zwischenrufe.

Er sprach weiter: »Also wegen dem Geld braucht ihr euch keine Sorgen machen. Damit mach ich selbst überhaupt gar nichts, da könnt ihr mir vertrauen. Das Geld ist bei uns wirklich in treuen Händen. Bei uns Gewerkschaftern haut doch keiner den anderen übers Ohr. Wir halten doch zusammen.«

»Hört, hört!«, wurde es sofort wieder unruhig. Erneut signalisierte Neff, dass er noch Wichtiges zu sagen hatte.

»Also das Geld, das ein jeder Gehilfe an den Arbeiterverein zahlt, kommt in eine gemeinsame große Kasse. Gehilfen und Fabrikarbeiter aus ganz Deutschland sind im Arbeiterverein mit dabei. Über die einzelnen Gewerkschaften in ihren Städten gehören sie dazu, genauso wie ihr. Also jeder zahlt seinen Beitrag in die gemeinsame große Kasse. Mit dem Geld werden dann die Streikenden in den einzelnen Städten unterstützt. Jeder hilft eben dem, der's am nötigsten hat. Das nennt man Solidarität. Denn was die Kameraden zum Beispiel in Essen oder Leipzig erkämpfen, nutzt auch den Gehilfen in Augsburg. Und was die Schneider hier in München erreichen, hilft auch denen in Berlin. So helfen sich alle gegenseitig, um den Kampf weiter durchzustehen.«

»Am meisten aber hilft's euch beiden«, fuhr der Alte dazwischen. »Die Schneidergehilfen haben jedenfalls noch nichts von dem Geld der anderen gekriegt. Für die ist ja angeblich grad nichts drin in eurer schönen Kasse. Ihr zwei aber lasst's euch derweil richtig gut gehen. Arbeitet nichts, haltet dafür eure neunmalklugen Reden auf unseren Versammlungen und lasst euch sogar noch das Bier von unsereinem bezahlen! Mittags schon hockt ihr faul im Wirtshaus rum. Gestern erst hab ich euch mit eigenen Augen dabei gesehen. Von wegen Anführer der unterdrückten Arbeiterschaft! Schöne Anführer seid ihr mir!«

Gern wäre Kirsch aufgesprungen und hätte dem Alten erzählt, wann er zuletzt Geld bekommen, geschweige denn durchgefüttert worden war. Schon beim ersten Anlauf wurde ihm schummrig im

Kopf, deshalb ließ er es doch lieber bleiben und verfolgte im Sitzen, was weiter um ihn herum geschah.

Neff wandte sich erneut direkt an den Alten: »Also die streikenden Schneider kriegen deswegen kein Geld mehr aus der Kasse, weil ihr Ausstand schon so lange dauert. Das hat alle Reserven aufgezehrt. Der Streik war vorher übrigens gar nicht mit uns abgesprochen. Wir hätten denen gleich sagen können, dass der Zeitpunkt ungünstig ist. Es hat in den letzten Monaten auch in anderen Städten schon Streiks gegeben, die wir unterstützen mussten. Außerdem haben die Schneider nicht drüber nachgedacht, ob überhaupt Aussicht auf Erfolg besteht. Also ob noch weitere Branchen bereit sind, mitzustreiken und die Forderungen zu unterstützen. Und ob die Meister wirklich mit ihnen reden und schnell eine Lösung finden wollen. Jetzt dauert der Streik schon bald drei Wochen. Also das ist viel länger, als jeder gemeint hat. Das kostet natürlich viel Geld. Geld, das gerade wirklich nicht da ist. Woher soll's auch kommen, wenn keiner von euch mehr bereit ist, in den Arbeiterverein einzutreten und seinen Beitrag zu zahlen? Ihr wollt das Geld der andern, aber zahlen wie die andern wollt ihr nicht!«

»Ihr seid mir schöne Arbeitervertreter, dass ihr das zugeben müsst!« Der Alte schüttelte den Kopf.

»So ein Streik nützt gar nichts«, meldete sich ein anderer Mann von weiter hinten zu Wort, »außer dass er euch auf unsere Kosten eine schöne Zeit beschert. Eine feine Solidarität ist das! Ich pfeif auf euren Arbeiterverein. Und ich pfeif auf eure Ratschläge. Ohne euch kriegen wir das viel besser hin. Ist ja sowieso nur noch eine Frage der Zeit, bis es mit dem Handwerk bei uns in München wieder aufwärts geht.«

Ohne eine Antwort abzuwarten, nahm er seinen Hut und marschierte Richtung Ausgang. Kräftiges Kopfnicken, Schulterklopfen und zustimmende Rufe wie »Recht so!«, »Genau!«, »Das musste mal gesagt werden!« begleiteten ihn. Auch der Alte folgte seinem Beispiel und ging hinaus. Zwei, drei andere schlossen sich an.

In der Saaltür kam es plötzlich zu einem Aufruhr: Als sie gerade hinausgehen wollten, stürzte ihnen ein Mann entgegen, schob sie schimpfend beiseite und polterte nach vorn zu dem Tisch, an dem Neff und der Anführer der Schuhmachergehilfen noch immer standen. Der Schuhmacher beugte sich zu ihm. Aufgeregt flüsterte der Mann ihm etwas ins Ohr. Im Saal wurde es still. Gebannt schauten alle nach vorn.

Mit einem lauten Grollen meldete sich Kirschs Hunger. Beschämt rutschte er auf seinem Stuhl hin und her. Die Aussicht auf eine Mahlzeit schwand mit jeder weiteren Sekunde. Er rang mit sich, ob er nicht doch aufspringen und etwas zu den Schuhmachern sagen sollte. Ob er ihnen von seiner Idee mit der Genossenschaft erzählen sollte? Vielleicht konnte er sie damit umstimmen? Schließlich wollten sie eigentlich alle das Gleiche. Andererseits war er der Gastredner von auswärts, sein Kamerad aber vom hiesigen Arbeiterverein. Wenn sie Neff schon derart heftig angriffen, wie würden sie dann erst auf ihn reagieren?

»Hört zu! Es ist was passiert«, sagte der Schuhmacheranführer im selben Moment. Seine Miene war finster. Er rieb sich das Kinn.

Als die anderen ihn so sahen, kam Unruhe auf. Die ersten Rufe wurden laut: »Was ist?« – »Nun sag schon!« – »Lass dich nicht bitten!«

Er hob die Hand und bat um Ruhe.

»Ein Mord in der Kaufingerstraße. Die Polizei meint, es hätt was mit den Streiks und unseren Versammlungen zu tun.«

Sofort wurde Empörung laut: »Eine Frechheit!« – »Alles nur wegen denen vom Arbeiterverein!« – »Schmeißt sie endlich naus!«

Der Anführer der Schuhmacher versuchte die Ruhe wiederherzustellen. Niemand achtete mehr auf ihn. Die Männer im Saal diskutierten wild durcheinander. Die Ersten erhoben sich, um ihren Forderungen Taten folgen zu lassen. Schon krempelten sie die Ärmel auf und näherten sich entschlossen dem Rednertisch.

Neff warf Kirsch einen besorgten Blick zu, Kirsch sprang vom Stuhl auf und brachte sich in Position. Noch einmal wollte er sich nicht verprügeln lassen.

»Jeder bleibt, wo er ist«, schrie der Anführer der Schuhmacher in den Saal. »Eine Rauferei ist das Letzte, was wir jetzt brauchen können. Darauf wartet die Obrigkeit doch nur.« Es klang wie der letzte Verzweiflungsschrei eines Ertrinkenden kurz vor dem endgültigen Untergang. »Ich glaub, ihr haut besser gleich ab«, raunte er Neff und Kirsch über die Schulter zu.

Kirsch sah den Schuhmacher noch einen Moment lang an. Vielleicht würde der trotz allem die Einladung zum Essen nicht vergessen. Der erwiderte seinen Blick, sagte aber nichts. Kirsch war sich sicher, dass er genau wusste, was er von ihm wollte.

»Schleicht euch, sag ich!«, brüllte er plötzlich los.

Kirsch wollte sich auf ihn stürzen, doch Neff riss ihn weg: »Komm, lass gut sein. Also hier richten wir heute sowieso nichts mehr aus.«

Für diesen Tag hatte Thiel mehr als genug. Erschöpft ließ er sich an einem der hinteren Tische im Wirtshaus nieder. Nachdem er den Tschako abgenommen hatte, wischte er sich die Stirn. Das Herumlaufen in der Stadt hatte ihn ins Schwitzen gebracht, trotz des kühlen Regenwetters. Seine Füße schmerzten. Er streckte seine langen Beine aus und lüpfte dabei den feuchten Stoff seiner Hose. Der klebte auf der Haut fest, ein widerwärtiges Gefühl. Zum Glück war es warm im Schankraum. Dann konnten seine Uniform und er ein wenig trocknen.

»Eine Maß!«, rief er der Kellnerin zu.

Wenig später stand der Krug bereits vor ihm. Gierig nahm er einen großen Schluck. Nein, es machte keinen Spaß mehr. Mit der Zunge leckte er den Schaum von den Lippen. Streng genommen hatte es ihm noch nie Spaß gemacht. Freiwillig hatte er den Polizeidienst nicht angetreten. Nach dem Tod des Vaters und angesichts der vielen Schulden war ihm seinerzeit keine andere Wahl geblieben. Dass er fünfzehn Jahre später immer noch im strömenden Regen herumrennen und Männer wie diesen Kirsch suchen durfte, damit hatte er jedoch in seinen ärgsten Alpträumen nicht gerechnet. Dabei war es nicht mal klar, ob Kirsch überhaupt etwas verbrochen hatte! Er hatte sich einfach nur mit diesem Nähmaschinenhändler gestritten, mehr wusste man noch gar nicht. Aber weil er sozialdemokratische Ideen vertrat, war er natürlich einer der Ersten, der als Täter in Betracht kam, wenn es um den Mord an diesem Händler ging.

Thiel nahm einen weiteren Schluck Bier. Nein, das machte

wirklich keinen Spaß mehr. Das hatte nichts mehr mit Recht und Gerechtigkeit zu tun. Doch was in seinem täglichen Dienst hatte noch damit zu tun? Der Anblick des grausam gemeuchelten Hundes von gestern Abend kam ihm wieder in den Sinn. Zustände waren das inzwischen! Er rieb sich die juckende Nase, hielt mitten im Reiben plötzlich inne. Da war doch noch was? Er starrte vor sich hin. Da verkroch sich was im hintersten Winkel seines Hirns und traute sich nicht so recht ans Tageslicht, das spürte er ganz genau. Er versuchte, sich besser zu konzentrieren. Der lange Tag steckte ihm in den Knochen, und die schlechte Luft tat ein Übriges. Er gähnte. Richtig, das war es: die Geschichte mit dem Hund! Die war gar nicht weit von Riederers Laden passiert. Das ihm das nicht gleich aufgefallen war! Wirklich Zufall? Oder ein Zeichen? Ach, Unfug! Er glaubte doch sonst nicht an solches Geschwätz. Nur alte Weiber faselten von Zeichen und Ahnungen und dem ganzen Kram.

Noch einmal setzte Thiel zum Trinken an. Dann war das Bier leer. Auf ein zweites verzichtete er besser. Das erste hatte ihm schon genug den Kopf vernebelt. Entschlossen verschränkte er die Arme vor der Brust und lehnte sich zurück. Sein Blick wanderte umher. Der Schankraum im »Schwarzen Ross« war gut gefüllt. Die meisten Männer hockten mit glasigen Augen vor ihren Krügen. Um diese Zeit waren sie schon bei der dritten oder vierten Maß. Gleich würden die ersten Ehefrauen hereinstürmen und sie zeternd nach Hause schleifen. Wenigstens das blieb ihm erspart. Das hätte seine Betty nie getan. Verschämt wischte er sich eine Träne weg. Ja, die Betty, das war eine patente Frau gewesen!

»Servus, Thiel. Lang nicht gesehen.«

Überrascht hob er den Kopf. Ohne dass er es gemerkt hatte, war der Wirt an seinen Tisch getreten. Polternd zog er sich einen Stuhl heran.

»Kommst doch nicht etwa wegen der Schuhmacherversammlung? Da bist zu spät dran. Die sind grad eben weg. Heut hast wirklich was verpasst!« Der Wirt lachte. »Ganz schön heiß ist's da hergegangen. Kannst ja den Schreiberling von der Zeitung fragen. Der hockt noch im Nebenraum und bastelt an seinem Bericht. Als ob's ein Kunstwerk für die Ewigkeit werden sollt! Sicher kann er dir alles erzählen und vielleicht«, er zwinkerte ihm zu, »gibt er dir noch freiwillig den Bericht für die Akten.«

»Bei dir haben sich die Schuhmachergehilfen getroffen?«

Thiel erwachte aus seiner Lethargie. Dass er eine Versammlung verpasst hatte, war ihm noch nie passiert. Das musste daran liegen, dass er seit mittags durch die Straßen gelaufen war. Über der Suche nach Kirsch vergaß er noch alles. Er sah auf die Uhr. Schon kurz vor acht! Nun erinnerte er sich, dass die Zusammenkunft der Schuhmachergehilfen an diesem Dienstag bereits für halb sechs anberaumt gewesen war.

»Die sind heut aber früh fertig.«

Kerzengerade richtete er sich auf. Den leeren Bierkrug schob er vorsichtig in die Tischmitte. Der Wirt sollte möglichst nichts von seiner Verwirrung bemerken. Am besten, er ging gleich in den Nebenraum. Den Zeitungsredakteur auszufragen war eine gute Idee. Heinrich Stiegler war ein guter Beobachter und ein ausgewiesener Kenner des Milieus.

»Ganz schnell ist das gegangen.« Mit der rechten Hand machte der Wirt eine abwertende Bewegung. »Die hatten nämlich keine Lust, sich lang die Parolen von den zwei Sozialdemokraten anzuhören. Weißt schon, dieser Neff aus Augsburg und dieser andere vom Rhein, der jetzt auch schon länger bei uns in der Stadt ist. Die wollten den Schuhmachergehilfen erklären, was sie zu tun haben. Schon unglaublich, was sich diese Burschen vom Arbeiterverein herausnehmen! Wie die unsere braven Gehilfen aufhetzen wollen. Aber zum Glück sind das alles anständige Burschen, die wissen, wo's langgeht. Sonst würd ich die auch gar nicht mehr zu mir reinlassen!«

Wieder lachte der Wirt dröhnend. Dann erhob er sich von seinem Stuhl.

»Weißt ja, Thiel, ich will keine Scherereien mit der Obrigkeit. Schon gar nicht wegen den Sozialdemokraten. Die sollen sich besser woanders treffen und uns hier in Frieden lassen. Soll ich dir noch eine Maß bringen?«

»Lass gut sein, ich bin noch im Dienst.«

Thiel bemühte sich, ohne Schwanken aufzustehen. Er hätte zum Bier was essen sollen, dann wäre ihm jetzt nicht so flau im Magen.

Thiel fluchte. Nicht laut natürlich. Das hatte er sich in seinen achtunddreißig Lebens- und mehr als fünfzehn Dienstjahren längst abgewöhnt. Dafür fluchte er im Stillen umso ausgiebiger. Das beherrschte er mindestens ebenso gut. Laut entfuhr ihm nur ein ungnädiges Knurren. Trotzdem erntete er dafür ein pikiertes Augenbrauenrunzeln von Heinrich Stiegler. Der Redakteur der Münchener Neuesten Nachrichten schob die Brille auf seiner Nase nach oben. Hinter den kleinen runden Gläsern wirkten seine Augen noch undurchdringlicher als sonst. Von unten herauf schaute er Thiel an.

»Geben Sie zu, Herr Offiziant: Sie haben tatsächlich vergessen, dass die Schuhmacher heute Abend über einen Ausstand beraten wollten, nicht wahr? Eine Disziplin ist das!«

Er schüttelte so heftig den Kopf, dass seine dunkle Lockenpracht in Unordnung geriet. Eigentlich trug er das nackenlange Haar in Wellen streng nach hinten frisiert, ganz wie sein königliches Vorbild. Behutsam strich er die Haare wieder zurück.

Thiel musste sich zusammenreißen. Es kochte in ihm. Nicht nur, dass er eine Versammlung vergessen hatte, nein, dort hätte er Kirsch sogar treffen und festnehmen können! Das zumindest hatte ihm Stieglers Bericht soeben klargemacht. Den ganzen Tag rannte er sich die Hacken ab, vergaß darüber seine eigentliche Arbeit, die Arbeiterversammlungen zu observieren, und verpatzte noch gleich seinen Sonderauftrag. Unfassbar! Thiel schüttelte nun auch den Kopf, und zwar heftiger und länger, als es dieser kleinwüchsige Redakteur vorhin getan hatte. Sein ebenfalls sehr dunkles, aber kurzes Haar blieb an Ort und Stelle liegen.

Stiegler schmunzelte auf einmal wissend: »Das ist ja sehr interessant, dass Sie sich darüber so aufregen. Hängt das in irgendeiner Weise mit dem heutigen Mordfall zusammen? Sind Sie gar in die Ermittlungen involviert? Das ist doch gar nicht Ihr Metier, nicht wahr?«

Seine Augen leuchteten. Er zückte Block und Stift, um sich Notizen zu machen.

Thiel wurde klar, dass er sich gerade ein weiteres Mal blamiert hatte. Was war nur mit ihm los? So ruhig wie möglich setzte er sich zu dem Redakteur an den Tisch und nahm eine betont entspannt wirkende Haltung ein. Vielleicht gelang es ihm, Stiegler von seiner Fährte abzubringen. Mordfälle waren schließlich auch nicht dessen Fachgebiet.

»Die Schuhmachergehilfen wollen also gar nicht streiken?«, fragte er harmlos und schaute in die Weite des Saales. Überall standen leere Krüge auf den Tischen, waren Stühle und Bänke in Unordnung. Lange konnte die Versammlung wirklich noch nicht vorbei sein. Bierdunst hing in der Luft, gemischt mit dem scharfen Geruch nach Schweiß. Obwohl der Saal keinen Ofen hatte, war der Raum wohlig warm.

»Das habe ich Ihnen doch schon alles erzählt, nicht wahr?«, wurde Stiegler ungeduldig. »Es gab nichts Neues, nur das Übliche halt. Zum Schluss haben sie die zwei vom Arbeiterverein rausgeworfen.«

»Interessant«, murmelte Thiel. Schon grübelte er, wie er Stiegler am geschicktesten dazu brachte, ihm einen Tipp zu geben, wohin Kirsch und Neff nach dem Rauswurf verschwunden sein mochten. Mehr als einmal hatte er schon beobachtet, wie der Redakteur den beiden hinterhergeschlichen war.

»Tun Sie doch nicht so«, brauste der Redakteur plötzlich auf. »Sie wollen doch was ganz anderes von mir wissen! Bei dem Mordopfer handelt es sich, wie man hört, um diesen Nähmaschinenhändler Riederer, nicht wahr? Ich kann drei und drei zusammenzählen, Herr Offiziant. Polizeidirektor Burchtorff hat Sie also losgeschickt, den Mörder zu finden, sonst hätten Sie nicht die heutige Versammlung verpasst. Burchtorff wird einen guten Grund für diesen Sonderauftrag haben. Sie sind der Einzige bei der Münchener Polizei, der sich unter den Arbeitern und Gehilfen auskennt. Also besteht ein Zusammenhang zwischen dem Mord und den Streiks. Wenn Sie hier auftauchen und mich über die Versammlung ausfragen, bedeutet das nichts anderes, als dass Sie den Täter in diesem Umfeld vermuten. Ein Schuhmacher aber wird kaum etwas mit einem Nähmaschinenhändler zu tun haben. Also ist es einer von den beiden Arbeiterfunktionären, nicht wahr?«

Verdammt! So viel Logik hätte Thiel dem Redakteur nicht zugetraut. Rasch wich er seinem Blick aus, schaute zur Tür, von wo er ein Geräusch vernommen hatte.

»Da kommt Neff!«

Nie zuvor hatte er sich so über das Auftauchen des Arbeiterführers gefreut. Neugierig sah er dem gedrungenen Mann mit der frechen Mütze und dem schelmischen Lächeln entgegen.

»Guten Abend, die Herrschaften«, grüßte Neff und setzte sich zu ihnen. Er wirkte nicht im Geringsten erstaunt, den Polizeioffizianten allein mit dem Redakteur der Neuesten Nachrichten in dem leeren Saal anzutreffen. Zumindest ließ er es sich nicht anmerken.

Stieglers Laune schien sich ebenfalls durch Neffs Auftauchen zu bessern. Zufrieden schmunzelte er.

»Wieso kommen Sie zurück?«, begrüßte er den Arbeiterfunktionär. »Den heutigen Auftritt werden Sie wohl nicht zu Ihren ganz großen Erfolgen rechnen können, nicht wahr?«

Thiel bildete sich ein, so etwas wie Triumph, in jedem Fall aber Schadenfreude herauszuhören.

»Also darauf kommt es doch gar nicht an«, erwiderte Neff gelassen. »In der derzeitigen Situation zählt nur, dass ein weiterer Streik, zum Beispiel von den Schuhmachern, besser vorbereitet wird als der der Schneider.«

»Ach? Dann wollen Sie gar nicht mehr, dass die jetzt auch noch streiken?«

»Also langfristig schon, aber nicht sofort. Das haben Sie vorhin doch mitbekommen. Oder soll ich Ihnen das lieber langsam in den Block hineindiktieren, damit es morgen richtig in der Zeitung steht?«

»Am liebsten würden Sie es gleich selbst schreiben, nicht wahr?« Der Redakteur lächelte. »Schließlich wollen Sie morgen die Schneidermeister treffen. Und die lesen gewiss gern vorher nach, was ich über den heutigen Abend zu berichten habe. Umso wichtiger also, dass es in Ihrem Sinn ist.«

Thiels Groll verflüchtigte sich. Belustigt sah er vom einen zum anderen.

»Also die Sorge kann ich Ihnen nehmen«, entgegnete Neff überaus freundlich. »Der Erfolg oder Misserfolg unserer Bemühungen für die Sache der Arbeiter hängt glücklicherweise nicht von Ihren Zeilen ab. Viel wird man Sie sowieso nicht mehr darüber schreiben lassen. Ihr Stil, hab ich mir sagen lassen, entspricht nicht mehr ganz den Vorstellungen des Herausgebers, nicht wahr?«

Bei den letzten beiden Worten äffte er so gekonnt den Redakteur nach, dass Thiel sich das Lachen kaum mehr verkneifen konnte. Kurzzeitig erstarb Stieglers Lächeln. Neff lehnte sich nun ebenfalls auf seinem Stuhl zurück und verschränkte die Arme vor der Brust. Schneller als erwartet hatte der Redakteur sich allerdings wieder im Griff.

»Ob mein Stil gefällt oder nicht, das spielt keine Rolle, wenn ich etwas ganz Wichtiges vermelden kann, nicht wahr?«

»So? Und das wäre?«

Neff tat gelangweilt und wollte sich gerade Thiel zuwenden, als Stiegler weitersprach: »Zum Beispiel, dass die Polizei einen der Arbeiterfunktionäre für einen Mörder hält.«

»Was?« Nun war es an Neff, die Ruhe zu verlieren. »Also es geht doch nicht etwa um den Mord in der Kaufingerstraße, von dem vorhin in der Versammlung die Rede war? Ich weiß ja nicht mal, wer da umgebracht wurde. Also was soll ich damit zu tun haben?«

»Interessant, dass Sie das sofort auf sich beziehen, nicht wahr?«

Neff wollte aufbrausen, da schaltete Thiel sich ein: »Lassen Sie Stiegler nur reden. Sie kennen ihn doch. Erzählen Sie mir lieber von dieser neuen Idee. Ich hab da was läuten hören, dass die Schneidergehilfen sich zusammentun und eigene Betriebe gründen wollen. Stimmt das?«

»Also wer hat Ihnen davon erzählt?«

Thiel schmunzelte. »Sie wissen doch: Ich hab da so meine Quellen. Eine hervorragende Idee! So viel praktischen Verstand hätt ich Ihnen, mit Verlaub, gar nicht zugetraut. Das ist doch sonst eher die Stärke von Ihrem Freund Kirsch.«

Als Neff nicht darauf einging, redete Thiel weiter: »Apropos: Wo steckt der eigentlich? Hat er heut nicht auch bei den Schuhmachern geredet? Zumindest stand er auf der Ankündigung. Dass die Streiks nicht so laufen wie geplant, wird ihn sicher wenig freuen. Da ist er extra aus dem Rheinland angereist, um die Münchener Arbeiterschaft zu unterstützen, und jetzt das! Das wird seine Position im Arbeiterverein nicht eben stärken.«

»Also was wollen Sie eigentlich von mir?«, presste Neff zwischen schmalen Lippen hervor.

Stiegler schmunzelte unterdessen vor sich hin, wie Thiel aus den Augenwinkeln registrierte. Er schien gerade etwas begriffen zu haben. Hoffentlich, dachte Thiel, hat er auch begriffen, dass er jetzt besser für eine Weile den Mund hält und das Feld mir allein überlässt.

»Also was interessiert Sie Kirschs Ansehen im Arbeiterverein? Was spielen Sie mir hier vor? Tut mir Leid, für solchen Unfug hab ich keine Zeit.«

Neff erhob sich und schickte sich an zu gehen, doch Thiel stand ebenfalls auf und stellte sich ihm in den Weg.

»Das ist kein Spiel, mein Lieber, sondern bitterer Ernst. Sagen Sie mir, wo ich Kirsch finden kann. Es ist zu Ihrem eigenen Besten.«

»Aber wohl kaum zu dem von Kirsch.« Neff lachte gekünstelt auf. »Also für wen halten Sie mich? Für einen Verräter? Ihnen hätte ich weitaus mehr Menschenkenntnis zugetraut, Herr Offiziant!«

Er setzte seine Kappe auf und wollte Thiel zur Seite schieben. Der aber griff blitzschnell nach dessen rechtem Handgelenk, drehte ihm den Arm auf den Rücken. Dabei drückte er so fest zu, dass Neff mit schmerzverzerrtem Gesicht in die Knie sank. Von oben sah Thiel auf ihn hinab. Solche Aktionen widerten ihn an, doch er hatte Neff in die Schranken weisen müssen.

»Danke für das Kompliment«, stellte er betont ruhig fest. »Aber vergessen Sie nicht, Neff, was Stiegler eben gesagt hat. Es gibt noch mehr Arbeiterfunktionäre, die als Täter infrage kommen. Einen hab ich grad vor mir. Vielleicht sollte ich den erst mal festnehmen und eine Nacht lang im Turm schmoren lassen. Polizeidirektor Burchtorff wird sich freuen, wenn ich ihm morgen Vormittag von Ihrer Verhaftung berichte. Er will den Fall rasch geklärt haben, um Unruhe zu vermeiden. Ob er es allerdings mit einem Verhör auch so eilig hat, weiß ich nicht. Schließlich gibt's noch andres, worum er sich kümmern muss.«

Er drückte noch einmal zu, sodass Neff aufschrie. Dann versetzte er ihm einen Schubs nach vorn und ließ ihn los.

Neff torkelte leicht, rieb sich das Handgelenk und bemerkte schließlich leise: »Also ich weiß wirklich nicht, wo Kirsch hingegangen ist. Ich weiß nicht mal, bei wem er hier in München wohnt. Er kann machen, was er will. Die Freiheit des Einzelnen ist uns Sozialdemokraten wichtig.«

»An Ihrer Stelle wär mir meine eigene Freiheit wichtiger«, entgegnete Thiel. »Wollen Sie die für einen wie Kirsch aufs Spiel setzen? Sind Sie sicher, dass er das auch für Sie tun würde? Sie kennen ihn doch kaum. Was wissen Sie schon von ihm? Er ist nicht mal aus Bayern!«

Wut blitzte in Neffs Augen, als er plötzlich den Kopf hob: »Also gerade habe ich den Eindruck, dass für Sie die Herkunft von jemandem sowieso überhaupt keine Rolle mehr spielt!«

Um Thiels Mund zuckte es verräterisch. Zu gern hätte er ihm die passende Antwort entgegengeschleudert, aber er widerstand dem. Seit Wochen beobachtete er Neff. Inzwischen kannte er ihn sehr gut und wusste, dass er nur geduldig warten musste. Neff war so einfach zu durchschauen.

»Also«, fuhr der Arbeiterfunktionär fort, »ich bin mir sicher, dass auch Kirsch nichts mit dem Mord zu tun hat. Wieso sollte er jemanden umbringen? Sie werden sich schon einen anderen als Täter suchen müssen, Herr Offiziant. Sagen Sie das auch dem Herrn Polizeidirektor!«

»Danke für den Hinweis.« Thiel deutete eine Verbeugung an. Neff eilte aus dem Saal.

»Seien Sie vorsichtig«, rief Stiegler ihm hinterher, als er schon halb aus der Tür war. »Der Herr Offiziant wird nicht lockerlassen, bis er Sie und Ihren Kameraden zur Strecke gebracht hat.«

Damit steckte er Stift und Block in seine abgegriffene Ledermappe und fragte Thiel: »Was ist? Wollen Sie nicht hinterher? Er wird sofort zu Kirsch rennen und ihn warnen. Dann können Sie die beiden gleich festnehmen.«

»Danke für den Hinweis. Noch entscheide ich aber gern selbst, wann ich wem hinterherlaufe oder nicht.«

»Dann eben nicht.« Stiegler zuckte die Schultern, schloss seine Tasche und ging. »Viel Erfolg, Herr Offiziant!«

Nach der Ludwigsbrücke wurde es immer dunkler. Auf der rechten Isarseite begann die Armeleutegegend. Den Berg leicht nach links hinauf ging es nach Haidhausen, nach der Brücke gleich rechts hinüber in die Au, beides ehemals eigenständige Dörfer, die seit fast zwei Jahrzehnten als Vorstädte zur königlichen Haupt- und Residenzstadt München gehörten.

Kirsch lief in die Au hinüber. Die großzügigen Bauten verschwanden, die Straßen wurden enger. Die wenigen Gärten waren bis in den letzten Winkel mit zart keimendem Gemüse und knospenden Obstbäumen bepflanzt. Dicht an dicht schmiegten sich die niedrigen Häuser aneinander. Kein Lichtschein drang aus den winzigen Fenstern. Der nicht enden wollende Regen tat ein Übriges, alles in unwirtliche Finsternis zu tauchen. Die Abstände zwischen den Gaslaternen wurden immer größer, spärlich leuchteten sie den Weg aus. Bald gab es gar keine Laternen mehr.

Kirsch zog den Kragen seiner Jacke enger um den Hals und stemmte sich gegen den Regen. Längst waren seine Beine bis auf die Haut nass. Ihn fror erbärmlich, die Finger waren klamm. Wenn er sich wenigstens auf ein Ofenfeuer freuen könnte oder auf einen Teller mit heißer Suppe, die ihn von innen aufwärmte! Allein bei dem Gedanken lief ihm das Wasser im Mund zusammen. Sein Magen meldete sich mit dem längst vertrauten lauten Knurren, wie vorhin auf der Schuhmacherversammlung. Seine Beine zitterten. Warum nur ging in München alles schief? Seit Tagen träumte er vom Sattwerden. So schlecht war er schon lange nicht mehr versorgt worden. Das Mahl, das er vorhin doch noch in irgendeinem Wirtshaus bekommen hatte, war karg ausgefallen: zwei dünn mit Butter bestrichene Scheiben Brot, ein hartes Stück Käse. Zu mehr hatte Neffs Geld auch nicht gereicht. Aber der hatte wenigstens noch Geld! Kirsch schluckte. Teilen hatte sein Freund es trotzdem nicht wollen. Erst als er ihn daran erinnert hatte, dass die Solidarität der Arbeiter auch unter ihnen beiden gelten sollte, hatte Neff klein beigegeben. Wieder schluckte Kirsch, ärgerte sich. Warum hatte er sich überhaupt auf den Arbeiterverein eingelassen? Wieso war er ausgerechnet nach München gekommen? Die Versammlung der Schuhmachergehilfen zeigte doch, dass er damit aufs völlig falsche Pferd setzte. Nicht einmal die Arbeiter und Gehilfen begeisterten sich hier an der Isar noch für den Arbeiterverein. Konnten oder wollten die nicht sehen, dass es sich beim allgegenwärtigen Niedergang der einfachen Leute keineswegs mehr nur um eine vorübergehende Flaute des Handwerks, sondern um die vollständige Auflösung ihres Standes handelte? So schwer von Begriff schienen die doch sonst nicht zu sein! Entweder hatte Neff die Situation in den letzten Wochen falsch eingeschätzt, oder die Gehilfen hatten eine völlige Kehrtwendung vollzogen. Jedenfalls kamen sie hier in München mit dem Arbeiterverein bestimmt nicht weiter.

»He, Kirsch! Schläfst etwa schon im Gehen?« Eine schnarrende Männerstimme riss ihn aus seinen Gedanken. »Wo willst hin? Oder läufst bei dem Sauwetter gern draußen rum?«

Kirschs Hand suchte nach dem Messer, das er am Hosengürtel trug. Sicher war sicher. Langsam wandte er sich um. Dabei kniff er die Augen zusammen, um im Dunkeln mehr zu erkennen. Links von ihm drückte sich eine schmale, bucklige Gestalt an eine Hauswand und grinste ihn mit erhobenen Händen an.

»Brauchst dich nicht fürchten, bist schon zu Haus!«

Die Gestalt stand genau vor seiner derzeitigen Unterkunft. Hätte sie ihn nicht angerufen, wäre er tatsächlich daran vorbeigelaufen. Schnell sprang er über eine riesige Pfütze hinüber zum Hauseingang.

Die Herbergshäuschen entlang der Straße ähnelten sich alle sehr. Durch die vielen Anbauten war oft gar nicht mehr so recht ersichtlich, wo das eine aufhörte und das nächste bereits anfing. In seltsamen Verschachtelungen waren Holzverschläge und Blechdächer an die ursprünglichen Hauswände angefügt. Jede Ecke wurde ausgenutzt, um Wohnraum zu schaffen.

Kirsch schlüpfte an der Gestalt vorbei in den Hausflur. Auch dort drinnen herrschte absolute Finsternis. Zum Glück wusste er mittlerweile, wo die Deckenbalken so niedrig herabhingen, dass er aufrecht nicht unter ihnen hindurchpasste. Nach drei Schritt zog er instinktiv den Kopf ein, dann erreichte er die schmale Treppe. Sie knarrte unter seinen Füßen.

»Willst nicht schnell noch naus in den Hof?« Die Gestalt mit der schnarrenden Stimme folgte ihm. »Wo da oben so viel beieinander liegen, kommst doch nachts nimmer naus.«

Auf halbem Weg machte Kirsch kehrt. Es war wirklich klüger, er erledigte das gleich auf Vorrat, nachts kam man oben wirklich kaum mehr aus der Kammer hinaus, ohne auf einen der vielen schlafenden Leiber zu treten.

Selbst zum Abtritt im Hof konnte er allerdings nicht allein gehen. Die Gestalt mit der schnarrenden Stimme ließ ihn einfach nicht in Ruhe.

»Was haben die Schuhmachergehilfen gesagt?«

»Woher weißt du, wo ich war?« Unwirsch dreht er sich zu der Gestalt um. »Raus mit der Sprache: Was willst du?«

Der Himmel riss auf und schickte ein wenig Mondschein durch die Wolkenlücke. Im fahlen Licht wurde das stoppelige Gesicht seines Schlafplatzvermieters erkennbar. Frech grinste der ihn an, bevor er antwortete: »Die Stadt ist klein. Spricht sich gleich rum, dass die Schuhmacher euch zwei hochkant rausgeworfen haben.«

Erst zog er die Nase hoch, dann ließ er dicht neben Kirschs Füßen seinen Urin auf den Boden plätschern. Er roch scharf, Dampf stieg aus der Pfütze auf. Kirsch wurde noch übler. Unwillkürlich stolperte er nach links. Der andere ergriff seinen Arm und hielt ihn fest, sonst wäre er umgefallen. Als er sich dafür bedanken wollte, winkte sein Retter ab.

»Schon recht.«

Doch er ließ Kirsch nicht los, sondern zog ihn näher zu sich heran. Kirsch fehlte die Kraft, sich dagegen zu wehren. Er atmete den fauligen Atem seines Gegenübers ein. Selbst im Mondlicht waren die schwarzen Stumpen, die statt Zähnen in seinem Mund saßen, deutlich erkennbar. Mühsam schluckte Kirsch. Grollend meldete sich sein Magen. Sein Vermieter grinste.

»Noch was hat sich schnell rumgesprochen«, raunte er. Dabei sah er sich hastig um, als würde sich noch jemand bei dem Wetter freiwillig draußen aufhalten. »Einer von den Nähmaschinenhändlern ist tot.«

Kirsch zuckte mit den Schultern.

Der Mann redete weiter: »Ausgerechnet einer von denen, die den kleinen Leut noch einen Kredit gegeben haben. Heut früh haben sie ihn gefunden. Abgestochen wie ein Schwein. Das gibt Ärger, sag ich dir.«

Er schüttelte den Kopf, ließ ihn los. Kirsch torkelte, brauchte zwei, drei Schritte, bis er wieder fest auf den eigenen Füßen stand. Erleichtert atmete er auf. Die kalte Luft tat ihm auf einmal gut.

»Angeblich wissen s' auch schon, wer's war«, wisperte Kirschs Vermieter. »Gewiss einer von den armen Schluckern, die bei dem Händler in der Kreide gestanden sind. Gut bezahlen lassen hat er sich die Kredite ja. Aus reiner Menschenfreundlichkeit hilft heutzutage keiner keinem mehr!«

Er spuckte auf den Boden aus. Dann wischte er sich mit dem Handrücken unter der Nase lang und zog noch einmal laut den Rotz nach oben.

Kirsch zuckte erneut mit den Schultern. Er wandte sich ab und nestelte an seiner Hose herum, um sich auch endlich zu erleichtern. Wieder packte der andere ihn an seiner Jacke, zog ihn heran und hielt ihn vom Urinieren ab.

»Willst nicht wissen, wer's war?« Seine hellen Augen leuchteten im Dunkeln.

»Warum?«, fragte Kirsch. »Was hab ich damit zu tun?«

»Was du damit zum Tun hast?« Ohne Rücksicht auf die Nachtruhe brüllte sein Vermieter plötzlich los: »Wer hetzt denn hier die armen Gehilfen auf? Wer setzt ihnen den ganzen Unsinn in den Kopf? Du und Neff, wer sonst! Seit ihr beide in der Stadt seid, gibt's ständig Ärger. Auf einmal sind alle unzufrieden mit ihrer Arbeit, ihrem Meister, ihrem Lohn. Auf einmal streiken s', auf einmal weigern s' sich, den Meistern zu gehorchen. Auf einmal denken s', sie wären sich alle Feind! Keiner achtet mehr den anderen. Kein Wunder, dass da einer so ausrastet, dass er einen anderen absticht! Und jetzt? Der, der zugestochen hat, der endet vorm Henker. Ihr beide aber, du und der Neff, ihr seid fein raus aus der Geschichte. Ihr habt ja nichts getan. Ihr habt ja nur geredet. Für das, was draus wird, fühlt ihr euch nicht schuldig.«

Kirsch suchte krampfhaft nach einer Erwiderung, die den Zorn seines Vermieters nicht noch weiter anstacheln würde, da flüsterte der schon: »Eine Nacht kannst noch bleiben. Man ist ja kein Unmensch. Aber morgen früh haust gleich ab. Nie wieder will ich dich hier bei mir sehen!«

Eine ganze Weile hockte Thiel allein in dem leeren Wirtshaussaal. Die Begegnung mit Neff hatte ihm ganz und gar nicht gefallen. Nicht nur, weil er gezwungen gewesen war, Gewalt anzuwenden. Selbst nach jahrelanger Polizeizugehörigkeit konnte er sich noch immer nicht daran gewöhnen. Nach solchen Vorfällen kam ihm stets Bettys Blick in den Sinn. Ein einziges Mal hatte er ihr davon erzählt, dass er die Kontrolle verloren und einen Mann geschlagen hatte, um ihn zum Reden zu bringen. Enttäuscht hatte sie ihn angesehen, sich abgewandt und einen ganzen Abend lang kein Wort mehr mit ihm gesprochen.

Doch die Anwendung von Gewalt war es nicht allein, die ihm an der Begegnung mit Neff aufstieß. Es war auch mal wieder viel zu leicht gewesen. Neff blieb berechenbar und würde wiederkommen, ganz bestimmt. Wenn nicht heute Abend noch, dann morgen. Allzu oft hatten sie beide das Spiel schon gespielt. Allzu oft hatte er nach dem ersten Zaudern doch die erhoffte Information bekommen. Fast wünschte sich Thiel, dieses Mal würde es nicht funktionieren, dieses eine Mal würde Neff Rückgrat beweisen und den Mund halten.

»Thiel? Sind Sie allein?«

Er zuckte zusammen. So früh schon? Konnte das sein? Langsam drehte er sich um. Tatsächlich, da hinten beim Saaleingang stand Neff. Der hatte es noch eiliger, als er befürchtet hatte.

»Also ich wollt unter vier Augen mit Ihnen sprechen, ohne den Schreiberling von der Zeitung.«

Er setzte sich in Bewegung, Thiel ging ebenfalls auf ihn zu. Auf halber Strecke trafen sie sich. Thiel verschränkte die Arme hinter dem Rücken, Neff steckte die Hände in die Hosentaschen. Ruhig schauten sie einander an. Thiel überragte Neff um mehr als einen Kopf.

»Geht's um Kirsch?«

Neff erwiderte nichts.

»Sie wissen nicht mehr, ob Sie ihm noch trauen können, was?«

Neffs Miene bewies, dass er sich auf der richtigen Spur befand.

»Also nicht, dass Sie das falsch verstehen«, wand er sich, »aber ich hab mir gedacht, dass es vielleicht einen Sinn ergibt ... Also dass ...«

»Was?«, fuhr Thiel streng dazwischen.

Neff erschrak, wich zwei Schritte zurück. Thiel ärgerte sich. Wenn er nicht Acht gab, verpatzte er es noch.

»Reden Sie weiter.«

»Also«, Neff knetete die Mütze in seinen Händen, dann endlich gab er sich einen Ruck. »Wahrscheinlich ist es doch besser, wenn Sie selbst mit ihm reden. Aber nur Sie allein, Thiel, und natürlich nur, damit er Ihnen selbst sagen kann, dass er es nicht war. Das wird besser sein, als wenn ich ...«

»Schon gut, Neff, schon gut.« Thiel winkte ungeduldig ab. »Und wo?«

Jetzt, wo der erste Schritt getan war, seufzte Neff erleichtert auf: »Morgen Abend im ›Schwarzen Ross‹.«

»Sind Sie sicher, dass er sich noch dahin trauen wird, dass er bei der Schneiderversammlung wirklich noch spricht? Bis dahin hat sich in der Stadt vielleicht schon weiter rumgesprochen, dass ich ihn suche.«

»Also ich werd dafür sorgen. Von mir erfährt keiner, dass Sie ihn suchen, Ehrenwort. Er hat gar nichts zu befürchten. Er war's nicht, das hab ich Ihnen doch schon gesagt. Er wird's Ihnen selbst noch mal sagen und dann werden wir ...«

»Dass Sie an Ihren Freund noch glauben, ist gut.« Thiel schmunzelte. »Man soll sich ja nicht auf alle Männer vom Arbeiterverein so gut verlassen können.«

»Also wenn's der Wahrheit dient und den Kampf der Arbeiter voranbringt, muss man gelegentlich persönliche Opfer ...«

»Schon gut, Neff, schon gut. Sie sind hier nicht auf einer Versammlung. Dann sehen wir uns morgen Abend im ›Schwarzen Ross‹. Kirsch sollte wirklich dort sein, das rat ich Ihnen. Sonst muss ich mir was für Sie überlegen.«

Der kurz bevorstehende Triumph schmeckte ganz und gar nicht, stellte Thiel fest, als er kurz hinter Neff das Wirtshaus verließ. Trotz aller gegenteiligen Versicherungen von wegen Kirsch sei es ja sowieso nicht gewesen, und es ginge nur um die Bestätigung seiner Unschuld: Dieses Mal war Neff einfach zu weit gegangen. Alle Regeln des Miteinanders hatte der Arbeiterfunktionär über Bord geworfen, als er versprochen hatte, persönlich dafür zu sorgen, dass sein Freund morgen Abend auf der Versammlung sein würde. Das war weitaus mehr als der schon öfter gegebene sanfte Fingerzeig auf eine Sache. Dieses Mal ließ sich das bittere Aroma von ganz offenkundigem Verrat nicht verkennen. In Thiels Augen eine erschütternde Lektion in Sachen Solidarität der Arbeiterschaft. Doch warum? Persönlich zu befürchten hatte Neff eigentlich nichts. Thiel hatte keinen Zweifel daran gelassen, dass bislang vor allem Kirsch verdächtigt wurde. Gegen Neff lag nichts vor, die Beschreibung der Zeugin war eindeutig. In Statur und Gehabe waren sich die beiden Arbeiterfunktionäre überhaupt nicht ähnlich, undenkbar, dass sie die beiden verwechselt hatte. Warum reichte trotzdem schon die Androhung, Neff vom Polizeidirektor ins Verhör nehmen zu lassen, dass der seinen Freund ans Messer lieferte? War Kirsch ihm mit seinen Ideen in die Quere gekommen? Schmeckte Neff die Sache mit der Genossenschaft nicht? Fürchtete er, seinen Einfluss im Arbeiterverein an Kirsch zu verlieren? Oder gab es noch einen anderen Grund, warum er den Mann aus Mainz so bereitwillig opferte?

Emma schimpfte leise. Schon wieder war die Naht schief. Vorsichtig kurbelte sie die Nähnadel heraus und zog den Stoff darunter weg. Dann besah sie sich das Malheur. Abermals musste sie ein Stück auftrennen. Natürlich wusste sie, woran es lag. Das Licht war zu schlecht. Die kleine Lampe reichte einfach nicht aus. Gerade bei den dunklen Stoffen brauchte sie Helligkeit, sonst unterschied sie weder Stoff noch Faden. Geschweige denn, dass sie erkennen konnte, wo die Naht überhaupt verlaufen sollte. Doch es nützte nichts, sich darüber aufzuregen. Sie besaß nur die eine Lampe. Und sie musste nachts nähen, damit sie die Arbeit bewältigte.

Seit Georg krank war, hing alles an ihr: das Geldverdienen, die Kinder und natürlich Georg selbst. Helfen konnte er ihr nicht. Nicht mehr. Geschweige denn, dass er noch nähen konnte. Nicht zu Hause und schon gar nicht mehr in der Schneiderei, in der er früher gewesen war. Mit ihm war es ohnehin bald vorbei. Das wusste sie. Der Arzt hatte es ihr gesagt. Ändern konnte sie nichts daran. Also musste sie es hinnehmen und hoffen, dass es, wenn es so weit war, schnell ging, damit er nicht noch lang leiden musste. Aber was kam danach?

Emmas Hände begannen zu zittern. Wenn wenigstens Alois da wäre, damit sie männliche Unterstützung hätte! Ohne einen Mann im Haus würde es neuen Ärger geben. Das war ihr klar, selbst wenn die resoluten Damen um Johanna Morgenthau etwas anderes behaupteten. Recht der Frauen auf Arbeit und Selbstständigkeit – pah! Die hatten doch keine Ahnung, geschweige denn Erfahrung mit dem wahren Leben!

»Autsch!« Jetzt hatte sie sich in den Finger gestochen. Rasch steckte sie die schmerzende Kuppe in den Mund, leckte das Blut ab. Sie spürte, wie ihr Tränen in die Augen schossen. Schniefend wischte sie mit dem Handrücken darüber. Dass Alois verschwunden war, mochte zwar besser für ihn sein – nach dem Schlamassel mit Riederer! Wenn sie die Augen schloss, sah sie es immer gleich vor sich, wie er dalag, reglos auf dem Boden, mit dem Blut neben seinem Kopf –, aber was sollte sie tun? Sie konnte nicht weglaufen. Sie musste bei den Kindern bleiben. Und bei Georg. Sie musste sehen, dass es weiterging mit dem Nähen. Dass Geld reinkam für Essen, Medizin, die Miete. Dabei war sie doch auch in Riederers Laden gewesen! Erneut kämpfte sie mit den Tränen. Rasch zog sie die Nase hoch. Sie musste sich zusammenreißen. Ein Fleck auf dem Stoff hätte jetzt noch gefehlt!

»Emma, mach Schluss!«, rief Georg aus der Kammer herüber. »Siehst doch gar nichts mehr.«

Seinen Worten folgte das übliche Husten.

»Fertig werden muss ich halt erst«, entgegnete sie und lauschte, bis drüben das rasselnde Atemholen einsetzte. Jedes Mal klang es bedrohlicher. Aus der hinteren Ecke kam klägliches Wimmern dazu. Jetzt war auch noch Lorenz aufgewacht! Hastig knüllte sie den Stoff auf den Tisch und lief zu den Kindern hinüber. Hoffentlich konnte sie den Kleinen beruhigen, bevor Rosemarie von dem Lärm auch aufschreckte. Nervös kaute sie auf ihrem Zeigefinger herum. Die zerstochene Kuppe brannte. Die Hornhaut ließ sich in

Fetzen abreißen. Das entzündete Stück Haut darunter begann zu bluten. Noch einmal steckte sie den Finger in den Mund, saugte daran wie ein Säugling. Es linderte den Schmerz ein wenig.

Bald kehrte wieder Stille ein. Emma beugte sich über die Kiste. Beim Anblick ihres schlafenden Sohnes wurde ihr warm ums Herz. Einige Minuten gönnte sie sich die Ablenkung. Sie sah zu Rosemarie und zog ihr die Decke bis ans Kinn, strich ihr zärtlich über das Haar. Ein Zucken huschte über das schmale Gesicht. Das Mädchen schnaufte und drehte sich zur Seite. Emma lächelte. Wenigstens die Kinder blieben ihr.

Auf Zehenspitzen schlich sie zurück zum Tisch, nahm den Stoff, trennte die Naht auf und probierte es erneut. Dieses Mal glückte ihr die Naht einigermaßen. Sie beschloss, die Hose in dieser Nacht noch fertig zu nähen.

Nach einer Weile hörte sie ein Klopfen an der Tür. Überrascht hob sie den Kopf. Es klopfte noch einmal, dieses Mal etwas lauter.

»Georg? Emma? Macht auf!«, wisperte eine Männerstimme.

Zuerst hoffte sie, es wäre Alois. Zu früh gefreut. Der trommelte doch immer erst mit den Fingern ans Fenster, eine alte Angewohnheit aus dem Dorf, die er sich nicht abgewöhnen konnte.

»Emma, da ist einer!«

Von nebenan hörte sie das Rascheln des Bettzeugs. Schwerfällig schlurfte Georg in die Küche.

»Ist schon spät. Wer mag das sein?«, fragte er heiser.

Ratlos zuckte sie mit den Schultern. Er hustet gar nicht, bemerkte sie erstaunt. Dafür begann Lorenz zu weinen. Also ging sie erst zu seiner Kiste. Schon verzog der Kleine das Gesicht zum Schreien. Sie nahm ihn heraus und trat mit ihm auf dem Arm zur Tür.

»Wer ist da?«, fragte sie durch das Holz.

Regentropfen prasselten gegen Fenster und Tür. Das Trommeln übertönte Emmas Worte fast ganz.

»Ich bin's, Neff. Ich muss mit dem Georg reden.«

»Mitten in der Nacht?«

Emma wandte sich ihrem Mann zu, der dicht hinter ihr stand. Georg sagte nichts. Sein Atem rasselte.

»Ich muss mit ihm reden. Lass mich rein«, flehte Neff.

Bevor sie aufschloss, sah sie noch einmal zu Georg. Er nickte. Sie hieß Neff eintreten. Der kalte Lufthauch, der dabei in die Küche hereinwehte, ließ sie schaudern.

Aus Neffs Kleidern tropfte es bei jedem Schritt auf den Boden. Argwöhnisch beäugte Emma ihren Gast. Sie kannte den Mann vom Arbeiterverein inzwischen gut. Überall, wo der auftauchte, gab es Ärger.

Spitzbübisch lächelnd streckte er ihr die Hand entgegen, die er zuvor sorgfältig an der Jacke trocken gewischt hatte.

»Guten Abend, Gnädigste. Entschuldigen Sie die Störung, aber ich muss dringend Ihren werten Gatten sprechen.«

Seine Verbeugung fiel tief aus. Dabei klatschte ein ganzer Schwall Wasser auf den Boden. Die komödiantische Einlage entlockte Emma nun doch ein Schmunzeln.

»Setz dich her«, lud Georg Neff zum Tisch ein. »Emma, räum dein Nähzeug weg und mach uns einen Tee!«

Sie erstarrte. Hatte sie richtig verstanden? Die beiden Herren wollten an ihrem Nähtisch miteinander ratschen? Mitten in der Nacht? Zur besten Arbeitszeit?

»Ich hab zu tun, geht's rüber in die Kammer«, erwiderte sie mit gepresster Stimme.

»Also du nähst, Emma?« Neff warf einen Blick zum Tisch, auf dem die Maschine und der Stoff waren. »Mitten im Streik? Und für wen, wenn ich fragen darf?«

»Darfst nicht«, antwortete sie. Lorenz schnaufte. Sie wiegte ihn hin und her. Der Kleine war schwer, ihr tat der Arm weh. Sein Köpfchen sank zurück an ihren Leib.

»Emma!«, zischte Georg ihr mahnend zu.

»Lass gut sein«, erklärte Neff, rückte sich einen Stuhl am Tisch zurecht und machte es sich gemütlich. »Also ich kenn eure Lage und weiß, dass es bei euch gerade nicht sehr rosig ausschaut. Trotzdem müsst ihr aufpassen. Dass ausgerechnet die Emma hinterrücks näht, die Frau von einem aus dem Streikkomitee den Streik bricht, das gibt böses Blut, wenn's rauskommt. Das muss euch klar sein. Aber ich will nichts gesagt haben.«

Betont auffällig kehrte er ihr und dem Nähzeug auf dem Tisch den Rücken zu. Georg senkte beschämt den Kopf.

»Nett von dir!« Der drohende Unterton in Emmas Stimme war unüberhörbar. Sie bebte vor Zorn. Betont langsam ging sie zur Kiste und legte den schlafenden Jungen hinein.

»Euer Streik mag ja gut und schön sein«, fuhr sie fort, als sie wieder bei den Männern am Tisch stand, »aber satt wird keiner davon. Und zahlen kann einer gleich gar nichts damit, dem Georg seine Medizin nicht und den Doktor nicht und auch sonst nichts.«

»Wird alles schon wieder gut«, versuchte Georg sie zu besänftigen. »Der Streik zeigt den Meistern, dass sie uns brauchen. Mehr Lohn sollen s' uns halt endlich zahlen, das hab ich dir doch gestern schon gesagt.«

»Na hoffentlich wissen die Meister auch, was sie tun sollen.«

Sie nahm den Stoff wieder zur Hand und setzte sich. Ohne noch einmal auf Neff zu sehen, nähte sie weiter.

»Also habt ihr schon gehört, was passiert ist?«, fragte der nach einigen Minuten in das Rattern der Nähmaschine hinein. »In der Kaufingerstraße ist einer umgebracht worden.«

»Was?«, schrie Emma auf.

»Emma!«, rief Georg besorgt und streckte die Hand nach ihr aus.

Sie wich zurück. Ein Mord in der Kaufingerstraße – das konnte nur der Riederer sein! Er war also wirklich tot! Und der Alois ein Mörder ... Ihr Herzschlag wurde flattrig, ihr Mund ganz trocken. Reiß dich zusammen!, ermahnte sie sich.

»Ein Mord?«, fragte sie so belanglos wie möglich, konnte das Krächzen ihrer Stimme aber kaum verhehlen. »Zeiten sind das! Weiß man schon, wer's war?«

Die Hände versteckte sie rasch hinter dem Rücken. Die Männer sollten nicht sehen, wie stark sie zitterten.

»Also die Polizei hat wohl einen Verdacht«, bemerkte Neff.

Es klang zögerlich. Sie spürte, dass sie auf der Hut sein musste.

»Also sie denkt, der Mord hätte was mit dem Streik der Schneider zu tun«, fuhr Neff fort.

»Wieso?«, platzte sie dazwischen.

Neff stockte. Sie verfluchte sich insgeheim.

»Also willst du nicht erst wissen, wer umgebracht worden ist?«

Ein merkwürdiger Blick traf sie von der Seite.

»Doch, doch«, beeilte sie sich zu versichern. »Wer denn?«

»Also der Riederer, einer von diesen Nähmaschinenhändlern.«

»Der Riederer?«

Vor Entsetzen riss Georg seine Augen ganz weit auf. Seine Stimme überschlug sich. Er musste erst heftig schlucken, dann husten.

»Wann?«, presste er schließlich noch heraus.

»Also wohl gestern irgendwann.«

»Mein Gott, Emma!«, krächzte Georg.

Eine unheimliche Stille kehrte in der Küche ein. Emma wagte kaum zu atmen, Georg hockte zusammengesunken am Tisch. Einzig Neff wirkte begierig auf weitere Erklärungen.

»Was ist?«, erkundigte er sich. »Also sagt schon!«

»Da gibt's nichts zum Sagen«, stellte sie fest und ging zum Herd. Sie stützte ihre Hände auf die schwarze Eisenplatte, drückte die Arme gerade durch. Dann holte sie tief Luft und drehte sich wieder zu den anderen um. »Ein Dreckskerl war der Riederer, ganz ein elendiger. Nichts andres verdient hat er!«

»Emma!«, fuhr Georg abermals auf. Dann packte ihn ein starker Hustenanfall. Es dauerte Minuten, bis er aufhörte zu keuchen und zu röcheln. Blutflecken bedeckten sein Kinn, dunkle Krusten klebten auf seinem Hemd. Beschämt rubbelte er mit der Hand daran. Es nutzte nichts.

»Legst dich besser wieder hin und schläfst«, meinte Emma besorgt. »Brauchst mehr Ruh.«

Ohne eine Antwort abzuwarten, griff sie ihm unter die Arme. Widerstandslos ließ er es geschehen. Sie half ihm hinüber in die Kammer.

Insgeheim spekulierte Emma darauf, Neff würde die Gelegenheit nutzen, endlich zu verschwinden. Als sie aus der Kammer zurück in die Küche kam, saß er jedoch noch immer am Tisch.

»Also hast du was mit Riederers Tod zu tun?«

»Wieso?«

Sie sah ihn nicht an, sondern widmete sich sofort wieder ihrer Näharbeit.

»Du hast ihn nicht leiden mögen, stimmt's?«

»Einen Rosenkranz bet ich gewiss nicht für den, wenn du's genau wissen willst. Aber was kümmert's dich?«

»Also weil die Polizei glaubt, wir vom Arbeiterverein würden dahinterstecken, darum!« Erregt sprang er auf und packte sie an den Armen, schüttelte sie kräftig. »Ich hab keine Lust, meinen Kopf für jemand andern hinzuhalten. Und sonst sicher auch keiner.«

Sie spürte seinen Atem auf ihrer Haut. Er zog sie dicht an sich heran und schnaufte ihr mitten ins Gesicht. Sein Griff tat weh. Das schien ihm durchaus bewusst zu sein. Er packte noch etwas fester zu. Erschrocken suchte sie in seinem Gesicht nach einem Hinweis. Ahnte er etwas von Alois? Vielleicht war er deshalb so grob? Sie wagte nicht, ihn zu fragen. Er sollte gar nicht erst auf die Idee kommen.

»Musst dich verstecken?«, fragte sie keuchend vor Schmerz und versuchte, sich ihm zu entwinden. »Warum hier bei uns? Weißt sonst keinen? Wir haben schon genug am Hals!«

»Ich weiß.« Er ließ sie wieder los. »Also zum Glück haben sie mich wohl auch nicht in Verdacht. Aber sie suchen den Mörder direkt bei uns im Arbeiterverein. Darüber wollt ich mit dem Georg reden. Aber wenn's nicht geht ...«

Damit setzte er sich die Kappe auf und wollte zur Tür.

»Warum? Der Georg hat damit nichts zum Tun. Siehst doch selbst: Ganz krank ist er. Oder meinst etwa, der Georg hätt ...?«

»Wieso der Georg? Also seit eben hab ich was ganz andres im Sinn.«

Theatralisch langsam drehte er sich noch mal zu ihr um. Sein Ton hörte sich frech an, sein Grinsen steckte voller Spott.

»Das vergisst besser gleich wieder!«, zischte sie drohend.

»Also ich wüsst nicht, warum.«

»Weil's halt einfach besser für dich ist.«

»Also willst du mir Angst machen? Ausgerechnet du? Meinst du nicht, du bist die Letzte, die mir wegen irgendwas den Mund verbieten könnt? Ich denk da nur an das Nähzeug, das hier rumliegt, mitten im Streik.«

Erneut kam er näher heran. Wieder streifte sein Atem ihr Gesicht. Sie erkannte selbst, wie lächerlich ihr Auftritt inzwischen geworden war. Dem Burschen musste man Gleiches mit Gleichem vergelten, anders kam man ihm nicht bei.

»Wenn du was in der Art sagst, sag ich mal was davon, wie du immer zu deinen Ideen für den Arbeiterverein kommst.«

»Also was meinst du damit?«

»Das weißt ganz genau«, sie bemühte sich um Ruhe. Der Triumph schien schneller greifbar als erwartet. »Muss halt grad dran denken, wie gern du dich immer für deine Ideen feiern lässt. Das Jubelgeschrei auf den Versammlungen kriegt man sogar bei uns in Haidhausen mit. Komisch nur, dass du deine besten Ideen immer dann hast, wenn der Georg dir grad vorher genau das gesagt hat.«

»Also Emma, ich glaub, du hast da was grundsätzlich falsch verstanden«, druckste Neff auf einmal herum. »Beim Kampf der Arbeiterklasse geht's nicht darum, welche Ideen einer allein mitbringt. Da steht jeder für jeden ein.«

Emma nickte nur und schob ihn zur Tür.

»Mag sein. Aber wir, der Georg und ich, wir können grad für überhaupt keinen andern mehr einstehen. Wir müssen nach uns selber schauen. So, genug jetzt. Verschwind! Der Georg kann dir und den andern sowieso nicht mehr helfen. Lasst ihn endlich in Frieden!«

Mittwoch, 27. April 1870

An der nahen Theatinerkirche begann das Zehn-Uhr-Läuten zuerst. Die Glocken der Frauenkirche folgten zögernd, bevor endlich auch die Glocken vom Alten Peter und an der Heilig-Geist-Kirche einstimmten.

In Thiels Dienstzimmer war es düster. Die Lampe auf dem Pult spendete nicht genügend Licht, um den Raum bis in den letzten Winkel hinein auszuleuchten. Dabei war er nicht einmal groß. Nichts davon verdiente besondere Aufmerksamkeit, geschweige denn eine großzügigere Ausleuchtung: weiß getünchte Wände, ein Kreuz über der Tür, das Bild des jungen Monarchen über dem Pult, ein Holzregal mit Akten direkt daneben, ein Stuhl in der Ecke. Ähnlich karg mochte es seit Jahrhunderten in dem Raum ausgesehen haben. Bis zur Säkularisation hatte das Gebäude die Englischen Fräulein beherbergt. Dass mittlerweile ausgerechnet die Polizeidirektion in den Räumen residierte, passte: Da hatte eine pädagogische Institution die andere abgelöst, fand Thiel.

Verdammt! Er grummelte vor Ärger, als er auf das Papier sah. Wieder einmal hatte er sich verschrieben. Rasch versuchte er, den Fehler auszumerzen. Doch es war zu spät, die Tinte längst getrocknet. Schwungvoll strich er quer über den letzten Absatz. Das Kratzen der Feder auf dem rauen Papier klang vorwurfsvoll. Er war einfach nicht bei der Sache, wie so oft, wenn er einen Bericht abfassen musste. Das Gekrakel konnte außer ihm bestimmt kein anderer Mensch entziffern. Sinnlos, weitere Mühe darauf zu verwenden, dann ließ er es besser gleich sein.

Verärgert warf er die Feder in die Schale, schraubte das Tintenfass zu und trat ans Fenster. Sein Zimmer ging zum Innenhof hinaus. Zwar befand es sich im obersten Stock der Polizeidirektion, dennoch fiel kaum Tageslicht hinein. Die Mauern waren zu dick, der Hof zu eng. Selbst an heiteren Tagen verirrte sich kein Sonnenstrahl hierher. Um überhaupt ein Stückchen Himmel zu erhaschen, musste Thiel die Nase an der Fensterscheibe plattdrücken und steil nach oben schauen.

Aus dieser unbequemen Position spähte er nun tatsächlich hinaus. Grau und schwer zogen die Wolken vorbei. Seit seinem Dienstbeginn um sechs in der Früh regnete es zwar nicht mehr, dennoch lag eine trübe Stimmung in der Luft. April, dachte Thiel, und zog sich wieder ins Zimmer zurück. Dabei wusste er genau, dass seine schlechte Stimmung nicht vom Wetter herrührte.

Noch einmal überflog er, was er in den letzten Stunden zu Papier gebracht hatte. Dafür, dass die Ermittlungen nach nur einem Tag an diesem Abend schon mit der Verhaftung Kirschs abgeschlossen sein würden, erschienen ihm seine Ausführungen wenig überzeugend: die Besichtigung des Tatorts, die Aussage der Zeugin Kathi Bauer, seine Recherche an den einschlägigen Treffpunkten der Arbeiter, selbst die Schilderung des Gesprächs mit Robert Neff – all das klang hölzern. Es las sich ebenso unecht wie die Zusammenfassung der gestrigen Schuhmacherversammlung. Die hatte er fast wörtlich der Meldung in den Neuesten Nachrichten entnommen. Unwirsch knüllte er den Bogen zusammen. Ein Bericht aus zweiter Hand.

Thiel trat wieder ans Fenster, lehnte die Stirn an die kühle Scheibe, stierte in das Einheitsgrau dort draußen. Gestern am Tatort hatte er sich unbehaglich gefühlt, nicht wegen des Anblicks der Leiche. Nein, da war noch etwas anderes gewesen. Immer wieder ging er den Ablauf durch, rief sich die Ereignisse und das Gespräch mit Burchtorff ins Gedächtnis. Währenddessen trommelte er mit den Fingerspitzen gegen das Fensterglas. Je länger er das tat, umso drängender wurde der Rhythmus. Schließlich endete er mit einem energischen Schlag auf das Fensterkreuz. Das musste es sein! Ja, genau. Die Inspektion des Ladens war viel zu oberflächlich verlaufen, keine Sekunde hatte ihn der Polizeidirektor dabei aus den Augen gelassen, fast schon, als wollte er verhindern, dass Thiel sich zu eigenmächtig darin umsah. Hatte Burchtorff nicht sofort gemutmaßt, die Tat hätte etwas mit dem Streik der Schneider zu tun? Dabei konnte er zu diesem Zeitpunkt doch noch gar nicht wissen, dass die Beschreibung des vermeintlichen Täters auf einen der Arbeiterfunktionäre zutraf. Um die Zeugenaussage der Ladnerin einordnen zu können, dazu hatte er ja überhaupt erst ihn herbeizitiert. Warum legte der Polizeidirektor also so viel Wert darauf, dass allein in diese Richtung ermittelt wurde? Warum hatte er ausgerechnet ihn, Thiel, mit der Ermittlung beauftragt? Steckte da eine bestimmte Absicht dahinter? Sollte damit von etwas abgelenkt werden? Aber von was?

Erneut spürte Thiel dieses Unbehagen, genau wie gestern im Laden. Eigentlich wusste er viel zu wenig über den Toten, dessen Geschäfte oder Lebenswandel, um sich ein Urteil zu bilden, ganz egal, unter welchem Vorzeichen. Darum sollte er sich kümmern. Sobald Kirsch einmal als Hauptverdächtiger hinter Schloss und Riegel saß, war es zu spät dafür. Dann würde er die weiteren Ermittlungen an andere Instanzen abgeben müssen.

Auf dem Gang vor seiner Tür knallten Stiefel, als ob ein ganzes Bataillon Gendarmen vorbeimarschierte. In der Regel waren es nur zwei. Der geflieste Boden und die kahlen Wände sorgten für den lauten Widerhall ihrer Schritte. Thiel lauschte, bis der Lärm in der Ferne erstarb. Erst als wieder völlige Ruhe eingekehrt war, verließ er sein Dienstzimmer. Auf dem Weg nach unten setzte er den Tschako auf und schnallte den Säbel um. Fast wäre er im Eingangsportal mit Polizeidirektor Burchtorff zusammengestoßen. Sofort salutierte er.

»Thiel!«, rief der Polizeidirektor aus. »So in Eile? Dann sind Sie in unserem Fall schon gut vorangekommen, was? Brav, mein Lieber!«

»Ich tu mein Bestes, Herr Direktor!«

»Nicht so bescheiden. Ich weiß doch, was ich an Ihnen habe!« Burchtorff klopfte ihm gegen die Brust. »An der raschen Aufklärung ist mir persönlich sehr gelegen, das wissen Sie. Deshalb sind Sie der richtige Mann. Die geschickte Befragung der Augenzeugin hat es ja bereits gezeigt. Den Verdächtigen haben Sie sicher schon eingesperrt. Führen Sie ihn mir heute Nachmittag vor. Üble Kerle sind das, die Burschen vom Arbeiterverein, das habe ich Ihnen ja gleich gesagt. Mir reicht es, diesen Neff zu kennen, aber der andere wird nicht viel besser sein, im Gegenteil. Zuzutrauen ist denen jedenfalls alles, sogar ein heimtückischer Mord. Nur gut, dass Sie gleich wussten, wer gemeint ist.«

»Bislang konnte ich den Mann noch nicht dingfest machen«, räumte Thiel ruhig ein. »Für heute Abend aber ...«

»Was? Dabei haben Sie ihn gestern doch selbst identifiziert! Thiel, was ist los? Da wird Ihnen doch kein Lapsus unterlaufen sein? Sie müssen den Mann finden, so schnell wie möglich! Machen Sie sich nicht lächerlich.«

»Zu Befehl, Herr Direktor!«

Thiel deutete eine Verbeugung an und wollte sich schnell davonmachen. Burchtorff war allerdings noch nicht fertig. Dicht baute er sich vor ihm auf, sodass er beim Ausatmen erahnen ließ, was er gefrühstückt hatte.

»Die erfolgreiche Aufklärung eines Mordfalls macht sich gut im Personalakt, denken Sie daran. Fünfzehn Jahre im Polizeidienst und dann erst im Rang eines Offizianten, das sind keine guten Empfehlungen für Sie. Daran können auch die hervorragenden Beurteilungen Ihrer direkten Vorgesetzten wenig ändern. Da könnte man schon ins Nachdenken kommen, inwieweit Sie überhaupt für den Dienst in einer so großen Stadt wie München geeignet sind. Sie werden schließlich auch nicht jünger. Auf dem Land, so habe ich mir sagen lassen, werden immer wieder Polizeikräfte gesucht. Da will eben keiner gern hin. Der Dienst ist zwar weitaus anspruchsloser und zugegebenermaßen nicht sonderlich gut bezahlt, aber das dürfte für Sie im Zweifelsfall immer noch besser sein als die Herabstufung auf den Rang eines einfachen Polizeidieners oder die Versetzung zum Wachdienst bei der Gendarmerie.«

Thiel schluckte.

»Haben wir uns verstanden?«

»Jawohl, Herr Direktor!«

Burchtorff warf ihm einen strengen Blick zu und eilte dann mit großem Schritt die Treppen ins Dienstgebäude hinauf.

»Verflucht«, zischte Thiel durch die Zähne. Als er den Polizeidirektor so reden gehört hatte, war ihm einmal mehr bewusst geworden, wie leicht sich die Reden der Arbeiterführer auf die Situation im Polizeidienst ummünzen ließen. Schlechte Umstände bei der Arbeit und viel zu wenig Lohn bei viel zu langen Arbeitszeiten gab es hier auch. Und dann noch diese aufgeblasenen Lackaffen oben an der Spitze! Wann würde das mal zum Thema einer Versammlung, gar zum Grund für einen Streik? Übel gelaunt stürzte sich Thiel ins Mittagsgetümmel in der Weinstraße.

Bald schon hatte Thiel Riederers Nähmaschinenladen in der Kaufingerstraße erreicht. In der Tür verkündete ein ungelenk geschriebenes Schild, dass das Geschäft bis auf Weiteres geschlossen sei. Dunkle Vorhänge verdeckten die Sicht nach drinnen, verhinderten, dass Thiel erkennen konnte, ob die Ladnerin darin war. Laut pochte er gegen die Scheibe. Nichts rührte sich. Enttäuscht ging er zum Geschäft nebenan.

»Grüß Gott, Herr Offiziant«, begrüßte ihn ein junges Fräulein, kaum dass er die Tür hinter sich geschlossen hatte. Auf der Ladentheke türmten sich Schachteln und Kisten mit Zigarren. Der Laden war winzig, kaum größer als Thiels Kammer in der Polizeidirektion. Die Regale an den Seiten waren bis zur Decke hochgezogen. Prallgefüllt mit Tabakwaren würden sie wie Zunder brennen, sollte ihnen jemand mit offenem Feuer zu nahe kommen.

Thiel schnüffelte beglückt, genoss den Geruch, der ihm in seiner derzeitigen Stimmung besonders wohltat. Süßes wie Herbes und Würziges kitzelte ihm in der Nase. Gern hätte er die Gelegenheit genutzt, sich einen neuen Schnupftabak auszusuchen, doch er war im Dienst. Schweren Herzens musste er sich auf sein eigentliches Anliegen besinnen.

»Das Fräulein Kathi aus dem Geschäft nebenan such ich. Können S' mir bittschön sagen, wo ich die find?«

»Mein Gott, die Arme!«, entfuhr es dem Tabakfräulein. Es knickste artig und verschwand blitzschnell in einem schmalen Durchgang. Den hatte es bis dahin ganz mit seiner Gestalt verdeckt, sodass Thiel ihn noch gar nicht bemerkt hatte. Sofort schalt er sich für seine Unachtsamkeit und hoffte insgeheim, dass das Fräulein rasch wieder auftauchen würde. Einen weiteren »Lapsus«, wie Burchtorff es nannte, wollte er sich nicht zuschulden kommen lassen.

»Hier«, verkündete es, sobald es wieder hinter der Theke erschien. Im Schlepptau brachte es tatsächlich Kathi Bauer mit.

Neben der jungen Frau mit dem strahlenden Lächeln und der ansprechenden Figur wirkte sie noch grauer und dürrer als am Vortag. Thiel untersagte sich einen weiteren Vergleich. Das war nicht recht. Die Frau war einfach ein paar Jahre älter. Wer mochte wissen, was schon alles hinter ihr lag? Sicherlich ein hartes Leben voll Arbeit. Das bewiesen ihre Hände mit den klauenartigen Fingern, die sie meistens in den Taschen ihrer Schürze versteckte. Mit dem Mord an ihrem Arbeitgeber hatte sie an einem einzigen Tag so viel durchgemacht, wie manche in ihrem ganzen Leben nicht. Thiel gab sich einen Ruck und lächelte sie an.

»Wie geht's Ihnen heute?«, fragte er so mitfühlend wie möglich. »Ich hätt da noch ein paar Fragen an Sie und würd mich dabei gern nebenan noch mal umschauen.«

»Muss das sein?«, krächzte sie. Ihre Augen waren rot geädert und tief in die Höhlen eingesunken, offensichtlich die Spuren einer durchweinten Nacht.

»Es wird nicht schlimm. Können wir?«, bot er ihr gleich den Arm und nickte dem jungen Tabakfräulein zum Abschied zu.

Zögernd hakte Kathi Bauer sich unter, schien dann aber ein wenig aufzublühen, als sie dicht an seiner Seite das kurze Stück über die Straße in Riederers Laden hinübergingen. Ihr Gang wurde fester, den Kopf hielt sie hoch aufgerichtet und lächelte die Passanten an.

»So jung wie das Tabakfräulein war ich auch mal«, stellte sie schließlich fest.

»Das waren wir alle mal«, bemerkte er gutmütig. »Viel zu schnell ist's damit vorbei.«

Er drückte ihren Arm, um ihr Mut zu machen. Ganz deutlich hatte er das Zittern gespürt, sobald sie den Fuß in das Geschäft setzten.

»Es gibt nichts zu fürchten«, redete er ihr zu. »Sie sind eine gute Zeugin, das ist mir gestern schon aufgefallen. Deshalb will ich Sie ein paar Sachen fragen, die nur Sie wissen können.«

Stolz lächelte sie weiter, wenn es ihr auch sichtlich Mühe bereitete.

»Dank Ihrer Hilfe kann ich mir gut vorstellen, mit wem es der Herr Riederer als Letztem zu tun gehabt hat.«

»Gott hab ihn selig!«, bekreuzigte sie sich. »So ein grausames End hat er nicht verdient.«

»Also war er ein guter Mensch?«

»Was?«, kreischte sie auf.

»Ich mein, wenn einer ein guter Mensch ist, dann streitet er sich nicht oft mit seiner Kundschaft im Laden rum, oder? Dann ist so was wie vorgestern Abend selten vorgekommen beim Herrn Riederer.«

»Ja«, murmelte sie und starrte ihn verständnislos an. »Warum fragen S' das noch mal? Haben S' den Burschen endlich? Nicht, dass er immer noch frei rumläuft und ich um mein Leben fürchten muss.«

Mit jedem Satz wurde ihre Stimme heiserer und schriller.

»Der Mann hat den guten Herrn Riederer arg geärgert, sonst wär der nicht so wütend auf ihn geworden.«

»Ja«, nickte sie gedankenverloren. »Was meinen S': Soll ich mich lieber gleich verkriechen? Ich könnt raus zu meiner Schwester aufs Land.«

»Und bei dem Streit ist's um den Schneiderstreik und Nähmaschinen für eine Genossenschaft gegangen?«

»Ja, schon. Oder meinen S', ich sollt besser nicht zu jemandem aus der Familie, weil der Mörder mich dort zu leicht aufspüren könnt? Herumgefragt ist das ja schnell. Die Leut reden allweil gern über so was.«

»Und als Sie im Laden nachgeschaut haben, da hat sich dieser Mann grad auf den Herrn Riederer gestürzt.«

»Also nicht direkt«, wand sich Fräulein Kathi. »Soll ich dann besser bei jemand Unbekanntem …«

»Hinkönnen S', wohin S' wollen! Aber vorher antworten S' mir erst gescheit«, schrie er sie an. Dann beruhigte er sich wieder und fragte sanfter: »Was meinen S' mit: ›nicht direkt‹? Hat er ihn nun angegriffen oder nicht? Hat der Herr Riederer sich gewehrt oder nicht?«

Als sie verschreckt schwieg, bemühte er sich, sie aufzumuntern: »Sie müssen mir alles sagen, Fräulein Kathi, das ist sehr wichtig. Ich muss wissen, was im Laden von dem Herrn Riederer passiert ist. Nur dann kann ich den Mann finden und Sie vor ihm beschützen.«

Sie biss sich auf die Lippen. Ihre dürren Finger krallten sich in den Stoff der Schürze. Angestrengt dachte sie nach. Bald standen wieder Tränen in ihren Augen. Sie starrte an Thiel vorbei. An der rückwärtigen Wand befand sich ein hohes Regal. Er war schon fast davon überzeugt, sie studiere die dort gelagerten Nähutensilien einzeln, Nadel für Nadel, so lange dauerte es, bis sie endlich wieder etwas sagte.

»Viel mehr als das Geschrei hab ich nicht mitgekriegt. Ich hatt hinten im Lager zu tun. Als ich nach vorn gelaufen bin und nachgeschaut hab, hat mich der Herr Riederer gleich heimgeschickt. 's war ja schon spät. Am Alten Peter hat's grad sieben geschlagen, als ich kurz drauf dran vorbeigegangen bin.«

»Stimmt, Herr Offiziant, um die Zeit hat er sie nach Hause geschickt, das kann ich bezeugen«, pflichtete ein tiefer, wohltönender Männerbass bei.

Verdutzt drehte Thiel sich um. Die Stimme kannte er doch. In der Ladentür entdeckte er den hoch aufgeschossenen, dunkel gekleideten Mann, den er vorgestern Abend in der Kaufingerstraße gesehen hatte. Unbemerkt hatte er den Laden betreten.

»Gestatten Sie, dass ich mich vorstelle: Raimund Fischer. Ich bin, vielmehr war, ein Geschäftsfreund von Josef Riederer. Ich handele mit Nähmaschinen, so wie er. Jetzt wollte ich hier mal kurz nach dem Rechten sehen.«

Die Verbeugung, mit der er gleichzeitig den Hut vom Kopf nahm, wirkte spöttisch, ohne dass Thiel sagen konnte, warum. Gleich fühlte er wieder diesen eigenartigen Blick auf sich ruhen: der des einen Auges leer geradeaus, der des anderen Halt suchend auf seinem Gesicht. Ihn fröstelte.

»Brauchen S' mich noch?«, wisperte Kathi Bauer und machte Anstalten, zur Tür hinauszuschlüpfen. »Ich bin nebenan, wenn S' mir den Schlüssel zurückbringen möchten.«

Schon drückte sie sich an ihnen beiden vorbei zur Tür heraus. Täuschte er sich oder schlich sie dabei in einem großen Bogen um Fischer herum?

Verblüfft bemerkte Thiel im selben Moment, dass Fischer ohne weitere Erklärung ins Büro hinüberspazierte. Schon war er versucht, ihm zu folgen, da kehrte Fischer auch schon wieder von dort hinten zurück.

»Sie fürchtet sich vor mir«, erklärte er beiläufig Kathi Bauers Verhalten und vollführte eine Runde durch den Laden, überprüfte wohl die Vollständigkeit des Inventars. »Muss wohl an meinem Glasauge liegen, dazu meine düstere, norddeutsche Erscheinung – jedenfalls hält sie mich für den Leibhaftigen, einfältig wie sie ist. Aber solang das nur bei Fräulein Kathi der Fall ist, kann ich gut damit leben.«

Er lachte auf. Thiel konnte nicht anders, als mitzulachen. Das hatte etwas Befreiendes.

»Womit kann ich Ihnen dienen, Herr Offiziant?«, erkundigte sich Fischer äußerst freundlich. »Sie benötigen wohl noch einige Informationen über Herrn Riederer, oder? Vielleicht kann ich Ihnen weiterhelfen.«

»Ja, vielleicht«, stimmte Thiel zu. Nach dem Lachen war das Frösteln endgültig vorbei, kurz darauf schon konnte er sich sein anfängliches Missbehagen gegenüber Fischer gar nicht mehr erklären. »Sie waren vorgestern Abend also auch im Laden, als der Herr Riederer von diesem Mann bedroht worden ist?«

»Nicht direkt. Ich kam erst dazu, als die Ladnerin gerade nach Hause gegangen ist. Auf der Straße sind wir uns noch begegnet. Als ich den Laden betrat, hat dieser Bursche übrigens gerade sein Messer gezückt, und Herr Riederer hat versucht, den Angriff abzuwehren.«

»Was?«, brauste Thiel auf. »Warum sind Sie nicht dazwischengegangen und haben ihm geholfen? Zu zweit hätten Sie den Burschen leicht überwältigen und der Gendarmerie übergeben können. Wenigstens hinterher hätten Sie beide Anzeige erstatten und den Kerl ausliefern müssen. Sicher wäre dadurch am Ende Schlimmeres verhindert worden! Auch als Zeuge hätten Sie sich melden müssen. In jedem Fall war das Ihre Pflicht, nachdem Herr Riederer gestern tot im Laden aufgefunden wurde. Warum kommen Sie also erst jetzt?«

Instinktiv streckte Thiel bei den letzten Worten seinen Rücken durch und warf Fischer einen strengen Blick zu. Der aber wirkte in keiner Weise sonderlich beeindruckt von seinem Ausbruch.

»Oh, ich glaube, ich weiß, worauf Sie hinauswollen, aber da muss ich Sie leider enttäuschen, Herr Offiziant. Was meine mögliche Zeugenschaft betrifft, so kennt Polizeidirektor von Burchtorff mich persönlich. Meine Geschäftsbeziehungen zu Herrn Riederer sind ihm ebenfalls bestens bekannt. Zu gegebener Zeit wird er mich sicherlich selbst in dieser Angelegenheit befragen wollen. Und was den Vorfall am fraglichen Abend angeht: Zu dem Zeitpunkt sah es noch so aus, als käme Herr Riederer allein mit dem Burschen klar. Meine weitere Hilfe hat er jedenfalls vehement zurückgewiesen. Als ich vorschlug, wenigstens den Gendarm zu alarmieren, hat er sich das sogar ausdrücklich verbeten. Er wollte wohl kein großes Aufhebens um die Sache machen und sicherlich auch dem Burschen keinen unnötigen Ärger bereiten. So war er nun einmal. Mich hat er sofort wieder weggeschickt. Deshalb kann ich Ihnen beim besten Willen nicht sagen, was danach noch im Laden passiert ist. Leider. Aus jetziger Sicht stimme ich Ihnen natürlich voll und ganz zu: Ich hätte auch gegen Riederers Wunsch bleiben und den Gendarm verständigen sollen! Bestimmt wäre das Verbrechen dadurch verhindert worden.«

Trotz des bedauernden Tons, in dem er das sagte, bildete Thiel sich ein, abermals so etwas wie Spott aus dem Verhalten Fischers herauszulesen. Doch das mochte wiederum nur von seinem Äußeren herrühren. Sobald er mit seinem schmallippigen Mund ein Lächeln versuchte, wirkte das schräg, dazu dieser eigenartige Blick … nein, dafür konnte er einfach nichts.

»Den Mann beschreiben können Sie nicht zufällig?«

»Doch, doch, natürlich«, beteuerte Fischer und lieferte sogleich eine exakte Schilderung des Arbeiterfunktionärs Friedrich Kirsch, wie Thiel selbst sie für den polizeilichen Steckbrief nicht besser hätte formulieren können. Und den wollte er nur einmal flüchtig im Geschäft gesehen haben? Thiel stutzte, beschloss dann aber, bei späterer Gelegenheit noch mal nachzuhaken. Vielleicht war Kirsch ihm auch schon mal anderswo begegnet, oder er besaß einfach einen guten Blick.

»Haben Sie zufällig gehört, worüber sich die beiden bei Ihrem Eintreten so heftig gestritten haben?«

»Nicht genau. Soweit ich es verstanden habe, ging es entfernt um den Streik der Schneider und eine Genossenschaft, aber da kann Ihnen Fräulein Kathi sicher mehr dazu sagen, die ist ja die ganze Zeit über im Lager gewesen. Und gute Ohren hat sie ja.«

Von Neuem ertönte sein ansteckendes Lachen. Thiel atmete tief ein, ihm war nicht im Geringsten nach Lachen.

»Was wissen Sie sonst noch über die Geschäfte vom Herrn Riederer? Ist das nicht ungewöhnlich, dass einer von der Gewerkschaft bei ihm ist?«

»Nein, ganz bestimmt nicht. Fast alle Schneider sind inzwischen auch bei der Gewerkschaft, abgesehen von den Meistern natürlich. Wollen wir jedenfalls hoffen, dass die Schneider bald wieder zur Besinnung kommen. Das mit dem Streik ist nämlich schlecht fürs Geschäft, auch für meins, mein lieber Herr Offiziant, das werden Sie sich denken können. Bevor es ganz aus dem Ruder läuft, müssen Sie mich deshalb jetzt auch bitte entschuldigen.«

Schon setzte er den Hut wieder auf und wandte sich zur Tür.

»Eins möchte ich vorher doch noch von Ihnen wissen«, hielt Thiel ihn zurück. »Was haben Sie vorgestern Abend gegen neun noch mal hier vor dem Laden zu tun gehabt?«

»Oh, natürlich, Sie meinen, als der Vorfall mit dem Hund uns beide beschäftigt hat. Da habe ich einfach noch mal meinen Freund Riederer aufsuchen und bei ihm nach dem Rechten sehen wollen. Leider hat mir niemand mehr geöffnet. Ich dachte, Herr Riederer säße längst zu Hause, und alles wäre in bester Ordnung. Wie hätte ich mir vorstellen können, was wirklich hier drin passiert ist?«

Mehrmals schüttelte er den Kopf. Schon halb aus der Tür, drehte er sich ein letztes Mal um und lächelte Thiel mit seinem schmallippigen Mund schräg an.

Kirsch stand auf der Ludwigsbrücke, die Unterarme auf der Brüstung aus Stein, die Hände ineinander verschränkt. Der Regen war in ein leichtes Nieseln übergegangen, die Feuchtigkeit fraß sich in seine Kleidung. Längst war ihm das Frieren zum Dauerzustand geworden. Nach dem Rausschmiss aus seiner Unterkunft fehlte ihm die Kraft, sich aufs Neue ein trockenes Plätzchen in der Stadt zu suchen. Er wollte nicht mehr. Nur noch diese Versammlung am Abend und dann nichts wie weg aus München!

Sein bescheidenes Bündel wusste er gleich neben seinen Füßen. Es würde ihm nicht gestohlen werden, da konnte er sicher sein, auch wenn das Treiben auf der Brücke zunahm. Und selbst wenn? Ein herber Verlust wären die paar Sachen nicht, die er noch besaß: ein zerfleddertes Buch von Heine, ein paar Stricksocken mit Löchern, grau gewordene Wäsche. Das alles in einem ausgebleichten Leintuch fest verschnürt. Seine Mutter hatte ihm das Leinen letzten Herbst mitgegeben, als Schutz vor dem Ungeziefer in den Matratzen, auf denen er schlief. Wären die Sachen von Wert, hätte er sie längst schon versetzt. Geld für ein bisschen Essen, vielleicht sogar ein Billett nach Hause hätte er nur zu gern dafür in den Taschen gehabt. Er tastete nach dem Messer am Gürtel. Das war kein Luxus, sondern lebensnotwendig.

Laut zog er die Nase hoch. Ein Tropfen Rotz blieb an der Nasenspitze hängen. Er sparte sich die Mühe, ihn abzuwischen. Sein Magen zwickte und grollte. Er kümmerte sich nicht darum. Vielleicht besaßen wenigstens die Schneidergehilfen so viel Anstand, ihn vor der Versammlung noch mit einer Brotzeit zu versorgen. Es redete sich besser, wenn man das Magenknurren wenigstens für eine Weile vergessen konnte.

Lange schon stierte er auf den Fluss hinunter. Die Wassermassen brausten kräftig. Die Schneeschmelze in den Bergen und der Regen der letzten Tage hatten den Wasserpegel ansteigen lassen. Das Rauschen der Isar war lauter als das Knarren der Fuhrwerke auf der Brücke. Die weißen Schaumkronen auf den Wellen türmten sich zu imposanten Gebirgen auf. Eine große Versuchung, fast konnte man sich einbilden, nach einem Sprung weich und sicher dort unten zu landen.

Er bückte sich nach seinem Bündel. Es schien ihm noch leichter als sonst. Um sich aufzuheitern, begann er vor sich hin zu pfeifen. Langsam schlenderte er durch das trutzige Isartor ins Tal. Mühelos reihte er sich in den Strom der Menschen, der in die innere Stadt und zum Marienplatz hinaufzog.

Kaum hatte er den Torbogen unterhalb des Rathausturmes durchquert, entdeckte er Neff. Wie verabredet, wartete der an der goldglänzenden Mariensäule in der Mitte des Platzes. Kirsch kostete es aus, ihn eine Weile zu beobachten, ohne dass er davon wusste. Lässig lehnte Neff an der roten Sandsteinmauer und versuchte gerade, ein vorbeihuschendes Mädchen anzusprechen. Sie reagierte nicht. Kirsch schmunzelte. Neffs Charme wirkte wohl nicht immer so, wie er sich das erhoffte.

»Na, kein Erfolg heut?«, begrüßte er den Kameraden augenzwinkernd.

»Schon gut«, murmelte Neff und schlug ihm kurz auf die Schulter.

»Mit der Laune musst du dich nicht wundern. Da würd ich auch lieber schauen, dass ich Land vor dir gewinn.«

»Also zum Glück bist du keine Frau«, erwiderte Neff. »Du kannst meine Laune mannhaft ertragen. Komm, ich lad dich zum Essen ein.«

»Was ist?« Überrascht blieb Kirsch stehen. »Sonst bist du nie so spendabel. Muss ich aufpassen, dass du mir nachher nicht doch unter die Röcke greifst? Ich bin zwar hungrig, trotzdem tu ich für Geld noch lang nicht alles.«

»Also für was hältst du mich?« Neff sah ihn böse an. »Ich will dir nur was Gutes tun, weil ich weiß, wie klamm du bist. Muss aber nicht sein, wenn du lieber mit knurrendem Magen vor den Schneidern stehst.«

»Schon gut, war nicht so gemeint«, lenkte Kirsch ein, bevor Neff das Angebot wirklich zurückzog. »Natürlich geh ich mit essen. Wozu reicht's denn heut?«

Neff murmelte wieder etwas, was er nicht verstand, und zog ihn mit sich weg.

Bald saßen sie in einem winzigen Wirtshaus im Schatten der Heilig-Geist-Kirche, und Kirsch freute sich auf einen Schweinsbraten mit Knödel. Als Neff das opulente Mahl bestellte, hatte Kirsch seinen Ohren kaum trauen wollen. Eine warme Mahlzeit mitten am Nachmittag! Und das auf Neffs Kosten! Hätte sein Magen nicht wieder so erbärmlich geknurrt, hätte er darauf bestanden, dass Neff ihm das genauer erklärte.

Ein finster ausschauender Mann mit einem spöttischen, schrägen Lächeln und einem Glasauge – sah so tatsächlich der Leibhaftige aus, wie die Ladnerin glaubte? Thiel musste schmunzeln, hob seinen Bierkrug und trank. Dabei schweifte sein Blick durchs Wirtshaus. Vorwiegend Gendarmen und Polizeidiener saßen an den Tischen, verspeisten ein einfaches Mittagsmahl und tranken eine Maß, ein redlicher Genuss, schließlich war der Dienst anstrengend genug.

Er stützte den Kopf in beide Hände. Wenn er doch nur seine Gedanken für einen Moment vergessen könnte, eine kleine Pause nur einlegen, um wieder Platz im Hirn zu haben! Viel zu viel schwirrte ihm seit gestern früh über diesen Riederer und den Gewerkschafter und den ganzen Fall im Kopf herum. Da sah er bald vor lauter Bäumen den Wald nicht mehr. Neue Erkenntnisse brachte ihm seine ganze Denkerei sowieso nicht ein.

»Grüß dich!« Ein herzhafter Hieb landete auf seiner Schulter. Thiel sah auf, erkannte erfreut seinen Freund Franz Gersthofer. Dessen Auftauchen versprach zumindest ein wenig Abwechslung.

»Setz dich schon her. Wie geht's bei euch auf der Wache?«

»Frag lieber nicht«, winkte Gersthofer ab und orderte bei der Bedienung eine Maß und eine Portion Schweinshaxen, wie sie Thiel schon vor sich stehen hatte. »Wenn ich das noch mal zu entscheiden hätt, würd ich mich nie wieder zur Gendarmerie melden.«

»Kannst dich doch nicht beklagen, Gersthofer. Jetzt, wo du endlich Stationskommandant bist, kannst doch eine ruhigere Kugel schieben. Sitzt doch jetzt nur noch in der Wache, mit den langen Patrouillengängen hat's ein Ende.«

»Das ist's ja! Früher bin ich wenigstens noch unter die Leut gekommen, hab was vom Leben in der Stadt mitgekriegt. Aber jetzt nur noch dieser ganze Papierkram, immerzu die Berichte und vor allem die Kontrollen in den Wachen – wie mein eigener Spion komm ich mir da schon vor! Immer gründlicher muss ich meinen eigenen Leut auf die Finger schauen. Drei Monate Gendarmerieschule machen aus einem Reservisten eben noch lang keinen echten Gendarmen, kannst mir sagen, was du willst. Und wenn das dann noch welche von der Landwehr sind, die meinen, als Gendarm in der Stadt könnten sie endlich was Aufregendes erleben, wird's sowieso ganz schlimm.«

Er griff zu seinem Bier und trank es in langen Zügen aus. Thiel beobachtete ihn aufmerksam, froh, sich endlich mit was anderem als dem toten Riederer beschäftigen zu können.

»Nach ein paar Monaten auf der Wache haben die auch schon wieder genug: der lange Dienst mit zwölf, vierzehn Stunden am Tag, die vielen Nachtwachen, kaum mal einen freien Sonn- oder Feiertag – kennst das ja selbst, Thiel. Bei der Polizei ist's auch nicht viel anders. Und obendrein die schlechte Bezahlung! Die einfachen Gendarmen wissen gar nicht mehr, wie sie von den paar Gulden das Leben in der Stadt bezahlen sollen. Eine Familie können die damit schon gar nicht durchfüttern. Kein Wunder, dass die bei der erstbesten Gelegenheit ihren Dienst quittieren. Bei uns auf der Wache geht's mittlerweile zu wie im Taubenschlag: Ständig muss ich neue Gendarmen einweisen und alte verabschieden. Ach, das macht einfach keinen Spaß mehr.«

»Wem sagst das«, stimmte Thiel ein. »Aber weißt, was das Schlimmste ist? Dass wir dabei alle noch ganz feige Hund sind! Jammern und klagen, aber tun doch immer wieder mit.«

»Was meinst damit?« Erstaunt sah ihn sein Freund an.

»Nun, wir von der Polizei und der Gendarmerie sind doch diejenigen, die die Obrigkeit braucht. Wir sind diejenigen, die die öffentliche Ordnung schützen. Dafür halten wir sogar unsere Köpfe hin. Und was kriegen wir dafür?«

»Thiel, bist wahnsinnig?«

Gersthofers Stimme überschlug sich. Vor Entsetzen verschluckte er sich an der eigenen Spucke. Eine Hustenattacke war die Folge. Rasch linste er nach links und nach rechts, ob einer an den anderen Tischen etwas von Thiels aufrührerischen Sätzen spitzgekriegt hatte.

»Ist ja schon gut!« Thiel klopfte ihm auf die Schulter. Die Reaktion seines Freundes erschreckte ihn. Was tat er da eigentlich? Wenn Gersthofer schon so auf seine Idee reagierte, wie würden es dann erst die anderen tun? Was wollte er eigentlich erreichen? Wollte er tatsächlich seine Kollegen zu einem Streik aufstacheln?

»Halt lieber dein Maul und lass keinen merken, dass du heimlich mit den Sozialdemokraten sympathisierst!«, wisperte Gersthofer ihm zu und sah sich von Neuem nervös um. Noch achtete niemand an den anderen Tischen auf sie.

Eine Weile sinnierten sie ein jeder vor sich hin. Dann gab Gersthofer sich einen Ruck und hob den Kopf: »Wie geht's bei dir, Thiel? Man hört, der Polizeidirektor hat dir höchstpersönlich einen Sonderauftrag erteilt? Kompliment! Die Ermittlungen zum Mord in der Kaufingerstraße – das ist doch mal eine Aufgabe. Wie weit bist? Hast den Mörder schon?«

»Fast«, begann Thiel zögernd. »Eine Zeugin hat uns den Verdächtigen ganz gut beschrieben. Ich weiß, wer er ist und wo ich ihn finden kann.«

»Gratulation!« Gersthofer klopfte ihm anerkennend auf die Schulter. »Dann wird der Burchtorff dich jetzt also endlich zum Kommissar befördern müssen. Deine Schwester wird's freuen. Nächsten Monat kannst ihr sicher schon ein paar Gulden mehr für die Kinder schicken.«

»Wenn das so einfach wär«, seufzte Thiel.

»Gibt's Probleme mit den Kindern?« Gersthofer klang besorgt. »Weißt, die Kinder brauchen wohl auch mal ihren Vater. Onkel und Tante sind halt doch was anderes. Trotzdem tut's ihnen gut, da draußen auf dem Land aufzuwachsen. Das war das einzig Richtige von dir, dass du sie nach dem Tod von der Betty gleich zu deiner Schwester geschickt hast. Da draußen ist doch gleich eine ganz andere Luft! Und dann geht's da einfach noch geordneter zu als hier bei uns in der Stadt. Glaub mir, Thiel, es hat sich hier in den letzten Jahren nicht alles zu seinem Vorteil entwickelt. Ganz unter uns«, verschwörerisch winkte er ihn näher heran und flüsterte: »Der König ist viel zu wenig da. Viel zu wenig kümmert er sich um die Politik und phantasiert viel zu viel von prächtigen Schlössern. Was der alles bauen will! Manche behaupten schon, dass er unser schönes München gar nicht mehr leiden mag. Wenn du mich fragst: Das hat ihm alles nur dieser Musiker eingeredet. Fünf Jahre ist's schon her, dass wir den aus der Stadt gejagt haben, aber der König rennt dem immer noch hinterher. Und wenn sich der König weiter so mit den Preußen abgibt, also ich weiß nicht, was davon zu halten ist. Sicher war's falsch, so lang auf Österreich zu setzen, aber muss man sich deshalb gleich den anderen andienern? Haben wir das nötig, wir hier in unserem schönen Bayernland?«

Gersthofer lehnte sich zurück und schwieg, nicht ohne bedeutungsvoll mit den Augen zu rollen.

»Ach Gersthofer, das mein ich doch alles gar nicht.«

»Recht hast, Thiel: Die Politisiererei sollt unsereiner besser lassen, bringt nur Ärger. Als hätt unsereiner nicht schon genug damit zu tun, seine eigenen Sachen zu regeln.« Er nickte ihm zu. »Anna, noch ein Bier!«

Thiel stutzte. Unauffällig musterte er den Freund in der grünen Uniform. An den Schläfen war er grau geworden, ein Doppelkinn stülpte sich über den roten Jackenkragen, kein Wunder, wenn die täglichen Runden durch die Stadt wegfielen. Ein richtiges Wams trug er inzwischen mit sich herum. Eigentlich ein Zeichen, dass es ihm trotz allem Jammern gar nicht so schlecht gehen konnte.

Auf einmal lächelte Thiel. Gersthofer hatte Recht. Man sollte seine eigenen Sachen regeln und nicht immer so viel über das Große und Ganze nachdenken. Hinterher dankte es einem sowieso keiner. Im Gegenteil, es brachte nur neue Scherereien mit sich. Er würde das Rad nicht neu erfinden. Er sollte die Dinge so akzeptieren, wie sie waren, und das Beste für sich selbst draus machen, sowohl was die allgemeinen Zustände bei der Polizei betraf, als auch was den ihm zugeteilten Sonderauftrag anging. Burchtorff hatte mehr als deutlich gemacht, dass er schnell einen Täter haben wollte und aus welcher Ecke der kommen sollte. Was wehrte sich Thiel überhaupt dagegen? Ganz leicht konnte er den Fall zu seinem eigenen Vorteil nutzen, es gab keinen einzigen Grund für ein schlechtes Gewissen. Die Beschreibung der Ladnerin war eindeutig, die Aussage Fischers bestätigte den Verdacht. Kirsch war wirklich der Letzte, der bei Riederer im Laden gewesen war. Ein Motiv für die Tat hatte er obendrein. Was zögerte Thiel also überhaupt? Gleich nachher auf der Versammlung der Schneider sollte er ihn festnehmen und dann am Abend noch dem Polizeidirektor Meldung erstatten. Dann war der zufrieden und ernannte ihn gewiss in den nächsten Tagen schon zum Kommissar. Was wollte er eigentlich mehr?

»Mir auch noch eine Maß«, rief er laut und lehnte sich endlich ebenfalls gemütlich auf der Wirtshausbank zurück.

»Also was willst du hier? Frauen haben hier nichts verloren. Das weißt du genau. Verschwind! Nicht, dass der Offiziant dich sieht.«

Neff bemühte sich gar nicht erst, Emma freundlich zu begrüßen. Sie wunderte sich, dass er sie gleich entdeckt hatte. Der Versammlungssaal war bis auf den letzten Platz besetzt. Selbst in den Gängen standen noch Männer. Gerade versuchte ein zierlicher Schneider, sich vorn mit verschiedenen Bekanntmachungen Gehör zu verschaffen. Niemand beachtete ihn. Die Holzstühle schrabbten über den Boden, Gläser klirrten gegeneinander. Die Bedienung mit einer schweren Last Maßkrüge vor der Brust fluchte über jeden, der ihr zu nahe kam. Mehr brüllend als sprechend debattierten die Gehilfen ihre jüngsten Streikerlebnisse. Die Stimmung war gereizt.

»Einen schönen guten Abend, mein lieber Neff«, entgegnete Emma unterdessen. »Für den Georg bin ich gekommen. Weißt schon, warum. Ganz still setz ich mich da hinten hin und hör einfach nur zu. Keinem fall ich auf, keine Angst.«

»Also und wenn doch? Ich will keinen Ärger. Die Vorschriften sind streng. Für uns steht viel auf dem Spiel. Verschwind, bevor ich dich eigenhändig rauswerf!«

»Das willst tun? Schau, wen du vor dir hast!«

»Also es gibt keine Sonderrechte für dich, begreif das endlich. Frauen sind bei den Versammlungen verboten.«

»Neff, was ist? So redet man doch nicht mit einer Dame!« Unbemerkt hatte Kirsch sich zu ihnen gesellt und lachte. »Entschuldige Emma, aber ich glaub, der ist heut ganz besonders nervös. Nachher geht's halt um viel für uns. Dabei halt ich doch die große Rede und nicht er.«

Er tätschelte Neffs Schulter. Emma meinte, in seinen Augen einen verräterisch glasigen Schimmer zu entdecken. Nein, sie musste sich getäuscht haben. Kirsch würde doch nicht angetrunken auf einer Versammlung aufkreuzen!

»Vorhin sind wir noch bei den Meistern gewesen«, erzählte

Kirsch weiter. »Das sind harte Brocken, sag ich dir. Kein Wunder, dass Neff sich jetzt schon vor euch Frauen ins Hemd macht!«

Abermals lachte er auf. Dann schob er sich zwischen zwei anderen Männern nach vorn, zur Stirnseite des Saales. Dort saßen bereits der Anführer der Münchener Schneidergehilfen und ein anderer Mann, den Emma nicht kannte. Vermutlich ein weiterer Funktionär des Arbeitervereins, vielleicht sogar endlich der berühmte Tauscher aus Augsburg. Der machte sich rar an der Isar. Seit Streikbeginn schon warteten sie auf das Erscheinen des großen bayerischen Arbeitervereinsführers, bislang jedoch vergeblich.

Emma bemerkte, wie Neff seinem Freund mit den Augen folgte. Es zuckte um seinen Mund, als er zuschaute, wie herzlich die anderen ihn begrüßten. Seltsam. Sonst waren die zwei doch immer ein Herz und eine Seele? Seit letztem Herbst hatte sie Kirsch und Neff fast nur zusammen getroffen.

»Emma, geh heim!« Neffs Worte klangen beinahe freundlich. »Also grüß mir den Georg. Er soll auf sich Acht geben. Wir brauchen ihn noch.«

Grußlos drehte er sich um. Sie wartete eine Weile, bis sie sicher sein konnte, dass er nicht mehr auf sie achtete. Dann suchte sie sich hinten an der Wand einen Platz, direkt neben der Tür. Von dort hatte sie einen guten Überblick über den Saal und konnte notfalls schnell verschwinden.

»Was sagst zu der Geschichte mit dem Riederer?«, fragte eine dunkle Männerstimme links von ihr. Sie zuckte zusammen. Ihr wurde heiß. Woher wusste er, dass sie –? Entsetzt wandte sie sich um. Die Stimme gehörte einem hageren Mann, der gerade den Saal betrat. Allerdings sprach er nicht zu ihr, sondern zu einem zweiten, jüngeren, der dicht hinter ihm folgte. Neugierig spitzte sie die Ohren.

»Von ungefähr kommt das nicht. Kannst mir sagen, was du willst, aber ein feiner Geschäftsmann ist das jedenfalls nicht gewesen«, antwortete der.

Emma schätzte, dass er gut fünf Jahre jünger war als sie, wahrscheinlich genau in Alois' Alter. Dünn und blass wie er war, merkte man ihm an, dass er weder besonders gesund lebte noch arbeitete. Sein Rücken war gebeugt, aufrecht hätte er nicht durch die Tür gepasst.

»Hast deine Nähmaschine auch von dem?«, fragte der Erste.

Er mochte um die fünfzig sein und hielt sich ebenfalls gebückt. Die beiden blieben direkt am Eingang stehen und suchten mit den Augen nach einem freien Platz. Nach einer Weile mussten sie aufgeben. Emma hoffte, dass sie sich weiter in ihrer Nähe halten und über Riederers Tod reden würden.

»Von wem sonst?«, antwortete der Jüngere unterdessen. »Einen guten Preis hat er mir gemacht. Viel günstiger als die anderen. Und dann«, ängstlich sah er sich um, bevor er verschwörerisch flüsterte. Emma musste sich anstrengen, um etwas zu verstehen, »dann hat er uns noch was angeboten. Lotte kann für ihn nähen! Zahlen tut er zwar nicht viel, aber es ist allemal besser als gar nichts. Und wegen dem Streik bleibt uns sowieso keine andere Wahl. Irgendwoher muss das Geld zum Leben ja kommen. Verrat aber keinem was. Weißt ja, was sonst passiert.«

»Kannst dich auf mich verlassen. Ist doch Ehrensache!« Zur Bekräftigung klopfte der Ältere dem Jüngeren auf die Schulter. »Bleibt einem wirklich nichts anderes übrig. Streikgeld gibt's keins, arbeiten dürfen wir auch nicht. Da müssen halt die Frauen ran. Möcht nur wissen, wer uns ausgerechnet jetzt den Riederer erstochen hat.«

»Erstochen?«, schrie Emma auf.

Entsetzt presste sie sofort die Hand auf ihren Mund. Doch es war zu spät. Nicht weniger erschrocken als sie starrten die beiden Männer sie an. Die Angst stand ihnen mitten ins Gesicht geschrieben. Offensichtlich wurde ihnen gerade klar, was Emma noch alles von ihrer Unterhaltung belauscht haben mochte.

»Wer bist?«, raunte der Ältere, sobald er sich wieder etwas beruhigt hatte.

Der Jüngere glotzte voller Furcht, dann hellte sich sein Gesicht plötzlich auf: »Die Dirschwigl Emma aus Dachau, die Frau vom Georg, der, wo auch im Streikkomitee sitzt!«

Gleich streckte er ihr die Hand entgegen. »Ja Emma, kennst mich nimmer?«

Zögernd schüttelte sie den Kopf.

»Dass ich dich hier treff! Grad vorgestern erst hab ich auch den Alois gesehen. Der war ein bisschen durcheinander. Ist was bei euch? Geht's dem Georg so schlecht?«

Sie verneinte und grübelte im Stillen, wer er sein mochte. Ihn kümmerte es wohl nicht, dass sie ihn nicht mit Namen ansprach. Er tat, als seien sie alte Freunde, und war sofort gleich ganz vertraut mit ihr.

»Wir reden grad über den Mord an dem Riederer in der Kaufingerstraße. Den wirst gewiss auch gekannt haben. Da fällt mir ein, der Alois hat sich vorgestern ganz in der Nähe von seinem Laden rumgedrückt, als ich ihn gesehen hab.«

Emma wurde schlecht. Dem Mann schien nichts aufzufallen.

»Der hat wohl drauf gewartet, dass es dunkel wird. Wollt er etwa beim Riederer heimlich Stoff holen?« Lachend drohte er ihr mit dem Finger. »Ich wett, du nähst auch für den Halsabschneider, genau wie meine Frau. Mal schauen, wie's jetzt weitergeht«, wandte er sich dann wieder an seinen Begleiter. »Wer wird uns jetzt aus dem ganzen Schlamassel raushelfen? Lang kann ich mir den Streik jedenfalls nicht mehr leisten, egal, was uns die zwei vom Arbeiterverein da vorn gleich erzählen.«

»Dabei hast du's noch gut«, meinte der Ältere. »Versorgen musst nur deine Lotte, sei froh. Schau mich an: Sechs hungrige Mäuler hab ich zu stopfen. Ganz ein großer Luxus ist so ein langer Streik für mich.«

Emmas Knie zitterten. Sie suchte Halt an der Wand. Der Mann kannte sie und Alois! Und er hatte Alois am Montagabend noch vor Riederers Geschäft getroffen. Ob Alois wirklich noch einmal im Laden gewesen war?

»Ich glaub, ich muss raus«, murmelte sie und schlüpfte an den beiden Männern vorbei aus dem Saal.

Erleichtert, dem Gedränge und dem rätselhaften Bekannten entwischt zu sein, atmete sie auf. Doch gleich packte sie erneut die Angst. Zu viele Gedanken schossen ihr durch den Kopf. Bald sah sie es deutlich vor sich, was am Montagabend geschehen war: Die Ungewissheit, was mit dem Händler war, wie stark ihn der Schlag verletzt hatte, musste auch ihrem Bruder keine Ruhe gelassen haben. Ganz sicher war er deshalb noch einmal zu ihm hin, hatte vor dem Laden einen günstigen Moment abgewartet, war schließlich zu Riederer hineingegangen. Als Alois wieder vor ihm stand, hatte der grobschlächtige Händler sich gewiss gleich über ihn lustig gemacht. Kein Mann der großen Worte, musste Alois daraufhin vor Wut sein Messer gezückt und blindlings zugestochen haben. Emma konnte es sich direkt vorstellen. Zu oft schon hatte sie miterlebt, wie blinde Wut ihren Bruder völlig beherrschte. Niemand konnte ihn dann noch aufhalten, niemand ihn zur Vernunft bringen. So musste es auch am Montagabend gewesen sein. Alois war zum Mörder geworden! Und warum? Nur weil sie ihm das eingebrockt hatte! Es war ihre Schuld! Sie kniff die Augen zu.

Plötzlich spürte sie, wie es um sie her unruhig wurde. Schnell öffnete sie die Augen wieder. Sie fand sich umringt von Gendarmen. Zwei Schandis standen sogar ganz dicht vor ihr. Voller Entsetzen presste sie sich an die Wand. Kaum wagte sie noch zu atmen. Immer mehr Uniformierte kamen aus dem Schankraum herüber. Säbel klirrten, Stiefel knallten auf dem Steinboden, Befehle erklangen. Ein Mann in blauer Uniform schob sich zwischen den grün Uniformierten durch. Sie hörte, wie er ihnen zuraunte: »Seid still, Männer! Oder sollen sie euch gleich hören? Vor die Ausgänge, marsch! Auf mein Zeichen geht's rein. Und jetzt keinen Mucks mehr! Verstanden?«

Dann verschwand der blau Uniformierte im Saal. Emma schlich sich leise hinüber in den Schankraum.

Thiel kam gerade rechtzeitig. Kirsch stand an der Stirnseite des Saales. Ein quer gestellter Tisch diente ihm als Rednerpult. Trautwein und Hutter, die beiden Vorsitzenden des Streikkomitees der Münchener Schneider, saßen rechts von ihm, Neff vom Arbeiterverein links. Neff hielt die Arme vor der Brust verschränkt und schaute grimmig in die Menge. Thiel tat es ihm nach.

Der Saal war bis auf den letzten Platz besetzt. Er schätzte, dass gut dreihundert Schneidergehilfen gekommen waren. Eine ganz ansehnliche Zahl, wenn man sie so beieinander sah. Trotzdem waren es lange nicht mehr so viele wie noch letzte Woche. Machte sich allmählich etwa eine gewisse Streikmüdigkeit breit? Thiel musterte einige Gesichter, bildete sich ein, Ärger und Unmut darauf zu erkennen. Neugierig ließ er seinen Blick weiter über die Köpfe schweifen.

Plötzlich stockte er. Den seltsamen Blick kannte er doch. Das eine Auge wirkte leer und ausdruckslos, das andere suchte sich unruhig ein Ziel. Fischer! Was wollte der hier? Hatte er doch weitaus mehr von Riederers Streit mit Kirsch mitbekommen, als er zugegeben hatte? Wahrscheinlich wollte er sich aus erster Hand informieren, was Kirsch mit den streikenden Arbeitern und der Genossenschaft genau vorhatte.

Fischer musste ihn gerade ebenfalls entdeckt haben, so genau ließ sich das seinem seltsamen Doppelblick nicht entnehmen. Leicht nickte er mit dem Kopf, wie um sein Einverständnis für das unvermeidlich Folgende zu signalisieren. Rasch wandte Thiel sich ab.

Kirsch war mitten in seiner Rede. Anders als sonst, wenn er die Gehilfen mit einem forschen Appell an ihren Kampfgeist und mit frechen Forderungen an die Meister zu neuen Aktionen anstachelte, befand er sich nun aber ganz offensichtlich in der Defensive. Hilflos ruderte er mit den Armen, schaute verzweifelt umher, rang nach Worten. Bald klangen seine Ausführungen, warum die Schneidergesellen das Heft selbst in die Hand nehmen und eine Genossenschaft gründen sollten, überaus zaghaft. Sich zusammenzutun und auf eigene Rechnung zu arbeiten, das hatte für die meisten wohl noch sehr verlockend geklungen. Dass man damit den Meistern ein Schnippchen schlagen konnte, ebenso. Doch dass man dazu erst einmal viel Geld für Maschinen in eine gemeinsame Kasse zahlen musste und den Verdienst auch nicht gleich mit allen Beteiligten teilen konnte, weil Rücklagen gebildet werden sollten, das sahen sie ganz und gar nicht ein. Schon witterten sie eine Finte, mit der der auswärtige Gewerkschaftsfunktionär sie übers Ohr hauen wollte. Nach und nach erhoben sich immer mehr kritische Stimmen.

»So eine Genossenschaft funktioniert nie und nimmer!« – »Wir haben ja nicht mal das Geld für die Nähmaschinen!« – »Und Aufträge gleich gar nicht!« – »Was, wenn einer nicht mitmacht?«

Immer wilder ging es durcheinander. Jeder wollte den anderen überschreien, jeder hatte es auf einmal eiliger, sein Missfallen kundzutun. Unruhe machte sich im Saal breit. Kirsch sah zur Seite, erst nach links zu Neff, dann nach rechts. Die Männer vom Streikkomitee blieben stumm. Zunächst wirkte er verwirrt, dann gab er sich einen Ruck.

»Männer!«, gelang es ihm schließlich, die Zwischenrufe zu übertönen. »Ihr habt mich noch nicht richtig verstanden.«

»Vielleicht liegt's an dem, was du sagst!«

Der Störenfried erntete Gelächter. Kirschs Gesicht lief dunkelrot an.

Thiel blieb nahe der Tür. Von dort konnte er sowohl die Gehilfen im Saal als auch die Streikführer und Arbeitervereinsleute am Rednertisch beobachten. Außerdem hatte er die beiden Ausgänge bestens im Blick. So war es nachher ein Leichtes, mit einem Dutzend Gendarmen die gut dreihundert Gehilfen im Saal in Schach zu halten, falls das überhaupt notwendig sein sollte.

Einige Minuten wartete er noch ab. Kirsch wollte weiterreden. Zum Zeichen dafür hob er die Arme. Keiner achtete mehr auf ihn. Die Zwischenrufe waren in rege Einzeldiskussionen übergegangen. Zwei-, dreimal versuchte Kirsch noch, sich Gehör zu verschaffen. Dann ließ er die Arme wieder sinken. Das war die Gelegenheit! Mit schnellen Schritten war Thiel vorn.

»Mitkommen!«, raunte er ihm zu und zog ihn mit sich zur Tür. »Gleich legen die hier drinnen richtig los.«

Kirsch wirkte vollkommen überrumpelt.

»Was?«, fragte er verwirrt, folgte Thiel aber sofort ohne weiteren Widerstand.

»Sie sind festgenommen!«, verkündete Thiel, sobald sie in der Gaststube angekommen waren.

Geschlagen sank der Gewerkschafter auf einen Stuhl und bettete den Kopf zwischen die Arme. Thiel hatte den Eindruck, dass seine Schultern bebten. Weinte er? Langsam legte er ihm die Hand auf die Schulter. Nicht zum Trost, sondern weil er befürchtete, Kirsch könne im nächsten Moment aufspringen und fliehen. Zu oft schon hatte er solche Szenen erlebt.

»Was soll das? Ist's jetzt auch schon verboten, neue Ideen zu haben oder eine Rede zu halten?«

Ruckartig schoss Kirsch in die Höhe. Thiel drückte ihn auf den Stuhl hinunter, froh, seinem Instinkt vertraut zu haben.

»Die Versammlung ist genehmigt. Sie selbst haben mir die Unterschrift auf das Papier gegeben, Herr Offiziant!«

»Es geht nicht um die Versammlung, Kirsch. Die ist schon recht. Können Sie sich nicht denken, was es ist?«

Prüfend sah er ihm in die Augen. Kirsch hielt seinem Blick stand.

»Ich schwöre Ihnen: Mein Gewissen ist rein.«

»Das Schwören lassen Sie besser, nicht, dass Sie sich am End noch versündigen. Sagen Sie mir lieber, was am Montagabend in Riederers Laden passiert ist, bittschön ganz genau, wenn's recht ist.«

Kirsch wurde blass. In Sekundenschnelle schien er erfasst zu haben, um was es für ihn ging.

»Sie wollen mir doch nicht etwa den Mord anhängen?«

Wieder wollte er aufspringen, wieder reagierte Thiel sofort.

»Was haben Sie beim Riederer gemacht? Leugnen nützt nichts, zwei Zeugen haben Sie da gesehen. Sagen Sie mir, was Sie vom Riederer gewollt haben und was im Laden genau vorgefallen ist.«

Langsam ging er um den Tisch herum und setzte sich Kirsch gegenüber, ließ ihn keinen Moment aus den Augen. Inzwischen war er sich sicher, dass der Arbeitervereinsfunktionär nicht mehr fliehen würde. Zu deutlich arbeitete es in ihm auf der Suche nach einer Erklärung.

Endlich begann er zu reden: »Ich weiß nicht, ob Sie das vorhin gehört haben. Aber ich will, dass die streikenden Schneider ...«

Sehr weit holte er aus, um seine Version der Ereignisse zu schildern. Thiel ließ ihn geduldig gewähren. Gelegentlich bestätigte er durch ein Nicken, dass er immer noch zuhörte. Kirsch war ein guter Redner, keine Frage, selbst jetzt, wo er persönlich betroffen war und viel von seiner Aussage für ihn abhing.

»Ich bin kein Schneider, Herr Offiziant, wissen Sie. Ich versteh nichts davon. Deshalb hab ich mehrmals nachfragen und den Herrn Riederer bitten müssen, dass er mir erklärt, was er gemeint hat. Ich hab grad mal gewusst, wie viel die Nähmaschinen bei den anderen Händlern kosten. Nur ungefähr hab ich abschätzen können, wie günstig das Angebot vom Riederer gewesen ist. Allerdings hab ich mich schon gewundert, wieso er uns so gute Preise hat machen wollen.«

Minutiös gab Kirsch die Unterhaltung zwischen ihm und dem späteren Mordopfer wieder. Bald hatte Thiel das Gefühl, selbst dabei gewesen zu sein.

»Nicht, dass ich dem Riederer etwas Schlechtes unterstellen will. Ganz im Gegenteil«, betonte Kirsch. »Mich hat gewundert, wie gut er über den Streik und die ganzen Entwicklungen Bescheid gewusst hat. Da hat er sich wohl richtig mit beschäftigt. Wie er mir dann aber von lukrativen Aufträgen gesprochen hat, die er jederzeit für die Genossenschaft besorgen könnte, bin ich nur noch verwirrt gewesen. Der war doch Nähmaschinenhändler, kein Schneider. Wie hat er überhaupt an solche Aufträge rankommen wollen? So ganz korrekt hat sich das alles nicht angehört. Und wozu hat er uns das anbieten wollen? Mit Verlaub, Herr Offiziant, aber von einem Händler erwarte ich Geschäftssinn. Als Wohltäter der Schneidergehilfen hat der Riederer ganz bestimmt nicht auftreten wollen.«

Thiel konnte ihm nur beipflichten. Allmählich fügte sich sein Bild von Riederer zusammen. Das Unbehagen, das er von Anfang an gespürt hatte, erwies sich als völlig berechtigt. Nähmaschinen zu verkaufen war wohl wirklich nicht alles gewesen, was der Tote zu Lebzeiten getrieben hatte. Ob er jederzeit redlich gehandelt hatte, wollte Thiel noch nicht beurteilen. Dazu sollte er lieber noch einmal die Ladnerin und diesen Fischer befragen. Jetzt, wo er schon mehr von Riederers Tun ahnte, konnte er dabei weitaus geschickter vorgehen. Andererseits: Er hatte seinen Täter. Nach dem Willen des Polizeidirektors sollte er damit die Ermittlungen abschließen. Kirsch als Hauptverdächtigen verhaften – mehr hatte Burchtorff nicht von ihm verlangt, und genau das zu tun, hatte er doch erst vor wenigen Stunden beschlossen.

»Als ich nachgefragt hab, ist der Riederer sofort wütend geworden«, fuhr Kirsch unterdessen fort. »Dabei hab ich doch gar nichts Böses gesagt. Auf einmal hat er sich auf mich gestürzt und mich beschimpft. Mir ist ganz anders geworden. Sie werden ihn ja selbst gesehen haben. Plötzlich war das kein Mensch mehr, sondern ein wildes Tier! Dagegen hab ich mich doch wehren müssen …«

»Und währenddessen ist die Ladnerin reingekommen, und kurz darauf hat ein Herr vorbeigeschaut«, ergänzte Thiel.

»Ja«, gab Kirsch zu.

»Der ist aber ebenfalls gleich wieder weg. Als Sie danach endlich noch mal allein mit dem Riederer im Laden gewesen sind, ist der Streit von vorn losgegangen, und dieses Mal haben Sie zugestochen«, beendete Thiel die Geschichte.

In seiner Stimme schwang Kummer mit, wie er erstaunt feststellte. Verlegen räusperte er sich und stand auf, um sich dicht hinter Kirsch aufzubauen. Knapp deutete er auf das Messer, das Kirsch am Gürtel trug.

»Geben Sie's her!«, verlangte er und streckte die Hand aus.

Widerwillig händigte Kirsch das Messer aus, sah aber weiterhin schweigend zu Boden.

»Was laufen Sie eigentlich immerzu mit einem Messer rum? Sind wir hier bei den Wilden?«

»Was glauben Sie, wie's hier manchmal zugeht, nachts in den Unterkünften? Mehr als einmal war ich schon froh, mich notfalls wehren zu können.«

»So wie vorgestern beim Riederer? Ach Kirsch, hat das wirklich sein müssen? Kommen Sie, gehen wir in die Polizeidirektion.«

Thiel packte ihn am Arm. Er hatte seinen Täter, mehr brauchte er nicht.

»Ich hab ihn nicht umgebracht!«, rief Kirsch und riss sich los. Leise fügte er hinzu: »Das wär doch töricht gewesen.«

»Natürlich«, beschwichtigte Thiel ihn. »Einen umbringen ist immer töricht.«

»Trauen Sie mir das wirklich zu?«

Kirsch suchte seinen Blick und hielt ihn fest, bis Thiel schließlich die Augen als Erster senkte. Er wusste, das war ein Fehler, trotzdem fühlte er sich machtlos dagegen.

»Also gut, erzählen Sie, wie's weitergegangen ist im Laden vom Herrn Riederer. Aber danach geht's gleich rüber zur Polizeidirektion.«

Sie setzten sich wieder an den Tisch. Dieses Mal allerdings nahm Thiel den Stuhl neben Kirsch, um ihn besser unter Kontrolle zu haben – und um ihn nicht mehr direkt ansehen zu müssen.

»Als ich raus aus dem Laden bin, hat er noch gelebt, ich schwör's! Glauben Sie mir!«

»Was ich glaub oder nicht, das interessiert keinen«, stellte Thiel trocken fest und erhob sich erneut.

Gerade wollte er Kirsch ebenfalls hochziehen, als ein Aufschrei durch das Wirtshaus gellte: »Die Schandis sind da!«

»Die haben uns umstellt!«, rief ein anderer.

Darauf ging es wild durcheinander. Thiel sah nur noch, wie die Männer im Gastraum von ihren Plätzen sprangen und die Tür zum Flur aufgerissen wurde. Stiefel knallten über den Steinboden, Stühle fielen um, Männer stürzten sich brüllend aufeinander. Am Hinterkopf spürte Thiel einen kräftigen Schlag, dann sackte er zu Boden.

»Bist wahnsinnig?«, zischte Georg, kaum dass Kirsch aus der Tür war. »Warum hast den mitgebracht? Ins Gefängnis bringst uns damit!«

Ihr Gast wollte kurz zum Abort in den Hof. Emma atmete erleichtert auf. Bis dahin hatte sie noch keine Zeit gehabt, allein mit Georg zu reden.

»Und wenn? Schlimmer als hier wird's da auch nicht werden.«

»Emma!«

Verzweifelt bemühte sich Georg, den drohenden Hustenanfall zu unterdrücken. Als es nicht mehr ging, brach ein hartes Bellen aus ihm heraus. Rasch wandte er sich ab. Doch Emma hatte schon gesehen, dass der Husten wieder einmal von einem blutigen Auswurf begleitet wurde. Sein ausgelaugter Körper bebte.

»Komm, ich bring dich nüber ins Bett. Brauchst deine Ruh«, sagte sie und führte ihn in die Kammer.

Als sie in die Stube zurückkam, stand Kirsch neben Lorenz' Kiste und betrachtete den schlafenden Buben.

»Ich wollt, ich hätt auch Familie. Dann wüsst ich wenigstens, wo ich hingehör.«

Emma schaute ihn verwundert an. Auf Zehenspitzen schlich er zu ihr zum Tisch. Sie wusste nicht, was sie darauf erwidern sollte, und begann, das Nähzeug zu sortieren.

»Hast du etwa auch für den Riederer genäht?«, fragte er, nachdem er sie eine Weile beobachtet hatte. »Was machst du jetzt mit den Sachen?«

Sie antwortete noch immer nicht und beugte den Kopf tiefer über ihre Arbeit.

»Wenn du willst, dann versuch ich morgen, jemanden aufzutreiben, der dir die Hosen abnimmt. Dann kriegst du sicher mehr dafür, als der Riederer dir je gezahlt hätte.«

»Und wie viel willst davon haben?«

»Ich? Nichts natürlich. Du nähst doch die Hosen, nicht ich.«

»Das willst für mich tun?« Erstaunt sah sie auf. »Ach Kirsch! Dabei schad ich mit meiner heimlichen Näherei doch eurem Streik.«

»Hat Neff das gesagt?«

»Wer sonst?«

Plötzlich lachten sie beide.

»Warum tust du das, Emma?«, fragte er nach einiger Zeit. »Warum versteckst du mich und bringst damit dich und deine Familie in Gefahr? Du hast doch mitgekriegt, dass der Offiziant mich festgenommen hat.«

»Stell dir vor, ich weiß sogar, warum. Ich hab euch nämlich belauscht.« Er wurde blass. »Musst keine Angst haben, mir ist das gleich.« Sie legte ihre Hand auf seine und drückte sie. »Versprochen hab ich, dass du eine Nacht bleiben kannst. Morgen früh schauen wir weiter. Mir fällt schon wer ein, der dir hilft.«

Sie widmete sich wieder ihrem Nähzeug. Seine Dankbarkeit war ihr unangenehm. Sie hatte sie nicht verdient. Schließlich half sie ihm nicht aus Nächstenliebe. Wie lange er wohl brauchte, bis er das durchschaute?

»Das musst du nicht tun, Emma. Ich würd's verstehen. Denk an den Georg und die Kinder.«

»An die Kinder vielleicht, an den Georg nicht mehr«, murmelte sie gerade noch so laut, dass er es hörte.

Eine Weile nähte sie vor sich hin. Dann hielt sie es nicht mehr aus: »Ist das eure viel beschworene Solidarität?«

Endlich war es heraus. Sie atmete auf.

Sein Adamsapfel hüpfte auf und ab. Mehrmals schluckte er, sagte aber nichts.

»Schau her, Kirsch!« Sie griff ihm ans Kinn und zog sein Gesicht zu sich herüber.

»Nicht mal wir zwei können uns noch in die Augen sehen. So weit ist's schon!« Traurig schüttelte sie den Kopf. »Wie soll's da überhaupt noch weitergehen?«

Jemand trommelte ans Fenster. Sie fuhr zusammen. Hatte sie sich getäuscht? Es trommelte wieder. Hastig legte sie das Nähzeug weg und lief zur Tür, riss sie voller Vorfreude auf.

»Alois!«

Noch bevor ihr Bruder etwas sagen konnte, schlang sie die Arme um seinen Hals und schluchzte auf. Reglos ließ er es über sich ergehen. Erst nach einiger Zeit ließ sie von ihm ab.

»Wo warst? Zwei Tage hab ich nichts von dir gehört. Ganz große Sorgen hab ich mir schon gemacht.«

Verstohlen suchte sie seinen Blick.

»Wo soll ich schon gewesen sein?«, knurrte er mürrisch und wollte an ihr vorbei in die Stube.

Sie hielt ihn zurück.

»Erst sagst mir, was am Montagabend war!«, wisperte sie aufgebracht.

Brüsk riss er sich los und deutete mit dem Kopf auf Kirsch: »Wer ist das?«

»Ein Freund vom Georg, Kirsch heißt er. Heut Nacht bleibt er bei uns, weil er sonst nirgendwo hinkann. Kirsch, das ist mein Bruder, der Alois aus Dachau.«

Zögernd reichten sich die Männer die Hände, ihre Mienen blieben verschlossen. Offensichtlich wollte keiner als Erster etwas sagen.

»Setzt euch doch«, schlug Emma betont munter vor.

»Holst uns beim Hueber noch einen Krug Bier«, brummte Alois.

»Bitte«, fügte Kirsch hinzu und lächelte sie an.

Erstaunt sah sie von einem zum anderen. Die beiden Männer taxierten einander noch immer vorsichtig. Wahrscheinlich war das mit dem Bier wirklich eine gute Idee. Sie schlang sich ihr Wolltuch um die Schultern und schlüpfte zur Tür hinaus.

Dankbar, der engen Küche und den Männern für eine Weile entronnen zu sein, sog sie auf der Straße die kühle Aprilluft ein. Dass Alois ausgerechnet jetzt aufgetaucht war! Zwei Tage war er wie vom Erdboden verschluckt, und dann kam er genau in dem Moment, in dem sie ihn überhaupt nicht bei sich brauchen konnte. Wenn das nur gut ging mit den beiden. Der Kirsch war zwar eigentlich eine ehrliche Haut, aber grad befand er sich in großen Schwierigkeiten. Wer konnte schon wissen, wozu er da fähig war? Und was, wenn der Alois sich verplapperte? Sie konnte sich doch nicht die ganze Nacht dazusetzen und aufpassen, was die zwei miteinander redeten. Das waren doch erwachsene Männer. Beunruhigt hastete sie die dunklen Gassen entlang zum Wirtshaus. Nein, der Maibock war eine gute Idee, der schmeckte Alois immer. Davon würde er bald gut schlafen und Kirsch gewiss auch. Und morgen in der Früh würde sie Alois sofort wegschicken. Schadete gewiss nicht, wenn er sich mal wieder bei seinem Meister in der Backstube blicken ließ. Besser, er blieb dort für die nächste Zeit. In Dachau fiel er am allerwenigsten auf.

Donnerstag, 28. April 1870

Emma fröstelte, als sie durch die Straßen zurück nach Hause eilte. Der Weg von der Maxvorstadt nach Haidhausen hinüber war lang. Dieses Mal konnte sie nicht bei einem Fuhrwerk aufsitzen, sondern musste zu Fuß laufen. Auf dem Hinweg hatte sie sich noch wie eine vornehme Madame quer durch die Stadt kutschieren lassen. Dabei hatte sie zwar auf Bierfässern sitzen müssen, aber schlecht gefahren war immer noch besser als gut gelaufen. Nun hastete sie an Hofgarten und Residenz vorbei durch die Maximilianstraße bis zur Isarbrücke. Auf der rechten Flussseite ging es den Berg hoch und schließlich fast geradewegs auf die halb fertige Johanniskirche zu.

Zu dieser frühen Stunde waren bereits viele Menschen unterwegs. Dienstmägde eilten mit Milch und frischen Semmeln zu ihrer Herrschaft. Gelegentlich musste Emma einer Kutsche ausweichen, mit der ein Offizier zu seiner Kaserne trabte. Nach all dem Prunk in den bürgerlichen Vierteln war sie froh, jenseits der Brücke auf vertrauteres Gelände zurückzugelangen. Für die neuen Prachtbauten in der Innenstadt konnte sie sich sowieso nicht so recht begeistern.

Der frühe Morgen ließ noch nicht erkennen, ob das trübe Wetter der letzten Tage anhalten oder der warme Frühling wieder zurückkehren würde. Emma zog sich das Wolltuch enger um die Brust, vorsichtig, um nicht gegen den Krug zu stoßen. Fest presste sie ihn mit dem linken Arm gegen ihren Busen. Die Milch darin war kostbar; keinen Tropfen davon wollte sie verschütten. Endlich erreichte sie ihr Häuschen.

»Grüß dich, Lena!« Sie blieb stehen, um die Älteste aus der oberen Wohnung vorbeizulassen. Wie immer hob die kaum den Kopf. Trotzdem war ihr anzusehen, wie wenig sie sich auf ihre Arbeit freute. Rasch huschte sie ums Eck. Emma konnte ihr die schlechte Laune nicht verdenken. Im Wirtshaus zu arbeiten war alles andere als ein Zuckerschlecken für ein junges Mädchen.

»Wo bist du gewesen?«

Kaum trat sie in ihre Küche, stellte Kirsch sich ihr in den Weg. In seinen Augen spiegelte sich Zorn. Offenbar kostete es ihn Mühe, nicht laut loszubrüllen. Das verriet das Beben in seiner Stimme.

»Und wo ist der Alois?«, fragte er gepresst.

»Wo soll er schon sein? Meinst, ein Bäckergeselle kann sich bis zum Mittagsläuten die Decke über die Ohren ziehen?«

Sie ging an ihm vorbei zum Herd. Der Krug Milch, den ihr der frühe Ausflug beschert hatte, würde ein Festmahl für Rosemarie abgeben. Lorenz vertrug die fette Milch noch nicht. Sein kleiner Magen war nur an Haferschleim und das gelegentliche Lutschen eines Stücks Schwarte oder Zucker gewohnt. Armer Bub! Etwas anderes kannte er gar nicht. Sie würde ihm nachher einen Löffel Milch zum Probieren geben. Voller Vorfreude goss sie die Milch in den Topf. Schade nur, dass sie zu früh dran gewesen war für die hellen Brötchen. Johanna Morgenthau hätte ihr sicher eins für die Kleine mitgegeben. Sie tat ihr gern etwas Gutes.

»Mach mir nichts vor«, murrte Kirsch unterdessen. »Du weißt genau, dass der Alois nicht zurück in seine Backstube ist. Wie soll er auch so früh aus der Stadt raus nach Dachau kommen? Also wo steckt er?«

»Was weiß denn ich? Ein erwachsener Mann ist er, alt genug, nach sich selbst zu schauen. Komm, Rosemarie, hab keine Angst vor dem Mann.« Sie winkte ihre Tochter heran. »Ein Freund vom Vater und vom Onkel Alois ist das. Brauchst dich nicht fürchten!«

Lächelnd sah sie der Kleinen entgegen, die noch etwas zögerte, bevor sie sich hinter dem Vorhang hervorwagte.

»Eine Überraschung hab ich für dich. Schau, richtige Milch!«

Ein Strahlen überzog Rosemaries Gesicht. Emma überlief es wohlig. Behutsam stellte sie die Schale Milch vor der Kleinen auf den Tisch, strich ihr zärtlich übers Haar.

»Lass es dir schmecken, mein Engel.« Sie hauchte ihr einen Kuss auf den Kopf. »Was scherst dich um den Alois?«, wandte sie sich brüsk wieder an Kirsch. »Bis gestern Nacht hast ihn noch gar nicht gekannt. Scher dich lieber drum, wie du aus der Stadt naus kommst.«

Vor Schreck verschlabberte die Kleine einen Löffel Milch.

»Ist der ein Räuber?«

»Nein«, beruhigte Emma sie. »Der muss nur schnell weg, ohne dass einer was merkt. Brauchst niemandem was sagen, dass der und der Onkel Alois heut Nacht hier gewesen sind. Keinen geht's was an.«

»Der Onkel Alois ist da gewesen? Hat der mir eine Brezn mitgebracht?«

Rosemaries Augen wurden groß.

»War schon zu spät in der Nacht. Gewiss kommt er bald wieder und bringt dir eine.«

Rosemaries Kopf sackte auf den Tisch. Sie schlang die Ärmchen darum und begann bitterlich zu weinen. Die Schale Milch war vergessen. Emma stürzte rasch zum Tisch, um sie von ihr wegzuschieben, bevor sie die noch umwarf.

»Ich weiß jemand, der dir hilft«, sagte sie über das Köpfchen der Kleinen hinweg zu Kirsch. »In der Früh hab ich mit ihr geredet. Kannst gleich zu ihr, wenn du magst.«

»Zu ihr? Heißt das, es ist eine Frau?«

»Ist das wichtig? Ich bin auch eine Frau und hab dir gestern geholfen. Von den Männern hat keiner einen Finger gerührt. Und mitgegangen bist auch gleich, obwohl ich nur eine Frau bin.«

»Wer ist sie?«

»Johanna Morgenthau. Zu den Sozialdemokraten und den ganzen Leuten geht s' hin. Sogar auf Versammlungen hat s' schon geredet. Auf die ist Verlass. Eine Menge andrer Leut kennt s', die dir helfen können. Außerdem hat sie ein bisschen Geld. Gewiss wird s' dir was geben, damit du fortkommst.«

»Du hast wohl schon alles geregelt.«

Emma sparte sich eine Erwiderung. Wenigstens verzichtete er darauf, ihr zu danken.

»Bin gleich wieder da«, versprach sie Rosemarie und küsste sie auf den Kopf. »Kannst naus in den Hof.«

Ein Blick zur Kiste genügte ihr, um zu sehen, dass sie wirklich gehen konnte. Lorenz schlief noch immer tief und fest.

»Georg, ich bring den Kirsch weg. Bin gleich wieder zurück!« Schon schob sie ihren Gast zur Tür hinaus. »Den halben Weg bring ich dich und zeig dir, wo du genau hinmusst. Der Georg soll's nicht hören. Besser, wenn keiner sonst was weiß. Auf Johanna Morgenthau ist wirklich Verlass. Die kann dir am besten helfen, glaub mir.«

Sie verschwieg ihm, dass Johanna Morgenthau nicht im Geringsten ahnte, weshalb er aus München wegmusste. Emma hatte es ihr nicht sagen wollen. Ob sie sonst bereit gewesen wäre zu helfen? Ein wegen seiner politischen Äußerungen verfolgter Sozialdemokrat war doch etwas ganz anderes als ein Mordverdächtiger. Nein, das verdrängte sie jetzt besser.

Unwillkürlich beschleunigte Emma ihre Schritte. Ihr war klar, dass er Mühe hatte, ihr zu folgen. In den engen Straßen zwischen den Herbergshäuschen waren viele Menschen unterwegs. Die meisten Frauen trugen dunkle Kleidung und Wolltücher wie sie. Leicht lief Kirsch Gefahr, der Falschen hinterherzulaufen. Sie wusste selbst nicht, ob es ihr lieber gewesen wäre. Einfacher wäre es in jedem Fall. Andererseits: Wenn sie es einfacher hätte haben wollen, dann hätte sie ihn gestern Abend gar nicht erst mit zu sich nehmen müssen. Dann säße er jetzt im Arrest, würde demnächst des Mordes angeklagt, und Alois wäre ein für alle Mal raus aus der Sache. Warum um alles in der Welt hatte sie es nicht dabei bewenden lassen?

»Sagst du mir jetzt endlich, warum du das für mich tust?«, fragte Kirsch ganz unerwartet.

Erschrocken fuhr sie zusammen. Sie hatte nicht bemerkt, dass er längst gleichauf mit ihr war. Bald erreichten sie das Maximilianeum. Im Licht der aufgehenden Sonne wirkte das halb fertige Bauwerk noch imposanter als sonst. Emma blieb stehen, um wieder zu Atem zu kommen.

»Vielleicht«, erwiderte sie schließlich, »weil ich einfach glaub, dass wir fest zusammenhalten müssen.«

»Und jetzt zeigst du mir, wie das geht?«

»Was bist so bös? Traust mir nicht mehr?«

Ob gestern Nacht doch was mit Alois war? Hatten die zwei gestritten? Hatte Alois von ihrem Besuch beim Riederer erzählt? Was wusste er? Sie suchte seinen Blick, er wich ihr aus.

»Hm«, brummte er nur und lief einfach los, quer über die Straße. Fast wäre er in einen Zweispänner gelaufen, der im raschen Trab über die Brücke den Berg heraufbrauste. Erst im letzten Moment rettete er sich vor den Hufen der Pferde durch einen beherzten Sprung zur Seite. Der Fahrer schimpfte und schwang drohend die Peitsche. Kirsch reagierte nicht, sondern setzte seinen Weg, ohne sich noch einmal umzudrehen, einfach geradeaus fort. Emma raffte ihren Rock und rannte ihm hinterher.

»Warst das eigentlich wirklich?«, fragte sie, sobald sie ihn eingeholt hatte.

»Was?«

Abrupt hielt er an, sodass sie gegen ihn stieß. Dabei kitzelte sie sein warmer Atem auf der Nasenspitze. Ein angenehmer Schauer überlief sie. Beschämt zuckte sie zurück.

»Das mit dem Riederer natürlich«, erklärte sie hastig, bevor er etwas merken konnte.

»Und wenn?« Seine Stimme klang barsch. »Wär's dann gleich wieder vorbei mit dem Zusammenhalten? Hättest du dann Angst vor mir? Würdest du mir dann nicht mehr weiterhelfen?«

Ihr wurde flau. Der fragte was! Natürlich hätte sie Angst. Ein richtiger Mörder wäre er ja dann! Wer hätte vor dem keine Angst? Andererseits: Was wäre Alois anderes, wenn er es getan hätte? Helfen würde sie in jedem Fall einem Mörder, ganz egal, um wen von beiden es sich handelte. Ach, wenn sie doch nur wüsste, wer es wirklich gewesen war! Ob es überhaupt einer von den zweien gewesen war. Aber wer sonst? Gab doch wohl keinen anderen, der in Betracht kam. Sie seufzte. Vorhin war alles noch einfacher gewesen. Ganz sicher war sie sich da noch gewesen. Kirsch hatte doch gewiss ebenso große Wut auf den Riederer gehabt wie Alois, jedenfalls nach dem, was er dem Polizisten gestern Abend erzählt hatte. Er hätte also genauso gut einfach zustechen können, und damit wäre der Alois wenigstens raus aus der Sache. Sie müsste nicht mehr fürchten, der hätte es getan. Warum aber hoffte sie nun auf einmal nicht mehr, dass Kirsch es gewesen war? Ihr Herz klopfte.

»Warum läufst fort?«, fragte sie.

»Was bleibt mir übrig? Der Offiziant glaubt mir nicht, du

glaubst mir nicht, niemand glaubt mir, ganz egal, was ich sag. Also muss ich weg, bevor sie mich einsperren.«

Damit drehte er sich um und marschierte wieder los.

»So wart doch! Weißt doch gar nicht, wo's langgeht!«, rief sie ihm hinterher.

Erst auf der linken Isaruferseite holte sie ihn ein. Stumm gingen sie nebeneinander her nach Norden.

Auf dieser Flussseite war kaum jemand zu Fuß unterwegs. Die Häuser standen in weiten Abständen zueinander. Große, gepflegte Gärten umgaben sie. Die Sonne versteckte sich hinter den Wolken. Nur gelegentlich blitzten noch einige Strahlen hindurch und sorgten für ein seltsames Licht.

»Überall werden s' nach dir suchen, im ganzen Land. Immer wirst dich verstecken müssen. Wer weiß, ob du's überhaupt naus aus Bayern schaffst.«

»Bis nach Haus werd ich schon kommen. Und in Mainz kann mir niemand mehr was tun.« Kirschs Stimme wirkte fest. Erneut blieb er stehen. »Verrat mir eins, Emma: Wenn du selbst nicht dran glaubst, dass ich's schaff, warum hilfst du mir dann?«

Darauf erwiderte sie nichts. Ohne aufzublicken, hastete sie weiter, an ihm vorbei. Eigentlich hatte sie, was sie wollte. Kirsch würde immer weiter davonlaufen. Er tat das aus eigenen Stücken, sie zwang ihn zu rein gar nichts. Dass er damit verdächtig blieb, war ihm klar, das nahm er sogar in Kauf, weil er nur noch raus aus Bayern wollte. Trotz aller Gewissensbisse konnte sie also aufatmen. Wenn da nicht Alois wäre. Was hatte der letzte Nacht erzählt, was reimte Kirsch sich nun zusammen, warum sie ihn wegbrachte? Ach, und wenn schon, suchte sie sich zu beruhigen. Zur Polizei konnte er damit gewiss nicht rennen. Alois war also gerettet, zumindest fürs Erste. Den kleinen Vorteil sollte sie nutzen, um sich weiter umzuhören. Das war sie beiden, Alois und Kirsch, schuldig.

Thiel war der Verzweiflung nahe. Sein Schädel schmerzte unerträglich. Von dem Schlag gestern Abend hatte er eine gewaltige Beule am Hinterkopf, außerdem quälte ihn eine unangenehme Übelkeit.

»Also es geht Ihnen nicht gut, Herr Offiziant, oder?«

Neff machte Anstalten, sich von seinem Platz zu erheben. Das war einfach zu viel!

»Runter!«, schrie er ihn an.

Er hatte das Gefühl, sein Kopf platze. Erschrocken griff er sich mit den Händen an die Schläfen. Wenn er nur Luft bekäme, frische, kalte Morgenluft! Daran war in diesem gottverdammten Kabuff nicht zu denken. Nicht einmal ein Fenster ließ sich hier drinnen öffnen. Oben an der Wand befand sich nur eine winzige Öffnung, durch die kaum ein Lufthauch hereinkam. Er hasste die Verhörzellen im Souterrain der Polizeidirektion. Die Luft war zum Schneiden. Die Enge erdrückte ihn, die Düsternis machte schwermütig. Eine Qual, nicht nur für die Verhafteten, selbst dann, wenn man nicht am eigenen Leib angeschlagen war.

Mit zwei Schritten war er quer durch die Zelle zurück beim Tisch und baute sich vor seinem Gefangenen auf.

»Wo ist der Kirsch?«, tobte er. Er wusste gar nicht mehr, wie oft er das schon gefragt hatte. Es war zum Wahnsinnigwerden. Neff blieb einfach stur, gab ihm nicht einmal den geringsten Fingerzeig, dass er unter gewissen Umständen vielleicht bereit sein könnte, eventuell einen klitzekleinen Hinweis ... nichts! Heute kam einfach nichts in der Art von ihm. Das hatte er noch nie bei ihm erlebt. Thiel raufte sich das Haar. Was sollte er nur tun?

»Thiel, da muss Sie einer sprechen«, rief eine dunkle Bassstimme durch die Klappe der schweren Eichentür.

»Nicht jetzt«, rief er über die Schulter.

»Es wär wichtig«, drängte der Bass.

»Wenn's sein muss«, knurrte Thiel. »Bin gleich zurück, Neff. Denken Sie in der Zeit gut nach, ob Ihnen nicht doch was einfällt.«

Wieder entgegnete Neff nichts. Dafür wurde sein Grinsen frecher. Thiel musste an sich halten, nicht gleich zuzuschlagen. Das würde sowieso nichts nützen. Neff thronte mit einer Selbstsicherheit auf seinem Stuhl, die unerschütterlich war. Thiel fehlte an diesem Morgen einfach das Hirn, dem etwas Gleichwertiges entgegenzusetzen. Schnaufend verließ er die Zelle. Hinter der Tür wartete bereits ein Gendarm auf ihn.

»Was gibt's?«, raunzte er ihn an.

»Ein Zeuge will eine wichtige Aussage machen. Aber nur bei Ihnen. Polizeioffiziant Hofbauer meint, Sie sollen gleich kommen.«

Thiel schnaufte noch einmal. »Polizeioffiziant Hofbauer meint ...« – wenn ihn jetzt schon die gleichrangigen Kollegen herumkommandieren durften, stand es schlimm um seine Position. Nicht mehr lang, und er würde tatsächlich Dienst auf dem Land schieben! Unter bösen Vorahnungen folgte er dem Gendarmen. Andererseits: Vielleicht gab es wirklich etwas Neues. Seit Stunden tat sich nichts mehr. Er gierte nach einem Ende dieser unerträglichen Situation.

Auf den Fluren herrschte Gedränge. Unzählige Männer quetschten sich auf den wenigen Bänken aneinander oder standen geistesabwesend an den Wänden. In der letzten Nacht schien keiner von ihnen auch nur eine Minute geschlafen zu haben. Der Geruch nach kaltem Rauch, Alkohol und Schweiß schnürte Thiel die Kehle zu, als er nah an den Männern vorbeischritt. Die stoppeligen Gesichter und die strubbeligen Haare verliehen ihnen ein verwegenes Aussehen. Dabei waren die meisten von eher krispeliger Statur, hohlwangig, mit langen, dürren Extremitäten und buckliger Körperhaltung. Schneider halt, dachte Thiel bei ihrem Anblick.

Jede einzelne Verhörzelle war belegt. Nach dem Tumult im Wirtshaus und Kirschs Flucht hatte Thiel angeordnet, sämtliche Gehilfen und Gewerkschafter, die auf der Versammlung gewesen waren, sofort in die Polizeidirektion bringen zu lassen. Bis Mitternacht hatten die ersten Befragungen gedauert. Leider ohne nennenswertes Ergebnis. Kirsch blieb verschwunden. Angeblich wusste niemand, wo er untergetaucht war. Selbst die Herren vom Streikkomitee und vom Arbeiterverein wirkten ratlos. Zumindest gaben sie sich die allergrößte Mühe, diesen Eindruck zu erwecken.

Um den Männern einen Denkzettel zu verpassen, hatte Thiel sie über Nacht dabehalten. Das hatte wie erwartet zu lautstarken Protesten geführt. So mancher aber würde kleinlaut werden, hatte Thiel gehofft. Eine Nacht im Arrest konnte Wunder wirken. Doch seit Dienstbeginn um sechs in der Früh setzten sie die Verhöre nun schon fort. Inzwischen machte sich überall Unmut über diese Anordnung breit, sowohl bei den Schneidern als auch bei den mit ihnen beschäftigten Polizeibeamten. Keiner wusste mehr so recht, was die Verhöre noch bringen sollten. Auch Thiel zweifelte insgeheim bereits an deren Sinn, wenn er nicht einmal Neff zum Reden bringen konnte.

Eine Pause von dem Arbeiterfunktionär würde Thiel guttun. Dabei konnte er drüber nachdenken, welche Maßnahmen er noch ergreifen sollte, um Kirsch aufzuspüren. München war zwar mittlerweile eine große Stadt, aber trotzdem noch lange nicht unüberschaubar. Immer noch glich es eher einem gemütlichen Dorf als einem großstädtischen Moloch. Da musste ein Ortsunkundiger wie Kirsch doch zu finden sein!

Der Gendarm führte ihn über die breite Haupttreppe ins Hochparterre hinauf. Er war mittleren Alters, genau wie Thiel. Anders als bei ihm sah man dem Gendarm jedoch die Liebe zum Bier an. Vielleicht lag es auch daran, dass nach Dienstschluss zu Hause ein warmes Essen auf ihn wartete. Das vermisste Thiel seit Jahren.

Stumm liefen die beiden Männer den langen Flur entlang bis zum letzten Zimmer. Vor der Tür salutierte der Gendarm. Thiel winkte ab. Zögernd trat er ein.

Der Raum war keine ausgewiesene Verhörzelle. Dennoch empfing ihn auch dort nur eine äußerst karge Einrichtung. Ein Tisch, zwei Stühle, ein Kruzifix an der einen, ein Porträt des jungen Königs an der anderen weiß getünchten Wand, das war schon alles. Das große Fenster, das nach vorn zur Weinstraße hinausging, sorgte für eine angenehme Atmosphäre.

Am Fenster stand ein kleinwüchsiger, gut gekleideter Mann. Er sah nach draußen. Die dunkle, fast schulterlange Haarpracht ließ von hinten nicht viel von ihm erahnen. Seine Hände hatte er lässig in den Hosentaschen vergraben. Als er sich langsam zu Thiel umdrehte, ließ er die Hände dort. Heinrich Stiegler! Thiel schluckte. Der hatte ihm gerade noch gefehlt.

Der Redakteur der Neuesten Nachrichten grinste über das ganze Gesicht, die dunklen Augen leuchteten. Wie ein Kind freute er sich über die gelungene Überraschung. Er schob seine runde Brille auf der Nase hoch und kam ein paar Schritte näher.

»Es ist mir eine Ehre, dass Sie Zeit für mich haben.« Er deutete einen Diener an. »Darauf hab ich lang genug warten müssen, nicht wahr?«

»Ich mag nicht grad behaupten, dass es mir auch so geht. Was gibt's? Ich hab wirklich nicht viel Zeit heut.«

Mit dem Handrücken wischte Thiel sich einige Schweißperlen von der Stirn. Wenigstens war die Luft in diesem Raum besser als im Souterrain. Stieglers Lächeln ärgerte ihn.

»Die Verhöre dauern schon Stunden«, bemerkte der Redakteur freundlich. »Da werden Sie die Verschnaufpause doch ein wenig genießen, nicht wahr? Zumal Sie gestern Abend ja eine erhebliche Verletzung einstecken mussten. Wie geht's Ihrem Kopf?«

Immer noch schmunzelnd zog er einen der Stühle vom Tisch und richtete sich gemütlich darauf ein. Thiel bot er den Platz gegenüber an.

»Was kümmert's Sie?«, fragte der und übersah die einladende Geste geflissentlich. Ein stechender Schmerz fuhr ihm quer durch den Kopf, lähmte ihn für einen Moment. Er verzog das Gesicht. Dann ging es wieder besser, und er entspannte sich etwas.

»Ich hab Ihnen gestern Abend schon gesagt, dass ich Sie rufe, sobald es was Interessantes für Ihre Zeitung gibt«, fuhr er fort. »Sie können sich drauf verlassen. Oder hätt ich Sie auch festnehmen sollen wie die anderen auf der Versammlung? So eine Nacht in der Polizeidirektion ist sicher ein spannendes Erlebnis für einen Zeitungsredakteur. Das können Sie gern nachholen.«

»Sie wollen mir doch nicht drohen, mein lieber Herr Offiziant, nicht wahr?« Stiegler erhob sich wieder von seinem Stuhl. »Ich bin nicht gekommen, um Sie von Ihrer Arbeit abzuhalten«, stellte er klar, »sondern um Ihnen zu helfen. Ich hab eine wichtige Aussage zu machen.«

»Schön. Dann raus damit. Meine Zeit ist knapp. Und meine Geduld auch.«

»Letzteres nicht nur heute, nicht wahr?«

Stiegler strich die Haare zurück, sodass es nicht so auffiel, wenn er den Kopf dabei ein wenig nach oben reckte. In dieser Haltung verharrte er.

»Im Gegensatz zu Ihnen hab ich die Nacht nicht mit der wahllosen Befragung von Schneidern verbracht. Stattdessen hab ich einfach meine Augen und Ohren aufgesperrt und dabei viel mehr mitbekommen, als Sie sich vorstellen können, nicht wahr?«

»Also was ist?«, ging Thiel ungeduldig dazwischen. Er spürte, wie sein Kopf erneut zu bersten drohte. »Entweder Sie sagen's gleich, oder Sie können sich den Rest des Tages in einer Zelle gedulden, bis ich wieder Zeit für Sie hab.«

»Aber, aber, mein lieber Herr Offiziant. Nicht die Contenance verlieren, nicht wahr? Es ist auch rasch erzählt. Bevor Sie gestern aufgetaucht sind, war eine Frau in der Versammlung. Kirsch und Neff haben mit ihr gesprochen, das hab ich selbst beobachtet. Die Frau ist mir nicht unbekannt. Sie ist öfters auf Versammlungen, manchmal sogar in Männerkleidung. Auch zu den Schneidern muss sie eine direkte Verbindung haben. Ich vermute, dass ihr Mann im Streikkomitee sitzt.«

»Na und? Soll ich die jetzt alle noch nach ihren Ehefrauen befragen? Die Frauen wollen nur, dass ihre Männer nicht zu viel auf den Versammlungen trinken. Deswegen kommen sie zum Wirtshaus und holen ihre Männer heim. Das ist doch nichts Neues.«

Er winkte mit der rechten Hand ab und wandte sich unwillig um. Stiegler stahl ihm wirklich die Zeit.

»Die Frau hat sich gestern derart auffällig benommen, dass ich sie weiter im Auge behalten hab«, erzählte der Redakteur unterdessen weiter.

»So? Dann war sie wohl besonders schön anzuschauen. Verschonen Sie mich mit dem Kram!« Thiel hielt schnurstracks auf die Tür zu.

»So hören Sie mir doch mal zu!«

Empört schlug Stiegler mit der Hand auf den Tisch, Thiel stoppte mitten im Gehen ab. Der Ausbruch überraschte ihn. Noch bevor er sich fragen konnte, was auf einmal in den Redakteur gefahren war, erzählte der bereits weiter.

»Nachdem die Frau mit Kirsch und Neff geredet hatte, ist sie an der Tür stehen geblieben. Dort hat sie ein weiterer Schneidergeselle angesprochen, und danach ist sie raus aus dem Saal. Als Sie später dann auch mit Kirsch nach draußen sind, bin ich Ihnen hinterher. Im Schankraum hab ich die Frau wieder gesehen. Gleich am Tisch neben Ihnen hat sie gesessen und bestimmt alles mit angehört, was

Sie Kirsch gefragt haben. Als der Tumult losgegangen ist und Sie hinterrücks niedergeschlagen worden sind, ist Kirsch mit ihr weg.«

»Was? Warum sagen Sie das nicht gleich? Stiegler, Sie Hornochse! Das hätten Sie mir gleich gestern Abend noch sagen müssen!«

Thiel brüllte so laut, dass er selbst zusammenfuhr. Sein Schädel vertrug das nicht. Rasch fasste er sich mit den Händen an die Stirn.

»Da waren Sie doch mit ganz anderen Dingen beschäftigt, nicht wahr?«, entgegnete Stiegler erstaunlich ruhig, ohne auf die wüste Beschimpfung einzugehen.

Thiel schluckte. Vor seinem inneren Auge sah er, wie Betty über sein Verhalten bestürzt den Kopf geschüttelt hätte.

»Können Sie die Frau beschreiben?«, fragte er heiser.

»Wenn Sie mich höflich bitten, gern. Dafür informieren Sie mich aber auch gleich als Ersten, wenn Sie herausgefunden haben, wer sie ist. Das müssen Sie mir versprechen, nicht wahr?«

Das war es also! Thiel lockerte sich mit der Hand den Kragen. Dass er da nicht gleich drauf gekommen war! Der Schlag auf den Kopf hatte sein Denkvermögen wohl mehr beeinträchtigt, als ihm lieb sein konnte. So hatte er etwas gebraucht, um Stieglers Absicht zu durchschauen. Doch besser spät als nie. Der Redakteur hatte wohl längst auf eigene Faust versucht, die Frau zu finden, und erst, als ihm das nicht gelungen war, beschlossen, Thiel einzuschalten. Einen Moment zögerte er, ob er sich auf den Handel einlassen sollte, ja überhaupt einlassen durfte. Andererseits wusste er, dass ihm keine andere Wahl blieb.

Kirsch sah sich hilflos um. Die Wohnung befremdete ihn. Wo man ging und stand, befanden sich zierliche Tischchen, Sesselchen, Sofas und Kommoden. Jede Wand war bedeckt von Gemälden, einem Regal oder sonstigem Möbel. Helle Flecken auf den Tapeten erinnerten an weitere Dinge, die dort einmal gehangen haben mochten. Auf den Tischen standen Lampen, Vasen und Porzellanfiguren. Die Grundfarbe der Wohnung war ein fahles Grün, auf dem Boden, an den Wänden, sogar an der Decke. Es roch muffig. Das war wohl der Staub, der in den schweren Vorhängen und Teppichen hing.

Die ganze Situation befremdete ihn. Es hatte schon damit begonnen, dass ein Dienstmädchen die Tür geöffnet hatte. Es hatte ihn nicht eben freundlich angeblickt. Wahrscheinlich lag das an seinem schäbigen Aufzug. Auf seine Entschuldigung war es nicht eingegangen. Mürrisch hatte sie ihn in den Salon geführt und war gleich wieder verschwunden.

Er trat ans Fenster. Sachte hob er die dünne Gardine an. Dabei verhakte er sich mit dem Finger in einem kleinen Loch. Hoffentlich war er nicht daran schuld! Schnell kaschierte er es mit einer neuen Falte und sah hinaus. Trüb fiel das Licht von draußen herein. Die Sonne verbarg sich hinter grauen Wolkenschleiern. Ein feiner Regen sprühte die Pflastersteine auf der Straße ein. Die wenigen Menschen, die unterwegs waren, hatten die Jackenkragen hochgeschlagen und die Köpfe zwischen die Schultern gezogen. Schräg gegenüber erstreckte sich ein kleiner Park, gleich dahinter ein Palais. Der Platz davor war wie leer gefegt, lediglich einige Uniformierte drückten sich an die Mauern des Palais.

Die Tür zum Salon öffnete sich. Rasch drehte Kirsch sich wieder ins Zimmer um und erstarrte. Hätte Emma ihn nicht besser darauf vorbereiten können? Er hatte eine dicke, langweilige alte Dame erwartet. Vor ihm stand jedoch eine attraktive, hoch gewachsene Frau in den besten Jahren und strahlte ihn aus blauen Augen an. Kleine Fältchen umspielten die Augen und den wohlgeformten Mund. Die blonden Locken waren energisch aus dem länglichen Gesicht frisiert, schafften es allerdings, gelegentlich vorwitzig aus der Zucht herauszurutschen. Das Schwarz ihrer Kleidung stand im krassen Gegensatz zu ihrem hellen Teint. Auch zu ihrem fröhlichen Gemütszustand wollte es nicht so recht passen. Ihre Haltung war aufrecht. Mit federnden Schritten kam sie auf ihn zu und begrüßte ihn überschwenglich wie einen guten alten Bekannten. Ohne weitere Vorreden verwickelte sie ihn alsbald in eine Diskussion über die Frauenfrage. Das machte ihn misstrauisch. Nervös knetete er an seiner Mütze herum. Wie ein Schutzschild hielt er sie sich vor den Leib. War das eine Prüfung? Musste er erst die richtige Gesinnung unter Beweis stellen, bevor sie ihm endlich aus der Stadt heraushalf? Dabei drängte die Zeit!

»Sie sehen das also ähnlich wie Ihre Genossen?«, fragte sie.

»Warum kämpfen Sie nicht auch dafür, dass die Frauen bessere Arbeitsbedingungen erhalten? Was spricht dagegen, für dieselbe Arbeit denselben Lohn zu verlangen, unabhängig vom Geschlecht?«

»Nichts«, antwortete er.

Es schien ihm, als müsse er sich an zwei Fronten gleichzeitig behaupten. Einerseits musste er beweisen, dass er die richtige Haltung zur Stellung der Frau vertrat, andererseits Johanna davon überzeugen, dass er jetzt eigentlich gar keine Zeit für solche Spitzfindigkeiten hatte, sondern schnellstmöglich untertauchen musste.

»Gar nichts«, wiederholte er. »Die allgemeinen Bedingungen sind aber noch lang nicht so, dass wir schon jetzt dafür eintreten können.«

Zumindest fühlte er sich in der Lage, sie offen anzusehen, ihrem Blick standzuhalten.

»Was meinen Sie denn mit ›allgemeinen Bedingungen‹?«, bohrte sie weiter. »Wie sollen die Ihrer Meinung nach aussehen, damit Ihr Arbeiterverein endlich auch für die Rechte der Frauen eintritt?« Trotz der unterschwelligen Kritik blieb ihr Ton weiterhin wohlmeinend, auch das Lächeln verschwand nicht aus ihrem Gesicht. »Aber nehmen Sie doch erst einmal Platz. Im Stehen redet es sich so schlecht. Möchten Sie einen Tee? Oder lieber Kaffee?«

Noch bevor er antworten konnte, hielt sie eine kleine Messingglocke in der Hand und klingelte nach dem Mädchen.

»Kaffee, bitte«, antwortete er rasch und setzte sich auf die äußerste Kante eines mit grünem Stoff überzogenen Sessels. Das gute Stück ächzte etwas. Dabei brachte er nicht eben viel an Gewicht zusammen. Als er die Arme auf die Lehnen legen wollte, entdeckte er Risse im Stoff. Rasch faltete er die Hände im Schoß. So konnte er auch das Zittern besser verbergen, das ihn angesichts der verrinnenden Zeit überfallen hatte.

Johanna nahm ihm zur Linken auf einer Art Chaiselongue Platz. Die Situation besaß etwas Unwirkliches. Erlebte er das alles tatsächlich? Sein Magen gab einen unmissverständlichen Laut von sich. Sofort hielt er die Luft an und hoffte, Johanna Morgenthau möge das Knurren nicht gehört haben.

»Bringen Sie noch Semmeln, Butter, Käse und Marmelade«, hörte er sie schon sagen. »Unser Gast scheint Hunger zu haben.«

»Mal schauen, was da ist«, erwiderte das Mädchen schnippisch.

Johanna ignorierte die Bemerkung. Schon lächelte sie Kirsch offen an: »Sie sind doch nicht in großer Eile?«

Die hatte Nerven! Es klang fast wie Hohn. Ein Kloß im Hals hinderte ihn daran, etwas Passendes zu erwidern.

»Genau wie Emma. Die Arme! Nie bleibt ihr eine Minute, um sich bei mir ein wenig auszuruhen. Zu Hause hängt einfach alles an ihr. Eine tapfere Frau. Bewundernswert, wie sie das erträgt: die schwere Erkrankung ihres Mannes, das Nähen Tag und Nacht, die kleinen Kinder. Noch nie habe ich eine Klage aus ihrem Mund gehört. Und genau deshalb, mein lieber Herr Kirsch, müssen Frauen wie Emma unterstützt werden. Sie müssen wenigstens bei ihrer Arbeit gleichgestellt werden. Es wird höchste Zeit, dass sie für das, was sie tun, endlich auch gerecht bezahlt werden. Leider lehnen Ihre Kameraden diese Forderung immer noch vehement ab.«

»Die Männer werden auch nicht gerecht bezahlt!«, brach es aus ihm heraus.

Darauf sagte sie nichts mehr. Er war froh, ihr endlich die richtige Antwort gegeben zu haben. Als sie weiter schwieg, beschloss er, sich vorerst in die Situation zu fügen. Wenn sie meinte, es bliebe vor seinem Verschwinden aus der Stadt nicht nur genug Zeit, solche grundlegenden politischen Fragen miteinander zu besprechen, sondern außerdem sogar noch vornehm zu frühstücken, dann wollte er sich nicht länger dagegen sperren. Eine Mahlzeit schadete nie, in seiner Lage erst recht nicht. Wer wusste, wann er wieder zum Essen kam?

Vielleicht, kam ihm plötzlich in den Sinn, war sie der Ansicht, es reichte aus, dass er sich bei ihr in der Wohnung verbarg? Sie waren so grundsätzlich verschieden, sowohl, was ihre Herkunft, als auch, was ihre Meinung betraf. Da würde sicher niemand vermuten, dass sie beide sich kennen oder er sich gar bei ihr verstecken würde! Er lehnte sich zurück. Damit war eine Flucht aus der Stadt vorerst nicht nötig. Nach einer Weile schlug er die Beine übereinander. Die einzige Haltung, wie er fand, um bequem in dem Sessel sitzen zu können.

»Bitte, greifen Sie zu«, sagte sie unvermittelt und wies mit der rechten Hand einladend auf ein Tablett.

Ohne dass er es bemerkt hatte, war das Mädchen zurückgekehrt. Es stellte das Tablett auf den kleinen Tisch direkt vor ihm. Beim Anblick der beiden weißen Brötchen lief ihm das Wasser im Mund zusammen. Am liebsten hätte er sich gleich darauf gestürzt und alles auf einmal verschlungen. Doch er zügelte seine Gier. Betont langsam verspeiste er erst das erste, dann auch noch das zweite Brötchen und trank den Kaffee dazu in kleinen Schlucken. Erstaunt schmeckte er, dass es Malzkaffee war. Eigentlich hätte er echten Bohnenkaffee erwartet. Zumindest der Kaffeegeschmack war ihm also vertraut.

Schweigend beobachtete Johanna ihn beim Essen. Sobald er den letzten Bissen hinuntergeschluckt hatte, setzte sie die Unterhaltung fort: »Die Schneidergehilfen streiken zwar seit drei Wochen für mehr Lohn, doch ihre Frauen nähen nachts heimlich weiter. Ist das nicht grotesk? Aber von etwas müssen die Familien schließlich leben. Wie ich gehört habe, ist dem Arbeiterverein nämlich inzwischen das Geld in der Streikkasse ausgegangen. Damit streiken die Männer auf Kosten ihrer eigenen Frauen.«

Unglaublich! Kirsch wischte sich den Mund. Die ließ nicht so schnell locker. Zwar wollte sie ihn wohl wirklich verstecken, aber ihn gleichzeitig auch politisch auf ihre Linie bringen. Warum sonst versuchte sie, ihn unbedingt von ihrer Sicht der Dinge zu überzeugen? Seine Einwände fegte sie weg wie eine lästige Fliege. Dabei kannte sie doch weder die eine noch die andere Seite. Alles, was sie über die einfachen Leute, egal, ob Männer oder Frauen, wusste, hatte sie doch gar nicht am eigenen Leib erlebt. Trotzdem maßte sie sich an, ausgerechnet für Frauen wie Emma Partei ergreifen zu müssen. Nein, die hatte doch wirklich keine Ahnung! Das musste er ihr mal klar vor Augen führen.

»Und die Frauen unterlaufen den Streik ihrer eigenen Männer, weil sie weiternähen! Natürlich zu den niedrigsten Löhnen und den schlechtesten Bedingungen«, sagte er entschlossen. »Wie sollen die Meister da begreifen, dass es so nicht weitergehen kann? Die Frauen verdrängen in den Fabriken sowieso schon die besser ausgebildeten Männer und nehmen ihnen damit auch die allerletzte Arbeit weg.«

Erregt sprang er auf und lief zum Fenster hinüber. Sie sollte nicht sehen, wie der Ärger immer stärker in ihm hochstieg. Ob er das lange bei ihr aushielt? Er hatte keine Wahl.

»Was bleibt den Frauen übrig?«, erwiderte sie. Ihren Worten war immer noch nicht die geringste Spur von Verärgerung anzuhören. »Wenn sie Familie haben, werden sie regelrecht dazu gezwungen. Das Einkommen der Männer reicht hinten und vorn nicht für die Familien. Und solange die Frauen noch gar nicht verheiratet sind, müssen sie erst recht sehen, wie sie durchkommen. Wer soll sie denn versorgen, mein guter Herr Kirsch? Außerdem muss auch eine Frau die Freiheit der Wahl haben. Sie darf nicht allein aus Gründen der Versorgung heiraten, noch dazu, wenn die Ehe ihr die nicht einmal mehr garantieren kann!«

»Aber genau dagegen kämpfen wir doch!« Er drehte sich wieder zu ihr um. Die Augen weit aufgerissen, überschlug sich seine Stimme vor Erregung. »Das ist es doch: Die Männer können nicht einmal mehr ihre Familien ernähren, weil ihr Lohn zu niedrig ist. Erst wenn dieser Missstand beseitigt ist, sind wir einen großen Schritt weiter. Dann können wir meinetwegen auch endlich darangehen, uns für die Frauen einzusetzen. Aber wahrscheinlich ist das dann längst überflüssig. Wenn die Männer nämlich ausreichend Geld nach Hause bringen, leben ja auch die Frauen gut. Wie heißt es so schön? Wir verbessern die Situation der Männer, und damit kommt die Verbesserung für die Frauen von ganz allein. Dann müssen die Frauen gar nicht mehr arbeiten gehen. Die Männer können dann endlich wieder allein für die Familien sorgen!«

Froh, damit endlich wieder auf das sichere Terrain seiner Agitationsreden zurückgefunden zu haben, wagte er ein scheues Lächeln. Doch statt auf Zustimmung stieß er bei Johanna Morgenthau auf Unbehagen. Erstaunt beobachtete er, wie ihre linke Augenbraue steil nach oben rutschte.

»Das ist nicht Ihr Ernst, mein guter Herr Kirsch«, sagte sie. »Nach allem, was Emma mir über Sie erzählt hat, hatte ich Sie eigentlich ganz anders eingeschätzt. Ich dachte, Sie würden nicht auch diese durchsichtigen Phrasen Ihrer verehrten Freunde Tauscher und Neff vertreten. Ich habe fest damit gerechnet, dass Sie den hier in Bayern so viel betriebenen Kult um Lassalle und seine Frauen verachtende Einstellung aus tiefstem Herzen ablehnen, aber da habe ich mich wohl geirrt.«

Sacht schüttelte sie den Kopf. Er wusste nicht, was er erwidern sollte. Solche Diskussionen mit Frauen wie ihr waren nicht seine Sache, das hatte er vorher schon gewusst. Neff hätte jetzt sicherlich die passende Erwiderung parat, der konnte mit solchen Einwürfen wunderbar umgehen. Hilflos ballte Kirsch die Fäuste. Was sollte er nur tun? Konnte er, nein, durfte er bleiben und ihre Hilfe weiter in Anspruch nehmen?

Johanna wechselte das Thema: »Auf Emmas Bitte habe ich für den Vormittag einen kurzen Ausflug arrangiert. Das Wetter eignet sich zwar nicht dafür, aber das darf uns nicht stören. Bald wird ein Wagen vorfahren und Sie raus nach Pasing bringen. Kennen Sie das Dorf schon? Sicherlich nicht. Es liegt ganz malerisch im Westen der Stadt und hat sogar einen eigenen Eisenbahnanschluss. Das nur für den Fall, dass Sie von dort aus weiterreisen wollen. Emma hat so etwas angedeutet. Sie wissen es hoffentlich zu schätzen, mein guter Herr Kirsch«, prüfend sah sie ihm in die Augen, »was Emma da für Sie tut?«

Na also! Insgeheim beglückwünschte er sich über die Wendung, die die Dinge nahmen. Er musste nicht länger bei ihr in der Wohnung ausharren und sich ihre Reden anhören. Schon von ganz allein rückte sie von dem Vorhaben ab, ihn von der Frauensache zu überzeugen, hatte dennoch aber auch weiterhin vor, ihm zu helfen. Höchstpersönlich hatte sie sich darum gekümmert, wie er am besten aus der Stadt hinauszubringen war. Ob das gut ging? Sie wirkte nicht besonders erfahren darin, jemanden unauffällig verschwinden zu lassen, sonst hätte sie das doch von vornherein anders angepackt.

Argwöhnisch betrachtete er sie, als sie neben ihn ans Fenster trat. Mit einer Hand hob sie die dünnen Gardinen und drehte den Kopf leicht seitlich, um hinauszusehen. In der Bewegung lag eine hinreißende Eleganz, wie sie überhaupt eine elegante Erscheinung war. Fasziniert konnte er den Blick nicht von ihr abwenden.

Plötzlich spürte er, wie sie ihm mit der anderen Hand etwas zusteckte. Es war ein Umschlag. Unschlüssig drehte er ihn in der Hand. Dann sah er wieder zu ihr. Sie nickte ihm zu, und er öffnete den Umschlag. Darin steckten ein Bahnbillett nach Mainz und einige Geldscheine. Ihm wurde heiß und kalt zugleich. Ein seltsames Zittern lief durch seinen ganzen Körper. Noch einmal sah er sie an. Als ob sie nichts davon merkte, schaute sie inzwischen wieder zum Fenster hinaus. Ihre Augen wanderten ruhig einem patrouillierenden Gendarm dort unten auf der Straße hinterher. Es traf Kirsch wie einen Schlag ins Gesicht: Sie wusste gar nicht, wovor er davonlief, Emma hatte ihr nicht erzählt, dass er unter Mordverdacht stand! Deshalb blieb sie so ruhig.

»Nein«, sagte er laut. »Das kann ich nicht annehmen. Ich komm schon allein zurecht. Geben Sie Emma das Geld. Die braucht's nötiger.«

Er drückte ihr den Umschlag mit Geld und Billett in die Hand und eilte, so schnell er konnte zwischen Tischchen und Sesseln und Stühlen, aus der blassgrünen Wohnung hinaus.

Thiel musste noch viel Geduld aufwenden, um von Stiegler all das zu erfahren, was er wissen wollte. Der Redakteur der Neuesten Nachrichten genoss es offensichtlich sehr, dem Offizianten um eine entscheidende Information voraus zu sein und ihn gewissermaßen abhängig von sich zu wissen. Doch endlich konnte sich Thiel ungefähr vorstellen, was es mit der mysteriösen Frau, die Kirsch in dem gestrigen Tumult zur Flucht verholfen hatte, auf sich hatte. Sofort stürzte er durch das Gedränge der wartenden Schneidergehilfen zurück in die Verhörzelle.

Neff blieb keine Zeit, sich in Sicherheit zu bringen. Erbarmungslos riss Thiel ihn am Kragen vom Stuhl hoch.

»Wer war die Frau?«

»Welche Frau?«

Neff versuchte, sich ihm zu entwinden und, als das nicht gelang, wenigstens mit dem Kopf ein wenig nach hinten auszuweichen. Thiel packte ihn fester. Er hatte schon ärgere Burschen so dicht vor der Nase gehabt. Das stand er ohne Weiteres einige Minuten durch, selbst jetzt, da ihm der Schmerz erneut quer durch den Schädel fuhr.

»Also Sie wissen doch«, versuchte der Arbeiterfunktionär zu scherzen, »ich kenn viele Frauen.«

Seine Stimme kam gepresst. Dennoch schien ihn die unbequeme Haltung nicht sonderlich zu beeindrucken.

»Ihnen wird's gleich vergehen«, zischte Thiel und stieß ihn auf den Stuhl zurück.

Etwas stimmte da nicht, wurde ihm im selben Moment klar. Noch nie hatte Neff sich derart geziert, ihm einen Hinweis zu geben. Es konnte nicht allein daran liegen, dass er ihm heute nicht so recht gewachsen war. Da musste noch etwas anderes dahinterstecken. Vielleicht sollte er ihn erst noch etwas schmoren lassen, bis er sich selbst besser fühlte?

»Sie kommen in Arrest. Die Frau find ich auch ohne Ihre Hilfe.« Er machte Anstalten zu gehen.

Die Drohung zeigte allerdings überraschend schnell Wirkung. Neff sprang auf und fasste ihn am Arm. Aus seinen Augen sprach blanke Angst.

»Bitte warten Sie, Herr Offiziant!«

»Was ist?«, fragte Thiel und bemühte sich, nicht zu triumphierend zu klingen. Der schnelle Erfolg machte ihn selbst schwindelig. »Haben Sie's auf einmal doch so eilig? Mögen Sie Ihr derzeitiges Quartier etwa nicht, Neff? Sagen Sie nur, es ist Ihnen nicht kommod?«

Ohne ihn anzusehen, nestelte er in seiner Hosentasche nach einem Tuch. Erleichtert schnupperte er daran und tupfte sich anschließend die Schläfen trocken. Neff schaute ihm ganz unterwürfig dabei zu.

»Gut, ich höre.«

»Also Sie meinen die Frau, die gestern auf der Versammlung war? So eine kleine, zierliche?«

Thiel machte eine unbestimmte Handbewegung, Neff fuhr fort: »Sobald ich die entdeckt hab, bin ich zu ihr hin und hab ihr gesagt, sie soll gehen. Frauen sind auf den Zusammenkünften nicht zugelassen.«

»Brav! Ein ordentlicher Untertan sind Sie«, stieg Thiel in das gewohnte Spiel ein. »Wissen halt immer gleich, wie das Gesetz ist und wie man sich verhalten muss. Mein Kompliment, Neff! Ohne

Sie wär die bayerische Arbeiterbewegung wirklich um einiges ärmer.«

Neff schluckte mehrmals, bevor er erwiderte: »Denken Sie, ich lass den Streik daran scheitern, dass sich eine Frau auf den Versammlungen rumtreibt? Dazu ist die Sache viel zu prekär! Die Lage der Frauen –«

»Also gut, Neff: Wer ist sie?«

»Weiß nicht.« Neff senkte den Blick. Seine Stimme wurde leise, zitterte. Es war ihm deutlich anzuhören, dass er log. »Also ich hab sie vorher noch nie gesehen. Sicher eine von den Ehefrauen, die ihren Mann nach Hause holen wollten. Sie wissen doch, wie die Weiber sind.«

Mit einem misslungenen Augenzwinkern wollte er sich Thiels Zustimmung versichern. Das brachte das Fass zum Überlaufen. Blitzschnell griff Thiel nach seinem Arm und drehte ihn nach hinten.

»Au!«, schrie Neff auf, während sein Oberkörper nach vorn kippte.

»Wie heißt sie? Halten Sie mich nicht für dumm! Raus mit dem Namen!«

Thiel brüllte wie ein Stier, gleichzeitig stieß er seinem Gefangenen das Knie in den Magen. Dessen Aufstöhnen schmerzte ihn selbst. Mit dem Neff war es immer das Gleiche, dachte er angewidert. Der ließ einem einfach keine andere Wahl.

»Was soll das?«, hörte er plötzlich rufen. Ohne dass er es bemerkt hatte, war der Polizeidirektor in die Verhörzelle gekommen. Abrupt versetzte Thiel Neff einen Schubs. Der Arbeiterführer sank theatralisch zu Boden und schlang die Arme um den Leib. Thiel trat zwei Schritte zurück und nahm Haltung an. Dabei krallte er die Hände fest an die seitlichen Hosennähte. Er bebte vor Zorn, der Kopf drohte ihm zu zerbersten. Wenn jetzt nicht der Polizeidirektor dazwischengekommen wäre, dann –

Langsam drehte der Polizeidirektor eine Runde um Neff, die Arme auf dem Rücken verschränkt, als inspiziere er ein wildes Tier auf dem Jahrmarkt. Nach einem Kopfnicken auf das Bündel am Boden fragte er abfällig: »Hat er was erzählt?«

»So gut wie.«

Innerlich rang Thiel mit sich. Er wusste, dass der Polizeidirektor energische, mitunter sogar handgreiflich werdende Verhörmethoden nicht nur billigte, sondern sogar ausdrücklich guthieß. »Entschlossenes Auftreten« nannte Burchtorff das gern. Dennoch fühlte Thiel sich ertappt. Ausgerechnet sein oberster Vorgesetzter hatte mitbekommen, wie er die Beherrschung verlor. Dabei hätte nicht viel gefehlt, und Neff hätte tatsächlich den Namen der Frau preisgegeben. Doch jetzt hatte Burchtorffs Hereinplatzen bis auf Weiteres jede Möglichkeit, etwas aus dem Arbeiterfunktionär herauszubekommen, zunichte gemacht.

»Was heißt das: ›So gut wie‹? Wissen Sie nun endlich, wo dieser Kirsch steckt, oder nicht?«

Dicht baute der Polizeidirektor sich vor ihm auf. Thiel blieb in Habachtstellung. Angestrengt hielt er den Blick geradeaus. Burchtorffs schlechter Atem, der ihn streifte, verursachte ihm ein Würgen im Hals.

»Gleich werde ich zwei Mann von der Gendarmerie anfordern und ihn suchen lassen«, antwortete er.

»Das heißt, Sie wissen nichts Genaues?« Noch klang Burchtorffs Stimme beherrscht.

»Nun ja …«, wand sich Thiel.

»Herr Gott noch mal!«, brüllte der Direktor los. »Sind Sie sich überhaupt im Klaren, was Sie da treiben? Sich und mich machen Sie zum Gespött dieses Gesocks! Ein Dutzend Gendarmen hatten Sie gestern Abend dabei, um einen einzelnen Mann festzunehmen!« Mit dem Zeigefinger fuhr er drohend in der Luft herum. Sein Gesicht war wutverzerrt, die Augen hatte er weit aufgerissen. »Und was ist passiert, Thiel? Abgehauen ist dieser Kerl! Direkt unter Ihren Augen hat er sich davongemacht! Was denken Sie sich eigentlich? Ist es schon zu viel verlangt, Sie so einen dahergelaufenen Burschen wie diesen Kirsch festnehmen zu lassen?«

Thiel hielt sich weiter gerade. Ein leises Stöhnen wurde hörbar. Da der Polizeidirektor genau zwischen ihnen stand, konnte Thiel nicht sehen, was Neff in dessen Rücken trieb. Aus den Geräuschen schloss er, dass Neff aufzustehen versuchte.

Burchtorff fuhr herum und versetzte ihm blitzschnell einen heftigen, laut klatschenden Schlag ins Gesicht. Instinktiv fuhr

Thiel zusammen. Der Arbeiterfunktionär war so verblüfft, dass er einen Moment lang taumelte, bevor er erneut zu Boden sackte.

»Man könnte fast meinen«, wandte sich der Polizeidirektor ungerührt um, »dass Kirsch Ihnen absichtlich entkommen ist.«

Das war es also! Thiel spitzte kurz den Mund, versagte sich dann aber doch eine Erwiderung. Burchtorff war noch lange nicht fertig.

»Schon die ganze Zeit hab ich so ein merkwürdiges Gefühl. Von vornherein waren Sie skeptisch gegenüber meiner Vermutung, dass der Täter aus dem Umfeld des Arbeitervereins stammt. Wie kann es nur sein, Thiel, dass Ihnen dieser Kirsch nicht ganz so verdächtig vorkommt wie mir, trotz der Augenzeugin, die ihn gesehen hat? Es klingt mir noch in den Ohren, wie Sie mir gleich am Tatort den Kirsch als aufrechten Kämpfer für die Sache der kleinen Leute beschrieben haben. Eine merkwürdige Beurteilung für ein fragwürdiges Subjekt wie diesen Sozialdemokraten! Seit Wochen hetzt er die Münchener Schneidergehilfen auf, drängt sie zum Streik, infiltriert sie mit seinen sozialistischen Ideen!«

Sein Blick bohrte sich in Thiel fest. Der hatte auf einmal das Gefühl, das Hirn platze ihm aus dem Schädel.

»Ich habe da so etwas läuten hören. Man sagt, Sie seien der Ansicht, die Polizeibediensteten und die Gendarmen würden ähnlich schlecht behandelt wie die Arbeiter, ihre Dienste würden von der Obrigkeit ebenfalls nicht gebührend honoriert, wogegen man endlich einmal etwas unternehmen müsse.«

Hatte er wirklich richtig verhört? Es war Thiel, als beginne unter ihm der Boden zu schwanken. Alles geriet in unkontrollierbare Bewegungen. Woher hatte Burchtorff das? Nur ein einziges Mal hatte Thiel derartige Überlegungen laut geäußert. Konnte es sein, dass Gersthofer …? Nein! Ausgeschlossen! Der war doch sein bester Freund!

»Aber vielleicht ist es ja meine Schuld«, fuhr der Direktor mit zuckersüßer Stimme fort, »vielleicht liegt es an mir, dass Sie überhaupt erst auf solche gefährlichen Abwege geraten sind, mein lieber Thiel. Vielleicht habe ich den Einfluss dieser aufrührerischen Reden auf Sie völlig unterschätzt. Viel zu lange schon sind Sie auf den Versammlungen den Hetzparolen der Gewerkschafter ausgesetzt. Kein normaler Mensch hält das auf Dauer unbeschadet aus. Vielleicht sollte ich dafür sorgen, dass Ihnen Ihre Aufgaben und Pflichten als Polizeioffiziant wieder wichtiger werden. Vielleicht sollte ich Sie wieder verstärkt einfachen Dienst auf einer Wache schieben lassen. Am besten auf dem Land, darüber haben wir ja schon einmal gesprochen. Da ist wenigstens alles noch überschaubar. Die Stadt scheint Sie zu überfordern. Was meinen Sie?«

Während der letzten Sätze hatte er langsam eine Runde um Thiel gedreht. Noch immer hatte er ihn nicht aus den Augen gelassen. Nun stand er wieder genau vor Thiel und blies ihm den wohlvertrauten Geruch nach kaltem Kaffee, Zigarren und Herrenparfum entgegen. Abermals bekämpfte Thiel einen heftigen Würgereiz.

In der Verhörzelle war es bis auf ein zaghaftes Rascheln mucksmäuschenstill. Neff schien wieder zu sich zu kommen. Oder war er gar nicht bewusstlos gewesen? Hatte er womöglich die ganze Zeit gelauscht, wie Burchtorff ihn gemaßregelt hatte? Thiel wurde heiß und kalt zugleich.

»Ich weiß nicht, was das Richtige ist«, sagte der Polizeidirektor mitten in seine Gedanken hinein. »Das wird man erst hinterher feststellen. Im Moment habe ich jedenfalls das Gefühl, mich sehr getäuscht zu haben. Jahrelang habe ich Sie für einen sehr fähigen Mann gehalten, Thiel. Die Mission bei diesen Arbeiterversammlungen war eine besondere Auszeichnung. Nur einem ganz zuverlässigen, kompetenten Mann habe ich das zugetraut. Und den dachte ich in Ihnen gefunden zu haben. Nun aber sehe ich, dass ich mich wohl geirrt habe. Das schmerzt, Thiel, glauben Sie mir!«

Endlich ließ er von ihm ab und trat unter die Fensteröffnung. Eine Weile blickte er hinauf, als könnte man von dort unten viel vom Himmel sehen. Thiel zitterte. Der Druck im Kopf wurde immer schlimmer, die Übelkeit auch.

»Wissen Sie was?« Mit drei Schritten stand der Polizeidirektor wieder vor ihm. Thiel streckte den Rücken durch, bemüht, sich aufrecht zu halten. »Ich werde es trotzdem noch einmal mit Ihnen probieren. Sie haben Glück, das ist halt meine mitleidige Ader. Der Mord an meinem Freund Riederer ist aufgeklärt, der Täter identifiziert. Wir sind also ganz nah am Ziel. Eigentlich kann nichts mehr schiefgehen. Eine solche Aufgabe kann der einfachste Polizeidiener erledigen, das wissen Sie, Thiel. Ich gebe Ihnen noch zwei Tage Zeit, dann präsentieren Sie mir den Übeltäter. Nein, besser wird sein, Sie liefern den Hinweis, wo er sich befindet. Festnehmen und abführen lasse ich ihn lieber von geübten Gendarmen. Ihnen haut er sonst doch wieder nur ab!«

Thiels zustimmendes Nicken wartete er gar nicht ab, sondern wandte sich gleich zur Tür. Dort hielt er noch einmal inne.

»Das ist Ihre letzte Chance, Thiel. Bis Samstagabend um acht also. Erledigen Sie das diesmal, sonst lass ich Sie strafversetzen oder am besten gleich ganz suspendieren. Ich hoffe, Sie wissen zu schätzen, welche Chance ich Ihnen da gewähre!«

Emma wagte nicht, sich zu bewegen. Rosemaries Kopf lehnte an ihrer Schulter. In ihrem Schoß lag Lorenz. Endlich schliefen beide Kinder. Beruhigend spürte sie die gleichmäßigen Atemzüge. Auch ihre eigenen Lider wurden schwer, fielen zu, der Kopf kippte ihr nach vorn. Emma schreckte hoch. Sie durfte nicht einschlafen! Sie musste noch nähen. Wenigstens eine Hose sollte in dieser Nacht noch fertig werden. Vorsichtig drehte sie sich, hielt dabei Rosemaries Kopf mit einer Hand, den mageren Leib ihres Sohnes mit der anderen. Es gelang ihr, das Mädchen in die Decken zu betten und Lorenz daneben abzulegen, ohne dass eines der Kinder aufwachte. Sogleich schmiegten sich die Kinder eng aneinander. Lautlos erhob sich Emma. Sie zog den Vorhang vor die Nische und verharrte eine Weile lauschend davor.

Schließlich stellte sie sich ans Fenster. Dunkle Regenwolken schoben sich über den Nachthimmel, Wind kam auf. Nicht mehr lang, und es würde einen kräftigen Schauer geben. Auf dem Johannisplatz wiegten die uralten Kastanien träge ihre Äste. Die Flammen in den wenigen Gaslampen flackerten heftiger, der Wind frischte weiter auf. Jetzt musste das zaghafte Frühlingslaub sich seiner ersten Herausforderung stellen. An der halb fertigen Johanniskirche wackelte ein Gerüst. Holz polterte zu Boden. Dann wurde es still. So schnell, wie er aufgekommen war, legte sich der Wind plötzlich wieder.

Aus der Kammer vernahm sie Georgs typisches Rasseln. Wie

gewohnt ging es in ein Husten und Nach-Luft-Schnappen über. Es klang allerdings verzweifelter als sonst. Emma warf erst einen Blick auf die Kinder, ob sie davon wach geworden waren, dann eilte sie in die Kammer. Dabei vergaß sie nicht, die Tür zur Küche sorgfältig hinter sich zu schließen. Die Kinder sollten nichts mitbekommen.

Traurig sah sie im Licht der schwachen Lampe auf Georg herab. Der Schatten an der Wand wirkte bedrohlich, änderte immer wieder seine Gestalt. Georg wälzte sich hin und her, bäumte sich zum Husten auf. Irgendwann röchelte er nur noch, sank kraftlos zurück ins Bett. Seit mittags ging es ihm schlechter. Unaufhaltsam war das Fieber gestiegen. Zuerst hatte Emma Wadenwickel gemacht, Rosemarie zur Nachbarin nach Kartoffeln geschickt. Sie hatte es noch mit Umschlägen auf der Brust probieren wollen. Dann aber gab sie auf, gegen das Fieber anzukämpfen. Es nützte nichts. Sie wollte den Doktor rufen. Als Georg das hörte, verbot er es. Sie musste es ihm in die Hand hinein versprechen. Das Geld sollte sie besser sparen, hatte er bestimmt. Sie wussten doch, wie es um ihn stand. Kurz darauf hatte er die Besinnung verloren.

Es rasselte in seiner Brust. Vorsichtig tupfte Emma den Speichel ab, der in langen Fäden aus Georgs Mund rann. Seine Lippen waren ausgetrocknet. Jeder Atemzug verursachte ein bedrohliches Geräusch in dem erhitzten Körper und kostete ihn Kraft, viel zu viel Kraft. Die Abstände zwischen den Atemzügen wurden länger, die Geräusche schwächer, Georgs Schlaf ruhiger. Emma blickte ein letztes Mal auf ihn hinab. Sein Gesicht sah jetzt friedlich aus, der Atem kam wieder gleichmäßig.

Auf Zehenspitzen schlich sie hinaus und setzte sich an die Nähmaschine. Wenigstens diese eine Hose sollte noch fertig werden. Dann konnte sie morgen zwei Kleidungsstücke verkaufen. Das Geld würde bestimmt für den Doktor und die Medizin reichen. Es war die letzte Möglichkeit, Georg zu helfen. Niemand musste erfahren, dass der Stoff für die Hosen aus Riederers Laden stammte.

Samstag, 30. April 1870

Zum ersten Mal hatte Thiel auf einmal das Gefühl, eine erfolgversprechende Spur zu verfolgen. Das planlose Herumlaufen und Fragen hatte ihn sehr ermüdet. Fast hatte er schon aufgeben wollen. Kirsch blieb einfach verschwunden. Niemand wusste oder wollte verraten, wo er sich versteckte. Nicht einmal Neff hatte sich zu einem Hinweis herabgelassen. Daran hatten selbst zwei weitere Tage im Arrest nichts ändern können. Seit der unrühmlichen Szene mit dem Polizeidirektor begegnete der Arbeiterfunktionär ihm ohnehin recht höhnisch. Von Burchtorffs Strafpredigt musste er mehr mitbekommen haben, als Thiel lieb sein konnte. Jedenfalls mangelte es ihm Thiel gegenüber seither an jedwedem Respekt.

Schweren Herzens hatte Thiel andere Wege ausprobieren müssen, um Kirsch aufzutreiben. Durch Zufall war er dabei an diesem Mittag an einen Mann geraten, der interessante Andeutungen machte. Eine Maß Bier und eine Schale Suppe hatte es ihn gekostet, bis er eine Andeutung auf die rätselhafte Frau hatte fallen lassen oder zumindest auf jemanden, der sie eventuell kannte. Das klang zwar dreimal um die Ecke gedacht, aber es war in jedem Fall besser als gar nichts.

Aufgewühlt lief Thiel nun die breite Maximilianstraße hinunter. Die Kopfschmerzen der letzten Tage waren plötzlich vergessen, die Müdigkeit besiegt. Der leichte Regen fiel ihm schräg ins Gesicht, der Tschako bot ihm keinen nennenswerten Schutz dagegen. Bald spürte er die Nässe kalt auf den Wangen, auch der Stoff der Uniformjacke fühlte sich klamm an.

Fröstelnd überquerte Thiel die Isar und marschierte durch die halb vollendeten Grünanlagen nach Haidhausen hinüber. Ohne groß auf den Weg zu achten, lief er an den immer dichter beieinanderstehenden Herbergshäuschen vorbei. Die Straßen wurden schlechter, gingen schließlich in enge, ungepflasterte Gassen über. Tiefe Rillen hatten sich in den Boden gegraben. Thiel musste aufpassen, dass er nicht stolperte oder zu schwungvoll in eine Pfütze trat und sich mit Spritzwasser die Uniform beschmutzte. Seine Stiefel wurden schwer von dem Lehm, der an den Sohlen und Absätzen kleben blieb.

Zwischen den Häuschen sprangen Kinder herum, Frauen mit schweren Weidekörben bahnten sich ihren Weg durch das Gewusel. Einige Alte werkelten in den winzigen Gärtchen, die die Herbergshäuschen umgaben. Trotz des Nieselregens herrschte emsige Geschäftigkeit. Über der ganzen Gegend hing herber Malzgeruch von den nahen Brauereien.

Bald erreichte Thiel die nächst größere, wieder grob gepflasterte Straße. Der »Wiener Hof« am Wiener Platz war sein Ziel. Von einem Baumstamm hingen Reste eines Plakates herab. Thiel blieb stehen und las den Aufruf zu einer sozialdemokratischen Veranstaltung. »Die Lage des Arbeiters und die Mittel zur Hebung derselben« stand großmundig auf dem Programm. Darüber wollte der Münchener Parteichef Franz höchstpersönlich referieren. Thiel geriet in Wut und riss das Papier herunter. Als ob Franz wirklich ein Patentrezept wusste, wie man die Lage der kleinen Leute bessern konnte, als ob sie sich überhaupt jemals bessern ließ! Thiel konnte das Geschwätz einfach nicht mehr ertragen.

Sein Zorn war noch lange nicht verflogen, als er den Wirtshaussaal betrat. Mitten am Tag, zur besten Arbeitszeit, hockten die Männer dort dicht gedrängt beieinander, was offensichtlich nicht nur am Streik der Schneider lag. Es waren durchaus nicht nur Schneidergehilfen darunter. Kräftige Handwerksgesellen, flinke Fabrikarbeiter und robuste Brauereiknechte bildeten sogar die Mehrheit. Die Luft war dick von den vielen Menschen, unter dem Deckengewölbe verfingen sich die Stimmen zu einem unangenehmen Dröhnen. Instinktiv fasste Thiel sich an den Schädel. Hoffentlich kamen die Schmerzen nicht wieder.

Viele bekannte Gesichter blickten erschrocken auf, als er durch die Reihen schritt. Einige von ihnen gehörten zu den streikenden Schneidergehilfen, die er vor zwei Tagen in der Polizeidirektion hatte verhören lassen. Bekamen seit Wochen keinen Lohn, aber saßen im Wirtshaus beim Bier! Nicht eben freundlich grüßte er einige von ihnen, peinlich berührt schauten sie sofort weg.

Er wusste genau, wen er suchte. Noch kannte er zwar nicht ihre Namen, aber er sah das ungleiche Paar deutlich vor sich, zu auffällig war ihre Erscheinung. Deshalb hatte er auch gleich gewusst, wer gemeint war, als der Mann ihm den Tipp gegeben hatte. Rasch glitten seine Augen über die Köpfe. Mit geübtem Blick entdeckte er die beiden schließlich am entgegengesetzten Ende des Saales. Sein Instinkt funktionierte also noch. Ein schwacher Trost angesichts seiner Lage. Keine vier Stunden blieben ihm, um Kirsch aufzutreiben. Schaffte er es nicht, dann machte Burchtorff ernst, dann war es vorbei mit dem Polizeioffizianten Severin Thiel in München. Keine zwei Generationen hatte seine Familie aus der bayerischen Pfalz dann in der königlichen Haupt- und Residenzstadt durchgehalten. Sein Vater würde sich vor Scham im Grab umdrehen.

»He, ihr!«, winkte er in Richtung eines langen, dürren, etwa fünfundzwanzigjährigen Mannes. Ein hagerer älterer saß dicht dabei und hörte dem jungen zu. Beide hielten sich stark gebückt, was nicht nur an ihrer erregten Diskussion liegen mochte. Thiel bemerkten sie erst, als er direkt neben ihnen stand.

»Grüß Gott, Herr Offiziant!« Der Jüngere rang sich mühsam ein freundliches Lächeln ab. »Ist was?«

»Eine ganze Menge.«

Die beiden zuckten zusammen, tauschten Blicke, in denen sich Angst widerspiegelte. Thiel ließ sich auf dem Platz ihnen gegenüber nieder. Der Mann, der dort gesessen hatte, war aufgestanden, sobald er ihn hatte kommen sehen. Thiel winkte der Bedienung wegen Bier. Sein Hals brannte bereits.

»Wir haben alles gesagt, was wir wissen«, sagte der Ältere unterdessen.

»Viel war's nicht«, ergänzte der Jüngere.

»Viel nicht und nicht genug. Genau das Entscheidende hat nämlich gefehlt.«

Thiel lehnte sich zurück, als die Bedienung das Bier brachte. Für die beiden Schneider hatte er welches mitbestellt.

»Für uns? Wieso?«

Sofort war der Ältere auf der Hut. Dass ein Polizist ihm was Gutes tat, hatte er wohl noch nicht erlebt.

»Zum Wohl!«

Die beiden zögerten. Überraschend schnell aber siegten die körperlichen Gelüste über das Gewissen, und sie stürzten in großen Schlucken das Bier hinunter.

»Euch geschieht nichts.« Thiel schob den Oberkörper ein wenig nach vorn über den Tisch, sah kurz nach rechts und nach links, dann wisperte er: »Aber natürlich nur, wenn ihr mir helft. Keiner von den andern erfährt von unserem Gespräch.«

Die beiden Männer lachten spitz auf. Angesichts des vollen Wirtshaussaales war der Hinweis blanker Hohn, das wusste er.

»Was wollen S' noch?«, fragte der Jüngere.

»Wir haben nichts mehr zu sagen«, erklärte der Ältere.

»Schade.« Sofort stand Thiel auf und zählte Geldstücke für das Bier auf den Tisch. »Und ich hab gedacht, dass ihr nicht wollt, dass drüber geredet wird, wie eure Frauen heimlich nähen. Streikbrecher sind nicht grad beliebt. Es soll welche geben, die solchen die Nähmaschine kaputt schlagen. Schlimm, wenn man bedenkt, dass die Raten von den Maschinen noch lang nicht bezahlt sind. Und erst der Schreck! Grad vorhin ist so ein Schläger wieder bei mir auf der Direktion gesessen. Ein wüster Bursche! Mit so einem ist gewiss nicht zu spaßen.«

Die letzten Sätze hatte er so laut gesprochen, dass die Männer an den Nachbartischen aufhorchten. Interessiert drehten sie ihre Köpfe. Thiels Uniform beäugten sie zwar mit Argwohn, für Verräter aus den eigenen Reihen aber hatten sie sicher nicht das geringste Verständnis.

Entsetzt riss der ältere der beiden Schneider die Augen auf, während der jüngere beschwörend den Zeigefinger auf die Lippen legte. Thiel tat zunächst, als verstehe er nicht. Dann hatte er ein Einsehen mit dem flehentlicher werdenden Blick und nahm wieder Platz. Eine Weile schwiegen sie sich an. An den anderen Tischen verloren die Männer schließlich ihr Interesse an den dreien und wandten sich wieder ihren eigenen Gesprächen zu.

»Was wollen S' wissen?«, traute sich der ältere der Schneider endlich zu fragen.

»Auf der Versammlung letzten Mittwoch, da war eine Frau, ihr zwei habt mit ihr geredet. Wer ist sie?«

Die Schneider sahen sich an. Der Jüngere wirkte beunruhigt. Auf dem Gesicht des Älteren meinte Thiel eine Spur Verärgerung zu erkennen. Kaum merklich nickte er dem Jüngeren zu. Der zögerte immer noch. Erst nachdem der Ältere laut aufgeschnauft hatte, fasste er sich ein Herz.

»Was ist mit der?«

»Ihr kennt sie?«

»Ich nicht.« Sofort hob der ältere Schneider die Hände und rückte von seinem Freund ab.

»Nicht direkt«, druckste der herum. Der warnende Blick, den ihm der Ältere daraufhin von der Seite zuwarf, schien von einem Tritt gegen das Schienbein unterhalb der Tischplatte begleitet, denn er zog sein Gesicht schmerzverzerrt zusammen.

»Mehr ihren Bruder. Aber der wohnt gar nicht in München«, stellte er klar.

»Wer ist sie?«

Thiel erhob sich. Ungeduldig trommelte er mit den Fingern auf den Tisch. Der ältere zischte etwas, woraufhin der jüngere Schneider »Emma Niedermayr« zwischen den Lippen hervorpresste.

»Na also, geht doch«, lobte Thiel.

Die schwere Eichentür quietschte. Das Geräusch ging Kirsch quer durch den Leib. Er presste sein Bündel noch enger an die Brust, sog den vertrauten Geruch aus Weihrauch, Kerzen und Holz tief ein. Mit drei Schritten stand er beim Weihwasserbecken, tauchte die Fingerspitzen hinein und bekreuzigte sich, erst dann wagte er sich in das Kirchenschiff hinein. Der imposante Bau flößte ihm Ehrfurcht ein. Langsam ging er herum, besah sich die Altäre, studierte die strengen Porträts der Bischöfe, bewunderte die jahrhundertealte Meisterleistung der Steinmetze. Alte Frauen knieten vor den Seitenaltären, die Köpfe gesenkt, die Finger über die Perlen der Rosenkränze huschend. Das flackernde Licht unzähliger Kerzen warf aufregende Schattenspiele auf ihre zerfurchten Gesichter.

Die Bänke im Hauptschiff waren leer. Kirsch wählte einen Platz ganz hinten rechts. Langsam kniete er nieder, senkte den Kopf und faltete die Hände. »Vater unser, der du bist im Himmel ...« Wie von selbst kamen ihm die Worte auf einmal über die Lippen. Ein warmes Gefühl durchströmte seinen Körper. Beglückt genoss er die Ruhe, die ihn beim Beten erfüllte.

»Wusste gar nicht, dass du fromm bist«, hörte er plötzlich eine Stimme dicht an seinem Ohr. Er fuhr herum. Robert Tauscher stand, die Mütze in der Hand, ein Grinsen auf dem breiten Vollmondgesicht, direkt neben ihm. Er musste sich lautlos herangeschlichen haben.

»Alte Messdienergewohnheit«, rechtfertigte Kirsch sich und stand auf. »Lass uns gehen.«

Ohne sich noch einmal umzudrehen, eilte er aus dem Dom hinaus. Tauscher folgte ihm dicht auf den Fersen.

»Muss dir nicht peinlich sein. Ist doch nicht schlimm«, bemerkte der Augsburger Parteigenosse, sobald sie den Vorplatz erreicht hatten. »Kannst die nächsten Tage gut gebrauchen, dass du das Vaterunser auswendig weißt!«

Versöhnlich legte er Kirsch die Hand auf die Schulter und zwinkerte ihm zu. Sie waren gleich groß und von ähnlicher Statur. Auch in ihrer Kleidung unterschieden sie sich kaum voneinander. Aus der Ferne mochten sie leicht zu verwechseln sein.

»Schön, dass du da bist.« Das Grinsen in Tauschers Gesicht wich einem freundlichen Lächeln. Zugleich richtete er einen skeptischen Blick nach oben. Immer dicker und grauer türmten sich die Wolken am Himmel.

»Komm mit! Gleich regnet's wieder.« Er drückte die Kappe auf seine rotblonden Locken und zog Kirsch am Arm.

»Ich weiß nicht recht«, entgegnete der und ließ offen, worauf er sich bezog. Vielleicht war es die Erschöpfung, vielleicht der Groll darüber, beim Beten ertappt worden zu sein, vielleicht der Gedanke an den eigentlichen Grund seines Auftauchens in Augsburg. »Schön« empfand er als eine absolut unpassende Bezeichnung für ihr Wiedersehen. Stur verharrte er an seinem Platz unweit des mächtigen Kirchenbaus.

Der Dom befand sich auf einem Hügel oberhalb des alten Stadtkerns. Schnurgerade zog sich von dort eine breite Straße hinunter bis zum Rathausplatz. Fuhrwerke und Kutschen ratterten vorbei, Männer und Frauen eilten nebenher, um vor Sonnenuntergang die letzten Geschäfte des Tages zu erledigen.

Die Entfernungen in der Stadt waren nicht groß, Tauscher konnte ihn gewiss nicht weit führen. Trotzdem fühlte Kirsch sich auf einmal zu müde, noch einen einzigen Schritt zu gehen. Willenlos sank er auf den Boden und legte die Arme um den Kopf. Sein Körper zitterte, ihm war kalt, außerdem rumorte es in seinem Magen. Wieder einmal erinnerte er sich nicht mehr daran, wann er zuletzt etwas gegessen hatte.

»Steh auf«, befahl Tauscher in unfreundlicherem Ton. »Gleich fängt das Vesperläuten an, bis dahin müssen wir von hier weg. Ist nicht weit, was wir zu gehen haben, glaub mir!«

Er packte Kirsch mit festem Griff, rüttelte unnachgiebig an seiner Schulter. Kirsch spürte, dass Tauscher es eilig hatte. Mit letzter Kraft stemmte er sich hoch. Er schwankte und stolperte, blieb wieder stehen, weil ihm schwarz vor Augen wurde. Schon gehorchten ihm die Beine nicht mehr. Tauscher war schon längst vorausgeeilt. Wenn Kirsch nicht aufpasste, verlor er ihn im dichter werdenden Gedränge bald ganz aus den Augen. Mit steifen Beinen setzte er sich in Bewegung.

Um rascher voranzukommen, schaltete er Denken und Fühlen aus. Mehr als zwei Tage und Nächte war er schon unterwegs, teils zu Fuß, teils mit der Eisenbahn, mit Fuhrwerken und Karren, kurz mit allem, was sich ihm zur unauffälligen Fortbewegung angeboten hatte. Das Schlimmste waren nicht die zu überwindenden Entfernungen gewesen, das Schlimmste war die ständige Angst vor Entdeckung. Bayerische Gendarmerie und Polizei verfügten mittlerweile über Telegraphie. Bis in die kleinste Wache auf dem verschwiegendsten Dorf waren sie miteinander verbunden. Das Signalement, mit dem er gesucht wurde, war bestimmt schon im ganzen Land bekannt gewesen, noch bevor er München am Donnerstag überhaupt verlassen hatte.

»Mach zu!«, rief Tauscher, der ungeduldig an einer Straßenecke auf ihn wartete. Kirsch achtete gar nicht mehr darauf, wo sie entlangkamen. Blindlings lief er seinem vermeintlichen Zwillingsbruder hinterher. Er wusste, dass es Tauscher zu langsam erschien, doch er konnte einfach nicht mehr. Auf das Frösteln und Zittern folgte ein Schweißausbruch. Er schlang die Jacke enger um seinen Leib. Krank zu werden war das Letzte, was er jetzt gebrauchen konnte. Wieder ging der Weg bergab, vom Stadtkern weg. Weiter vorn entdeckte Kirsch eine Kapelle, noch ein Stück weiter ein Tor. Sie würden die Stadt also bald verlassen.

»Hier lang!«, hörte er von rechts Tauschers Stimme. Verwirrt blieb er stehen und stellte fest, dass er beinahe dem Falschen hinterhergerannt wäre. Gerade noch rechtzeitig bemerkte er seinen Irrtum.

Tauscher stand im Eingang zu einem Hof. Niedrig wölbte sich ein Torbogen mit erstaunlich dicken Mauern darüber. Dahinter öffnete sich eine schmale Gasse. Links ging es zu einer Kirche, rechts zu einer Gassenschenke, geradeaus führte eine schmale Straße auf einen steinernen Brunnen zu. An beiden Seiten reihten sich kleine Häuser aneinander, eins wie das andere, alle zwei Stockwerke hoch, mit winzigen Fenstern und Türen.

Neugierig sahen die Frauen, die vor den Häusern beieinanderstanden, auf die beiden Männer. Sobald sie vorbei waren, hörte Kirsch das aufgeregte Flüstern in seinem Rücken. Tauscher schien nicht weiter darauf zu achten. Kirsch fiel es dagegen schwer, sich nicht ständig umzudrehen und zu schauen, ob die Frauen ihnen nicht folgten. Wohin mochte Tauscher ihn führen? Die seltsame kleine Stadt in der Stadt flößte ihm Unbehagen ein. Der grau verhangene Regenhimmel tat sein Übriges, dass er das alles als sehr bedrückend empfand.

Am Brunnen bogen sie nach links ab. Auch in dieser Gasse glichen sich die Häuser wie ein Ei dem anderen; auch hier schwatzten die Frauen vor den Türen, hockten die Alten am Fenster, spielten die Kinder in den Ecken Fangen und Verstecken.

Plötzlich blieb Tauscher stehen und klopfte an eine der Türen. Kirsch wunderte sich, dass er auf Anhieb die richtige erwischt hatte. Erst als er ihm kurz darauf in den dunklen, schmalen Hausflur folgte, entdeckte er die kleinen Nummern in seltsamer Schrift oberhalb der Tür. Außerdem besaß jede Tür ihren ganz eigenen Klingelzug.

Ein kräftig aussehender Mann mittleren Alters ließ sie herein. Reden schien nicht zu seinen besten Eigenschaften zu zählen.

Stumm nickte er zur Begrüßung und führte sie nach hinten. Die Decken in dem Haus hingen niedrig. Mit der Stirn musste man rechtzeitig den schwarz gewordenen Deckenbalken ausweichen. Der Rhythmus der eingezogenen und wieder aufgerichteten Köpfe bestimmte den Gang der Männer. Bei besserer Stimmung hätte Kirsch sicher darüber gelacht.

Aus der Küche vernahm er das Klappern von Töpfen und Tellern, Frauenstimmen tauschten knappe Befehle aus. Durch die angelehnte Tür zog Kochdunst heraus. Auf die lang vermissten Reize reagierte Kirschs Magen mit einem lauten Knurren. Als Letzter trat Kirsch in die winzige Stube am Ende des Flurs. Ein großes Bett beherrschte den Raum, in den Kissen lag ein verschrumpeltes Weibergesicht. Kurz drehte es sich zur Seite, ein zahnloser Mund lächelte. Die Augen blickten starr an den Männern vorbei. Die weißen Haare auf dem fleckigen Schädel konnte man einzeln zählen. Lederne Echsenarme lagen flach auf der Decke. Kirsch grauste es.

Der Mann beachtete die Alte gar nicht. Wortlos wies er auf eine Holzbank an der Wand. Tauscher wehrte die Einladung mit einem Kopfschütteln ab, Kirsch setzte sich dankbar und lehnte sich erleichtert zurück.

»Gut«, stieß Tauscher aus. »Ich geh wieder, hab noch einiges zu erledigen. Muss heut Abend in Pfersee reden. Gibt schon wieder Ärger bei Krauss. Die haben die Arbeiter völlig eingeschüchtert. Legen wieder ihre schwarzen Listen an. Traut sich keiner mehr, was zu sagen. Werden ausgepresst bis auf den letzten Tropfen Saft. Dabei waren die letzten Sommer so mutig! Laufen die Webstühle denn von allein? Das muss man den Fabrikanten doch mal sagen! Zuerst aber wohl den Arbeitern! Die wissen selbst nicht, welche Macht sie haben. Eines Tages werden sie's schon noch sehen.«

Siegesgewiss reckte er die rechte Faust. Das Stakkato seiner Sätze hämmerte unerbittlich auf Kirschs Hirn ein. Um es besser zu ertragen, schloss er die Augen. Als er sie wieder öffnete, fand er sich allein mit dem Mann und der Alten.

»Brauchst keine Angst haben. Bei uns bist du sicher«, brummte der Mann. »Wir sind viel zu arm und zu fromm, um es mit den Sozialdemokraten zu halten.«

Ein schiefes Lachen umspielte seinen Mund. Es ließ ihn spitzbübisch aussehen. Viel zu schnell war es wieder dem ausdruckslosen Alltagsgesicht gewichen.

»Ich hol dir eine Schüssel Suppe.«

Das klang wie die Verheißung des Paradieses. Vor Freude wäre Kirsch ihm am liebsten um den Hals gefallen. Doch bevor er überhaupt Danke sagen konnte, war der Mann schon zur Stube hinaus. Die Alte schnaufte laut auf.

Eigentlich hatte es Thiel eilig. Das, was er soeben erfahren hatte, musste schnellstens überprüft werden. Emma Niedermayr – ob die was mit Georg Niedermayr zu tun hatte, der im Streikkomitee der Schneider saß? War der tatsächlich so dumm, den Flüchtigen mehrere Tage bei sich zu verstecken? Thiel musste das herausfinden, bevor es Burchtorff zu Ohren kam. Eine weitere Schlappe konnte er sich nicht mehr erlauben. Kaum auszudenken, was los war, wenn die Gendarmen zur Festnahme anrückten und Kirsch befand sich gar nicht in dem Unterschlupf. Trotz des Zeitdrucks fühlte Thiel sich plötzlich erbärmlich müde. Er war außerstande, sofort zu dieser Frau zu gehen. Ein kurzes Atemholen, eine zweite Maß Bier musste drin sein. Hinterher würde er alles umso besser erledigen können.

Den Tschako unter dem Arm, die Hände in den Hosentaschen, schlenderte er durch den vollen Wirtshaussaal. Keiner der Männer scherte sich um seine Anwesenheit. Als hätten sie mitbekommen, dass er seine Mission in dem Wirtshaus erledigt hatte, widmeten sie sich ganz ihren eigenen Gesprächen. Was hätte er darum gegeben, sich zu ihnen an den Tisch zu setzen und mitzuschwadronieren! Sobald er Anstalten machte, gezielt auf einen Platz zuzugehen, verstummten die Gespräche schlagartig. Misstrauisch musterten die Männer seine Uniform und rückten auseinander, um den freien Platz auszufüllen. An ihrer Stelle hätte er nicht anders gehandelt, gestand er sich ein und lehnte sich erschöpft an eine der Säulen.

Plötzlich brach die vermeintliche Eintracht auf. An einem der vorderen Tische wurde es lauter.

»Wie soll's weitergehen? Geld für den Streik gibt's keins mehr«, brauste ein rotwangiger Bursche auf. Böse blitzten seine Augen einen schmächtigen Jüngling an, der sich unter seinen Worten förmlich wegduckte.

»Angeschmiert haben uns die vom Arbeiterverein!«

»Ich hab's ja gleich gesagt: alles Verräter und Verbrecher!«, krähte ein weiterer. »Sticht dieser Lump doch einfach einen braven Kaufmann ab!«

»Und das Geld aus der Streikkasse haben die vom Arbeiterverein vorher noch schnell auf Seite geschafft!«

»Ausgerechnet den Riederer bringen's um! War doch bekannt, dass der den Schneidern hilft!«

»Das kommt halt davon, wenn Zugereiste sich bei uns einmischen!«

»Aufhetzen tun's uns!« – »Und unsere Leute umbringen!« – »Weg mit denen!«, ging es immer wilder durcheinander.

»Jetzt müssen wir allein weiterkämpfen«, überbrüllte jemand die anderen. Es war ein junger Blonder. Flink sprang er auf eine Bank und krempelte die Ärmel seines Hemdes hoch. Sehnige Unterarme wurden darunter sichtbar. Trotz seines martialischen Auftretens wirkte er sympathisch. Neugierig wartete Thiel auf die Reaktion der anderen.

»Genau! Wenn wir uns zusammentun, erreichen wir was«, schloss sich ein Tischnachbar dem Blonden an. Auch er war von muskulöser Statur. Behände schwang er sich neben den Ersten auf die Bank.

»Dann mal los mit euch! Ganz gleich ob Schuster, Bierbrauer, Maurer, Bäcker, zusammenraufen tun wir uns jetzt. Die Schneider warten schon!«

Der Blonde strotzte vor Tatendrang. Freudig legte er den Arm um seinen Nebenmann. Unternehmungslustig sahen sie von dort oben in die Runde der Männer hinunter.

»Wenn wir alle streiken, bringt das gar nichts«, ging ein älterer Mann mit dunklem Bass dazwischen. »Die Meister können uns wirklich nicht mehr Lohn zahlen. Die haben genauso wenig in der Tasche wie wir. Wo nichts ist, gibt's auch nichts zu holen. Die Sozialdemokraten erzählen euch doch nur Märchen!«

»Lass doch mal den Hut rumgehen!« – »Genau! Wir sammeln

jetzt für die armen Meister!«, grölten einige Männer los und schlugen sich feixend auf die Schultern.

»Ach, was wisst denn ihr!«, winkte der ältere Mann verärgert ab.

»Recht hast«, stimmte ihm ein anderer zu und erhob sich, damit ihn alle besser verstehen konnten. »Umschauen werdet ihr euch noch: Die Fabrikbesitzer sitzen den Meistern doch schon ganz dicht im Nacken. Von wegen niedrige Löhne und Ausbeutung! Das eigene Wasser graben wir uns ab, wenn wir gegen unsere Meister kämpfen.«

»Während du hier Lobreden singst, lacht dein Meister sich ins Fäustchen und macht sich auf deine Kosten einen faulen Lenz. Schau sie dir doch an, wie sie mit ihren rausgeputzten Weibern in der Stadt herumpromenieren!«

Die Zwischenrufe wurden aggressiver. Die beiden Jüngeren versuchten, die Männer wieder zu beruhigen. Ihnen war offenkundig nicht an einer handfesten Auseinandersetzung gelegen. Thiel hatte die beiden richtig eingeschätzt: besonnene, ehrliche Gewerkschafter.

Rasch überdachte er die Lage. Er war allein. Selbst wenn ihm der Blonde und sein Kamerad zur Seite standen, nützte das wenig. Die anderen waren gut zwanzig, wenn nicht gar dreißig Mann. Völlig aussichtslos, gegen sie etwas auszurichten. Im Zweifel würden sie doch alle gegen ihn zusammenhalten. Zum Glück ebbte die Erregung schnell wieder ab, ohne dass es zu einer der gefürchteten Schlägereien gekommen war.

»Bei uns in München ist die Lage sowieso eine ganz andere als anderswo«, schwang sich unterdessen ein weiterer Mann wichtigtuerisch auf.

Sein Tischnachbar fiel ihm ins Wort: »Hört doch auf! Das wahre Problem sind doch die Weiber. Auf die müssen wir aufpassen!«

Der Mann, der das sagte, schwankte gefährlich im Stehen. Trotzdem sprach er noch sehr deutlich: »Die schnappen uns bald die Arbeit weg.«

»Dir schnappen sie besser das Bier weg!«

Im Saal brach dröhnendes Gelächter aus.

»Bleibt ernst!«, mahnte der kräftige Blonde. »Das geht uns alle an. Die Frauen sollten wir nicht unterschätzen.«

Erstaunt verfolgte Thiel, wie die Stimmung umschlug. Die Parolen, die nun kommen würden, waren ihm allzu bekannt. Auf nahezu jeder Arbeiterversammlung der letzten Monate war es dasselbe gewesen. Erst stritten sich die Männer über die Haltung gegenüber den Meistern, dann vereinigten sie sich gegen die Frauen.

»Die Frauen sind wirklich eine Konkurrenz für uns.«

»Aber nur, weil unser Lohn nicht zum Leben langt, müssen s' mit ran.«

»So weit sind wir schon! Nicht mal von unserer eigener Hände Arbeit können wir leben!«

»Eine Schand ist's, dass ich meine Frau zum Arbeiten schicken muss!«

»Meine Tochter will sogar.«

»Pass nur auf. Die kriegst du nicht mehr verheiratet!«

Das Diskutieren ging in allgemeines Gelächter über. Die Bemerkungen wurden zotiger, das Lachen schmutziger. Thiel wandte sich ab. So endete das irgendwann immer. Die Männer redeten sich die Köpfe heiß und tranken dabei eine Maß Bier nach der anderen. Schließlich verloren sie ihr eigentliches Ziel aus den Augen, und alles gipfelte entweder in einer handfesten Schlägerei oder einer Riesengaudi. Das Bier war einfach zu billig. Und die Wohnungen zu eng. Sonst würden die Männer nicht immer gleich nach der Arbeit ins Wirtshaus fliehen. Was gäbe er trotz allem darum, da mitzumischen! Die Ansichten der Gewerkschafter gefielen ihm, die Männer, die sie vertraten, auch. Das war wenigstens eine Gemeinschaft!

Thiels Blick fiel auf den Tresen. Dort stand ein Grüppchen ärmlich angezogener Arbeiter um einen kleinen, gut gekleideten Mann mit dunkler Mähne herum. Der genoss es sichtlich, im Mittelpunkt zu stehen. Den rechten Zeigefinger erhoben, in der linken Hand einen Bierkrug, dozierte er. Thiel ahnte, um wen es sich handelte. Die Hände in den Taschen vergraben, ging er wie zufällig dorthin.

»Stiegler, Sie hier?«

Der Angesprochene fuhr herum. Sein Gesichtsausdruck war mürrisch, dann fasste er sich und lächelte.

»Ich habe Sie gar nicht kommen sehen, Herr Offiziant. Eine sehr lebendige Debatte, nicht wahr? Und so nah am echten Leben! Trinken Sie eine Maß mit mir?«

Thiel warf einen Blick zur Seite. Die Männer, die sich eben noch um den Redakteur der Neuesten Nachrichten geschart hatten, waren im Gedränge untergetaucht. Noch einmal verfluchte er seine Uniform.

Die dunklen Augen hinter Stieglers runden Brillengläsern funkelten vor Vergnügen. Er hatte Thiel genau beobachtet.

»Was tun Sie hier? Sondieren Sie das Terrain?«, fragte er. »Die Sozialdemokraten um den geschätzten Vorsitzenden Franz sind doch erst für morgen angekündigt. Ich bin schon sehr gespannt, ob Franz es tatsächlich wagt, den Männern zu raten, sie sollten den Arbeiterverein weiter unterstützen. Seine Freunde Tauscher und Neff haben sich hier in München ja nicht eben viel Ruhm erworben, nicht wahr?«

»Meinen Sie?«

»Kommen Sie, Herr Offiziant, schauen Sie nicht so streng! Wir wissen doch beide, wie es steht. Die Begeisterung für den Arbeiterverein war noch nie sonderlich groß. Die kochen hier lieber ihr eigenes Süppchen, nicht wahr? Dank der Misswirtschaft der Herren mit der Streikkasse ist sie noch weiter gesunken. Tauschers und Neffs Tun wird mit Argwohn betrachtet, noch dazu, wo die beiden aus Augsburg kommen. Als Sie dann am Mittwoch diesen Aufruhr auf der Schneiderversammlung veranstaltet haben, war es ganz vorbei. Ein Arbeiterführer als Mörder auf der Flucht, und die anständigen Münchener Schneider müssen deshalb auf der Polizeidirektion übernachten – schlimmer kann es für die Sozialdemokraten gar nicht kommen! Ich bitte Sie! Wie gern würde ich mich mit unserem verehrten Freund Neff mal über die neue Situation unterhalten, aber leider spricht der nicht mehr mit mir, nicht wahr?«

»Mit mir auch nicht.«

Stiegler brach in schallendes Gelächter aus. Sein spinnenartiger Körper bebte, seine dunkle Haarpracht geriet in Unordnung. Aber so abrupt, wie er begonnen hatte, war der Anfall vorbei. Mit einer eleganten Bewegung strich der Redakteur die Haare nach hinten, zog sein Jackett glatt und richtete sich auf.

»Was ist los, Herr Offiziant? Es gibt Leute, die behaupten, Neff sei schwer verletzt aus der Polizeidirektion ins Krankenhaus gebracht worden. Das kann ich mir nicht vorstellen. Das ist alles Unfug, nicht wahr?«

Vertraulich legte er Thiel die Hand auf die Schulter. Dazu musste er sich auf die Zehenspitzen stellen. Die unbequeme Haltung schien ihn nicht zu stören. Er wisperte: »Mal ganz unter uns, Thiel, wir beide kennen uns doch schon lang: Kann ich Ihnen helfen? Setzt Burchtorff Sie unter Druck? Wir zwei könnten doch gut zusammenarbeiten. Ich erfahre so manches, was man Ihnen nicht einmal auf dem Sterbebett anvertrauen würde. Denken Sie außerdem nur mal an meinen uneigennützigen Hinweis auf diese Frau. Damit bin ich Ihnen bereits ein großes Stück entgegengekommen. Wie sieht es mit Ihnen aus? Wie ich Sie kenne, haben Sie längst etwas in Erfahrung gebracht, was uns beiden weiterhelfen könnte, nicht wahr?«

Ruckartig ließ er Thiels Schulter wieder los und schrumpfte auf seine tatsächliche Größe zurück.

Thiel nutzte die Gelegenheit, unauffällig zwei Schritte auf Distanz zu gehen. In seinem Kopf arbeitete es fieberhaft. Natürlich hatte Stiegler Recht. Ohne ihn wäre er dieser Frau nie auf die Spur gekommen. Doch so ganz uneigennützig war dieser vage Hinweis nicht gewesen. Der Redakteur war ein Chamäleon. Den durfte er nicht so leicht unterschätzen. Dieses ganze Getue von gegenseitiger Unterstützung konnte eine perfekte Tarnung sein. Wer sagte ihm, dass Stiegler nicht ebenfalls schon wusste, wer die Frau genau war? Vielleicht hatte er bereits mit ihr gesprochen, sie möglicherweise sogar vor Thiels baldigem Auftauchen gewarnt? Andererseits war er ihm natürlich einen Gefallen schuldig. Konnte er ihm aber wirklich trauen?

Nervös sah Thiel auf die Uhr, die über der Theke hing. Drei Stunden blieben noch, bis er entweder Kirsch in der Polizeidirektion abliefern oder seine Uniform an den Nagel hängen musste. Unauffällig schielte er wieder zu Stiegler hinüber. Der blickte ruhig geradeaus. Nichts an ihm wirkte verschlagen oder gar hinterlistig. Nein, der hatte nichts zu verbergen. Sein Gewissen schien rein. Thiel sollte es mit ihm probieren. Vielleicht wusste der Mann von den Neuesten Nachrichten doch ein wenig mehr.

»Kennen Sie eine gewisse Emma Niedermayr?«

»Wen?« Stiegler stutzte. Dann hellte sich sein Gesicht plötzlich auf. »So heißt wohl die Frau, die Kirsch am vergangenen Mittwoch zur Flucht verholfen hat, nicht wahr?«

Thiel schluckte. Er hatte sich also nicht getäuscht. Stiegler war nicht schneller gewesen als er selbst. Nun konnte er zwar sicher sein, dass der es wohl wirklich ehrlich meinte mit seinem Angebot zur Kooperation, aber viel nützen würde es ihm nicht. Der Redakteur wusste in keinem Fall mehr als er selbst. Da hatten sich also zwei Blinde gefunden!

»Entschuldigung, Herr Offiziant«, sprach ihn von hinten jemand zaghaft an. Verärgert über die Störung drehte Thiel sich um.

»Was ist?«, knurrte er.

Vor ihm stand der ältere der beiden Schneider, die er vorhin befragt hatte. Eingeschüchtert knetete er seinen Hut in den Händen, wagte kaum, beim Reden den Kopf zu heben.

»Es ist noch mal wegen der Emma Niedermayr, der Frau, nach der Sie eben gesucht haben.«

»Ja, und?«

»Ich dacht nur, es ist wichtig für Sie.«

»Was?«

»Grad sagt einer, dass der Georg, also der Mann von der, letzte Nacht gestorben ist.«

Die Dämmerung verschluckte allmählich die letzten Reste des Tages. Küche und Kammer versanken im gleichmachenden Grau. Emma nahm es kaum wahr. Reglos stand sie neben dem Bett, starrte geradeaus. Irgendwo dahinten war etwas. Sie spürte es ganz deutlich. Mit den Augen hielt sie einen Punkt an der Wand fest. Angestrengt versuchte sie, es zu fassen. Schon wusste sie, dass es ihr nicht gelingen würde. Doch sie wollte nicht aufgeben. Noch nicht. Wenigstens dabei nicht.

Tief in ihrem Hals steckte ein Kloß, der ihr die Luft nahm. Sie begann zu würgen, lautlos, um die Ruhe nicht zu stören. Hatte sie Georg zu früh aufgegeben? Hätte sie ihm doch noch helfen können? Wie? Seit Stunden quälte sie sich mit diesen Fragen. Vorsichtig wandte sie den Kopf zur Seite. Georg lag friedlich in seinem Bett. Seine Augen waren geschlossen, die Haut im Gesicht war ungewohnt glatt. Gelbrotes Kerzenlicht tanzte darüber. Das Husten war verstummt, das Rasseln in der Brust hatte aufgehört. Es schien, als sammele er mit dem Schlafen neue Kräfte. Gleich würde er die Augen aufschlagen und sie anlächeln, genau wie damals, auf dem Dachauer Volksfest, als der fesche Bursche aus dem Norden wie aus dem Nichts aufgetaucht war. Sie hörte die Musik, spürte Georgs keuchenden Atem, den taumelnden Rausch, das schwerelose Verliebtsein ... Keine fünf Jahre war das her und doch schon ein ganzes Leben.

»Kommen Sie.«

Leicht berührte Johanna Morgenthau ihre Schultern. Emma wich zurück. Ihr schmaler Leib begann zu zittern.

»Was ist mit Ihnen?«, fragte Johanna besorgt.

Die Worte drangen aus weiter Ferne an Emmas Ohr.

»Setzen Sie sich mit mir an den Tisch. Ich habe uns einen Tee gekocht«, sagte Johanna und führte sie behutsam zum Tisch. »Die Kinder habe ich zu den Leuten nach oben gebracht. Sie brauchen Ruhe. Das war alles zu viel.«

Folgsam kam Emma mit hinüber in die Küche, setzte sich, legte die Hände auf die Tischplatte. Johanna schenkte Tee ein. Ihre schlanken, gepflegten Finger wirkten fremd an der klobigen Kanne aus Steingut. Verschämt verknotete Emma ihre eigenen Hände ineinander. So sah man die zerstochene Haut nicht.

Der heiße Teedampf stieg ihr in die Nase. Die Schleimhäute brannten davon. Ihr Blick wanderte durch die Küche, blieb an der Tür zur Kammer hängen. Dahinter also lag Georg, endlich eingeschlafen. Dieses Mal allerdings für immer. Leer starrte sie geradeaus auf diesen einen, seltsamen Punkt irgendwo dort hinten auf der Wand. Sie wartete auf Tränen. Vergeblich. Sie konnte nicht weinen.

»Die nächste Zeit wohnen Sie bei mir«, durchbrach Johanna ihre Gedanken. »Das ist leichter für Sie. Mein Mädchen kann sich um die Kinder kümmern.«

Emma wandte ihr das Gesicht zu: »Und dann?«

Etwas blitzte in Johannas Augen auf. Gleich hatte sie sich wieder im Griff und lächelte: »Es wird sich schon alles finden, meine Liebe, glauben Sie mir.« Sie beugte sich vor und legte die Hand auf Emmas, drückte sie fest. »Haben Sie keine Verwandten?«, erkundigte sie sich. »Vielleicht auf dem Land? Soll ich mich kümmern? Soll ich jemandem telegraphieren lassen, dass er herkommt?«

Emma antwortete nicht. Sie genoss die Wärme, die von Johannas Hand in ihren Körper strömte. Es war lange her, dass ihr jemand Gutes getan hatte. Doch plötzlich zog sie die Hand zurück. Das kurz aufflackernde Entsetzen in Johannas Augen vorhin hatte sie sehr wohl bemerkt. Es hatte nur etwas gedauert, bis es in ihr Denken vorgedrungen war. Sie wusste, was das bedeutete. Es war nachvollziehbar, genau genommen beruhigte es sie sogar. So konnte sie das Angebot ohne schlechtes Gewissen ablehnen. Schließlich wollte sie niemandem zur Last fallen, geschweige denn in Verlegenheit bringen. Niemand sollte sich dadurch entblößen, dass er die angebotene Hilfe gar nicht leisten konnte, am allerwenigsten Johanna Morgenthau.

»Danke«, erklärte Emma deshalb. »'s gibt keinen sonst, der was von uns wissen muss. Ich komm ganz gut allein klar.«

Johannas Nicken wirkte erleichtert.

Nach einer Weile fragte sie: »Was ist mit Ihrem Bruder? Kann der Ihnen nicht beistehen?«

»Der Alois?«, hörte Emma sich fragen. Langsam erhob sie sich von ihrem Stuhl, ging zum Fenster hinüber.

Von der Straße fiel das Licht der Gaslaternen herein. Dicht presste sie das Gesicht an die Scheibe, sah hinaus. Noch war es draußen nicht ganz dunkel. Ein heftiger Wind peitschte die Bäume auf dem Johannisplatz. Die wenigen Menschen, die auf den Straßen unterwegs waren, hatten die Köpfe zwischen die Schultern gezogen und lehnten sich gegen den Wind. So wie dieser Mann dort hinten mit der seltsamen Kopfbedeckung. Mit einer Hand hielt er sie fest, kämpfte verbissen gegen die Böen an. Die Kopfbedeckung entpuppte sich als Tschako, der Mann als Gendarm, allerdings in der blauen Uniform der Stadtpolizei, nicht in der sonst üblichen grünen. Emma erschrak. Was wollte der hier? Sie kniff die Augen zusammen, um besser zu sehen. Sie kannte den Mann nicht, doch sie war sich sicher, ihm schon einmal begegnet zu sein. Zögernd kam die Erinnerung zurück, bis sie wieder deutlich vor sich sah, was letzten Mittwoch abends auf der Versammlung geschehen war. Nein, es war kein Zufall, dass der Polizist hier auftauchte.

Mitten auf dem Platz blieb er stehen, sah sich suchend um. Dabei presste er die Hand immer noch fest auf den Tschako. Plötzlich wurde es heller. Emma sah nach oben. Am Himmel rasten die Wolken vorbei. Mit einem Mal brach das bedrohliche Grau entzwei. Ein heller Riss zog sich quer durch die Wolkendecke. Bald schälte sich ein weißer Fleck heraus, schwoll an, verwandelte sich in Blau, verfärbte sich schließlich gelb und rot. In Emma keimte ein Entschluss. Sie musste Alois sehen. Sie hatten beide Fehler gemacht, das war nicht mehr zu ändern. Aber sie mussten miteinander darüber sprechen, mussten das gemeinsam in Ordnung bringen. Es war höchste Zeit.

Rasch drehte sie sich um und suchte Johannas Blick: »Ja, genau: der Alois. Der wird mir beistehen. Das hat er doch schon immer getan. Wir zwei halten zusammen, egal, was passiert. Gleich morgen fahr ich naus zu ihm aufs Land.«

Mitten auf dem Platz blieb Thiel stehen. Von Westen fegte ein eisiger Wind über die niedrigen Herbergshäuser. Im Gerüst der halb fertigen Johanniskirche klapperte und knirschte es. Mit einer Hand griff Thiel sich an den Uniformkragen, mit der anderen hielt er den Tschako fest und stemmte sich gegen den Wind.

In wenigen Schritten war er bei den Herbergshäusern am südlichen Ende des Platzes. Zögernd musterte er die winzigen Gebäude. In einem von ihnen lebte Emma Niedermayr. Nach dem Tod ihres Mannes war sie mit den Kindern auf sich gestellt. Bislang waren Thiel nur wenige Frauen begegnet, die gut damit fertig wurden. Seine Betty hätte das geschafft, keine Frage. Leider hatte das Schicksal sie den Beweis nicht mehr antreten lassen. Dabei hätte sie das mit den Kindern gewiss besser hingekriegt als er. Schon spürte er, wie es feucht in seinen Augen wurde, wie immer, wenn er an seine viel zu früh verstorbene Frau dachte. Nicht rührselig werden! Er brauchte allen Mut, die Sache zu Ende zu bringen. Hastig schluckte er mehrmals hintereinander, rückte den Tschako auf dem Kopf zurecht und ging weiter, dicht an den Eingängen der Häuser vorbei.

Krampfhaft überlegte er, wie er dieser Emma am besten gegenübertreten sollte. Eine heikle Aufgabe, sie ausgerechnet jetzt, so kurz nach dem Tod ihres Mannes, zu Kirsch zu befragen. Wie sollte er anfangen? Was, wenn sie leugnete? Durfte er grob werden? Keine zwei Stunden blieben ihm, bis die Frist des Polizeidirektors ablief. Wenn Emma Niedermayr mitmachte, schaffte er es vielleicht noch rechtzeitig, Kirsch festnehmen zu lassen. Und dann war es endlich vorbei! Burchtorff würde staunen. Zugetraut hatte es ihm der alte Leuteschinder bestimmt nicht mehr. Doch was kam danach? Wirklich die seit Jahren überfällige Beförderung zum Kommissar? Oder würde ihm der Polizeidirektor doch wieder nur einmal kräftig auf die Schulter klopfen und ihn auf der demütigenden Offiziantenstelle belassen? Wahrscheinlich meinte er, Thiel solle froh sein, in der Position überhaupt in der Stadt bleiben zu dürfen.

Thiel stolperte über ein Holzstück, stützte sich mit den Armen an einer Hauswand ab. Dabei erhaschte er in einer matten Fensterscheibe einen Blick auf sein Gesicht. Ausgezehrt sah es aus, übernächtigt. Plötzlich fühlte er wieder diesen seltsamen Stich in der Magengegend, gerade so wie damals, vor etwas mehr als zwei Jahren, als Betty … Rasch schaute er wieder weg.

Kurz darauf öffnete sich drei Häuser weiter vorn eine Tür. Ein schmaler Lichtstrahl fiel auf die Straße, in dem eine dunkle Gestalt erschien, schlank, hoch gewachsen. Eine echte Dame, dachte Thiel sogleich anerkennend. Selbst im Zwielicht wirkte ihre Erscheinung elegant. Fasziniert beobachtete Thiel sie. Ihre Bewegungen waren fließend, harmonisch. Eine zweite, weitaus zierlichere Frau trat hinter ihr in die Tür. Ihr Auftreten schien ihm ungeschliffener, doch auch sie strahlte etwas aus, das für sie einnahm. Neugierig ging Thiel ein Stück in die Straße hinein, so konnte er die beiden besser sehen. Die Frauen umarmten sich flüchtig, wechselten leise ein paar Worte miteinander. Dann wandte sich die große, elegante Dame ab und verschwand im Dunkel des schlecht beleuchteten

Platzes. Die Zierliche blieb in der offenen Tür stehen. Einige Zeit schaute sie noch der anderen nach.

Bedächtig löste Thiel sich aus seiner Erstarrung und machte zwei Schritte auf die Tür zu. Gleichzeitig wandte die Frau den Kopf. Ihre Blicke trafen sich. Fragend sah sie ihn an. Schon wollte er sich bei ihr nach Emma Niedermayr erkundigen, da flackerte etwas in ihren Augen auf. Sofort war es wieder da, dieses Gefühl von vorhin, als er über Frauen wie seine verstorbene Betty und diese Emma Niedermayr nachgedacht hatte. Er wich zurück. Was hätte Betty dazu gesagt?

Beschämt sah er zu Boden. Nein, so ging das nicht. Er konnte das nicht tun. Hinterher würde er keine Ruhe mehr finden. Wieder schnaufte er. Plötzlich war ihm klar, dass es keine Rolle spielte, ob er Kirschs Fluchthelferin fand. Selbst wenn er sie gerade vor sich hatte, würde er sie nicht mehr nach dem Arbeiterfunktionär fragen. Das war der falsche Weg. Das führte nicht dazu, Riederers Mörder aufzustöbern. Viel zu lange schon beugte er sich dem Druck Burchtorffs, viel zu weit hatte er sich von ihm in eine Sackgasse treiben lassen. Selbst wenn seine Zukunft bei der Münchener Polizei davon abhing: Er durfte nicht gegen seine innersten Überzeugungen handeln. Vor allem anderen musste Thiel sich selbst treu bleiben, wollte er diesen Frauen und besonders dem Andenken an seine verstorbene Betty auch nur annähernd gerecht werden.

Kurz nickte er der Frau zu, dann drehte er sich um und ging langsam weg. Ohne Eile erreichte er die Straße hinunter zur Isar. Lange vor der Zeit war er zurück in der Polizeidirektion. Sicher, Burchtorff würde toben, weil er Kirsch nicht aufgegriffen hatte. Sollte er doch. Es änderte nichts mehr an Thiels Entschluss, endlich einen anderen Weg einzuschlagen. Bedächtig legte er Tschako und Säbel ab und begann, die Uniformjacke aufzuknöpfen.

Sonntag, 1. Mai 1870

Die Glocken an St. Jakob läuteten ihr dröhnendes Sonntagsgeläut. Pünktlich zum ersten Tag des Marienmonats Mai war auch das Frühlingswetter zurückgekehrt. Der wolkenlose Himmel über Dachau präsentierte sich in strahlendem Blau. Die Sonne tauchte die Bürgerhäuser rund um die Pfarrkirche in gleißendes Licht. Zwar mangelte es der Sonne noch an wärmender Kraft, doch allein die Hoffnung auf bessere Tage heiterte schon auf. Gut gelaunt strömten die Gläubigen aus der Kirche, ließen sichtlich erleichtert die mahnenden Worte des Pfarrers hinter sich zurück. Die Frauen scharten sich in kleinen Grüppchen vor dem Gotteshaus zusammen. Ausgelassen schwatzten und scherzten sie miteinander. Im Vorbeigehen lüfteten die Männer ihren Hut zu einem knappen Gruß. Ohne sich lange mit Artigkeiten aufzuhalten, strebten sie auf eine sonntägliche Maß hinüber in die Brauhäuser.

Emma hielt sich abseits im Schatten der knospenden Bäume. Ihr Blick schweifte über die Köpfe der Frauen. Lausbuben ärgerten brav herausgeputzte Mädchen, entrissen ihnen die Blumensträuße, zogen sie an den kunstvoll geflochtenen Zöpfen. Gelegentlich ernteten sie dafür von einer der Frauen eine schallende Ohrfeige. Das spornte sie allerdings nur zu weiteren Schandtaten an.

Immer verzweifelter suchte Emma die Gesichter ab. Es war Sonntag, das Hochamt gerade zu Ende. Unmöglich, dass Christa nicht zur Kirche gegangen war. Hatte sie die Freundin übersehen? Emmas Blick wanderte unruhig umher, tastete eine Frau nach der anderen ab. So sehr konnten sie sich nicht verändert haben. Sie würde sie gewiss gleich wiedererkennen, selbst nach mehr als fünf Jahren noch. Emma spürte, wie es eng in ihrer Kehle wurde. Eine weitere Enttäuschung würde sie nicht mehr ertragen, nicht heute, überhaupt gar nicht mehr! Der kleine Lorenz wurde schwer auf ihrem Arm. Stöhnend ruckte sie ihn etwas nach oben. Alois war wie vom Erdboden verschluckt. Wenn sie jetzt auch Christa nicht fand, dann war alles umsonst. Dann konnte sie gleich aufgeben und mit den Kindern ins Wasser gehen.

»Heim will ich«, quengelte Rosemarie. »Der Vater wartet bestimmt schon auf uns.«

»Wir gehen nicht!«, herrschte Emma das Mädchen an, das daraufhin zu weinen anfing.

»Einen Ausflug machen wir heut«, setzte Emma versöhnlicher nach.

»Wenn ich aber nicht will!« Zornig stampfte Rosemarie auf.

»Wenn du aber musst!«

Emma verlor nun vollends die Geduld. Einzelne Frauen drehten ihre Köpfe zu ihnen, musterten sie neugierig. Am liebsten wäre Emma davongerannt.

»Bist nicht die Dirschwigl Emma, die Schwester vom Alois?« Aus einer Gruppe löste sich eine dicke Frau mittleren Alters und kam auf sie zu. Ihre Schürze war frisch gestärkt, das Brusttuch akkurat gebunden. Die Knöpfe an dem bestickten Mieder blinkten in der Sonne.

»Dass du dich noch hertraust!«, zischte sie, sobald sie dicht vor Emma stand. »Eine Schand ist's, wie du deine Eltern im Stich gelassen hast. So brave Leut! Zugrund gegangen sind die zwei, ganz erbärmlich. Verreckt vor Scham für ihre Tochter, die fort von daheim ist mit einem wildfremden Burschen, einem evangelischen noch dazu! So ein Undank! Pfui!«

Verächtlich spie sie auf den Boden. Schon wollte sie sich wieder abwenden, da entdeckte sie Rosemarie. Ihr Mund verzog sich zu einem Lächeln. Sie streckte die fleischige Hand nach dem Kopf der Kleinen aus. Die versuchte, sich in den Rockfalten ihrer Mutter vor der unheimlichen Frau zu verbergen. Auch Emma trat zwei Schritte zurück, reckte dann aber tapfer das Kinn nach oben. Vor der alten Hexe wollte sie nicht klein beigeben. Die hatte doch keine Ahnung!

»Die Wanninger Christa such ich. Wissen Sie, wo die ist?«, fragte sie betont fest.

»Die Wanninger Christa? Was willst von der?« Die Frau warf

ihr einen abfälligen Blick zu. »Auch so ein Mensch, so ein elendiges!«

Emma hielt ihrem Blick trotzig stand. Das verfehlte nicht seine Wirkung. Die Frau konnte sich nicht so einfach abwenden. Sie musste noch etwas loswerden.

»Wo wird's schon sein? Daheim wird's hocken«, erklärte sie. »Zur Kirch traut die sich bestimmt nicht mehr. Hat sich doch von einem Burschen was anhängen lassen. Ausgerechnet von einem aus Karlsfeld, als ob's in Dachau keine gäb! Aber die jungen Madel von heut, die wissen's ja allemal besser. Eine gute Partie wollen s' machen, wollen immer höher hinaus, als ihnen zusteht. Und hinterher kann ein jeder sehen, was dabei rauskommt. Aber Hochmut kommt auch heutzutag noch vor dem Fall!«

Mit einem Kopfnicken deutete die Frau auf Lorenz und Rosemarie. Trotz ihres strengen Urteils zogen die beiden Kinder ihre Blicke immer wieder auf sich. Plötzlich hellte sich ihre Miene sogar etwas auf. Erstaunlich sanft fügte sie hinzu: »Aber manchmal kommen dabei doch so richtige kleine Engel raus. Als ob der Herrgott es genau so und nicht anders gewollt hätt.«

»Wer weiß schon, was der Herrgott will«, entfuhr es Emma.

Schnell tastete sie nach Rosemaries Hand und eilte davon, am Rathaus vorbei den Karlsberg hinunter. Den Weg kannte sie im Schlaf.

»Nicht so schnell!«, jammerte Rosemarie. »Ich kann nicht mehr.«

Doch Emma kannte kein Erbarmen. Sie wollte rasch zu Christa kommen, ohne noch einmal mit jemandem reden zu müssen und erneut mit Vorwürfen überschüttet zu werden.

Der Weg war lang, länger, als Emma ihn in Erinnerung hatte. Völlig außer Atem erreichten sie schließlich den kleinen Hof. Das winzige Anwesen lag abseits von den anderen Häusern am Rande der Stadt, dort, wo die Wiesen flach in die Ebene ausliefen. Unübersehbar hatte der Hof seine besten Jahre hinter sich. Der Putz bröckelte von den Wänden, das Holz am Giebel war wurmstichig. Längst neigte sich der Balkon im ersten Stock gefährlich zur Seite. Der Platz vor dem Haus wirkte verlassen: kein scharrendes Federvieh, kein kläffender Hund, nicht einmal ein Muhen oder Schweinegrunzen aus dem angrenzenden Stall. Nur eine dürre, graue Katze drückte sich an der Mauer herum. Der kleine Garten direkt neben dem Eingang war verwildert. Hüfthoch stand darin das Gestrüpp.

Emma bemerkte das alles mit Wehmut. Mehr als fünf Jahre war sie nicht mehr hier gewesen. Sie atmete tief durch, setzte Lorenz vom rechten auf den linken Arm hinüber. Klopfenden Herzens pochte sie schließlich an die niedrige Tür. Niemand antwortete. Sie wiederholte das Klopfen, dieses Mal lauter. Als immer noch nichts geschah, drückte sie vorsichtig die gusseiserne Klinke und trat ein.

»Christa?«, rief sie ins Halbdunkel des Flurs.

»Hab Angst«, wisperte Rosemarie. Ihre kleine Hand war eiskalt. Emma drückte sie fest, um ihr Mut zu machen. Dabei wäre sie selbst am liebsten davongelaufen.

»Christa? Bist da?«

Zögernd wagte sie sich in den Flur, spähte in die Stube auf der rechten Seite. Niemand da. Emma lief weiter in den Flur hinein. Der Steinboden war ordentlich gefegt. Kein Sand, kein Stroh lag auf den Platten, alles wirkte seltsam unberührt. Kaum wagte sie, ihre schäbigen Schuhe auf den Boden zu setzen. Vielleicht lag es auch an dem Geruch. Neugierig schnupperte sie in die Luft. Ja, richtig, das war es: Es roch nach Seife, nicht nach Heu und Mist, faulendem Obst oder Vieh.

Beunruhigt ging sie weiter. Die Küche lag am hinteren Ende. Durch ein kleines Fenster in der Tür gleich daneben fiel Sonnenlicht herein. Ihr war, als ginge sie auf ein alles überstrahlendes Licht zu.

»Emma?«

Sie zuckte zusammen. Sie hatte gar nicht bemerkt, dass jemand aus der Küche herausgetreten war. Tatsächlich: Da stand Christa! Am liebsten wäre sie auf sie zugesprungen, hätte sie umarmt, geherzt und herumgewirbelt. Stattdessen blieb sie wie angewurzelt stehen. Der Kleine auf ihrem Arm seufzte auf.

Zögernd wischte Christa sich die Hände an ihrer Schürze ab, Finger für Finger. Die Frau hatte Recht gehabt: Ihr Zustand war ihr sofort anzusehen. Der ganze Leib war schwer geworden, selbst das Gesicht wirkte aufgedunsen. Das Haar trug sie streng zurückgekämmt. Es war fast ganz unter einem weißen Kopftuch verborgen. Die hellen Augen blickten müde. Zwei tiefe Furchen hatten sich in den Mundwinkeln eingegraben. Emma erschrak. Da war keine Spur mehr von dem zarten, jungen Mädchen, das sie in Erinnerung hatte.

»Sind das deine?«, fragte Christa mit einem knappen Nicken auf die Kinder. »Schauen dürr aus. Kommt rein.«

Mit wiegenden Schritten ging sie voraus in die Küche. Emma griff nach Rosemaries Hand und folgte ihr.

Von zwei Seiten fiel Sonnenlicht in den niedrigen Raum. Die kleinen Fenster waren sauber geputzt, die karierten Vorhänge frisch gestärkt. Überall in der Küche herrschte penible Reinlichkeit und Ordnung. Auf der Ofenstange trockneten Strümpfe und Tücher nach Größe sortiert nebeneinander, das Geschirr in den Regalen war ordentlich aufgereiht, der große Holztisch vor der Bank blank gewienert. Im Herrgottswinkel steckte ein frischer Palmzweig am Kreuz, vor dem Bild der Muttergottes standen ein kleiner Strauß mit ersten Frühlingsblumen und eine Kerze.

»Setzt euch«, sagte Christa und schob einen Stapel sauberer Wäsche zur Seite. »Wollt ihr was essen? Viel ist nicht da.«

Sie watschelte zu einem Korb in der Ecke. Mühsam bückte sie sich und suchte darin herum. Ein süßlicher Geruch zog herüber, mischte sich mit dem von Seife, dicken Suppen und Haferbrei. Im Herd flackerte ein Feuer. Wasser kochte obendrauf in einem Topf, schwappte auf die Platte und verdampfte zischend auf der glühenden Eisenplatte. Die Wärme war kaum auszuhalten. Emma war es, als schnüre sie ihr den Atem ab.

Mit zwei kleinen angefaulten Äpfeln vom letzten Herbst kam Christa zurück. Rosemarie strahlte, als sie das Obst erblickte. Gierig begann sie daran zu knabbern.

»Hat wohl lang nichts mehr gekriegt«, stellte Christa fest und strich der Kleinen lächelnd übers Haar. Dabei entblößte sie eine Reihe brauner Zähne.

»Was ist?«, fragte Emma.

»Das brauchst nicht fragen«, Christa lächelte weiter, »ganz

deutlich anzusehen ist's mir doch schon. Reingefallen bin ich, ganz bös anschmieren hab ich mich lassen! Dabei hätt ich gleich vorsichtig sein sollen, als der Moser zu mir kam. Ein echter Brautwerber, bei mir auf dem Hof! Wo doch alle wissen, dass bei mir nichts zu holen ist. Die Eltern haben nicht viel gehabt, ich allein hab nach ihrem Tod noch weniger draus machen können. Dass ich nicht gleich misstrauisch geworden bin! Stattdessen bin ich auf Mosers Werben reingefallen.«

Sie schob Emma zur Bank und setzte sich neben sie. Ihr Atem ging kurz, sie fuhr zärtlich mit der Hand über die Wölbung des Bauchs und schnaufte.

»Für einen Bauern in Karlsfeld wollt der Moser mich werben. Auf dem Hof hat's ganz besondere Umstände gegeben: Immerzu hat die Mutter die Frauen fortgejagt, die ihrem Bub zu nahe gekommen sind. Keine war ihr gut genug für den Bub. Pah! ›Bub‹ ist gut. Ein ausgewachsenes Mannsbild ist das, ganz ein richtiges! Wie er fünfunddreißig geworden ist, hat seine Mutter es auf einmal gar nicht mehr abwarten können, dass er doch noch einen Erben in die Welt setzt. Natürlich waren die guten Partien allesamt schon weg. So ist der Moser auf mich gekommen. Ich hab zwar nicht viel, bin aber gesund und kann noch ein ganzes Dutzend Erben zur Welt bringen. Genau das, was die Bäuerin haben wollt. Einig sind wir uns deshalb gleich gewesen. Für mich war's ein guter Handel, der ›Bub‹ war auch gleich einverstanden, und sie hat sowieso auf was ganz anderes spekuliert als auf meinen mickrigen Acker. Ganz unter uns«, sie zog Emma dichter an sich heran, »am liebsten wär sie wohl noch selbst mit in meine Kammer gestiegen. Hätt wohl nur zu gern zugeschaut, ob der Bub's wirklich zuwege bringt. So recht hat sie ihm nämlich gar nichts zutrauen wollen, nicht mal das Kinderzeugen!«

»Christa!«, wies Emma sie mahnend zurecht und wies mit dem Kopf auf Rosemarie.

Die aber hörte ihnen gar nicht zu. Zu beschäftigt war sie mit ihrem Apfel, als dass sie etwas von ihrer Unterhaltung belauschen wollte. Lorenz schlief auf Emmas Arm.

Christa fuhr fort: »Sobald meine Umständ klar gewesen sind, haben sie mir die Hochzeit in die Hand rein versprochen. Du weißt ja, wie das geht: Wochenlang hab ich dann auf ihrem Hof mitschuften dürfen und bei mir daheim ist alles liegen geblieben. Auf einmal aber hat er mich dann doch sitzen lassen, der feine ›Bub‹ aus Karlsfeld. Warum genau, hat er mir bis heut nicht gesagt. Seine Frau Mutter erzählt jetzt überall rum, ich wollt ihm das Kind unterschieben. Wahrscheinlich hat sie auf einmal doch Angst vorm Austrag gekriegt. Da kann sie ja nicht mehr so viel bestimmen auf dem Hof. Oder sie hat doch noch eine andere gefunden für ihn mit einem größeren Acker und breiteren Hüften. Als ob sie noch groß wählerisch sein dürft. Ihr sauberer Herr Sohn ist nämlich schon reichlich schwerfällig. Lang ist das kein Vergnügen mehr mit dem, das kannst mir glauben!«

Sie zwinkerte Emma zu, dann prustete sie los vor Lachen. »Ich hoff nur, dass es ein Bub wird mit genauso großen Eselsohren wie die von seinem feinen Herrn Papa. Oder ein Madel mit Glupschaugen wie die von seiner Großmutter! Da wird's die Alte schwer haben zu erklären, warum der Bankert ihnen wie aus dem Gesicht geschnitten ist!«

Wieder stieß sie ein meckerndes Lachen aus, entblößte ihr schlechtes Gebiss. Bei diesem Anblick beschlich Emma ein seltsames Gefühl.

»Wovon lebst jetzt?«, fragte sie.

»Erst hab ich die Kuh, dann die Hühner und zum Schluss die Ziege verkauft. Über den Winter hat's mir gelangt. Mal schauen, wie's im nächsten Jahr wird.«

»Was ist mit dir?«, fragte sie nach einer kurzen Pause. »Warum bist zurückgekommen? Hat dein Georg dich sitzen lassen? Oder bist selbst vor ihm davongerannt? Die Schneidergesellen treiben's grad ganz arg bei euch in der Stadt, was? Dein Georg ist doch auch einer von den Gewerkschaftern, oder?«

»Nein, jetzt nicht mehr«, sagte Emma leise. »Tot ist er jetzt.«

»Was?«

Christa riss die Augen auf, Emma nickte bestätigend.

»Zu Tod geschuftet hat er sich, sein Meister hat halt gespart an allem. Ganz eng beieinander haben sie in der Werkstatt immer hocken müssen, ein jeder hat den andern angesteckt mit allem. Zugig und feucht ist's obendrein noch gewesen, von den geplätteten

Stoffen und weil's reingeregnet hat und ein jeder geschwitzt und gefiebert hat und was weiß ich. Erst hat der Georg einen Husten gekriegt, dann ist Fieber dazugekommen. Doch daheim bleiben konnt er nicht, bezahlt worden sind ihm natürlich nur die Tag, an denen er gearbeitet hat, von sieben in der Früh bis spät auf die Nacht. Es ist immer schlimmer geworden bei ihm, bis er dann irgendwann gar nicht mehr hat hingehen können. Und einen Doktor haben wir uns auch nicht leisten können.«

Christa senkte den Kopf, strich sich über ihren dicken Leib, sagte lange nichts.

»Was willst jetzt tun?«, fragte sie endlich. »Helfen kann ich dir auch nicht viel, hab ja selbst kaum was.«

»Weiß ich. Drum bin ich auch gar nicht gekommen. Keinen will ich mehr um was bitten.« Sie drückte die Hand ihrer Freundin. »Am wenigsten dich. Trotzdem kannst was für mich tun. Kostet dich nichts, ist nur ein ganz kleiner Gefallen.«

Argwöhnisch runzelte Christa die Stirn. Selbst von ihrer besten Freundin schien sie nicht mehr viel Gutes zu erwarten. Emma zögerte zunächst, dann aber fasste sie sich ein Herz. Sie hatte keine Wahl, sie musste es probieren. Es war ihre letzte Chance.

»Nur einmal rübergehen zum Onkel müsst für mich und schauen, wo der Alois steckt. Mit dem muss ich reden, heut noch, wenn's geht.«

Christa seufzte.

»Ist nur ein kleiner Gang«, begann Emma zu flehen, »aber viel hängt für mich dran.«

Als die Freundin immer noch nichts sagte, verlegte sie sich aufs Betteln: »Bitte! Weißt doch selbst, dass ich mich bei den Dirschwigls nicht mehr blicken lassen kann. Die Hund jagen s' auf mich, wenn ich auch nur ganz in der Fern vom Hof auftauch.«

»Was meinst, wie's mir grad geht?«

Wieder strich sie über ihren gewölbten Bauch. Emma begann zu zittern.

Nach einer Weile hatte Christa ein Einsehen: »Was hast so Dringendes mit deinem Bruder zum Bereden?«

»Das ist eine ziemlich lange Geschicht.«

»Wenn du willst, dass ich für dich nübergeh, musst mir vorher schon alles genau sagen. Sonst rühr ich mich nicht von der Stell!«

Entschlossen verschränkte Christa die Arme vor ihrem Leib. Emma musterte ihr Gesicht. Christa sah ihr geradewegs in die Augen und rührte sich tatsächlich nicht. Rasch vergewisserte sich Emma, dass Rosemarie noch auf der Ofenbank mit ihrem Apfel beschäftigt war. Dann legte sie Lorenz auf dem kleinen Fleckerlteppich zu ihren Füßen ab. Er schnaubte leicht. Sie setzte sich wieder zu ihrer Freundin, nahm deren Hand und begann zu erzählen.

Das Essen hatte hervorragend geschmeckt. Zufrieden wischte Thiel sich über die Lippen. Der Braten war zart gewesen, saftig, aber nicht zu fett, die Knödel locker, das Kraut würzig. Seine Schwester Lucia war eine ausgezeichnete Köchin. Kein Wunder, dass sein Schwager Gustl mit den Jahren trotz der harten Arbeit auf dem Hof Speck ansetzte. Schmunzelnd nahm Thiel einen Schluck Bier.

»Was gibt's Neues bei euch in der Stadt?«

Gustl schien es ebenfalls geschmeckt zu haben. Bis auf den letzten Rest hatte er die dunkle Soße mit einem Stück Brot aufgetunkt. Vorsichtig schob er den Teller in die Tischmitte und stützte die kräftigen Unterarme auf den Tisch. Seine riesigen Bauernhände wirkten fremd neben dem zierlichen Festtagsgeschirr.

Der zwölfjährige Xaver sah mit großen Augen zwischen den erwachsenen Männern hin und her, warf einen verstohlenen Blick auf seine Tante. Thiel beobachtete seinen halbwüchsigen Sohn. Im Gegensatz zu den Erwachsenen war der Bub noch lange nicht satt. Lucia machte jedoch keine Anstalten, ihm eine weitere Portion zukommen zu lassen. Veronika stupste ihren großen Bruder an. Sie hatte ihm etwas übrig gelassen. Heimlich tauschten die beiden ihre Teller aus. Ein stechender Schmerz fuhr Thiel durch die Eingeweide.

Thiels Schwester Lucia thronte am unteren Ende des Tisches. Sie war ein paar Jahre älter als er. Die Familienähnlichkeit zwischen ihnen war kaum zu übersehen: Auch sie hatte pechschwarzes, dickes Haar und tiefdunkle Augen, beides ein Erbe der italienischen Vorfahren mütterlicherseits. Ihr längliches Gesicht wirkte streng, egal, wie sie schaute. Vielleicht lag es auch an ihrer betont aufrechten Haltung. Kaum ließ sie sich eine Gefühlsregung anmerken. So verzog sie auch jetzt keine Miene. Man konnte nicht sicher sein, ob sie den heimlichen Tellertausch bemerkt hatte oder nicht.

»Hier draußen bei uns wird viel von den Sozialdemokraten und den Gewerkschaftern bei euch in der Stadt geredet«, fing Thiels Schwager an. »Stimmt's, dass die Schneidergesellen schon seit über drei Wochen nichts mehr arbeiten?«

Thiel bejahte, noch immer versunken in den Anblick seiner Kinder und seiner Schwester.

»Ich weiß nicht, ob das der rechte Weg ist«, fuhr Gustl unterdessen fort. »Kann schon sein, dass es anderswo schlimm bestellt ist um die einfachen Arbeiter, dass die Meister und Fabrikbesitzer ihre Leut schinden bis zum Letzten. Aber bei uns in Bayern ist's doch lang noch nicht so weit. Schau dir doch nur an, wie's um uns auf dem Land bestellt ist. In Prien gibt's nicht viel. Ein jeder hofft, dass die Eisenbahn endlich was Besseres bringt. Zehn Jahre fährt s' schon, viel getan hat sich seither aber nicht. Jetzt hoffen s' alle auf die Bahn nach Salzburg. Sei's drum: Irgendwann einmal werden die heiß ersehnten Fremden wohl schon noch kommen, unsern schönen See bewundern, die Landschaft angaffen. Was weiß ich, was die feinen Leute hier draußen wollen. Hauptsache, uns bringt's ein bisschen Geld. Bis es so weit ist, rackert sich ein jeder weiter ab, egal, ob Meister oder Geselle, ob Bauer oder Knecht. Ein jeder ist einfach froh, wenn er was zum Beißen hat. Eins sag ich dir, Severin: Wenn die Gesellen streiken, bringen sie sich damit am End nur selbst um ihre Arbeit.«

In seinen Augen funkelte es angriffslustig. Sein rundes Gesicht war gerötet. Das Blut stieg ihm leicht zu Kopf.

»So einfach ist das alles nicht«, murmelte Thiel.

»Einfach genug, um zu sehen, dass das alles ein Schmarren ist«, erhob sich Lucia entschlossen vom Tisch. »Das begreift doch ein jeder!«

Damit schien für sie alles gesagt. Veronika begann, den Tisch abzuräumen. Mit Argusaugen wachte die Tante über jeden ihrer Handgriffe. Auch Thiel beobachtete die Zehnjährige. Auf eine weitere Kopfbewegung von Lucia verschwanden Veronika und ihr Bruder in die angrenzende Küche.

Lucia setzte sich wieder an den Tisch. Das Ticken der Standuhr füllte den Raum. Thiel wurde das Schweigen lang, dennoch sagte er nichts. Die Stube war herausgeputzt, wie immer, wenn er aus der Stadt zu Besuch kam. Er wusste das sehr wohl zu schätzen, war aber unsicher, wie er das zeigen sollte.

»Wie geht's bei dir voran?«, erkundigte sich Lucia mitten in seine Gedanken hinein.

»Lass«, knurrte Gustl und sah unwirsch zum Fenster hinaus.

»Drängen will ich dich nicht, Severin«, redete sie weiter, »aber die Kinder werden schneller größer, als man denkt. Veronika braucht ein neues Gewand für den Sonntag, das Kommunionkleid hat's jetzt lang genug aufgetragen. Und Xaver schießt auch aus allem raus. Kurze Hosen kann er sowieso nicht mehr anziehen, vor allem, wenn du ihn wirklich weiter auf die Schule schicken willst. Bei uns auf dem Hof könnt er dagegen was Gescheites lernen. Weißt ja selbst, was einem die höhere Bildung bringt. Was Praktisches schadet dagegen nie, das wird immer gebraucht.«

Ihr Ton duldete keinen Widerspruch. Natürlich wusste Thiel, dass er seiner Schwester und ihrem Mann dankbar sein musste, doch noch waren es seine Kinder. Noch war er für die beiden verantwortlich. Ein Blick auf den Schwager signalisierte ihm jedoch, vorerst besser einzulenken.

»Magst Recht haben, aber es hat noch ein bisschen Zeit, das mit der Schul für den Xaver zu entscheiden.«

»Wie du meinst.« Lucia ließ die Augen nicht von ihm. »Ich hab halt nur gedacht, dass es leichter für dich wär, wenn der Xaver auch ein bisschen was dazuverdient. So kostet er dich immerzu was, aber das scheint für dich keine Rolle zu spielen. Dann nehm ich an, ist deine Beförderung zum Kommissar endlich durch. Schön für dich, gratuliere!«

Thiel sah nach unten, auf das frisch gestärkte Tischtuch. Wie sollte er ihr die Wahrheit beibringen?

»Kommissar bin ich nicht worden«, setzte er heiser an.

»Was?«, fragten Lucia und ihr Mann gleichzeitig.

»Das geht doch nicht mit rechten Dingen zu!«, entrüstete sich seine Schwester schließlich laut. »Seit Jahren vertröstet dich der Polizeidirektor, deine Beförderung ist längst überfällig.«

»Schweig«, herrschte Gustl sie an. »Was soll er tun? Weißt genau, dass er's nehmen muss, wie's ist. Wir kommen schon klar, nagen ja weiß Gott nicht am Hungertuch. 's wird einen Weg geben, auch ohne dass der Bub von der Schul muss. Irgendwann wird der Severin schon noch Kommissar werden.«

»Das wohl nicht mehr«, stellte Thiel fest.

»Kann mir schon denken, woran's liegt«, brach es aus Lucia mit bitterem Ton heraus. »Warst wieder so viel auf den Versammlungen, was? Hast wieder so viel gehört bei den Gewerkschaftern. Hast am Ende deinen Mund nicht halten können. Ich kenn dich doch, Severin!«

»Schweig endlich«, wies Gustl sie abermals zurecht.

»Dass du's dir immer selbst verdirbst«, raunzte sie und schüttelte den Kopf.

»Vielleicht geschieht's doch noch«, versuchte sein Schwager, ihn aufzuheitern, und schlug ihm kameradschaftlich auf die Schulter. »Gut Ding will Weile haben, nach allem, was man hört, bei den Behörden ganz besonders.«

Noch einmal klopfte er ihm auf die Schulter, ließ seine Hand dieses Mal etwas länger liegen. Lucia hatte längst die Augen zu schmalen Schlitzen zusammengekniffen und die Stirn in Falten gelegt.

»Was ist? Sag's uns lieber gleich«, drängte sie. »Bist degradiert?«

»So ähnlich«, antwortete er leise.

Unerbittlich erinnerte das Ticken der Uhr daran, wie die Zeit verrann. Aus der Küche drang Geschirrklappern herüber, Kinder lachten, eine Frau sang. Vor dem Fenster der Stube gurrten Tauben.

Nervös knetete er an seinen Fingern herum. Längst traute er sich nicht mehr, seine Schwester anzusehen. Plötzlich war sie wieder die Große, Ehrfurcht Einflößende, die ihn, den kleinen Buben, nach einer Dummheit zur Rede stellte. Dass sich das nie änderte.

»Erzähl halt, wie's ist. Wir rühren uns schon, wenn wir zu dumm sind, was zu begreifen. Wir haben ja nur Volksschule«, bemerkte sie spitz.

»Warum fängst wieder damit an? Ich kann nichts dafür, dass ich aufs Gymnasium bin. Der Vater hat's so haben wollen. Der Konstantin hätt alles erben sollen, für zwei war im Geschäft kein Platz. Dass hinterher alles anders gekommen ist, ist nicht meine Schuld.«

»Überhaupt nie ist was deine Schuld«, entgegnete Lucia nicht weniger aufgebracht. »Bis auf den heutigen Tag nicht. Gleich sagst uns, dass es auch nicht deine Schuld ist, wenn der Herr Polizeidirektor dich nicht weiter befördert. 's liegt ja nie an dir, immer nur an den andern!«

Sichtlich verärgert schlug Gustl mit der flachen Hand auf den Tisch.

»Schweig still und lass deinen Bruder reden!«

Thiel hob kurz eine Augenbraue, schnaufte. Ihm blieb keine Wahl, er musste ihnen alles erzählen, vorher würden sie keine Ruhe geben.

»Ihr wisst von meinem Sonderauftrag«, begann er schleppend. »Seit Monaten sitz ich für den Polizeidirektor in den Versammlungen, schreib auf, was sich beim Arbeiterverein tut.«

Es kostete ihn viel Mühe und noch mehr Worte zu schildern, was sich seit letztem Montag zugetragen und gestern Abend mit seinem freiwilligen Ausscheiden aus dem Polizeidienst geendet hatte.

»Ich konnt nicht anders«, schloss er seinen Bericht. »Der Polizeidirektor hat gedroht, mich zum einfachen Wachdienst irgendwo aufs Land zu schicken. Das halt ich nicht aus. Da bin ich lieber gleich ganz gegangen. Glaubt mir, leichtgefallen ist's mir grad nicht.«

Er legte eine Pause ein. Wenn er die Augen schloss, sah er die beiden Frauen von gestern Abend vor sich. Dazwischen schob sich Bettys lächelndes Gesicht, verdrängte den Blick, den die jüngere der beiden Frauen ihm zugeworfen hatte. Betty sah sehr zufrieden aus.

Gustl klopfte ihm erneut auf die Schulter. Lucia hielt die Lippen fest aufeinandergepresst.

»Was hätt ich andres tun sollen?«, fragte Thiel lauter. »Die arme Frau befragen? So kurz nach dem Tod von ihrem Mann? Die hat grad anderes im Sinn als die Burschen vom Arbeiterverein. Wer sagt mir denn, ob sie den Kirsch überhaupt versteckt hat? Wie denn auch, mit zwei kleinen Kindern und einem im Sterben liegenden Mann? Warum hätt ich sie also in dieser schweren Stunde belästigen sollen? Nur, um dem Polizeidirektor einen Schuldigen zu präsentieren? Wo der dann aller Wahrscheinlichkeit nach gar nicht der Täter ist?«

Die letzten Sätze brüllte er fast. Lucia legte die Finger auf die Lippen und wies mit dem Kopf zur Küchentür hinüber, der Schwager nickte immer nur zustimmend.

»Kruzifix!«, entfuhr es ihm plötzlich.

Wieder füllte eine ganze Zeit lang allein das Ticken der Uhr die Stube aus.

»Ich weiß nicht«, meldete sich seine Schwester endlich zu Wort. »Sicher ist's deine Christenpflicht, keine Unschuldigen zu beschuldigen, wenn du's besser weißt. Aber wenn die Ladnerin und dieser Herr den Mann vom Arbeiterverein gesehen haben, schaut der für mich gar nicht so unschuldig aus. Da frag ich mich, was du noch willst, um zu sehen, was er angestellt hat. Als Polizist hast außerdem einen Eid geschworen, immer deine Pflicht zu tun. Wenn der Herr Polizeidirektor dich beauftragt, den Mann zu verhaften, musst es tun. Hast ja auch Familie. An deine Kinder musst zuerst denken, nicht an die anderen. Wenn du deine Stellung bei der Polizei nicht mehr hast, wie willst dann weiter für die Kinder sorgen? Haben ja schon keine Mutter mehr!«

»Dass du immer gleich fürchtest, die Kinder vom Severin stehen auf der Straße!«, fuhr Gustl auf. »Wir sind doch auch noch da. Drei Töchter haben wir schon großgezogen, da werden wir die Veronika und den Xaver auch noch groß kriegen. Wichtig ist doch, dass dein Bruder sich nicht versündigt. Nicht vor sich selbst, nicht vor seinen Kindern und nicht vor Gott. Der Severin hat schon Recht. Solang er sich nicht wirklich sicher ist, ob dieser Kirsch der Mörder ist, darf er ihn nicht zu schnell ans Messer liefern. Die andern Möglichkeiten muss er vorher wenigstens auch durchgehen. Sein Lebtag wird er sonst nicht mehr froh, wenn er eines Tags doch noch den richtigen Mörder findet.«

»Was heißt hier, ›wenn er eines Tags doch noch den richtigen Mörder findet‹?«, fuhr Lucia auf. »Gar niemanden wird er mehr finden, weil er gar nicht mehr suchen wird. Hast doch selbst gehört, dass er die Uniform abgegeben hat.«

Gustl winkte ab: »Das verstehst nicht, das kannst gar nicht verstehen als Frau.«

»Der Gustl hat schon Recht«, erklärte Thiel. »Solang der Fall nicht geklärt ist, bleib ich dran. Es kann nicht angehen, dass ein Mörder ungestraft davonkommt.«

»Und wenn du dich in was verrennst?«, fragte sie. »Wenn der Kirsch es doch gewesen ist?«

»Dann hab ich wenigstens alles versucht«, erwiderte er.

Sie warf ihm einen prüfenden Blick zu, erhob sich von ihrem Platz. Ein Sonnenstrahl verfing sich in ihrem dunklen Schopf. Zwischen den schwarzen Strähnen blitzte es hell auf. Ein weißes Haar! Verwundert starrte Thiel darauf.

»Kannst dich auf uns verlassen, Severin«, versprach Gustl von der anderen Seite des Tisches herüber. »Die Kinder sind bei uns gut aufgehoben, egal, was ist. Mach einfach, was du für richtig hältst.«

»Danke dir, Gustl.« Thiel schluckte gerührt. »So, wie's ausschaut, bleibt mir nimmer viel Zeit. Sie werden den Kirsch gewiss schon bald haben.«

Das Warten wurde ihr lang. Ungeduldig ging Emma in der Küche hin und her. Einmal blieb sie vor dem Ofen stehen, streckte die Hände über die Platte aus. Jetzt am Abend, wo es kühler geworden war, tat die Wärme gut. Schnell rieb sie die Handflächen gegeneinander. Wohlig fühlte sie es in den Fingerspitzen kribbeln.

Rosemarie saß still in einer Ecke der Ofenbank und spielte mit der Puppe aus alten Stofffetzen, ihrem größten Schatz. Sie nahm sie überallhin mit. Lorenz schlief noch immer auf dem Boden. Besorgt blickte Emma auf ihn hinunter. Sein Atem ging regelmäßig. Es bestand kein Grund zur Sorge. Sie musste aufhören, immer gleich das Schlimmste zu befürchten. Nach Georgs Tod hatte sie schon genug durchzustehen.

Sie reckte sich zu einem der niedrigen Fenster hinüber. Am

Horizont versank die Sonne als glühender Ball. Ein hellroter Streifen zog sich über den Himmel. Die Felder leuchteten. Die frisch aufgeblühten Bäume wiegten sacht im Wind.

Wo Christa nur blieb? Weit und breit war nichts von ihr zu entdecken. Langsam machte Emma sich Sorgen. Es war nicht recht gewesen, die Freundin mit hineinzuziehen. In ihrem Zustand ans andere Ende von Dachau zu marschieren, das war eine Zumutung! Emma hätte sich doch selbst auf den Weg machen sollen. Was hätte der Onkel ihr schon antun können? Der durfte sich nicht anmaßen, über sie zu urteilen, geschweige denn, sie vom Hof zu jagen. Was damals vorgefallen war, ging ihn nichts an. Das war allein eine Sache zwischen den Eltern und ihr gewesen. Das Knarren von Holz riss sie aus ihren Gedanken. Ihr Herz begann zu rasen.

»Hab Angst!« Flink wie eine Katze sprang Rosemarie zu ihr und presste sich fest an sie. Die Kleine zitterte am ganzen Leib. Emma strich ihr über den Kopf. Ihr fehlte die Kraft, etwas Beruhigendes zu sagen. Sie fürchtete sich auf einmal selbst. In dem fremden Haus knarrte und knackte es überall. Die Dämmerung verwandelte die Küche in eine Furcht einflößende, schummrige Höhle.

Bald war Emma sicher, dass sie sich getäuscht hatten. Vielleicht war eine Katze gegen die Tür gesprungen. Oder eine Maus übers Gebälk getrippelt. Rosemarie hatte den Schreck bereits vergessen. Ganz versunken spielte sie auf der Ofenbank wieder mit ihrer Puppe.

»Hab Hunger. Darf ich noch einen Apfel haben?«, fragte sie schließlich mit ihrem hellen Stimmchen.

»Gewiss«, antwortete Emma. Sie suchte nach einem langen Holzspan, um die Lampe auf dem Tisch anzuzünden.

In der niedrigen Küche wurde es immer dunkler. Das Licht der kleinen Gaslampe beleuchtete einen Kranz rund um den Tisch. Bald kauerten sich Emma und Rosemarie auf der Bank zusammen. Um ihre Tochter zum Schlafen zu bringen, begann Emma Märchen zu erzählen.

»Emma?«

Sie schreckte hoch. Über dem Erzählen war sie wohl selbst eingeschlafen. Benommen rieb sie sich die Augen. Der Nacken schmerzte. Sie streckte sich und sah zur Tür. Dort stand Christa. Ihre Wangen glühten, die Augen strahlten.

»Schau, wen ich dir mitgebracht hab!«

Triumphierend zog sie Alois hinter sich in die Küche.

Lange lagen sich die Geschwister in den Armen. Am liebsten hätte Emma den Bruder nie mehr losgelassen. Er hatte seine kräftigen Arme schützend um sie geschlungen. Immer tiefer drückte sie sich in sie hinein. Beglückt sog sie den Geruch nach Backstube, Wärme, unendlicher Geborgenheit ein, der in seinen Kleidern steckte. Sie konnte gar nicht genug davon bekommen.

Christa brachte unterdessen die Kinder nach nebenan in die Kammer. Emma und Alois waren allein.

»Der Georg ist also tot«, sagte Alois schließlich und löste behutsam seine Arme von Emma. »Ganz allein bist dann jetzt mit den Kindern.«

Leicht nach vorn gebeugt, schlurfte er zum Tisch, ließ sich auf der Bank nieder. Sein breiter Nacken und der mächtige Rücken spiegelten sich in der Fensterscheibe. Nachdenklich fuhr er sich mit der Hand durchs Gesicht, starrte in das flackernde Licht der Lampe. Die Tränensäcke unter seinen Augen schienen noch dicker als sonst.

Emma setzte sich ihm gegenüber und griff nach seiner anderen Hand. Ihre Finger wirkten winzig neben den seinen, die Haut umso rissiger und zerstochener.

»Ich brauch dich!« Sie drückte seine Fingerspitzen und suchte seinen Blick. »Bist jetzt der einzige Mann in meiner Familie. Auf dich muss ich mich verlassen können.«

Bedächtig nickte Alois.

»Wichtig ist, dass die Geschicht mit dem Tod vom Riederer rasch geklärt wird.« Ihr schien, als zucke er bei ihren Worten leicht zusammen. Als sie ihn genauer musterte, saß er allerdings genauso reglos da wie vorher. »In einer großen Schuld steh ich deswegen noch bei einem.«

Wieder antwortete er nur mit einem Nicken. Dieses Mal allerdings wirkte es verständnislos.

»Erinnerst dich an den Kirsch?«

»Ja«, brummte er. Und als sie ihn eindrücklicher ansah, ergänzte er: »So lang ist's nicht her, dass der bei euch neben mir geschlafen hat.«

Es war seiner Stimme deutlich anzuhören, dass ihm der Gedanke nicht sonderlich behagte. Emma drückte noch einmal seine Finger und ließ ihn nicht aus den Augen.

»Was ist mit dem?«, knurrte er schließlich.

»Die Polizei sucht ihn«, erwiderte sie. Sie wandte die Augen von ihm ab.

Alois schwieg zunächst, dann platzte es aus ihm heraus: »Hab ich mir gleich gedacht!«

»Was?«

Nun war es an Emma, ihn erstaunt anzuschauen. Doch er sagte nichts mehr.

»Ein Freund vom Georg ist er gewesen«, erklärte sie. »Die müssen sich irren. Ein schlechter Mensch wird er schon nicht sein, glaub mir.«

»Was machst dir um den Gedanken? Hast jetzt grad ganz andere Sorgen«, brummte Alois.

»Mag sein«, wich sie aus, »aber eins hängt mit dem anderen zusammen. Drum kann ich den Kirsch nicht hängen lassen.«

»Warum?«

»Weil ich ein Schaf bin!« Ungeduldig brauste Emma auf. »Weil ich manchmal erst etwas tu und dann anfang, drüber nachzudenken.«

Jetzt griff der Bruder nach ihrer Hand und streichelte sie zärtlich. Sie genoss die ungewohnte Nähe, dann aber seufzte sie auf und setzte nach: »Bei dir ist's doch auch nicht anders«

Er senkte den Blick, doch sie ließ nicht locker: »Denk nur mal an den Riederer. Als der dir blöd gekommen ist, hast auch erst mal zugeschlagen, und hinterher hast's bitter bereut.«

Vorsichtig zog er seine Finger zurück, löste einen nach dem anderen aus ihrer Hand.

»Alois, warum bist am Abend noch mal zu dem Riederer hin? Einer von den Schneidern hat dich vor dem Laden gesehen. Selbst gesagt hat er's mir. Wenn er das auch der Polizei sagt, dann …«

»Was dann?«, schrie Alois auf.

Erschrocken duckte sich Emma. Sein wutverzerrtes Gesicht ließ nichts Gutes ahnen.

»Was willst machen?«, polterte er weiter. Spucke spritzte dabei aus seinem Mund. »Nichts kannst machen. Du nicht! Eine Frau bist, mehr nicht. Gar nichts kannst tun dabei! Und eins lass dir noch gesagt sein: Das ist meine Sache, ganz allein meine! Darum kümmer ich mich selbst.«

Kräftig schlug er mit der Faust auf den Tisch. Eine Weile noch hing er dicht vor ihr über dem Tisch, schaute sie einfach nur böse an. Emma wagte nicht, sich zu rühren. Sie kämpfte mit den Tränen. Was meinte er damit? Wie konnte sie ihn davon abbringen, wieder eine Dummheit zu begehen? Wer weiß, ob es wirklich nur Dummheiten waren? So blind vor Zorn schien er zu allem fähig. Binnen Sekunden fiel seine Wut in sich zusammen. Verwundert beobachtete Emma diese Veränderung.

Eine ganze Weile schwiegen sie. Dann fasste Emma sich ein Herz und begann noch einmal: »Hast den Kirsch bei uns zum ersten Mal getroffen?«

Alois nickte. Daraus schöpfte sie neuen Mut.

»Was habt ihr in der Nacht noch miteinander gered't?«

Erneut wich er ihren Augen aus, sah dieses Mal zum Fenster an der Seite. Emma folgte seinem Blick, entdeckte sein Spiegelbild in der dunklen Scheibe. Mehrmals fuhr er sich mit der Zunge über die Lippen.

»Weiß nicht«, erwiderte er schließlich erstaunlich ruhig. »Ausgefragt hat er mich. Ganz genau wissen wollen hat er alles von mir.«

»Was?«, hakte sie nach. »Was hat er ganz genau von dir wissen wollen?«

»Was wir zwei, du und ich, am Montag beim Riederer gewollt haben.«

»Woher hat er überhaupt gewusst, dass wir beim Riederer waren?«

»Von mir. Ich hab's ihm gesagt.«

»Was hast ihm gesagt?«, fragte sie drängender. »Hast ihm etwa gesagt, dass wir zwei mit dem Riederer einen Streit gehabt haben?«

Wieder nickte Alois stumm. Inzwischen hielt er den Kopf gesenkt, als fände er auf der Tischplatte einen wertvollen Rat, wie er sich weiter verhalten sollte.

»Hast ihm etwa auch gesagt, dass du den Riederer niedergeschlagen hast?« Emmas Stimme überschlug sich. Sie war kurz davor, laut loszuschreien. Sobald ihr das bewusst wurde, hielt sie inne. Nervös strich sie sich über Gesicht und Haar. Sie brauchte einen Moment, bis sie sich wieder so weit im Griff hatte, dass sie in normaler Lautstärke sprechen konnte. »Was hat der Kirsch drauf gesagt?«

Alois antwortete nicht. Sie stupste ihn an, doch er schwieg weiter.

Endlich sagte sie: »Am Mittwochabend schon war der Kirsch auf der Flucht. Die Polizei hat ihn auf der Schneiderversammlung festnehmen wollen. Sie denken, er hätt den Riederer erstochen.«

Aufmerksam studierte sie das Gesicht ihres Bruders. Nichts rührte sich darin.

»Und ich Schaf hab ihm geholfen, wegzurennen von da!«, stieß sie schließlich aus.

Alois zeigte immer noch keine Regung.

»Alois?« Emma rüttelte ihn. »Hast mich verstanden? Sie denken, der ist's gewesen! Und ausgerechnet ich hab dem Kirsch geholfen! Ich hab den mit zu uns nach Haus gebracht und vor der Polizei versteckt!«

Darauf schüttelte Alois wieder nur stumm den Kopf. Erst nach einer halben Ewigkeit schien er zum Leben zu erwachen und sagte tonlos: »Eins versteh ich nicht.«

»Ja?« Erwartungsvoll sah Emma ihn an.

»Wenn der da schon auf der Flucht gewesen ist, warum hat er dann trotzdem zur Polizei mit mir wollen?«

»Was hat er?«

»Mit mir am nächsten Morgen zur Polizei wollen. Er hat gemeint, da wär einer, der uns beiden alles glauben tät. Dem müsst ich einfach nur sagen, dass ich mit dir beim Riederer war und einen Streit mit ihm gehabt hab.«

»Und? Hast versprochen, dass du mitgehst?«

»Ich?« Verwundert riss Alois die Augen auf. »Warum?«

»Alois!«, flehte Emma.

»Eingeschlafen bin ich drüber«, erzählte er ungerührt weiter. »War ja schon spät. Und in der Früh ist der Kirsch dann doch noch gar nicht wach gewesen. Da hab ich ihm auch nichts mehr versprechen müssen. Warum willst das eigentlich alles so genau wissen?«

»Gestern Abend ist ein Polizist vor meiner Tür gestanden.«

Ihr Bruder schluckte mehrmals. Seine runden Augen quollen aus dem Kopf. Die Falten um seinen Mund gruben sich tief in die Haut ein.

»Meinst«, sagte er leise und knetete die Finger, »der Kirsch hat dem was gesagt? Der hat dem erzählt, dass ich den Riederer niedergeschlagen hab?«

Emma stand auf und begann, neben dem Tisch auf und ab zu gehen.

»Weiß nicht«, erwiderte sie endlich. »Am Donnerstag hab ich den Kirsch zu der Johanna Morgenthau nübergebracht. Die hat ihm aus der Stadt helfen wollen. Aber er hat sich von ihr gar nicht erst helfen lassen. Fortgerannt ist er gleich. Wer weiß, was er gemacht hat? Vielleicht haben sie ihn aufgegriffen und eingesperrt? Irgendwann hat er dann reden müssen. Bestimmt hat er's nicht freiwillig getan. Das ist doch kein Verräter!«

Mit großen Augen sah sie ihren Bruder an. Der wandte den Kopf ab und konzentrierte sich wieder auf die Lampe.

»Bei der Polizei sollen s' nicht grad zimperlich sein«, erregte sich Emma weiter. »Nach der Versammlung am Mittwoch haben sie ein paar von den Schneidern mitgenommen. Die haben hernach ein bisschen was erzählt.«

»Ach Alois«, sie stellte sich dicht an ihn heran und legte ihre Hand auf seine Schulter. »Warum bist am Abend überhaupt noch mal zu dem Laden vom Riederer hin? Wenn die Polizei das spitzkriegt, zusammen mit dem, dass du den Riederer geschlagen hast – gar nicht gut schaut das für dich aus!«

»Ganz und gar nicht gut schaut das für ihn aus«, sagte Christa plötzlich.

Überrascht fuhren Emma und ihr Bruder herum.

»Verschwinden muss er! Bis der Mord am Riederer geklärt ist, darf ihn niemand finden, schon gar nicht die Polizei.«

»Recht hast«, stimmte Emma ihr zu. »Verstecken muss er sich. Nur wo?«

»Ich hätt da so eine Idee.« Über Christas Gesicht huschte ein Lächeln. »Ich weiß da einen Burschen aus Karlsfeld, der mir noch einen großen Gefallen schuldig ist, einen sehr großen Gefallen sogar.«

Emma runzelte die Stirn.

»Verrückt bist«, sagte sie kopfschüttelnd.

Christa zuckte die Schultern.

»Und was ist mit der Mutter?«, fragte Emma.

Montag, 2. Mai 1870

Die Frau wollte nicht aufhören zu weinen. Hilflos sah Thiel auf sie hinunter. Vornübergebeugt hockte Kathi Bauer auf einem Schemel. Schräg fielen die ersten Sonnenstrahlen durch das Seitenfenster auf ihren Rücken. Im Sonnenlicht wirkte das Grau ihrer Strickjacke umso trister, bei jedem Schluchzen bebte ihr dürrer Rücken. Einzeln stachen die Wirbel unter dem schäbigen Stoff ihres Kleides heraus. Mit ihren krallenartigen Fingern drückte sie ein zerknülltes, nicht eben sauberes Taschentuch vors Gesicht. Ein zarter Frühlingsblumengeruch strömte von ihr aus.

»Jetzt kommt er und holt mich!«, wimmerte sie.

»Keine Angst, niemand wird kommen und Ihnen was tun.«

Ihr Körper bebte weiter. Thiel wollte ihr schon tröstend über den Kopf streichen, verharrte aber mitten in der Bewegung. Ihr Hinterkopf war fast kahl, Schorf übersäte die Kopfhaut, die sonst der Dutt aus grauem Haar kaschierte.

Irgendwie musste er sie zum Reden bringen.

»Wann sind Sie heut früh in den Laden gekommen?«

Dieses Mal überwand er sich und legte ihr beruhigend die Hand auf die Schulter.

»Um sieben, so wie immer.«

»Vorn durch die Tür?«

»Wie sonst?« Laut schnäuzte sie sich in das Taschentuch. Rasch zog Thiel seine Hand wieder fort. »Für hinten hab ich doch gar keinen Schlüssel.«

»Als Sie die eingeschlagene Scheibe gesehen haben, sind Sie gleich nach hinten ins Büro?«

»Nein«, presste sie gequält heraus. »Das hab ich mich nicht mehr getraut.«

»Sie haben nicht im Lager nachgeschaut, ob was fehlt? Da stehen doch all die Kisten mit den Nähmaschinen und das Regal mit den vielen Stoffballen.«

»Was, wenn der Mörder wiederkommt? Ob er mich auch ersticht?«

»Fehlt was hier vorn?«

»Ich glaub nicht. Angst hab ich, ganz große Angst. Wenn ich nur wüsst, ob ich mich besser versteck, Herr Kommissar!«

Erneut kippte ihr Oberkörper nach vorn, ganz gab sie sich dem Wehklagen hin. Thiel korrigierte die falsche Anrede nicht. Die Angst und seine Zivilkleidung mussten sie vollends verwirrt haben. Er ließ sie ein wenig zur Ruhe kommen.

Unterdessen wanderte sein Blick durch den Laden. Abgesehen von der eingeschlagenen Scheibe in der Ladentür hatte sich seit seinem ersten Besuch vor knapp einer Woche kaum etwas verändert. Alles wirkte sauber und aufgeräumt. Nicht die geringste Spur erinnerte an das schwere Verbrechen, das hier geschehen war.

»Kommen S' eigentlich immer noch jeden Tag her, auch wenn der Herr Riederer jetzt tot ist?«, fragte er schließlich.

Bei Erwähnung ihres ermordeten Arbeitgebers heulte sie noch einmal besonders laut auf. Thiel seufzte. Das dauerte zu lang mit ihr. Er blickte unauffällig auf seine Uhr. Schon kurz vor acht.

Gleich als Erstes an diesem Morgen war er zu Riederers Laden aufgebrochen. Er hatte die Ladnerin noch einmal nach den alltäglichen Geschäften des Toten befragen wollen und danach, wie Riederer sich in der letzten Zeit über den Streik der Schneidergehilfen geäußert hatte, ob es da vielleicht schon länger ein geschäftliches Interesse gegeben hatte. Sie war die Einzige, die Bescheid wissen konnte. Einen Grund musste es doch haben, dass der Polizeidirektor sofort diesen Schluss gezogen hatte. Wenigstens das wollte Thiel noch klären. Nun aber war der seltsame Einbruch dazwischengekommen. Augenscheinlich war keine der teuren Nähmaschinen gestohlen worden, ebenso wenig klaffte eine Lücke im Stofflager. Alles stand oder lag ordentlich an seinem Platz, davon hatte sich Thiel auf einem ersten Rundgang vorhin schon überzeugt. Lediglich das Büro wirkte nicht mehr ganz so akkurat aufgeräumt, wie er es in Erinnerung hatte, allerdings bemerkte man das erst auf den zweiten Blick. Kopflos durchwühlt hatte es zwar niemand, dennoch war nicht mehr alles wie vorher, das spürte er. Nur die Ladnerin mochte herausfinden, woran das lag. Wie aber brachte er sie dazu, sich genauer umzusehen, und das möglichst innerhalb der nächsten fünf Minuten?

Gleich würde das Tabakfräulein von nebenan mit den Gendarmen zurückkommen. Die würden die Einbruchspuren aufnehmen und die Aussagen der beiden Frauen notieren. Ihn würden sie sicherlich nicht dabei dulden, schließlich war er seit Samstagabend nicht mehr im Dienst.

Der Kragen seiner Jacke aus schwerem Wollstoff kratzte am Hals. Die Jacke war viel zu warm für die Jahreszeit, ebenso die Hose. Thiel fing an zu schwitzen. Den Anzug hatte er sich zu Bettys Beerdigung nähen lassen. Das war im vorvorletzten November gewesen. Nachdenklich fuhr er mit der Hand am Kragenrand entlang.

»Wie geht's jetzt mit dem Laden weiter, wissen S' das schon?«, probierte er es noch einmal.

»Was?« Mit weit aufgerissenen Augen sah die Ladnerin zu ihm auf. Plötzlich sprudelte sie los: »Der Herr Fischer wird's wissen, fragen S' den. Ist ja sonst keiner da, der sich kümmern könnt. Eine Schand ist das, dabei war's einmal so ein gutes Geschäft. Eins sag ich Ihnen, Herr Kommissar, wenn der Herr Fischer hier reingeht, komm ich nicht mehr her, dazu fürcht ich mich zu viel.«

»Warum?«, hakte Thiel nach.

»Warum wohl? Den Herrn Fischer haben S' doch letztens selbst gesehen. Wie der einen anguckt, fast als ob er aus zwei verschiedenen Köpfen gleichzeitig schaut!«

»Dafür kann er nichts.«

»Zum Fürchten ist's trotzdem. Wenn der den Laden weitermacht, dann bin ich ganz sicher weg, Herr Kommissar. Mit dem möcht ich nicht allein hier drinnen stehen, Sie vielleicht? Sind in letzter Zeit sowieso schon oft genug ganz seltsame Leut hergekommen, da brauch ich nicht noch so einen im Laden ständig um mich herum.«

»Welche seltsamen Leut? Seit wann?«

Thiel wurde unwirsch. Er hatte doch geahnt, dass da noch was war. Es war doch immer das Gleiche mit ihr. Jedes Wort musste man ihr einzeln aus der Nase ziehen, und hinterher kam vielleicht was ganz Wichtiges dabei heraus.

»Seit der Herr Riederer das mit den Aufträgen für die Näherinnen angefangen hat, ist's komisch geworden bei uns.«

»Was hat der Herr Riederer mit Aufträgen für Näherinnen angefangen? Hat er nicht mehr mit Nähmaschinen gehandelt?«

»Doch, schon. Aber in letzter Zeit hat er immer öfter auch andere Sachen gemacht«, erzählte sie in einem Ton, als wüsste Thiel das schon, »so wie das mit den Hosen zum Beispiel. Durch den Streik sind Schneider eben rar. Mit Näharbeiten kann einer grad gutes Geld verdienen, wenn er einen hat, der schneidern kann. Das hat der Herr Riederer sofort erkannt. Wo's jetzt zudem immer mehr solche Geschäfte gibt, die fertige Bekleidung anbieten, wird das noch mehr werden, warten S' nur ab, Herr Kommissar. ›Wer *den* Läden liefern kann‹, hat der Herr Riederer zu mir gesagt, ›der ist bald groß raus.‹ ›Maßschneiderei wird's nicht mehr lang geben‹, hat er noch gemeint und deshalb angefangen, immer dieselben Hosen nach immer demselben Maß von den Frauen nähen zu lassen. Schlau ist er halt schon gewesen, und wie einer ein gutes Geld verdient, das hat er immer gleich gewusst, der Herr Riederer, Gott hab ihn selig.«

Hastig schlug sie ein Kreuz vor der dürren Brust.

»Sie meinen, er ist in das Geschäft mit Konfektionskleidung eingestiegen?«

Kathi Bauer nickte zustimmend.

»Das hat sicher großen Ärger gegeben, als die streikenden Schneider das mitbekommen haben.«

»Vor denen hat doch der Herr Riederer keine Angst!«

Der Stolz in ihrer Stimme war unüberhörbar. Ihre wässrig blauen Augen glänzten. Im nächsten Moment war es vorbei. Ihr war wohl wieder eingefallen, dass er tot war. Sie flüsterte: »Ein einziges Mal hat's Ärger gegeben deswegen.«

»Wann?«

»Letzten Montag«, hauchte sie fast nur noch.

»Letzten Montag? Und das sagen S' mir erst jetzt?«

»Es war doch schon gegen Mittag«, rechtfertigte sie sich. »Das Elf-Uhr-Läuten war vielleicht grad vorbei, genau weiß ich das nimmer, aber viel später war's gewiss nicht. Eine Frau und ein Mann sind im Laden gewesen. Sie ist so eine unverschämte Person, die meint, alles müsst immer so gehen, wie sie will. Sie war schon öfters da und hat sich Stoff zum Nähen geholt. Unter uns, Herr Kommissar«, sie winkte ihn näher heran, »ganz furchtbar näht die! Jede Naht muss man der nachschauen. Oft ist's schief, und dann ist gleich der ganze Stoff verdorben. Trotzdem will s' dafür immer ihr Geld. Und pünktlich bringt s' die Sachen auch nicht zurück.«

»Wissen S' den Namen von der Frau?«

»Nein. Der Herr Riederer hat immer nur selbst mit den Näherinnen gered't.«

»Hm.« Thiel rieb sich das Kinn. »Und die Frau hat also deswegen mit ihm gestritten?«

»Nein, deswegen nicht«, schien sie leicht aufzublühen, vielleicht, weil sie sich ihm überlegen fühlte. »Wegen der Nähmaschine hat's den Krach gegeben. Die hat sie ihm zurückgeben und eine andre dafür haben wollen, eine billigere natürlich. Mit der andren hat sie sich wohl doch übernommen. So eine unverschämte Person, haben S' so was schon mal gehört?«

Thiel verneinte und fragte: »Und was war mit dem Mann?«

»Der hat den Herrn Thiel dann niedergeschlagen.«

»Was?« Er glaubte seinen Ohren nicht zu trauen.

»Einen Hieb hat der ihm versetzt, dass der Herr Riederer sofort zu Boden gegangen ist. Danach ist er eine ganze Weile wie tot liegen geblieben, geblutet hat er auch. Ich hab hinterm Vorhang gewartet, bis die beiden weg waren, und hab mich dann natürlich um ihn gekümmert. Zuerst hab ich ja gar nicht gewusst, ob er am End nicht sogar tot ist.«

»Ja, ja, natürlich«, stimmte Thiel ihr ungeduldig zu. »Warum haben S' nicht sofort die Polizei gerufen? Den Mann hätt man doch verhaften müssen.«

»Das hab ich auch tun wollen«, brauste Kathi Bauer empört auf. »Aber der Herr Riederer hat's mir verboten!«

»Ich denk, der ist wie tot dagelegen?«

»Ja, schon. Zuerst ist er mir auch so vorgekommen. Als ich mich dann aber zu ihm runtergebeugt hab, hat er die Augen wieder aufgeschlagen. Wahrscheinlich hat er den beiden nur einen gehörigen Schreck einjagen wollen. Ein rechter Hund ist er manchmal schon auch gewesen.« Wieder verklärte sich ihr Blick. »Jedenfalls ist der Herr Riederer schnell wieder aufgestanden, kaum dass er sich das Blut hat abwischen lassen, und losgeschimpft hat er dann auch sofort.«

Sie seufzte, holte Luft.

»Und dann war nichts Besonderes mehr, bis abends der Mann vom Arbeiterverein wegen der Genossenschaft gekommen ist? Denken S' noch mal scharf nach, Fräulein Kathi, bitte!«

Forschend sah er ihr in die Augen. Das verunsicherte sie.

»Nein«, räumte sie schließlich kleinlaut ein und wandte den Blick ab. »Da ist noch was gewesen.«

Nervös bohrte sie ihre Finger in die Schürze, wickelte eine Falte Stoff um sie herum.

»Aha«, machte er nur.

»Wie der Herr Riederer mich am Abend heimgeschickt hat«, bei diesen Worten traute sie sich wieder, den Kopf zu heben, »also wie ich da vorn zur Tür naus bin, da hab ich den Mann wieder gesehen.«

»Welchen Mann?«

»Na den, der mittags den Herrn Riederer niedergeschlagen hat«, erwiderte sie ungeduldig. »Direkt gegenüber vom Laden hat er sich rumgedrückt und immerzu die Tür angestarrt. Richtig finster hat er ausgeschaut, grad so, als ob er nur Böses im Sinn hätt. Meinen S', der hat dem Herrn Riederer auch was getan? Der steckt vielleicht mit dem andern zusammen? Soll ich mich vor dem jetzt besser auch verstecken?«

Langsam wurde es Thiel zu viel. Er runzelte die Augenbrauen. Noch bevor er Kathi Bauer etwas erwidern konnte, riss jemand die Ladentür auf. Sogleich füllte die massige Gestalt von Stationskommandant Franz Gersthofer den Raum. Zwei weitere Gendarmen folgten, in ihrem Schatten zwängte sich die Ladnerin aus dem benachbarten Tabakwarengeschäft hinein, den Schluss der Prozession bildete der düstere Raimund Fischer. Bei seinem Anblick duckte sich Kathi Bauer zusammen, schlug ein Kreuz und faltete mit gesenktem Kopf die Hände zum Gebet.

»Thiel? Du?«

Gersthofer nahm den Tschako vom Kopf und wischte sich den Schweiß von der Stirn. Die unerwartete Begegnung missfiel ihm sichtlich.

»Kann ich mit dir reden?« Mit einer Kopfbewegung deutete Thiel zum Vorhang. Gersthofer begriff nicht sofort. »Ist wichtig«, drängte Thiel.

»Gut«, knurrte der Stationskommandant unwirsch.

Rasch wies er noch die beiden Gendarmen an, die Stellung vorn im Laden zu halten, dann folgte er Thiel ins Büro.

»Bist wahnsinnig?«, entfuhr es ihm dort. »Der Polizeidirektor hat eine Meldung rausgegeben, dass du nicht mehr im Dienst bist. Noch Samstagabend hat er sämtliche Wachen in der Stadt informieren lassen. Wenn dich einer hier erwischt, gibt's einen gewaltigen Ärger. Halt dich raus aus den Ermittlungen, ich sag's dir im Guten.«

»Bin gleich weg«, beruhigte Thiel den Freund. Dann verschwand der freundliche Ausdruck aus seinem Gesicht, und er griff Gersthofer am Kragen. »Aber vorher rechnen wir zwei noch miteinander ab!«

Er zog den Freund dicht an sich heran.

»Thiel, was soll das?« Hilflos ruderte Gersthofer mit seinen kurzen Armen in der Luft herum.

»Das frag ich dich, Gersthofer!« Thiel drückte fester zu. Seine Augen verengten sich vor Wut. »Ich denk, wir zwei sind Freunde, sehr gute Freunde sogar. Was hast dem Burchtorff gesagt? Wie kommst dazu, mich anzuschwärzen? Geht man so mit seinem Freund um? Jedem andern hätt ich das zugetraut, nur nicht dir!«

»Wovon red'st?«, presste Gersthofer zwischen den Lippen hervor. »Ich versteh nichts mehr.«

»Stell dich nicht dumm!«, zischte Thiel angewidert. »Du weißt genau, was ich mein. Bist der Einzige, mit dem ich je drüber geredet hab. Denk mal nach, wann wir zwei uns zum letzten Mal getroffen haben. Worum ist's da gegangen?«

»Weiß ich nicht, glaub's mir!«

Die Stimme wurde immer kläglicher. Auf einmal stieß Thiel Gersthofer von sich weg und trat ans Fenster. Lange stierte er auf die gegenüberliegende Hauswand, versuchte, ruhiger zu atmen. Mehrfach schlug er die rechte Faust in die linke Hand. Er rief sich Bettys Gesicht ins Gedächtnis, den Blick, den sie ihm zugeworfen hatte, wenn er mal wieder die Beherrschung verlor. Die Erinnerung tat weh.

»Tust mir einen Gefallen, Gersthofer?«, drehte er sich langsam um. Seine Stimme klang, als wäre nichts gewesen. »Hältst mich auf dem Laufenden?«

Noch bevor der Stationskommandant ihm antworten konnte, schlüpfte er durch die zweite Tür nach nebenan ins Lager und von dort hinaus in den Hinterhof. Als er durch die enge Gasse am Büro vorbeiging, sah er, wie Gersthofer noch immer an seinem Kragen herumnestelte. An seinem dicken Hals zeichnete sich deutlich ein roter Strich ab.

»Nichts für ungut!«, rief Thiel ihm durch das offene Fenster zu.

Gersthofer sah nicht einmal mehr auf.

Zögernd näherte Emma sich der Menge. Schon aus großer Entfernung hatte sie geahnt, vor welchem Laden sich die Neugierigen versammelten. Sie hätte einen großen Bogen um den verfluchten Ort schlagen können, doch trotz aller Bedenken trieb es sie geradewegs zu Riederers Nähmaschinengeschäft.

»Was ist hier los?«, fragte sie, als sie die ersten Neugierigen erreicht hatte.

»Eingebrochen ist worden«, antwortete ein Mann mittleren Alters, ohne den Blick vom Geschehen abzuwenden. »Genaues weiß keiner. Die Schandis sind eben erst gekommen.«

Emma drückte das Paket mit den beiden Hosen fester an ihre Brust. Zögernd trat sie weiter nach vorn. Wie die anderen stellte sie sich schließlich auf die Zehenspitzen und reckte den Hals, um mehr zu sehen.

Im Glas der Schaufensterscheiben spiegelte sich das Sonnenlicht. In das Geschäft hineinsehen konnte man nicht. Endlich öffnete sich die Ladentür. Eine junge Frau trat heraus, stützte eine zweite, weitaus ältere und schmächtigere. Kurz nur hob die den Kopf und sah verwirrt in die Menge vor dem Laden. Emma erstarrte, als sich ihre Blicke trafen. Plötzlich schoss der klauenartige Zeigefinger der Alten vor.

Sie kreischte: »Das ist sie! Das ist die Frau von dem Schläger! Herr Gendarm, nun schauen S' doch her!«

Sofort starrten alle auf Emma. Für einen ewig dauernden Moment glaubte sie, am Boden festgewachsen zu sein. Endlich spürte sie, wie das Leben in ihre Gliedmaßen zurückkehrte. Blitzschnell drehte sie sich um, stieß die Leute beiseite und rannte davon. Sie spürte noch, wie ihr das Paket mit den Hosen aus den Händen glitt. Zuerst wollte sie sich danach bücken, dann aber war es ihr egal, selbst wenn es ihr gesamter Besitz war. Sie musste rennen, schnell, schneller, bis ihr der Atem ausblieb, die Seiten zu stechen begannen, Sterne vor den Augen tanzten.

»Frau Niedermayr, so warten S' doch! Es geschieht Ihnen nichts.«

Die Stimme kam näher.

»Bleiben S' stehen! Ich tu Ihnen nichts, bestimmt nicht!«

Emma ging die Luft aus. Ein paar Schritt schaffte sie noch, stolperte, strauchelte. Mit letzter Kraft stürzte sie sich auf den Rand eines Brunnens und krallte sich daran fest. Unwillkürlich musste sie den Rumpf nach vorn beugen, den Arm eng auf den Leib pressen. Hastig schnappte sie nach Luft.

Als sie wieder aufsah, stand ein Mann direkt neben ihr. Altmodischer Zylinder, dunkles Haar, dunkle Augen, dunkles Bärtchen über den Lippen, wettergegerbte Haut. Leise sprach er auf sie ein. Sie verstand zunächst nicht, was er sagte, lauschte nur dem beruhigenden Singsang seiner Stimme. Am liebsten wäre sie erschöpft gegen ihn gesunken.

»Ihr Paket«, sagte er und hielt ihr lächelnd das Päckchen mit den Hosen hin. »Das haben Sie vorhin verloren.«

»Danke.«

»Darf ich Sie ins Café einladen?«

»Was?« Emma glaubte, ihren Ohren nicht zu trauen. Ins Café? Am helllichten Tag? Was glaubte der, was sie für eine war? Seltsamerweise kannte er ihren Namen. Vorsichtig musterte sie ihn. Er lächelte noch immer. Seine schlanke, hoch gewachsene Gestalt steckte in einem abgetragenen schwarzen Anzug, viel zu warm für

Anfang Mai. Der Anzug passte sowieso nicht zu ihm. Seine Bewegungen wirkten darin etwas linkisch, ganz im Gegensatz zu seiner sonstigen Erscheinung.

Sie zauderte. Dann fiel ihr auch wieder ein, woher sie ihn kannte. Das war der Polizist, der Kirsch am Mittwoch festgenommen und den sie am Samstag vor ihrem Haus gesehen hatte! Das war alles kein Zufall. Kirsch hatte Alois und sie also tatsächlich verraten. Sie trat zwei Schritte zurück.

»Woher wissen S' meinen Namen? Was wollen S' von mir? Ich hab nichts getan.«

»Keine Angst, bittschön!« Noch immer lächelnd griff er nach ihrem Arm. »Ich will nur mit Ihnen reden. Lassen S' uns eine Tasse Schokolade miteinander trinken, Frau Niedermayr.«

»Reden? Worüber? Und ins Café gehen nur feine Leut. Ich weiß, wer Sie sind, Herr Offiziant. Mir erzählen S' nichts. Wo ist überhaupt Ihre Uniform?«

Sie presste das Paket fest vor die Brust und wollte gehen. Doch er stellte sich ihr in den Weg.

»Kommen S' einfach mit, dann erklär ich Ihnen alles«, sagte er.

Er ließ sie nicht los. Der Griff um ihren Arm wurde fester. Ihr blieb keine Wahl. Widerstrebend gehorchte sie. Er führte sie von der breiten Neuhauser Straße weg in schmalere Gassen und schließlich zum Altheimer Eck. Zielsicher lenkte er seine Schritte in eines der kleinen Cafés.

In dem Gastraum war es eng. Noch halbwegs vornehm tuende Damen und andere, die längst darauf verzichteten, saßen mit ihren Herren an den Tischen. Die Nähe zu den einschlägigen, seit Jahren verbotenen Einrichtungen in der Damenstiftstraße war offensichtlich. Es roch nach kaltem Kaffee, blumigen Duftwässerchen und frisch gebackenen Kuchen. Übelkeit stieg in Emma hoch. Sie musste sich dringend setzen. Etwas zu essen konnte sicherlich nicht schaden.

»Ist Ihnen nicht gut?«, erkundigte sich der Polizist besorgt. Er lotste sie an einen kleinen Tisch in der hintersten Ecke und hieß sie Platz zu nehmen. »Blass schauen S' aus. Ich hol Ihnen gleich was.«

Den komischen Zylinder hielt er mittlerweile linkisch vor der

Brust und verschwand sofort. Emma war zu erschöpft, um die Gelegenheit zu nutzen. Sie konnte nicht aufstehen und davonrennen. Eine bleierne Schwere legte sich auf ihren Körper. Noch immer umklammerte sie das Paket vor ihrer Brust. Die Hosen! Sie musste versuchen, die Hosen zu verkaufen! Sie brauchte das Geld. Wovon sollte sie sonst die Beerdigung bezahlen? Georg sollte wenigstens anständig unter die Erde gebracht werden. Wegen des Streiks war auch die Sterbekasse der Schneidergewerkschaft leer. Matt stützte sie den Kopf in die Hand, starrte vor sich hin. Da sparte man sich jahrelang seinen Obolus vom Mund ab, und hinterher sah man doch nichts mehr davon wieder. Der verfluchte Streik! Der hatte Georgs letzte Kraft gekostet. Und hatte sie in diesen ganzen Schlamassel hineingezogen. Ohne Streik keine Not, ohne Not keine heimliche Näherei für Riederer, ohne Näherei für Riederer kein Mord, ohne ... Ihre Augen wurden feucht. Eine erste Träne löste sich und rann die Wange herab, dann die zweite ...

»Frau Niedermayr, ich bitt Sie! Ich tu Ihnen doch wirklich nichts Böses.«

Der Polizist war zurückgekehrt und strich ihr sanft über die Schulter. Da brach es auf einmal aus ihr heraus. Es war ihr egal, in welchem Etablissement sie sich befand und wer vor ihr saß. Egal, ob Polizist oder nicht: Sie konnte nicht mehr! Ohne Unterlass flossen die Tränen, triefte die Nase. Es gab kein Halten und kein Zögern mehr. Schluchzend versuchte sie, wenigstens einem der beiden Ströme Einhalt zu gebieten. Mit dem Handrücken wischte sie immer wieder über die nassen Wangen.

»Bittschön.«

Der Polizist hielt ihr ein sauberes Taschentuch hin. Beschämt nahm sie das Tuch. Es war blütenweiß und duftete zart nach Veilchen. Erst zögerte sie, dann schnäuzte sie kräftig hinein. Als die Bedienung mit der heißen Schokolade kam, ging es bereits etwas besser. Ohne aufzublicken, rückte sie die Tasse vor sich zurecht. Es dampfte kräftig daraus. Eine dicke Haube Sahne thronte auf dem Getränk. Emma schluckte. Eine dicke Scheibe Brot mit Butter wäre ihr eigentlich lieber gewesen. Seit fünf Uhr in der Früh war sie auf den Beinen, erst in Dachau, dann mit dem Zug nach München, dann hier in der Stadt. Gegessen hatte sie bislang nur eine Schnitte Brot und einen runzligen Apfel. Mehr hatte sie Christa nicht wegnehmen wollen. Nicht unter diesen Umständen: Die Freundin wollte nicht nur Alois helfen, sondern außerdem noch die Kleinen zu ihrer Kusine nach Altomünster bringen. Christa war einfach ein Schatz! Das würde sie ihr nie vergessen.

»Gestatten S', dass ich mich vorstell?«, sagte der Polizist unterdessen mit einer leichten Verbeugung. »Mein Name ist Severin Thiel.«

Emma trank zaghaft von der heißen Schokolade. Sie brauchte Zeit, bis ihr klar wurde, was sie genau tun sollte. Vorsichtig blies sie in den Dampf hinein, nippte wieder an der Tasse. Immerhin war die Schokolade mit Milch angerührt. Besser als gar nichts. Langsam arbeitete ihr Kopf wieder. Wegrennen ging nicht. Dann musste sie wenigstens das Beste draus machen und diesen Polizisten ausfragen. Nur so fand sie heraus, wie viel er wusste und ob er Alois für einen Mörder hielt oder weiter an Kirschs Schuld glaubte.

»Und wo ist Ihre Uniform?«

»Ich fürcht, das langweilt Sie nur.«

»Wie S' meinen.« Emma rang sich ein Lächeln ab. »Was wollen S' von mir? Verbrochen hab ich nichts.«

»Warum sind S' dann weggerannt?«

Sie zuckte zusammen.

»Wollen S' nicht das Paket beiseite legen?«, fragte er freundlicher. »Was ist da eigentlich drin? Lassen S' mich raten: Kleidung, die S' für den Riederer genäht haben? Wollten S' die zurückbringen und Ihren Lohn abholen? Hat die Ladnerin das nach Riederers Tod übernommen?«

»Die weiß doch von nichts«, entfuhr es ihr.

»Wovon? Immerhin ist sie die Ladnerin.«

Emma konzentrierte sich ganz auf die heiße Schokolade. Eng hielt sie die Finger um die Tasse gelegt. So war das Zittern nicht ganz so offensichtlich.

»Sagen S' mir doch, wie es beim Herrn Riederer im Geschäft so zugegangen ist«, schlug Thiel unterdessen vor. »Sie waren wohl Näherin bei ihm?«

Seine Stimme klang immer noch sehr freundlich. Vorsichtig hob sie den Kopf. Konnte sie ihm trauen? Immerhin war er Polizist und hatte Kirsch festnehmen wollen. Und suchte nun womöglich nach Alois.

»Das mit Ihrem Mann tut mir Leid, Frau Niedermayr.« Er senkte die Stimme. »Ich hab ihn übrigens gekannt. Flüchtig nur, von ein, zwei Versammlungen, auf denen er geredet hat. Ein anständiger Mensch. Stolz müssen S' auf ihn sein.«

Emma sah ihm direkt in die Augen. Er wich ihr nicht aus. Sein Blick war gerade, offen und ehrlich.

»Das ist nicht einfach für Sie, ganz allein mit den Kindern. Leider weiß ich, wovon ich sprech. Meine Frau ist auch gestorben. Zweieinhalb Jahr ist das jetzt her. Die Kinder sind seitdem bei meiner Schwester, draußen auf dem Land. Sooft ich kann, fahr ich raus. Trotzdem werden s' einem fremd mit der Zeit. Da kann einer nichts dagegen tun.«

Sein Blick verharrte im Ungewissen. Emma ließ ihn nicht aus den Augen. Sein Profil war ebenmäßig. Er mochte um die vierzig sein, dennoch hatte er kaum Falten. Sein Äußeres wirkte südländisch: die dunkle Haut, das fast schwarze Haar, die Augen. Sicher hatte er, wie so viele Münchener, einen Italiener unter den Großeltern. Sie hatte sich auch immer einen Großvater von jenseits der Alpen gewünscht. Das klang so verheißungsvoll.

Langsam senkte er den Kopf, blies in die immer noch dampfende Schokolade. Seine langen, schlanken Finger umklammerten dabei die Tasse. Seine Augen glänzten.

»Für den Herrn Riederer hab ich noch nicht lang genäht«, begann Emma schließlich und zog die Finger ein. Die entzündete Haut rund um die Nägel und die blutig gestochenen Fingerkuppen schienen ihr auf einmal ungehörig. »Gut ist's ja eigentlich nicht. Damit hintergeht man den Streik und seine eigenen Leut. Aber was hätt ich tun sollen?«

Der Polizist nickte verständnisvoll.

»Die Einzige bin ich auch nicht. Eine Frau von einem Kollegen von meinem Georg hat mich drauf gebracht. Die macht das schon länger. Dabei ist ihr Mann auch im Streikkomitee. Zum Herrn Riederer bin ich auf ihre Empfehlung. Vor drei Wochen war das, ziemlich genau sogar. Die Nähmaschine hab ich da bei ihm gekauft, und er hat mir das mit dem Nähen angeboten. Beschwatzt hat er mich, bis ich am End die englische Maschine genommen hab. Leisten hab ich mir die eigentlich gar nicht können. Gewollt hab ich sie eigentlich auch nicht. Eine ganz einfache Nähmaschine hab ich haben wollen, damit ich zu Haus ein bisschen was nähen kann, mehr nicht. Das Geld haben wir doch gebraucht, darum ging's doch! Schon seit Monaten ist der Georg krank gewesen, hat kaum mehr zur Arbeit können. Wenn er nicht hat kommen können, hat ihm der Meister das vom Lohn abgezogen, trotz der Vereinbarung mit der Gewerkschaft. Dazu dann der Streik – kein Geld hat's aus der Streikkasse für uns gegeben –, da war's einfach bitter nötig, dass ich was dazuverdien.« Sie wischte sich eine Träne aus den Augenwinkeln, schaute kurz zum Fenster hinaus. »Entschuldigen S', ganz wirr red ich schon!«

Im Stillen ärgerte sie sich nicht nur darüber. Es war, als wäre ein Damm in ihr gebrochen. Noch bevor sie überhaupt sicher wusste, ob ihm wirklich zu trauen war, konnte sie nicht anders, als ihm ihr Herz auszuschütten.

»Schon recht«, beruhigte er sie. »Reden S' nur weiter, wie's Ihnen in den Sinn kommt. Ich frag schon nach, wenn ich was nicht versteh. Also der Herr Riederer hat Ihnen eine teure Nähmaschine verkauft und dazu angeboten, dass Sie für ihn nähen können. Das aber sicher nur zu seinen Bedingungen, richtig?«

»Ja«, bestätigte sie. Er verstand erstaunlich schnell, trotz der verworrenen Ausführungen. Scheu lächelte sie ihn an, bevor sie fortfuhr: »Die teure Maschine hat er mir aber günstiger verkauft. Eine Jones, das ist eine echt englische Nähmaschine, so ziemlich das Beste, was es überhaupt gibt. Zusagen musst ich ihm dafür, dass ich nur für ihn näh.«

»Und das für einen Hungerlohn.«

Sie nickte stumm. Riederers ausbeuterisches Vorgehen schien ihn ebenfalls zu empören, das las sie seinem Gesicht deutlich ab. Zum ersten Mal hatte sie das Gefühl, dass jemand tatsächlich begriff, welche Schmach damit für sie verbunden war. Wie erniedrigend es für sie war, auf Riederers Angebot eingehen zu *müssen*!

»Was haben S' denn so für den Herrn Riederer genäht?«, fragte er.

»Hosen vor allem, immer nach dem gleichen Schnitt, immer nach demselben Maß. Hinten bei sich im Lager hat er die Stoffe dazu gehabt. Eine ganze Menge sind da bei ihm rumgelegen. Haben S' die mal gesehen? Nur englisches Tuch, alles vom Feinsten!«

»Die Hosen waren also Konfektionsware. Haben Sie eine Ahnung, wohin der Herr Riederer die verkauft hat?«

»Nein«, räumte sie ein. »Ganz ein großer Laden muss das aber gewiss sein. Was sollt ein einfacher Geschäftsmann mit so vielen Hosen?«

»Ist das eigentlich üblich, dass ein Nähmaschinenhändler Rabatt auf die Nähmaschinen gibt und dafür gleich die Nähaufträge mit dazu? Machen andere das auch, zum Beispiel ein gewisser Raimund Fischer?«

Es überraschte sie, wie gut er sich mit allem auskannte. Woher hatte er den Namen? Fischer war doch der, den man öfter beim Riederer gesehen hatte, der Norddeutsche mit dem seltsamen Blick. Warum fragte der Polizist ausgerechnet nach dem? War das eine Falle?

»Meinen S' den, der den Laden neu aufgemacht hat?«, erkundigte sie sich vorsichtig und fügte, sobald sie merkte, dass er offensichtlich doch nichts weiter darüber wusste, rasch hinzu: »Nein, von keinem sonst hab ich das gehört. Das hätt sich längst rumgesprochen. Jetzt, wo die Männer streiken«, sie lehnte sich etwas nach vorn und flüsterte ihm zu, »nähen fast alle Schneiderfrauen heimlich zu Haus. Drum war der Herr Riederer auch so beliebt.«

»So, war er das? Ein besonders kulanter Geschäftspartner ist er aber trotzdem nicht gewesen, oder? Sonst hätten Sie und Ihr Begleiter sich am letzten Montag gewiss nicht so heftig mit ihm gestritten.«

Emma spürte, wie die Farbe aus ihrem Gesicht verschwand. Er wusste es also doch! Gewiss hatte Kirsch sie verraten. Thiels ganzes freundliches Getue hatte also nur dem einen Ziel gedient: dass sie ihm verriet, was Alois getan hatte. Jetzt war alles zu spät! Wie hatte sie nur so dumm sein und ihm vertrauen können?

Heimlich fingerte sie unter dem Tisch nach dem Paket. Sie stieß gegen etwas Weiches, Warmes. Es griff zu. Seine Hände! Sie erstarrte. Seine dunklen Augen funkelten, als sie aufschaute.

»Wer war der Mann, mit dem S' am Montagmittag beim Herrn Riederer gewesen sind? Abends ist er noch mal da gewesen. Einer hat ihn gesehen. Hat der den Riederer erstochen? Oder steckt er mit dem Kirsch vom Arbeiterverein zusammen?«

Emma überlegte nicht lang. Rasch trat sie zu, traf sein Schienbein. Er jaulte auf. Sofort ließ er ihre Hand los. Sie sprang auf und stürzte davon. Zum zweiten Mal an diesem Morgen musste sie das Paket mit ihrem letzten Besitz zurücklassen.

»Raimund Fischer – Nähmaschinenverkauf für privat & Gewerbe« stand auf dem Schild in der schmalen Eingangstür des Ladens. Dass sich dahinter kein sonderlich gut gehendes Geschäft verbarg, ließ die bescheidene Aufmachung des einzigen Schaufensters bereits auf den ersten Blick vermuten. Noch schien sich kaum Laufkundschaft dorthin zu verirren. Viel zu wenig Ladenlokale lockten Kauflustige mit weiteren Warenangeboten in das Viertel nahe des Glockenbachs. Dafür gab es Wirtshäuser und Cafés zuhauf, ein deutliches Zeugnis der Münchener Vorliebe für aushäusige Geselligkeit wie überall in der Stadt.

»Grüß Gott, Herr Offiziant«, hieß Fischer ihn willkommen und kam mit der ausgestreckten Hand auf ihn zu. »Oder darf man Sie jetzt nicht mehr so nennen? Was verschafft mir die Ehre? Möchten Sie sich etwa eine neue Existenz als Schneider aufbauen, jetzt, wo Sie Ihre Polizeilaufbahn so abrupt beendet haben?«

Unsicher, ob Fischer seinem neugierigen Blick über die Regale genau folgte oder nicht, verzichtete Thiel lieber gleich auf den Versuch, das Geschäft unauffällig zu inspizieren. Auch Emma Niedermayrs Paket hielt er lieber gleich weiter wie selbstverständlich unterm Arm. Es hinter dem Rücken zu verbergen, würde Fischer gewiss erst recht darauf aufmerksam machen.

»Günstig scheint die Zeit für neue Schneider grad wirklich zu sein«, stieg er beherzt direkt in das Gespräch ein. »Wie man hört, werden wegen des langen Streiks dringend Leute gesucht, die Näharbeiten übernehmen können. Gerade die neu aufkommenden Konfektionsgeschäfte brauchen welche, die in Heimarbeit für sie nähen, nicht wahr?«

»Sie haben sich anscheinend schon bestens informiert, mein Kompliment, Herr Offiziant.«

Thiel verbeugte sich knapp und beglückwünschte sich insgeheim selbst für den gelungenen Start in die Unterhaltung.

»Dann laufen Ihre Geschäfte derzeit gut? Wie viele Nähmaschinen verkaufen Sie denn so am Tag?«

»Nicht so viele, wie Sie vermuten, Herr Offiziant. Auch wer in Heimarbeit Konfektion nähen will, muss etwas von seinem Handwerk verstehen. Das ist nicht ganz so leicht, wie viele denken. Man muss nicht nur nähen, sondern auch mit den modernen Nähmaschinen umgehen können, die verschiedenen Stiche beherrschen und natürlich nach Muster statt nach Maß schneidern können, sonst braucht man viel zu lang für eine Hose. Die Ansprüche an die Näharbeit sind mit den Möglichkeiten der modernen Maschinen eben erheblich gestiegen.«

»Gut wird das Nähen trotzdem nicht bezahlt, wie ich hör. Überhaupt muss man erst einmal das Kapital für eine solche Maschine vorstrecken«, ergänzte Thiel.

»Bei mir können Sie auch auf Raten zahlen. Alle Händler handhaben das mittlerweile so. Die Zeiten sind hart, auch für unsereins. So viel Geld, wie eine Maschine kostet, legt heutzutage kein Kunde mehr sofort bar auf den Tisch. Leider.«

Unter Ächzen hievte er einen schweren Kasten auf den Verkaufstresen. Zuvor musste er den, ohne dass Thiel es bewusst wahrgenommen hatte, vom Boden hochgehoben und dort hinübergetragen haben. Fischer schien ein Meister des Unauffälligen, wie Thiel bewundernd feststellte.

»Die teuren englischen oder amerikanischen Fabrikate würden Sie sonst auch gewiss gar nicht los, oder? Die kann wohl kaum einer der einfachen Schneider mehr bezahlen«, fuhr Thiel fort. »Oder halten Sie's wie Ihr verstorbener Freund Riederer und räumen Sonderkonditionen für die englischen Maschinen ein, wenn einer sich im Gegenzug verpflichtet, ausschließlich für Sie zu nähen?«

Täuschte er sich oder huschte da gerade ein Schatten über Fischers Gesicht? Durch seinen seltsamen Blick war das schwer zu erkennen. Zumindest hatte er seine Mimik rasch wieder im Griff, musste Thiel ihm zugestehen. Plötzlich brach Fischer in das ansteckende Lachen aus, dem man sich nicht entziehen konnte. Unwillkürlich stimmte Thiel ein.

»Da wissen Sie einiges mehr als ich, mein lieber Herr Offiziant. Leider hat der gute Verstorbene mir nichts über seine lukrativen Geschäfte verraten.«

»Was Sie wohl reichlich ärgert, nicht? Jetzt, wo die Schneider schon so lang streiken, könnt man damit gutes Geld verdienen. Ihr toter Freund Riederer muss das trefflich beherrscht haben: Hat wohl ein paar in Not geratene Näherinnen beschwatzt, die viel zu teuren Nähmaschinen zu kaufen, und dann gezwungen, zu einem Hungerlohn für ihn zu nähen. Die Konfektionskleidung hat er schließlich mit dickem Gewinn an die großen Geschäfte weiterverkauft. Das wär doch eine schöne Sache, wenn Sie das an Riederers Stelle auf eigene Rechnung weiterführen könnten, nicht wahr? Momentan stünden Sie damit gewiss fast ganz ohne lästige Konkurrenz da. Ich kann mir vorstellen, dass sich das rechnet. Es muss einer eben nur was davon verstehen, die Näherinnen an sich zu binden, und natürlich muss er die richtigen Kontakte zu den Abnehmern knüpfen.«

Bedauernd hob Fischer die Hände. Mit seinem intakten Auge blickte er mitleidig auf Thiel.

»Ich fürchte, Herr Offiziant, die Ereignisse der letzten Tage haben Sie heftiger mitgenommen, als es zunächst aussah. Den schweren Schlag auf den Kopf sollten Sie lieber nicht auf die leichte Schulter nehmen.«

Da war er wieder, der wohlbekannte Spott. Thiel hörte ihn ganz deutlich heraus. An Fischers Blick aber konnte er nichts ablesen, da war nur ein besorgtes, schräges Lächeln um den schmallippigen Mund herum.

»Soll ich Ihnen einen guten Arzt empfehlen?«

»Geht schon«, wehrte Thiel mürrisch ab. Insgeheim fluchte er über seine Unachtsamkeit. Nun steckte er in einer Sackgasse. Fischer wusste, was er sich über den Fall zusammenreimte, beging aber selbst nicht den geringsten Fehler, ihm etwas von seiner Rolle darin preiszugeben.

»Vergessen Sie endlich die Schneidergehilfen und die Näherinnen und wem Sie noch alles Gutes tun wollen, Herr Offiziant«, redete Fischer freundlich weiter. »Ihre Einstellung ist zwar sehr ehrenhaft, aber davon, dass Sie verzweifelt nach einem anderen Täter als dem offensichtlichen suchen, helfen Sie denen auch nicht viel. Ich will Ihnen gern erklären, in welchem Malheur die stecken. Das hat überhaupt nichts mit Riederers entsetzlichem Tod zu tun. Die Zeiten ändern sich einfach rasend schnell. Wenn die Schneidergehilfen mehr Lohn für ihre Arbeit wollen, kann sich bald keiner mehr Maßkleidung vom Schneider leisten. Da ist es eine nahe liegende Idee, stattdessen fertige Bekleidung von der Stange anzubieten. Weil irgendwer wiederum auch diese Sachen nähen muss, sind dafür entweder Schneidergehilfen in einer Fabrik oder Frauen in Heimarbeit beschäftigt. Damit finden viele neue Menschen Lohn und Brot, die sonst gar keine Arbeit und kein festes Einkommen hätten, insbesondere Frauen. Auf deren Verdienst sind die Familien sehr angewiesen, deshalb geht es der ärmeren Schicht dank der neuen Nähaufträge insgesamt besser. Und weil Kleidung nicht mehr so teuer ist, können sich endlich auch mehr Menschen Kleidung leisten. Deshalb wird wieder mehr genäht, das bringt wieder mehr Näherinnen Arbeit und immer so fort, ein ewiger Kreislauf, wie Sie sehen. Daran ist alles in allem gar nichts Schlechtes, ganz im Gegenteil. Man muss das Neue nur erst einmal zulassen, dann entfaltet es bald auch seine Vorteile.«

Fischer hatte Recht, so schlecht hörte sich das gar nicht an, musste Thiel widerstrebend zugeben. Ihm schwirrte der Schädel. Warum erzählte der ihm das alles? Was ging ihn die Not dieser Näherinnen an? War er nicht eigentlich auf der Suche nach einem Mörder? Hatte ihm der Schlag auf den Kopf letzte Woche tatsächlich derart das Hirn beschädigt, dass er nicht mehr gescheit überlegen konnte? Angestrengt versuchte er, seine Gedanken beieinanderzuhalten.

»Seltsam«, stellte er halblaut fest, »dass der Herr Riederer dem Kirsch überhaupt Nähmaschinen für die Genossenschaft angeboten hat, und das sogar zu Sonderpreisen. Wollte der Kirsch mit der Genossenschaft etwa auch Konfektionskleidung nähen? Ob der Herr Riederer gehofft hat, auf diese Weise noch besser ins Geschäft zu kommen?«

Fischer hob zweifelnd die Augenbrauen, Thiel beschloss, sich nicht mehr daran zu stören.

»Gewiss gibt's Konkurrenten, denen der Herr Riederer damit gehörig in die Quere gekommen wär. Wenn einer eine kluge Geschäftsidee hat, zieht das immer Neider an.«

»Wie's auch war«, beendete Fischer dessen ungeachtet das Gespräch, »es muss Ihnen egal sein, mein Lieber. Sie sind nicht mehr im Dienst, Sie sind krank. Passen Sie lieber auf sich auf, statt sich darum zu kümmern, mit wem der arme Herr Riederer zuletzt Geschäfte gemacht hat. Zumindest sein Mörder ist eindeutig identifiziert. Den zu fassen, das erledigen schon die Gendarmen, darauf sollten Sie sich jetzt einfach mal verlassen. Die Herrschaften vom Arbeiterverein bereiten Ihnen ohnehin nur Ärger. Sehen Sie zu, Herr Offiziant, dass Sie sich von den Aufregungen erholen und rasch wieder diensttauglich werden. Das ist das Wichtigste.«

Auch an diesem Tag half Kirsch wieder beim Kartoffelschälen. Anfangs hatte Afra seine Hilfe noch empört zurückgewiesen. Erst nach längerem Hin und Her hatte sie ihren Widerstand aufgegeben. Dass er sich beim Schälen unerwartet geschickt anstellte, musste sie schließlich überzeugt haben. Vorhin hatte sie nicht mal ansatzweise protestiert, als er sich ein Messer genommen und ebenfalls in den Korb gegriffen hatte. Natürlich war ihm die Weiberarbeit zutiefst zuwider, das triste Rumhocken und Nichtstun aber war es noch mehr.

Zäh zogen sich die Stunden, die Tage. In die niedrige Küche drang nicht viel Licht, kaum machte es einen Unterschied, ob Morgen, Mittag oder fast Abend war. Alles versank im selben Grau. Stundenlang beobachtete er das Leben der Leute ringsumher. Die strikte Regelmäßigkeit ihres Daseins ersetzte ihm die Uhr. Die Häuser ringsumher strahlten Ordnung und Sauberkeit aus, jedes ähnelte auch darin seinem Nachbarn bis in den letzten Ritz. Kirsch wunderte sich, dass nicht auch noch gleich aussehende Menschen aus den Türen hinaustraten. In den Gassen achtete man ebenfalls pingelig auf Reinlichkeit, wie überhaupt Ruhe und Ordnung in der Fuggerei gleich nach der Gottesfurcht rangierten.

Brav betete die ganze Familie täglich ein Ave-Maria und ein Vaterunser für ihren selbstlosen Wohltäter. Wie kam es, dass ausgerechnet solche Leute Kirsch versteckten? Ahnten die etwa nicht, dass seine Entdeckung ihr behütetes Leben völlig auf den Kopf stellen würde?

Er wandte sich seiner Gastgeberin zu: »Ganz schön ruhig bei euch.«

»Hm.« Afra redete nicht viel. Ihren Namen hatte er erst nach über einem Tag herausgefunden. Das war überhaupt das zweite Mal gewesen, dass sie mit ihm gesprochen hatte. Das erste Mal war gleich am Samstagabend bei seiner Ankunft gewesen. Da hatte sie ihn »in Gottes Namen« bei sich willkommen geheißen.

»Merkt keiner, dass ich bei euch bin?«

»Hm«, knurrte sie erneut und hob nicht einmal den Kopf von der Knolle in ihrer Hand.

Kirsch gab auf. Zum tausendsten Mal wanderte sein Blick durch die winzige Küche. Die Wände waren weiß getüncht, das Geschirr der Größe nach in einem dunklen Holzregal aufgereiht, der rote Steinboden gründlich gefegt. Ein Feuer loderte im Herd und wärmte seinen Rücken. Seit er bei Afra und ihrem Mann Unterschlupf gefunden hatte, quälte ihn wenigstens der Hunger nicht mehr. Zum immergleichen Tagesrhythmus zählten auch die drei Mahlzeiten. Sie waren einfach und vor allem sättigend. Seine Augen blieben am Palmzweig hängen, der am Holzkreuz über der Tür steckte. Er war noch ganz frisch.

Das Knarren der Haustür unterbrach die Stille. Afra und Kirsch sahen nahezu gleichzeitig auf. Kurz trafen sich ihre Blicke. Schwere Schritte näherten sich über den Flur, dann wurde die Tür aufgerissen. Ungebremst stieß der Türflügel gegen das Holzregal an der Wand. Es schepperte. Ein Teller fiel zu Boden und zersprang auf dem Stein in tausend Stücke.

»Weg musst!«, rief Afras Mann.

Breitbeinig blieb er in der Tür stehen. Kirsch entnahm dem, dass er sofort mitkommen sollte. Rasch raffte er seine wenigen Besitztümer zusammen und streckte Afra zum Abschied die Hand hin. Die brummte allerdings nur ein weiteres »Hm«, ohne das Kartoffelschälen noch ein weiteres Mal zu unterbrechen.

»Komm schon!«, mahnte ihr Mann ungeduldig.

Er schien sich nicht im Geringsten daran zu stören, dass ihnen auf dem Weg aus der Fuggerei hinaus Dutzende Nachbarn begegneten. Die Rückkehr des warmen Frühlingswetters hatte viele aus den Häusern getrieben. Fast vor jeder Tür kauerte ein Alter und genoss die Sonne. Freundlich grüßte Afras Mann in alle Richtungen und tat, als wäre es selbstverständlich, mitten unter der Woche am helllichten Tag mit einem Fremden dort entlangzuspazieren. Auch die Leute störten sich dieses Mal nicht an Kirsch.

Endlich ließen sie die Siedlung hinter sich und überquerten im Schatten einer großen Mauer mehrfach den kleinen Fluss, liefen durch etliche Gassen, über weitere Brücken und durch enge Hinterhöfe, bis sie schließlich ein Stück den Berg hinaufgingen und zum weitläufigen Rathausplatz gelangten. Kirsch hatte Mühe, seinen Gefährten in dem Getümmel nicht zu verlieren.

»Was ist los?«, fragte er, sobald sie eine ruhigere Straße erreicht hatten.

Afras Mann blieb stehen.

»Die Polizei war gestern Abend beim Tauscher. Die suchen nach dir. Du musst weg aus Augsburg.«

»Und wohin?«

»Was weiß ich? Kennst du sonst keinen?« Afras Mann sah ihn verwundert an. »Wo kommst du her? Nicht von hier, oder? Schau, dass du heim zu deinen Leuten kommst!«

»Das will ich auch, aber ich hab kein Geld.«

Sein Gefährte dachte nach.

»Hast wohl was Schlimmes angestellt, wenn die dich mit so viel Aufwand suchen.«

»Hat dir keiner was gesagt?« Nun war es an Kirsch, erstaunt zu schauen. »Tagelang hast du mich versteckt, ohne zu wissen, wer ich bin und warum ich mich versteck?«

»Der Tauscher hat dich gebracht. Das wird schon in Ordnung sein. Mehr brauch ich nicht wissen.«

»Bist du auch bei ihm im Arbeiterverein?«

»Bin ich verrückt?« Der Mann lachte auf. »Den Teufel werd ich tun und da mitmachen! Ein einfacher Tagelöhner bin ich, tu jeden

Tag meine Arbeit, krieg meinen Lohn dafür, wohn ordentlich. Wenn Gott es anders gewollt hätt, hätt er's anders eingerichtet. Warum sollt ich mich also mit denen da oben anlegen? Ändern tut sich sowieso nichts. Sich auflehnen bringt höchstens Ärger oder Unglück.«

Er zog Kirsch näher zu sich heran und flüsterte ihm zu: »Sieh dich vor! Ich bin mir nicht sicher, wie lang du auf die vom Arbeiterverein zählen kannst. Am Ende halten die nicht so viel von christlicher Nächstenliebe.«

»Warum hilfst du mir?«, fragte Kirsch. »Damit bringst du dich und deine ganze Familie in Gefahr.«

»Uns geschieht schon nichts«, beruhigte der andere ihn. »Aber vielleicht hilfst du mir auch mal? Wer weiß, wann ich das brauchen kann!«

Über das Gesicht von Afras Mann huschte ein kurzes, wissendes Lächeln. Kirsch schluckte. Ein wohliges Gefühl überkam ihn. Gerührt klopfte er ihm auf die Schulter.

»Danke«, sagte er mit heiserer Stimme. »Ich hoff, du hast Recht und ihr kriegt wirklich keinen Ärger.«

»Wir sind hier gut aufgehoben.«

Damit drehte er sich um und spazierte weg.

»Vergelt's Gott!«, rief Kirsch ihm hinterher.

Zum Zeichen, dass er verstanden hatte, winkte Afras Mann nur kurz über die Schulter zurück. Tief beeindruckt blickte Kirsch ihm nach, bis er um die nächste Ecke verschwunden war. Mit den Händen fuhr er in die Hosentasche und wollte ebenfalls weitergehen. Seine rechte Hand stieß auf ein Stück Papier. Neugierig zog er es heraus. Es war um einen kleinen, flachen Gegenstand gewickelt. Sobald er das Papier auseinanderfaltete, hielt er ein Geldstück in der Hand. Auf dem Zettel stand in ungelenker Schrift eine Adresse in Neuburg. Rasch knüllte er das Papier mit der Faust wieder zusammen. Wie sollte er das jemals wieder gutmachen? Er kannte nicht einmal den Namen der Leute, die ihm so selbstlos geholfen hatten.

Die Sonne fiel schräg auf den gegenüberliegenden kleinen Platz. Hell gekleidete Damen drehten ihre Sonnenschirme über den

Köpfen und flanierten gelangweilt auf und ab. Schwarz gewandete Gouvernanten führten Kinder in Matrosenkleidung aus. Vor den Wachsoldaten des Palais blieben sie stehen und bestaunten die feudalen Uniformen. Dabei mussten sie doch Prächtigeres gewohnt sein.

Im Galopp brausten zwei offene Wagen über die Straße heran. In dem ersten saß ein junger Leutnant in schmucker Uniform. Halb stehend, halb sitzend trieb er sein Pferd übermütig an. Im zweiten folgte ihm ein älterer Herr in Zivil. Wütend schrie er dem Leutnant etwas hinterher, offenbar war es etwas Unflätiges. Zwei Damen am Straßenrand tuschelten aufgeregt miteinander. Sicher ging es dabei um die Ungezogenheit der beiden Herren. War das ein Leben! Emma seufzte.

Behutsam ordnete sie den Stoff des dünnen Vorhangs. Ihre Fingerkuppe strich über eine unebene Stelle. Ein Loch! Es war nicht eben fachmännisch gestopft. Kurz zog sie die Augenbraue hoch, dann ließ sie den Stoff los und trat wieder in den Salon zurück.

Drinnen wurde es allmählich dämmrig. Das Grün an Wänden und Möbeln wurde dunkler; das Gold in den Stoffen und Bilderrahmen glänzte nicht mehr. Emmas Blick fiel auf eine kahle Stelle an der Wand. Dem hellen Rechteck zufolge musste dort bis vor kurzem ein Bild gehangen haben. Sie sah zur kleinen Uhr auf dem Kaminsims. Fast fünf! Sie musste eine halbe Ewigkeit auf die Straße hinuntergestarrt haben. Dabei gab es noch so viel zu tun.

»Leider, meine Liebe«, mit diesen Worten betrat Johanna Morgenthau den Salon, »kann ich gerade mein Portemonnaie nicht finden. Es ist mir außerordentlich unangenehm, aber ich fürchte, ich kann Ihnen heute nicht aus Ihrer Verlegenheit helfen.«

Schnell ergriff sie Emmas Hände. Emma senkte die Augen. Es war ihr äußerst peinlich, überhaupt um Geld gebeten zu haben. Wie tief war sie gesunken! Aber es ging um Georgs Beerdigung, nicht um ihren Stolz.

»Darf ich Ihnen wenigstens einen Tee anbieten? Sie müssen etwas zur Ruhe kommen, meine Liebe!«

Schon rauschte Johanna wieder hinaus. Emma nahm auf einem Sessel Platz. Das Möbel quietschte, als sie sich niederließ. Der

Stoffbezug war verschossen, an manchen Stellen sogar morsch. Vorsichtig strich sie darüber.

»Das Mädchen hat heute Nachmittag frei«, verkündete Johanna betont fröhlich, als sie mit einem Tablett in der Hand zurückkehrte. Auf einem kleinen Tisch richtete sie Tee und Gebäck her.

»Sie brauchen selber Geld, nicht wahr?«, fragte Emma leise.

Abrupt brach Johanna das Eingießen ab. Langsam setzte sie die Teekanne ab, bevor sie den Kopf hob. Um ihre Mundwinkel zuckte es. Die linke Augenbraue ragte steil nach oben.

»Verzeihung«, wisperte Emma und stand auf. »Das wollt ich nicht.«

»Nein, bleiben Sie! Das war dumm von mir. Ich bin einfach eine schlechte Schauspielerin.« Sie sank in die Chaiselongue zu Emmas Linken. »Dabei ist es keine Schande, kein Geld zu haben. Aber wem sag ich das? Ja, ich hab kein Geld. Meine Witwenpension ist karg. Sie reicht kaum fürs Nötigste, geschweige denn für ein standesgemäßes Leben in München. Mit meinem Schreiben verdien ich fast nichts, meine Familie gibt mir auch nichts, meine beiden Brüder haben mich mehr oder weniger enterbt. Wir sitzen also fortan im gleichen Boot, meine liebe Emma. Statt uns anzulügen, sollten wir besser überlegen, wie es weitergeht. Zuerst einmal müssen wir die Beerdigung Ihres lieben Georgs regeln. Ich weiß da noch ein paar Damen, die ich darauf ansprechen könnte. Das probiere ich gleich nachher.«

»Ich will keine Almosen!«, protestierte Emma.

»Das werden keine Almosen sein, meine Liebe.« Johanna beugte sich vor und tätschelte ihre Hand. »Es geht nicht darum, dass reiche Frauen ärmeren Frauen aus Mildtätigkeit etwas schenken. Es geht um gegenseitige Unterstützung und Solidarität.«

Emma horchte auf. Das kannte sie irgendwoher.

Johanna strich eine vorwitzige Locke aus der Stirn zurück und erklärte weiter: »Wenn eine Frau in Not ist, springt die andere für sie ein. Geht es ihr besser, hilft sie später selbst einer Frau in Not. Und immer so weiter. Schritt für Schritt befreien wir Frauen uns damit aus der Abhängigkeit von den Männern und lösen uns endlich aus ihren durchsichtigen Almosensystemen. Die bevormunden uns nämlich wie kleine Kinder, statt uns als gleichberechtigte erwachsene Wesen zu behandeln. Nur wenn wir das endlich begreifen und dagegen ankämpfen, können wir langfristig auf eigenen Beinen stehen. Es ist längst an der Zeit, dass wir unser Leben selbst in die Hand nehmen!«

Während sie das sagte, funkelten ihre Augen. Ganz aufrecht saß sie da, was ihre selbstbewusste Ausstrahlung unterstrich. Emma beeindruckte die Willenskraft, die aus ihren Worten sprach.

»Das mit dem Geld ist es nicht allein«, sagte sie nach einigen Minuten in die Stille hinein. »Obendrein hab ich eine furchtbare Dummheit gemacht.«

Bevor Johanna ihr widersprechen oder gar eine weitere Aussage über die weibliche Unfähigkeit zur Dummheit loswerden konnte, erzählte sie rasch von der morgendlichen Begegnung mit dem Polizisten.

»Sie befürchten noch immer, Ihr Bruder könnte Riederer erstochen haben?«, fragte Johanna. Wieder war ihre linke Augenbraue nach oben gerutscht. »Und damit die Polizei ihm nicht auf die Spur kommt, setzen Sie Himmel und Erde in Bewegung. Deshalb haben Sie sogar diesen Kirsch in noch größere Schwierigkeiten gebracht. Und nicht einmal mir haben Sie sich anvertraut!«

Emma wurde rot.

»Der Kirsch hat uns an den Polizisten verraten!«, rief sie trotzig aus.

»Woher wollen Sie das wissen?«, schleuderte Johanna ihr nicht minder heftig entgegen.

Sie hatte Recht, musste Emma sich eingestehen. Sie wusste nicht, was Kirsch getan hatte, geschweige denn, was aus ihm geworden war. Beschämt blickte sie zu Boden. Sie würde verstehen, wenn Johanna sie jetzt hinauswarf. In ihrer Unüberlegtheit stürzte sie noch alle kopflos ins Verderben. Außerdem hatte sie Johannas Hilfsbereitschaft aufs Schändlichste missbraucht. Es war das eine, einem vermeintlich politisch Verfolgten zur Flucht zu verhelfen. Es war jedoch etwas ganz anderes, einen offensichtlich Mordverdächtigen untertauchen zu lassen. Nicht mal über die Gefahr, der Johanna sich selbst aussetzte, hatte Emma sie vor einigen Tagen informiert, als sie Kirsch zu ihr gebracht hatte.

Doch statt darüber in Wut zu geraten, fragte Johanna leise: »Warum haben Sie mir nichts gesagt? Trauen Sie mir nicht? Ich hätte Ihnen doch in jedem Fall geholfen!«

Sie beugte sich vor und drückte Emmas Hand. Emma brachte noch immer kein Wort heraus.

»Was ist, wenn Ihr Bruder es doch nicht gewesen ist?«, insistierte Johanna weiter. »Trauen Sie ihm eine solche Tat wirklich zu? Wissen Sie, was das heißt?«

Das war zu viel! Emma sprang von ihrem Sessel auf und ging zum Fenster. Unwillkürlich führte sie die rechte Hand zum Mund und nagte an den Fingernägeln.

Unten auf der Straße herrschte mittlerweile reges Gedränge. Der Wachwechsel vor dem Palais lockte die Neugierigen an. Plötzlich kam es zu einem wilden Handgemenge. Ein Junge mit Gymnasiastenmütze löste sich aus der Menschentraube und lief davon.

»Haltet den Dieb!«, brüllte ein Mann und stürzte ihm hinterher. Mit seiner schwerfälligen Statur besaß er nicht die geringste Chance, den Jungen einzuholen. Keiner folgte seinem Aufruf. Der Junge hatte ordentlich ausgesehen, keineswegs wie ein zerlumpter Taschendieb. Seine Schuljungenkleidung war eine gute Tarnung. Der Mann dagegen war schäbig angezogen. Es war doch immer dasselbe, dachte Emma: Nie gerieten die in Verdacht, die anständig aussahen. Umso leichter traf es diejenigen, die ärmlich daherkamen. Allein der erste Eindruck zählte. Ob sie gerade denselben Fehler beging? Nein, sie kannte Alois. Es ging ihr bei ihm schon lange nicht mehr um den ersten Eindruck. Sie wusste genau, wie brutal er reagieren konnte. Da täuschte sie sich gewiss nicht.

»Ja, das mit dem Riederer trau ich meinem Bruder zu«, sagte sie laut und drehte sich wieder zu Johanna um. »Es ist ihm nicht gleich anzumerken, aber er ist ein furchtbarer Hitzkopf. Wenn der erst mal wütend ist, gibt's kein Halten mehr. Und der Riederer hat ihn wütend gemacht an dem Tag, das können Sie mir glauben!«

»Von Kirschs Unschuld an dem Mord sind Sie dagegen felsenfest überzeugt, oder? Den Verrat an Ihrem Bruder aber trauen Sie ihm zu. Dabei kennen Sie ihn kaum.«

»Sie mögen den Kirsch nicht.«

»Darum geht es jetzt nicht, meine Liebe«, stellte Johanna fest. »In jedem Fall haben Sie Ihren Bruder, Kirsch und nicht zuletzt sich selbst in einen riesigen Schlamassel hineingeritten. Wir müssen uns gut überlegen, wie Sie da alle drei wieder heil rauskommen.«

»Vielleicht ist's auch ein ganz anderer gewesen«, setzte Emma nach einigem Nachdenken an. »Wir sind bestimmt nicht die Einzigen, die Ärger mit dem Riederer gehabt haben. So wie der mit uns umgesprungen ist, hat er sich bestimmt öfter benommen.«

»Andererseits hat er sich sehr darum bemüht, den Schneiderfamilien zu helfen. Durch den Streik sind viele in große Not geraten, sagen Sie. Er hat vielen die Nähmaschinen auf Kredit angeboten und sie so überhaupt erst in die Lage versetzt, ein bisschen was dazuzuverdienen.«

»Das hat er aber auch für seinen eigenen Vorteil gemacht. Gut bezahlt hat er für das Nähen ja nicht grad. Und wenn man ihm Widerspruch gegeben hat, ist er gleich ganz wütend geworden.«

»Kennen Sie viele, die für ihn genäht haben, meine Liebe?«

»Zwei oder drei weiß ich gewiss mit Namen. Ich könnt noch ein bisschen weiter rumfragen«, antwortete Emma.

»Tun Sie das. Es wird höchste Zeit, dass wir mehr über den sauberen Herrn Riederer erfahren. Nur so können wir herausfinden, mit wem er sich gutstand und mit wem nicht.«

»Sie wollen mir wirklich helfen, den Mörder zu finden?«

Ungläubig starrte Emma Johanna an. Zum ersten Mal fiel ihr auf, dass sie gar keinen Schmuck trug. Nach den heutigen Beobachtungen konnte sie sich denken, warum.

»Ich will nicht, dass ein Unschuldiger seinen Kopf dafür hinhält, egal, ob es am Ende Ihr Bruder oder dieser Kirsch ist. Das passiert schon oft genug. Aber dieses eine Mal wenigstens soll es nicht so sein, meine Liebe.« Sie erhob sich und stellte sich dicht neben Emma. »Wie sagten Sie noch, heißt der Polizist? Thiel? Ich werde versuchen, bald mit ihm zu sprechen. Wichtig ist, dass wir dahinterkommen, wie viel er mittlerweile zu dem Fall weiß und wen er noch als Täter verdächtigt. Bei der Gelegenheit kümmere ich mich auch um die Unterstützung für Georgs Beerdigung. Morgen Mittag wird die sein, nicht wahr?«

Zu Emmas Erstaunen ging sie zur Wand, nahm ein Bild mit einer Jagdszene herunter, wischte den Staub vom Rahmen und betrachtete es versonnen.

»Ich glaube, das ist noch ein paar Gulden wert. Es dauert zu lange, jetzt noch für weibliche Solidarität zu werben oder auf finanzielle Unterstützung zu hoffen.«

»Nein!« Entschlossen stellte Emma sich ihr in den Weg. »Sie tun schon mehr als genug für mich. Für Georgs Beerdigung sorg ich allein.«

Wie immer war der Schankraum im »Schwarzen Ross« gut gefüllt. So schlecht würde es den Männern niemals gehen, dass sie nicht doch noch ein paar Kreuzer für ein Bier im Wirtshaus fanden. Erschöpft ließ Thiel sich in einer Ecke beim Ofen nieder, legte das Paket von Emma Niedermayr, das er seit dem Vormittag mit sich herumtrug, auf die Bank. Sorgsam bettete er seinen schwarzen Zylinder obendrauf. Zum Glück wurde nicht mehr eingeheizt, der Schweiß stand ihm auch so schon auf der Stirn.

»Habe die Ehre, Thiel!« Gut gelaunt klopfte der Wirt ihm auf die Schulter. »Was machst wieder für Geschichten! Den Dienst quittieren – ausgerechnet du?«

»Wenn du's eh schon weißt, dann besinn dich lieber auf deinen eigenen Dienst und bring mir eine Maß«, brummte Thiel.

»Schon gut«, murmelte der Wirt beleidigt und machte Anstalten, schnell wieder zu verschwinden. Im Weggehen fragte er: »Kannst es trotzdem nicht lassen, was?«

»Was?«

»Na das Ausspionieren!«

»Von wem?«

»Von wem schon? Tu doch nicht so! Von den Schuhmachergehilfen natürlich.« Überrascht musterte der Wirt seinen Gast. »Oder hast schon wieder vergessen, dass die heut ihre Versammlung bei mir haben?«

Als Thiel immer noch nichts erwiderte, knurrte er: »Ich fass es nicht. Zum zweiten Mal innerhalb einer Woche vergisst der Herr Polizeioffiziant Severin Thiel eine Versammlung der Schuhmachergehilfen! Wenn mir das einer vorher mal gesagt hätt! Alles in Ordnung bei dir?«

Besorgt beugte er sich über den Tisch und musterte Thiel.

»Bring mir meine Maß, und dann lass mich in Frieden«, knurrte Thiel. Sollte der Wirt ihn doch für verrückt erklären, ihm war es egal. Er war nicht mehr im Dienst. Also kümmerten ihn auch die Versammlungen nicht mehr. Dieser Fischer hatte Recht, die hatten ihm genug Scherereien bereitet.

Er verschränkte die Arme vor der Brust und lehnte sich zurück. Da stutzte er. Überall an den Tischen hockten Schuhmachergesellen. Die meisten kannte er vom Sehen, einige durch ihre Reden auf den Gewerkschaftsversammlungen, andere durch Gespräche beim Bier. Über Monate hatte er die alle beobachtet. Was steckten die hier draußen im Schankraum die Köpfe zusammen, wenn nebenan die Zusammenkunft stattfand? Da stimmte doch was nicht. Ach, egal! Er hatte längst andere Sorgen. Thiel verschränkte die Arme fester vor der Brust.

Ohne dass er es wollte, steckte er gleich wieder mitten drin in den Gedanken. Sosehr er sich zu wehren suchte, die Geschichte mit Riederer und seinen dubiosen Nähaufträgen ließ ihm keine Ruhe. Damit stimmte etwas nicht. Wenn er nur wüsste, was! Das wäre sicherlich ein guter Ansatzpunkt, mehr über den Toten und die Hintergründe des Mordes zu erfahren. Zu dem seltsamen Einbruch wollte es ohnehin besser passen als die Theorie mit Kirsch als Täter. Der war wohl kaum in Riederers Laden eingebrochen, um dann doch nichts zu stehlen.

Schade, dass Thiel vorhin bei Fischer nicht weitergekommen war. Da hatte er eigentlich alles verdorben. Viel zu unüberlegt war er dort vorgegangen. Dafür würde er sich am liebsten selbst ohrfeigen. Fischer hätte ihm helfen können und vielleicht auch helfen wollen, wenn er es nur richtig angepackt hätte. Der Mann war klug, der durchschaute so manches, erkannte hervorragend die größeren Zusammenhänge der Dinge. Warum aber war Thiel so kopflos zu Fischers Laden gerannt? Schuld war natürlich die Begegnung mit dieser Emma Niedermayr. Die hatte ihn zutiefst berührt. Und auch ein wenig verwirrt. Eine tapfere Frau, in gewisser Hinsicht allerdings auch sehr eigenartig. Fischer hatte Recht, die

Zeiten änderten sich für die Schneidergehilfen und Näherinnen gerade rasend schnell. Ändern konnte einer allein an dieser Entwicklung gar nichts. Dass aber ausgerechnet eine Frau wie diese Emma Niedermayr, verheiratet mit einem aus dem Streikkomitee der Schneidergehilfen, sich von dem Nähmaschinenhändler maßlos ausbeuten ließ, war schon ungeheuerlich. Noch dazu zu einem Lohn, der weit unter dem lag, was ihr Mann und seine Kumpane bereits vor dem Streik als entwürdigend empfunden hatten! Ob Emma Niedermayrs Begleiter das spitzgekriegt und einfach aus Rache den Nähmaschinenhändler erstochen hatte? Wer war er? Was hatte er genau mit Emma Niedermayr zu tun? Anscheinend stand er in einer engen Beziehung zu ihr. Warum sonst hatte er sie zu Riederer begleitet und sich abends wieder vor dem Laden postiert? Möglicherweise hatte er sich aber auch betrogen gefühlt, weil Riederer die überteuerte Maschine nicht umtauschen wollte. Heutzutage musste einer das wenige, was einem blieb, mit allen Mitteln verteidigen. Es konnte aber auch einer von Riederers Konkurrenten Wind von den Machenschaften mit den Schneiderfrauen bekommen und schlagartig begriffen haben, wie geschickt der den Streik zum eigenen Vorteil nutzte. Als Riederer ihn nicht am Gewinn beteiligen wollte, hatte er wutentbrannt zugestochen.

Ach, es gab so viele Möglichkeiten, doch wie Thiel es auch drehte und wendete, letztlich blieb immer nur eine übrig. Unabhängig voneinander hatten zwei Zeugen Kirsch als denjenigen beschrieben, der als Letzter bei Riederer im Laden gewesen war. Thiel strich sich mehrmals seinen schmalen Bart glatt. Warum sperrte er sich so vehement gegen das Offensichtliche? Natürlich war da noch dieser seltsame Einbruch, bei dem offenbar nichts aus Riederers Geschäft gestohlen worden war. Die teuren Nähmaschinen und Stoffe hatten unberührt im Lager gelegen. Also musste der Einbrecher etwas anderes gesucht und genau gewusst haben, wo. Nur was? Vielleicht sollte Thiel es noch mal mit Kathi Bauer probieren. Wenn sie sich von dem Schreck etwas erholt und wieder beruhigt hatte, fiel ihr vielleicht doch noch was ein. Oder er unterhielt sich erneut mit Fischer, aber dieses Mal sicher erst nach gründlicher Vorbereitung.

Nickend begrüßte Thiel das Bier, das die Bedienung wortlos

vor ihm abstellte. Die Unfreundlichkeit entging ihm nicht, er beschloss aber, sie gleich wieder zu vergessen. Zu groß war die Freude über die Erfrischung. In großen Schlucken trank er. Das tat gut. Genüsslich wischte er sich den Schaum von den Lippen und sah noch mal in die Runde. Die Reihen der Schuhmachergesellen waren weiterhin dicht besetzt. Kaum einer war hinüber in den Versammlungssaal gewechselt. Was lief da ab? Sollte er nicht doch einmal hinübergehen? Nur mal kurz schauen, was dort geschah? Interessieren tat es ihn persönlich schon, wie es mit dem Streik und dem Arbeiterverein weiterging. Nachsehen war nicht verboten, schaden konnte es sowieso nicht, im Gegenteil. Für seine weiteren Überlegungen zu Riederers Tod war es sogar sehr wichtig. Verdammt! Schon hielt er den Krug in der einen, Paket und Zylinder in der anderen Hand und schlenderte in den Saal.

Die Tür zum Wirtshausflur stand weit offen, dennoch drang nur wenig Lärm nach draußen. Als Thiel in den Saal trat, erkannte er auch gleich, warum. Es saßen höchstens zwei Dutzend Schuhmachergehilfen kreuz und quer durch den Raum verteilt. Leise unterhielten sie sich miteinander. Vorn am Tisch diskutierten allerdings ihr Anführer und Robert Neff vom Arbeiterverein miteinander. Keiner der beiden sah sonderlich zufrieden dabei aus. Weit abseits, im Halbdunkel des großen, nahezu leeren Saales, hockte Heinrich Stiegler. Wie eine Spinne hatte er sich in eine ruhige Ecke zurückgezogen und wartete auf seine Beute. Emsig notierte er unterdessen etwas in das vertraute Oktavheft, wahrscheinlich seine Beobachtungen und Gedanken zu den Vorgängen um ihn herum.

Thiel zögerte. Dann hatte er sich entschieden. Mit wenigen Schritten war er bei Stiegler und setzte sich zu ihm. Überrascht sah der Redakteur auf.

»Sie hier? Was wollen Sie?«, wisperte er. »Ich denke, Sie sind gestern aufs Land hinausgefahren?« Als Thiel nichts erwiderte, raunte er weiter: »Warum bleiben Sie nicht bei Ihren Verwandten, bis es ruhiger geworden ist um diese leidige Angelegenheit? Das wäre doch das Klügste. Der Herr Polizeidirektor wird sich schon wieder beruhigen, nicht wahr?«

»Danke für Ihr Mitgefühl«, erwiderte Thiel. »Erzählen Sie mir lieber, was hier los ist. Warum sitzen die Schuhmachergehilfen draußen, wenn hier drinnen die eigentliche Zusammenkunft stattfindet?«

»Wissen Sie das nicht? Ach, Entschuldigung, Sie sind ja nicht mehr im Dienst, nicht wahr?«

Lächelnd legte Stiegler den Stift beiseite. Das Gefühl, Thiel wieder einmal ein Stückchen voraus zu sein, gefiel ihm offensichtlich. Lange bitten ließ er sich trotzdem nicht.

»Zuerst wollten die Herrschaften von der Gewerkschaft und vom Arbeiterverein noch mal in Ruhe über einen Streik beraten. Schließlich wollen sie dem Rest der Welt zeigen, dass es die viel beschworene Solidarität der Arbeiter eben doch gibt, gerade hier bei uns in München. Letzte Woche hat dasselbe Anliegen ja in einem riesigen Tumult geendet, Sie erinnern sich bestimmt, nicht wahr? Heute ist von vorneherein überhaupt nur der harte Kern der Schuhmachergewerkschafter zur Versammlung erschienen, der Rest will wohl nichts mehr mit dem Arbeiterverein zu tun haben. Es ist ihnen gewiss zu offensichtlich, dass es dort eher um den theoretischen Klassenkampf denn um die praktische Verbesserung ihrer Lage geht. Deshalb wollen sie nicht, dass ihre Gewerkschaft mit denen vom Allgemeinen Deutschen Arbeiterverein zusammengeht. Und sie wollen auch nicht, dass ihre Gewerkschaft die Schneider unterstützt. Mit denen geht es nämlich bergab, nicht wahr?«

Thiel nickte erschöpft. Stieglers Haltung zu den Ideen des sozialdemokratischen Arbeitervereins und den Streikversuchen der hiesigen Gewerkschaften war hinlänglich bekannt, seine Häme erstaunte nicht. Oft genug hatte er in seinen Artikeln über die Versammlungen durchblicken lassen, was er von alldem hielt.

»Mitten in die Rede des Vorsitzenden der Schuhmachergehilfen ist vorhin jedoch die Nachricht geplatzt, dass zu Wochenbeginn eine ganze Reihe der Schneidergehilfen die Arbeit wieder aufgenommen hat«, fuhr der Redakteur fort. »Die Meister sind zwar bislang nicht auf die Forderungen des Streikkomitees eingegangen, haben aber allgemeine Besserungen in Aussicht gestellt. Thiel, mal ganz unter uns, fünfundzwanzig Prozent mehr Lohn sind wirklich nicht realistisch. Die Sonntagsarbeit einzuschränken und generell nicht mehr als zwölf Stunden am Tag arbeiten zu lassen, das ist dagegen schon ein sehr großes Entgegenkommen, nicht wahr? Sobald es auch wieder mehr Aufträge gibt, wollen die Meister sogar noch mal drüber nachdenken, mehr zu bezahlen. Thiel, ich frage Sie: Ist das nicht ein sehr gutes Angebot? Damit nicht zufrieden zu sein und jetzt immer noch weiterzustreiken, ist einfach unverschämt, nicht wahr?«

Stiegler rückte seine Brille zurecht.

»Was sagt Neff dazu?«, fragte Thiel nach einer kleinen Pause und wies nach vorn zum Tisch, an dem der Arbeiterfunktionär weiterhin heftig mit dem Mann von der Schuhmachergewerkschaft debattierte.

»Der!« Verächtlich schnaubte Stiegler. »Der stellt sich doch tatsächlich hin und behauptet, der Schneiderstreik drohe nur deshalb zu scheitern, weil einer der Sozialdemokraten als Mörder verleumdet wurde. Die ganze Chose mit der Verhaftung der Schneider letzte Woche, seine eigene vorübergehende Inhaftierung und die Jagd auf Kirsch, all das sei, so sagte Neff vorhin wörtlich, ein abgekartetes Spiel der Obrigkeit. Ihn wundere es nicht, wenn Riederer nur ermordet worden wäre, um die sozialdemokratische Arbeiterbewegung zu diskreditieren. Ungeheuerlich, nicht wahr?«

Stiegler ging vor Empörung die Puste aus. Er schnappte nach Luft, beruhigte sich wieder, mühte sich unauffällig, die schwarze Mähne in Ordnung zu bringen.

»Solchen Unsinn kann man doch nicht mehr ernst nehmen. Bedenken Sie, Thiel, mit dieser Behauptung geraten auch Sie persönlich ins Zwielicht. Schließlich haben Sie die Verhaftung der Schneider befohlen. Das ist natürlich alles ein ganz durchsichtiger Schachzug von Neff. Er kann es Ihnen eben nicht verzeihen, dass Sie ihn letzte Woche fast zwei Tage lang verhört haben. Aber er wird schon sehen, was er davon hat, nicht wahr? Vorhin jedenfalls sind die Männer einfach aufgestanden und aus dem Saal gegangen. Sie haben ihm nicht mal den Gefallen getan und laut gegen seinen Unsinn protestiert. Das wäre auch zu viel der Ehre gewesen, nicht wahr?«

Thiel fehlten tatsächlich eine Weile die Worte, um die Neuigkeit zu kommentieren. Trotz aller Unverfrorenheit, so ganz von der Hand zu weisen war Neffs Behauptung nicht. Der Mord war zwar noch lange kein Komplott der Obrigkeit – eine ungeheure Behauptung, genauso wie der Versuch, ihn als Handlanger einer solchen Verschwörung hinzustellen, ausgerechnet ihn! –, allerdings musste man ihm zugestehen, dass dem Polizeidirektor die Sache in der derzeitigen Lage der Stadt wirklich sehr gelegen kam. Kirsch als Hauptverdächtiger auf der Flucht, das löste doch mit einem Schlag mehrere Probleme, beileibe nicht allein die um Riederers Ermordung!

Etwas im hintersten Winkel von Thiels Kopf nahm langsam Gestalt an. Noch schien es ihm sehr nebulös. Wenn er Geduld hatte, würde sich der Nebel sicher bald lichten.

»Was treiben Sie denn nun so?«, platzte der Redakteur dazwischen. »Lassen können Sie von all dem wohl nicht, obwohl Sie offiziell aus dem Dienst ausgeschieden sind, nicht wahr?«

Das war es! Thiel zuckte regelrecht zusammen. Als er die Idee aber genauer fassen wollte, war sie schon wieder verschwunden.

»Kennen Sie einen gewissen Raimund Fischer?«, hörte er sich den Redakteur fragen. Dabei sah er vermutlich ebenso erstaunt aus wie Stiegler, der ihn mit großen Augen anstarrte.

»Meinen Sie den Nähmaschinenhändler aus der Müllerstraße? Was hat denn der mit dem allem zu tun? Oder glauben Sie, der Mörder wird sich jetzt nach und nach alle Nähmaschinenhändler in der Stadt vornehmen? Das klingt wiederum sehr interessant, nicht wahr?«

Stiegler griff sich seinen Bleistift, befeuchtete ihn mit den Lippen und kritzelte etwas in sein Heft.

»Sie kennen ihn also?«, hakte Thiel nach.

»Wer kennt den nicht«, lachte der Redakteur auf. »Der ist schon einzigartig. Ein richtiges Nordlicht, wie man es sich vorstellt. So einer fällt doch auf hier bei uns! Er ist wohl mal ein paar Jahre zur See gefahren, hat dann geerbt und mit dem Geld versucht, als Geschäftsmann Fuß zu fassen. Warum das ausgerechnet bei uns im Süden sein musste, habe ich allerdings nie so recht verstanden. Liegen tut ihm die Mentalität der Leute hier ganz sicher nicht. Kaffee und Tee hat er importiert, allerdings wohl zu den falschen Preisen, so genau weiß ich nicht darüber Bescheid. Wirtschaft und Handel sind nicht mein Metier. So viel aber habe ich mitbekommen, dass Fischer mit Pauken und Trompeten damit bankrottging. Danach war es einige Zeit still um ihn. Vielleicht hat er sich irgendwo anders ein bisschen Geld verdient. Als er zurückgekommen ist, war er einer der Ersten in München, die ein Nähmaschinengeschäft aufgemacht haben. Bevorzugt englische und amerikanische Modelle, mittlerweile wohl aber auch deutsche. Vielleicht fragen Sie mal Ihren geschätzten Herrn Polizeidirektor, der kennt den Fischer persönlich. Seit einiger Zeit gehört der nämlich zur berühmten Kartenrunde im ›Tambosi‹. Josef Riederer war dem guten Herrn von Burchtorff von daher schließlich auch schon bekannt, nicht wahr?«

»Im ›Tambosi‹ verkehren eine Menge Leute. Die müssen nicht gleich alle miteinander befreundet sein«, wandte Thiel ein. Wieder hatte er gerade das Gefühl, dass er ganz nah dran war. Sobald er sich darauf konzentrierte, war es weg.

»Entschuldigung, ich vergaß«, plauderte Stiegler ungerührt weiter. »Den Polizeidirektor können Sie derzeit schlecht fragen. Der wird nicht mit Ihnen reden wollen, nicht wahr? Aber irgendwen, der Ihnen dazu was sagen will, werden Sie im feinen ›Tambosi‹ schon auftreiben. So einen wie den Raimund Fischer vergisst man nämlich nicht so leicht. Nicht nur wegen seiner norddeutschen Art, auch das mit seinen Augen ist kurios, der schaut aus zwei Richtungen gleichzeitig auf einen, nicht wahr?«

Stiegler kicherte in sich hinein. Geschäftig packte er seinen Stift und sein Heft zusammen und verabschiedete sich.

Die kühle Nachtluft wirkte erfrischend. Thiel genoss es, durch die still gewordene Stadt zu spazieren. Nach alter Gewohnheit schlug er den Weg durch die Weinstraße ein. In der Polizeidirektion herrschte der übliche Nachtbetrieb. Eine ganze Weile blieb er am Fuß der Treppe stehen. Wehmütig erfasste er bald, dass keiner von den Wachhabenden zu ihm herunterschauen würde. Die waren alle zu sehr beschäftigt.

Wie lange hatte er dazugehört? Nie hatte er seinen Platz dort oben infrage gestellt. Die Polizei, das war fast so etwas wie eine Familie für ihn, erst recht nach Bettys Tod. Sein gesamtes Sein richtete sich daran aus. Es ging ihm doch nicht nur um den eigenen Vorteil. Nicht nur er arbeitete viel zu viele Stunden für eine viel zu geringe Entlohnung, nicht nur er wartete seit Jahren auf die lächerliche Beförderung. Den anderen Kollegen ging es doch auch nicht besser. Keiner von ihnen traute sich, den Mund aufzumachen, weil sie Angst hatten, allein dazustehen. Dabei waren sie doch viele! Wenn sie alle zusammenhalten würden, wie die Schneidergehilfen das gerade vormachten … Nein, das funktionierte nicht. Gersthofers Verrat hatte es gezeigt, das interessierte niemanden, weder einen bei der Polizei noch einen bei der Gendarmerie. Thiel sollte die Idee von einer Art Gewerkschaft der Ordnungskräfte endlich vergessen. Nachdenklich sah er die Stufen hinauf zur Tür. Wer war er denn überhaupt? Schweren Herzens ging er weiter in die Stille der Nacht hinein.

Als er das »Tambosi« am Hofgarten erreichte, verließ gerade eine größere Zahl Gäste das Caféhaus. Die Uhr an der gegenüberliegenden Theatinerkirche zeigte Thiel, wie spät er schon dran war. So kurz vor der Sperrstunde konnte er sich nicht mehr unauffällig im Café umhören. Er postierte sich an einer Gaslaterne und musterte die Männer, die nach und nach herauskamen. Es handelte sich um die üblichen Stammgäste, Herren in tadellosen Anzügen aus der besten Gesellschaft der Stadt, darunter Honoratioren, hohe Staatsbedienstete, Offiziere, Geschäftsleute. Galant führten sie ihre Damen zu den wartenden Kutschen. Früher, so wurde gemunkelt, ging gar der König persönlich im »Tambosi« ein und aus. Kein Wunder, dass Polizeidirektor von Burchtorff gern seine freie Zeit dort verbrachte. Er passte wunderbar in dieses Umfeld, aber Nähmaschinenhändler wie Riederer und Fischer?

»Es ist nicht zu fassen!«, entrüstete sich jemand hinter ihm. Thiel kannte die Stimme. Erschrocken fuhr er herum. Nein, er hatte sich nicht getäuscht, die Stimme gehörte niemand Geringerem als dem Polizeidirektor persönlich. Instinktiv salutierte er.

Dann fiel ihm ein, dass er Zivil trug, also konnte er auch eine lockerere Haltung annehmen.

»Was machen Sie hier?« Nur mit Mühe beherrschte Burchtorff sich. Sein rot angelaufenes Gesicht verriet, dass er gern losgebrüllt hätte. Das rührte sicher nicht allein von seiner Erregung. Der Dunst nach Alkohol und Zigarren, der ihn umgab, tat ein Übriges, um seinen Gemütszustand zu erklären.

»Ich schnapp ein bisschen frische Luft, bevor ich nach Hause geh«, erwiderte Thiel. »Ich wohn nicht weit von hier.«

»Es ist mir egal, wo Sie wohnen. Lungern Sie nicht in der Öffentlichkeit herum, das gehört sich nicht. Selbst wenn Sie nicht mehr im Dienst sind, gehören Sie bis zur offiziellen Entlassung immer noch der städtischen Polizei an. Das verpflichtet. Bewahren Sie Haltung, Thiel, lassen Sie sich nicht so gehen!«

Nuschelnd verschluckte er einige Buchstaben. Um das zu kaschieren, warf er einen abfälligen Blick auf Thiels Anzug. Thiel wollte sich gar nicht genauer vorstellen, was er darüber dachte, der Blick allein verriet genug. Wenn man nur bei den besten Schneidern der Stadt nähen ließ, war es ein Leichtes, über den abgetragenen Anzug eines kleinen Beamten die Nase zu rümpfen.

»Mir ist zu Ohren gekommen, dass Sie auffällig oft an Orten herumspazieren, an denen gerade ermittelt wird. Was soll das, Thiel?«

Hatte Gersthofer ihn etwa schon wieder angeschwärzt? Das konnte doch nicht wahr sein! Sollte er sich so in seinem Freund getäuscht haben?

Der Polizeidirektor blieb unerbittlich. So deutlich, wie es ihm noch möglich war, stieß er heraus: »Ich hatte einmal große Hoffnungen in Sie gesetzt. Sie waren einer meiner besten Männer, Thiel. Schlimm, dass Ihre Karriere bei der Polizei so ein frühes Ende genommen hat. Das haben Sie sich ganz allein zuzuschreiben.«

Damit setzte er den Zylinder auf. Sein Blick streifte Thiel. Der ahnte, dass er zu einer abschließenden Bemerkung ansetzte. So schnell ging das aber um diese Stunde und nach dem ausgiebigen Weingenuss nicht mehr.

»Ich gebe Ihnen einen letzten, guten Rat«, stieß er schließlich mühsam hervor. »Verschwinden Sie eine Weile aus meinen Augen.

Machen Sie einen ganz weiten Bogen«, mit den Armen zeichnete er in der Luft nach, wie weit er sich den vorstellte, dabei schwankte er beträchtlich, »um sämtliche Orte, an denen Sie mich oder einen von mir beauftragten Gendarmen oder Polizisten vermuten. Es hat keinen Sinn, mein Lieber, dass Sie mir hinterherspionieren. Das bringt Ihnen nur neuen Ärger ein. Und versuchen Sie nicht, noch mehr über den toten Riederer herauszufinden, der geht Sie nichts mehr an. Zum letzten Mal, Thiel: Das ›Tambosi‹ ist kein Ort für Sie, lassen Sie die Finger davon. Ich erfahre alles, verlassen Sie sich drauf!«

Das Aufstoßen ähnelte schon fast einem richtigen Rülpsen. Gerade noch gelang es Burchtorff, die Hand vor den Mund zu bringen.

Thiel sah dem Polizeidirektor nach. Torkelnd wankte der zu einer Kutsche auf der anderen Seite des Odeonsplatzes.

Unaufhaltsam kreisten Burchtorffs letzte Sätze in Thiels Kopf herum. Langsam vermischten sie sich mit dem, was Stiegler berichtet hatte. Thiel inspizierte den Rand seines Zylinders, fuhr mit der Fingerspitze darüber. Als er dessen gewahr wurde, setzte er den Hut auf und marschierte los, die Ludwigstraße hinauf Richtung Norden. Die letzten Gäste verließen das »Tambosi«. Thiel meinte, aus einer der kleinen Gruppen Fischers Kopf herausragen zu sehen, doch er schenkte dem keine weitere Aufmerksamkeit mehr, sondern schlenderte weiter. Plötzlich wusste er es: Burchtorff brauchte Kirsch nicht nur als Hauptverdächtigen wegen des Kampfes gegen die Arbeiterbewegung. Kirsch als möglicher Täter lenkte wunderbar davon ab, dass Burchtorff den toten Nähmaschinenhändler besser gekannt hatte, als er offen zugeben wollte. Die Verbindung über das »Tambosi« hatte er zwar nie geleugnet, dazu gab es auch zu viele Zeugen dafür. Doch ganz sicher wollte der Polizeidirektor auf diese Weise verhindern, dass überhaupt in diesem Umfeld ermittelt wurde. Das hatte er bereits durch den Sonderauftrag an Thiel erreichen wollen. Thiel als Beobachter der Arbeiterbewegung war ein Garant dafür, dass allein den Spuren in diese Richtung Beachtung geschenkt wurden. Selbst der Lapsus mit Kirschs Flucht erwies sich als glückliche Fügung. Dass man den Tatverdächtigen nicht so schnell fand, war aus Burchtorffs Sicht eigentlich gar nicht so ungeschickt, nährte es den Verdacht gegen den Arbeiterfunktionär doch noch mehr. Welchen Grund aber hatte der Polizeidirektor, so zu handeln? Den wahren Mörder deckte er ganz sicher nicht. Dazu war er zu sehr ein Mann von Recht und Ordnung. Es musste etwas anderes geben, weshalb Thiel die »Tambosi«-Runde nicht näher inspizieren sollte. Und das mochte durchaus ein Berührungspunkt zwischen Burchtorff, Fischer, Riederer und dem grausamen Mord sein.

Dienstag, 3. Mai 1870

Von den frischen Semmeln hatte Emma noch nichts angerührt. Lediglich am Tee hatte sie einmal kurz genippt. Reglos saß sie am Tisch und starrte vor sich hin. Sie wusste, dass sie eine Stärkung bitter nötig hatte. Wie wollte sie nachher den Gang zum Friedhof überstehen? Trotzdem brachte sie nichts hinunter. Die Kehle war ihr regelrecht zugeschnürt.

»Versuchen Sie es doch noch mal«, ermunterte Johanna sie. Geduldig saß sie seit einer guten Stunde neben Emma, hatte Semmeln und Butter mitgebracht, Tee gekocht, den Tisch gedeckt. Sogar an einen kleinen Strauß mit Veilchen hatte sie gedacht. Die blauen Blüten verströmten einen zarten, wohltuenden Duft. Mit Wehmut dachte Emma daran, wie sehr sich Georg darüber gefreut hätte. Veilchen waren seine Lieblingsblumen gewesen.

»Ich weiß, wie Ihnen zumute ist«, sagte Johanna. »Als mein Mann starb, ging es mir genauso: Erst konnte ich tagelang nicht weinen. Ganz ruhig habe ich mich um alles gekümmert, was zu tun war. Am Morgen der Beerdigung bin ich dann zusammengebrochen. Da ging auf einmal gar nichts mehr.«

Tröstend strich sie Emma über den Rücken. Emma genoss die Wärme, die von ihren Händen ausging. Dabei schien draußen auch an diesem Morgen wieder die Sonne. Selbst durch die geschlossenen Fenster konnte sie die Frühlingswärme in der Küche spüren.

»Wenn's nur die Beerdigung wär«, erwiderte Emma. »Vor der fürcht ich mich gar nicht. Der Georg hat jetzt wenigstens seine Ruh. Seit Wochen hab ich ihm das gewünscht. Helfen konnt ihm doch sowieso keiner mehr.«

Sie streckte ihre Finger nach den Veilchen aus, berührte vorsichtig die Blüten.

Jemand klopfte an die Tür. Erschrocken zog sie die Finger zurück. Das Klopfen klang sehr bestimmt.

»Der Pfarrer? So früh?«

Fragend sahen sich die beiden Frauen an. Emma erhob sich und ging langsam zur Tür.

»Neff! Was willst?«

Sie erschrak selbst über die Schroffheit, mit der sie den Arbeiterfunktionär begrüßte.

»Also ich komm, um dir beizustehen«, erklärte er und nahm die Mütze vom Kopf. »Wir vom Arbeiterverein wissen, wie schlimm das für dich ist. Der Georg war einer unserer Besten. Den vergessen wir nie!«

»Das wollen wir auch hoffen«, stellte Johanna fest. »Er hat viel für Sie getan. Wir warten auf den Pfarrer. Kommen Sie, warten Sie mit uns.«

Neff schien erst jetzt ihre Anwesenheit zu bemerken. Ungelenk deutete er einen Diener in ihre Richtung an.

»Wennst dich vom Georg verabschieden willst, der Sarg ist noch offen.« Emma ging zur Kammer und öffnete die Tür. »Kannst ihn dir ruhig noch mal anschauen.«

Zögernd folgte er ihrer Aufforderung. Sie ließ ihn nicht aus den Augen.

»Wär schön gewesen, wenn du früher gekommen wärst«, sprach sie gegen seinen Rücken. »Deinen Beistand hätt ich gern schon am Samstag gehabt.«

Mit der Mütze vor der Brust stand er vor dem Sarg. Hastig schlug er ein Kreuzzeichen vor der Brust, nickte kurz und flüchtete regelrecht aus der Kammer zurück in die Küche.

Emma gönnte ihm keine Verschnaufpause: »Wie eine Bettlerin bin ich vor dem Streikkomitee gestanden. Dabei wollt ich gar keine Almosen. Nur das hab ich zurückkriegen wollen, was wir seit Monaten in die Sterbekasse eingezahlt haben.«

Sie baute sich dicht vor Neff auf und sah ihm direkt in die Augen. Bald schon senkte er den Blick.

»Aber der Georg und ich waren wohl die Einzigen, die das mit der Sterbekasse für bare Münze gehalten haben. Nichts ist mehr drin gewesen, als ich nachgefragt hab. Und das ausgerechnet jetzt, wo ich das Geld wirklich brauch. Für den Streik haben sie's hernehmen müssen, hat mir der Kassenwart gesagt, sonst hätten die

Schneider überhaupt gar nichts mehr zum Beißen. Ihr vom Arbeiterverein habt denen ja nichts gezahlt aus eurer berühmten Streikkasse.«

Ihre Stimme begann zu zittern. »Und das ausgerechnet dem Georg!«, stieß sie Neff ins Gesicht. »Schau doch genau hin! In einer schäbigen Holzkiste liegt er drinnen. Aus Mitleid hat der Schreiner sie mir geschenkt. Aus Mitleid geschenkt! Genommen hab ich sie trotzdem, auch wenn ich mich in Grund und Boden geschämt hab deswegen. Nicht mal die schäbige Holzkiste hätt ich ja noch bezahlen können. Selbst die andern Gehilfen, die zu mir gekommen sind, haben mir nichts dazugeben können. Die haben ja alle selbst nichts mehr. Hat wohl alles euer Arbeiterverein in Leipzig. Von wegen Solidarität der Arbeiter.«

Traurig schüttelte sie den Kopf. Dass sie Georg das antun musste, darüber kam sie nicht hinweg.

Nach einer Weile fuhr sie fort: »Soll ich dir was sagen, Neff? Der Georg hat wirklich an die Ideen vom Arbeiterverein geglaubt. Bis in seine letzten Stunden hinein hat er sich für euch und den Streik eingesetzt. Weißt noch, wie du letzte Woche spätabends hier bei ihm gesessen bist? Sogar zur Versammlung hat er noch gehen und dort über die Idee von der Genossenschaft reden wollen.«

Plötzlich versagte ihre Stimme. Tränen standen ihr in den Augen, die Nase lief. Hastig wischte sie mit dem Handrücken darüber.

»Deine Idee! Dass ich nicht lach. Der arme Georg!«

Sie wandte sich ab, verschränkte die Arme vor der Brust und richtete ihren Blick in weite Ferne.

Johanna hatte ihren Ausbruch die ganze Zeit über stumm mitverfolgt. Nun trat sie zu ihr und nahm sie in die Arme. Erschöpft lehnte Emma den Kopf gegen ihre Schultern. Abermals spürte sie die Wärme, die von Johanna ausströmte.

»Kommen Sie, Emma. Es hat keinen Sinn, diesen Männern ins Gewissen zu reden. Die werden nie verstehen, um was es im Leben wirklich geht: Aufrichtigkeit und Verlässlichkeit.«

Und zu Neff sagte sie: »Ich glaube, es ist doch besser, wenn Sie gleich wieder verschwinden. Sie haben es ja schon gehört: Frau Niedermayr braucht Ihre Hilfe jetzt nicht mehr.«

»Also das soll sie mir dann schon selbst sagen«, protestierte Neff. »Ich bin ein alter Freund vom Georg. Ich hab ein gutes Recht, hier zu sein. Das weiß sie ganz genau.«

Ostentativ setzte er sich an den Tisch. Das war der Gipfel! Emma löste sich aus Johanna Morgenthaus Umarmung und stellte sich wieder vor ihn.

»Ein alter Freund vom Georg, ha! Auf solche Freunde hätt er besser verzichtet. Ich will nicht, dass du an seinem Grab stehst. Verschwind!«

Neff macht keine Anstalten, ihrer Aufforderung nachzukommen. Stattdessen kippelte er mit dem Stuhl vor und zurück.

»Was willst noch?«, fragte sie leise. »Verstehst nicht? Längst hab ich dich durchschaut. Noch halt ich den Mund, weil es mir egal ist, was du so treibst. Aber wennst jetzt nicht gehst, dann brüll ich's ganz laut raus. Alle sollen wissen, was du für einer bist.«

»Also das wirst du nicht«, erwiderte er ruhig. »Das wirst du dir noch sehr genau überlegen. Genau wie du jetzt mal besser drüber nachdenkst, ob nicht du diejenige bist, die mal was für mich tun muss.«

»Was? Ich hör wohl nicht recht!«, schrie sie auf.

»Also fällt dir nichts ein? Denk mal genau nach!«, sagte er ungerührt. »Glaub nicht, dass es mir leichtfällt, dich grad jetzt drauf anzusprechen. Aber es ist äußerst dringend. Die Sache muss geklärt werden.«

»Ich hab keine Ahnung, wovon du red'st«, entgegnete sie schnell.

»Nein, Emma, also so einfach ist das nicht«, sagte er. »Denk nur mal an letzten Dienstag: Meinst, ich hätt nicht bemerkt, wie bleich du geworden bist, als ich erzählt hab, dass der Riederer ermordet worden ist?«

»Was soll das?« Nervös reckte sie den Kopf. Neff hörte nicht auf. Konnte sie ihn denn gar nicht zum Schweigen bringen? »Nebenan liegt mein toter Georg. Er ist noch nicht einmal unter der Erd. Das ist einfach unverschämt von dir, jetzt so mit mir zu reden.«

»Also ich würd's ja wirklich gern bleiben lassen, aber du lässt mir keine Wahl. Ich hab dir letzte Woche schon gesagt, dass ich keine Lust hab, für jemand anderen den Kopf hinzuhalten.«

»Dann tu's doch auch nicht!«, schrie sie verzweifelt.

Alle drei zuckten erschrocken zusammen. Emma rang nach Luft, bis sie wieder in normalem Ton reden konnte: »Ich weiß nicht, warum du mir das alles sagst. Ich will mit dir und dem ganzen Arbeiterverein nichts mehr zum Tun haben!«

»Also ich kann dich beruhigen: Wenn das hier vorbei ist, dann will ich auch bestimmt nichts mehr mit dir zu tun haben. Aber grad jetzt kann ich's mir leider nicht aussuchen.«

»Herr Neff, ich bitte Sie noch einmal: Gehen Sie!«, ging Johanna endlich dazwischen. »Ihr Verhalten ist regelrecht flegelhaft. Der Pfarrer kommt gleich. Frau Niedermayr braucht Ruhe. Lassen Sie sie in Würde Abschied von ihrem Mann nehmen.«

Schon zerrte sie Neff am Arm. Mit einer heftigen Armbewegung befreite er sich aus ihrem Griff. Dabei würdigte er sie keines Blickes.

»Also zwei Tag hab ich wegen der Geschicht im Arrest gesessen. Das ist kein Zuckerschlecken, glaub mir, Emma. Vor allem nicht mit dem Offizianten. Seine ganze Wut hat er an mir ausgelassen. Das langt mir ein für alle Mal!«

Seine Stimme war immer lauter geworden. Nach dem letzten Satz haute er sogar die Faust auf den Tisch. Danach beruhigte er sich wieder und sprach weiter: »Also die Polizei hält den Kirsch für den Mörder. Mich setzen sie deshalb unter Druck. Der Kirsch ist auf der Flucht. Eine hehre Tat von dir, liebe Emma, es sei ihm gegönnt. Ich kann mir sowieso nicht vorstellen, dass er wirklich ein Mörder ist. Aber das interessiert keinen. Also der Polizeidirektor kann sich nämlich sehr wohl vorstellen, dass es der Kirsch gewesen ist. Deshalb macht er in der ganzen Stadt mobil gegen den Arbeiterverein. Zwar hat er den Offizianten aus dem Dienst gedrängt, aber das hat's nur noch schlimmer gemacht. Jetzt sind noch mehr Gendarmen an der Sache dran. Überall werden wir von denen belauert. Überall werden wir schikaniert und in den Dreck gezogen. Das ist schon lang kein Spaß mehr, glaub mir!«

Seine Stimme versagte ihm plötzlich den Dienst. Die letzten Worte krächzte er nur noch.

»Das ist wirklich schrecklich«, versuchte Johanna nochmals, die Wogen zu glätten. »Es tut mir sehr Leid für Sie. Aber was um alles in der Welt hat Frau Niedermayr damit zu tun? Warum müssen Sie sie ausgerechnet jetzt damit behelligen? Sie hat gerade ganz andere Sorgen!«

Erneut stellte Johanna sich Emma schützend zur Seite. Kurz drückte sie ihr die Hand. Erleichtert erwiderte Emma die Geste.

Neff schluckte und räusperte sich mehrmals. Emma musterte ihn. In ihrem Innern stieg wieder Hitze hoch. Natürlich ahnte sie die ganze Zeit schon, worauf er hinauswollte. Dennoch hatte sie gehofft, er würde rechtzeitig einlenken. Dass er selbst angesichts des Toten im Nebenraum nicht davon abließ, hätte sie sogar ihm nicht zugetraut. Immerhin war der Tote nicht nur ihr Mann, sondern sein angeblich so teurer Genosse. Aber das schien Neff nicht zu hindern.

»Also vor ein paar Tagen schon hat mir einer von den Schneidern gesagt, dass du ihn auf der Versammlung so seltsam ausgefragt hast. Dabei hat er doch nur erzählt, dass er deinen Bruder getroffen hat.«

»Na und?«

Sie bemühte sich um einen harmlosen Ton.

»Also das wär alles gar nicht wichtig«, räumte Neff gnädig ein, »wenn der Schneider den Alois nicht genau vor Riederers Laden getroffen hätt – und das genau an dem Abend, an dem der Riederer dort erstochen worden ist!«

Mehrmals fuhr er sich durchs Gesicht. Vorsichtig schielte Emma zu Johanna. Die schien ihren Blick gespürt zu haben. Kurz nickte sie Emma zu, die das gleich als beruhigendes Zeichen empfand und neue Kraft daraus schöpfte.

»Also gestern hat dieser Schneider dann zufällig den Aufruhr vor Riederers Geschäft mitbekommen«, redete Neff endlich weiter. »Da hat die Ladnerin eine Frau wiedererkannt, die am Mordtag vormittags beim Riederer gewesen ist. Dabei soll der Mann von dieser Frau den Riederer erst bedroht und dann zusammengeschlagen haben. Und am Mordabend ist dieser Mann dann wieder zum Geschäft zurückgekommen. Die Ladnerin hat genau beobachtet, wie er sich davor herumgedrückt hat. Zum Spaß hat er das sicher nicht gemacht.«

Erneut legte Neff eine Pause ein, die Frauen blieben stumm.

»Also ganz zufällig hat der Schneider auch gesehen, wer diese Frau gewesen ist, auf die die Ladnerin gezeigt hat. Aber das muss ich wohl nicht mehr erzählen, nicht wahr, Emma?«

Die Stille lastete schwer im Raum. Emma wagte nicht, die anderen anzusehen. Schließlich fasste sie sich ein Herz: »Und was willst nun von mir?«

»Was wohl? Also das liegt doch auf der Hand«, brauste er auf. »Gleich nach der Beerdigung gehst mit deinem Bruder zur Polizei, und dann sagt ihr zwei dort, was ihr an dem Tag beim Riederer gemacht habt. Und dass dein Bruder abends wieder dort gestanden ist. Es ist mir egal, ob er den Riederer wirklich umgebracht hat oder nicht. Das muss die Polizei mit ihm klären. Aber es ist mir nicht egal, dass wir vom Arbeiterverein weiter öffentlich als gefährliche Mörderbande hingestellt werden. Also wir waren es nicht. Das muss endlich klar werden!«

Wieder landete seine Faust auf dem Tisch. Dieses Mal war der Schlag so fest, dass die Tassen hochhüpften und der Tee herausschwappte. Johanna beeilte sich, die Flüssigkeit wegzuwischen. Emma konnte sich nicht rühren. Hilflos sah sie zu, wie sich ein Rinnsal den Weg über die unebene Tischplatte bahnte. Träge tropfte der Tee vom Rand auf den Boden.

»So einfach, wie du dir das vorstellst, ist das nicht«, sagte Emma leise.

In die Stille drang das Klopfen an der Tür.

»Der Pfarrer!«, rief Johanna. Erleichtert öffnete sie die Tür.

»Also dann lass uns erst mal den Georg zu Grabe tragen!«, erklärte Neff. Erstaunlich behutsam fasste er Emma am Arm und führte sie ein letztes Mal zu Georg in die Kammer.

Als Thiel den Gastraum betrat, hatte die Trauergesellschaft gerade Platz genommen. Wie schon vorhin auf dem Friedhof blieb er auf Distanz. Es stand ihm nicht an, sich in eine solch intime Angelegenheit wie eine Beerdigung einzumischen. Leise ging er zum Wirt.

»Sieh an, der Herr Offiziant mal wieder. Habe die Ehre«, grüßte der ihn. »Heute in Zivil? Fast hätte ich Sie nicht erkannt. Womit kann ich dienen?«

»Erst mal mit einer Halben«, bestellte Thiel, »und mit einem Brot.«

»Eine Halbe, da lohnt's sich kaum, den Zapfhahn aufzudrehen. Einen Fingerhut voll Bier könnt ich gleich hier vom Abtropfgitter zusammenwischen. Wie dünn darf ich dem Herrn die Butter aufs Brot kratzen? Oder wollen S' lieber gar keine? Müssen S' jetzt auch schon so sparen wie die werten Herrschaften da drüben?« Mit einem Nicken deutete er auf den Kreis um Emma. »Nicht mal einen ordentlichen Leichenschmaus können die Leut sich noch leisten, und das alles nur, weil sich die Schneidergesellen den Unsinn mit dem Streik haben einreden lassen. Wenn S' mich fragen, Herr Offiziant: Nachher stehen s' noch schlechter da als vorher. Kein Meister zahlt denen doch jetzt mehr Lohn. Die können froh sein, wenn s' überhaupt noch was zum Nähen kriegen, und das für weitaus weniger als vorher. Aber das hat keiner von der Gewerkschaft oder vom Arbeiterverein zu denen gesagt, obwohl sie's bestimmt genau gewusst haben, da können S' Gift drauf nehmen.«

»Mich wundert, dass die arme Frau überhaupt zum Leichenschmaus ins Wirtshaus geht«, sagte Thiel.

Vorsichtig legte er das Paket mit den Hosen neben sich auf die Theke. Seit dem frühen Morgen trug er es wieder mit sich herum, weil ihm bewusst war, wie wertvoll es für Emma Niedermayr war.

»Unter uns«, der Wirt winkte ihn näher zu sich heran, »ich will mich ja nicht wichtig machen, aber das kann s' nur, weil ihr Vater, der Dirschwigl Ludwig aus Dachau, mir mal das Leben gerettet hat. Aus dem Eisbach hat er mich rausgezogen, ganz blau angelaufen war ich da schon. Dabei hat er sogar sein eigenes Leben riskiert. So was vergisst einer einem doch nicht, man weiß ja schließlich, was sich gehört!«

Schnaufend knallte er den halb vollen Bierkrug vor Thiel. »Ganz im Gegenteil zu den Sozialdemokraten«, fuhr er fort und lehnte sich über die Theke. »Dass die Tochter vom Dirschwigl Ludwig ausgerechnet an so einen geraten ist, dafür konnt der arme Ludwig ja nichts. Ein Schneidergehilfe aus dem Norden, von Würzburg oder so, und auch noch evangelisch! Für sein Lebtag gestraft gewesen ist der Dirschwigl Ludwig damit. Vor lauter Kummer sind seine Frau und er drüber gestorben. Die Emma hat ja schon Kinder von dem Burschen gehabt, noch bevor sie ihn hat heiraten dürfen. Abwarten haben die zwei 's ja nicht können, mussten unbedingt hier in der Stadt miteinander leben wie Mann und Frau, obwohl sie beide nicht von hier waren und deshalb kein Bürgerrecht nicht gekriegt haben. Zwei von ihren Bankerten sind dann auch gleich nach der Geburt gestorben. Der Herrgott weiß halt selbst am besten, was sich gehört. Wenigstens *die* Schand haben die Emma und ihr Mann behoben, als vor zwei Jahren das neue Gesetz zum Heiraten gekommen ist. Aber das hat den Dirschwigl Ludwig und seine Frau auch nicht mehr lebendig gemacht. Jetzt, wo ihr sozialistischer Schneidergehilfe gestorben ist, steht die Emma ganz allein da. Von ihrem Bruder, dem Alois, ist schließlich nicht viel Hilfe zu erwarten.«

Thiel wurde hellhörig, äußerst geschickt musste er sich nun anstellen. So unbekümmert wie möglich fragte er: »Wieso nicht? Ich denk, der Alois ist ein ganz ordentlicher Bursche. Seiner Schwester soll er schon viel beigestanden haben.«

»Ach was, außer Saufen und Raufen hat der doch nicht viel im Sinn. Eins sag ich Ihnen, Thiel, wenn nicht die Emma schon ihre Eltern durch die Geschicht mit dem Schneider ins Grab gebracht hätt, hätt's der Alois ganz gewiss fertiggebracht. Der arme Ludwig! Ein so ein braver Mann ist er gewesen und trotzdem das ganze Unglück mit den Kindern. Zum Glück hat der Alois wenigstens eine ordentliche Arbeit.«

»Was macht er denn?«

»Bäcker ist er, draußen in Dachau. Aber so oft, wie der in der Stadt ist, frag ich mich schon, was der für einen Meister hat. Jeden Tag steht der Alois jedenfalls nicht in der Backstub.«

»Wann ist der Alois zuletzt hier gewesen?«

»Letzte Woche, glaub ich. Ja, genau, am Montagnachmittag muss es gewesen sein, eine Zeit, zu der kein anständiger Bursch sonst im Wirtshaus sitzt. Aber was fragen S' mich das alles immerzu?«

Der Wirt starrte Thiel mit aufgerissenen Augen an, bis bei ihm der Groschen fiel.

»Ich alter Hornochse!«

Klatschend versetzte er sich mit der flachen Hand einen Schlag gegen die Stirn, zog sich das Handtuch von der Schulter und begann energisch, seine Theke trockenzuwischen.

Thiel trank sein Bier. Das Brot hatte der Wirt wohl vergessen. Darauf ansprechen tat er ihn wohl besser nicht mehr. Vorsichtig spähte er zu der Trauergesellschaft hinüber, die sich inzwischen im Aufbruch befand. Die kleine Gruppe umringte Emma Niedermayr. Der Pfarrer schüttelte der Witwe die Hand und sprach auf sie ein. Thiel war es, als könne er die salbungsvollen Worte selbst aus dieser Entfernung hören. Es war stets dasselbe, was die geistlichen Herren den Angehörigen mit auf den Weg gaben, selbst wenn es in diesem Fall offenbar ein protestantischer Pfarrer war: »Gottes Wege sind unerforschlich« und »Beim Herrgott erwartet ihn die ewige Glückseligkeit«. Wäre doch für alle schöner, wenn der Herrgott den Leuten bereits unten auf Erden mehr Glückseligkeit bieten würde! Aber was moserte er da? Nur weil er seit Bettys Tod mit Gott und dessen Willen haderte, sollte er den anderen Menschen das Hoffen auf bessere Zustände im Jenseits nicht nehmen.

Der Pfarrer verschwand. Dafür erkannte Thiel links neben Emma Niedermayr die hochgewachsene Frau von Samstagabend. Aufrecht stand sie der Witwe zur Seite, zweifelsohne kam ihr die Führung innerhalb der kleinen Gruppe zu. Selbst Robert Neff, der sich ebenfalls bei den Frauen herumdrückte, ließ ihr den Vortritt. Thiel beschloss, dass es an der Zeit war, sein Mitgefühl zu bekunden, und ging hinüber.

»Noch mal mein aufrichtiges Beileid, Frau Niedermayr.«

Er nahm ihre Rechte und verbeugte sich tief vor ihr. Das Zittern ihrer Hand erschreckte ihn. Er wollte ihr doch nichts Böses tun! Rasch überreichte er ihr das Paket mit den Hosen.

»Das haben S' gestern im Café vergessen. Sie werden's sicher gut brauchen können.«

Schüchtern erwiderte Emma Niedermayr sein Lächeln. Das verbuchte er als kleinen Erfolg, ihr Vertrauen wiederzugewinnen.

»Also sieh an, der Herr Polizeioffiziant Thiel«, grüßte Neff. »Verzeihung, ich hab's vergessen: So darf man Sie wohl nicht mehr nennen. Sie sind ja seit letztem Samstag nicht mehr im Dienst.«

Thiels Lächeln erstarb. Auf seinen Lippen formte sich bereits eine harsche Erwiderung, da blieben seine Augen an denen der blonden Frau hängen.

»Sie sind also der berühmte Herr Thiel«, sagte sie und streckte ihm die Hand hin. »Mein Name ist Johanna Morgenthau. Frau Niedermayr hat mir bereits viel von Ihnen erzählt. Danke, dass Sie das Paket zurückgebracht haben. Es ist wirklich sehr wertvoll für sie.«

Die Worte verklangen in der Ferne. Thiel war kaum fähig, ihren Sinn zu begreifen. Eine Woge brandete heran. Er spürte, wie sie ihn erfasste, mitzureißen drohte. Willig ergab er sich, fühlte sich gleichsam herausgehoben aus dem banalen Augenblick.

»Also das ist geradezu rührend, dass Sie sich nun als Paketbote verdingen«, mischte sich Neff ein. »Haben Sie den verehrten Damen schon gesagt, was Sie als Polizeioffiziant so alles getrieben haben?«

Triumphierend reckte Neff den Kopf nach oben und versuchte so, seine geringe Körpergröße etwas auszugleichen. Johanna übersah ihn geflissentlich, wie Thiel beruhigt feststellte. Stattdessen hakte sie sich bei ihm unter und zog ihn etwas abseits von den anderen.

»Verzeihen Sie meine Direktheit, aber ich habe bereits versucht, Sie in der Polizeidirektion zu erreichen«, erklärte sie. »Ich wusste ja nicht, dass Sie nicht mehr im Dienst sind.«

»Also seine Spitzeldienste sind dort wohl nicht mehr erwünscht«, rief Neff ihnen hinterher.

Blitzschnell schoss Thiel herum und packte ihn am Kragen: »Passen Sie auf, was Sie sagen. Sonst landen Sie schneller wieder im Arrest, als Ihnen lieb ist.«

Angewidert stieß er ihn weg. Neff taumelte, fing sich gerade noch rechtzeitig vor dem Hinfallen und zupfte sich die Kleidung zurecht.

»Also Ihre groben Manieren haben Sie mit der Uniform nicht abgelegt. Schade. Wäre schön, wenn Sie außer Drohen und Zuschlagen noch andere Qualitäten hätten, vor allem im Angesicht zweier so liebreizender Damen.«

Schon wollte Thiel am liebsten zuschlagen, dieses Mal aber hielt ihn Johanna zurück.

»Nicht«, flüsterte sie. »Tun Sie ihm nicht den Gefallen. Bitte!«

Sie drückte seinen Arm. Thiel begann zu beben. Er wandte den Kopf zur Seite. Ihre Augen waren fast auf der gleichen Höhe wie seine. Zweimal atmete er tief durch. Die Fältchen um ihre Augenpartie wirkten wie ein Strahlenkranz, ließen die Pupillen zu zwei blauen Sonnen werden. Er schloss die Augen. Angestrengt arbeitete es in seinem Kopf. Warum setzte der Verstand in einer solchen Situation schneller aus, als er wieder anlief? Langsam zählte er in Gedanken bis fünf. Das Glück war wieder auferstanden. Er fühlte sich auf einmal wunderbar leicht, nichts konnte mehr schiefgehen.

»Dass ausgerechnet Sie so tun, als hätten Sie Benehmen«, sagte er kurz darauf mit fester Stimme zu Neff. »Aber wir alle sind wohl für Überraschungen gut. Am besten lassen wir es für heute dabei bewenden.« Damit nickte er den beiden Frauen zu. »Gestatten S', Frau Niedermayr, dass ich Ihnen das Paket nach Haus trag?«

Als blaurote Kugel verglühte die Sonne am Horizont, färbte den Himmel in großzügigen Pinselstrichen ein. Fasziniert beobachtete Kirsch das Schauspiel. Die Häuser am Ufer der Donau schienen mit dem Himmel um die Wette zu leuchten, ihre Silhouette spiegelte sich im violett schimmernden Wasser.

Kirsch richtete den Blick auf die sachten Wellen der Donau. Endlich wieder ein Fluss, den Fluss zu nennen man sich traute! Es war die richtige Entscheidung gewesen, direkt nach seiner Ankunft in Neuburg erst einmal zum Flussufer hinunterzugehen. Der Anblick des Wassers schenkte ihm ein Gefühl von Geborgenheit. Endlich fühlte er sich wieder sicher. Hier würde ihn so schnell keiner suchen, hier konnte er in Ruhe überlegen, wie er am geschicktesten aus Bayern fortkam. Versonnen starrte er noch eine Weile in die Donau, erschnupperte den leicht fauligen Geruch. Unwillkürlich beugte er sich nach vorn und spuckte schwungvoll hinein. Die Spucke formte eine winzige Schaumkrone auf der Wasseroberfläche und schwamm träge mit der Strömung davon. Als sie außer Sichtweite war, griff er nach seinem Bündel und schlenderte zurück in die Stadt.

Sein Weg führte ihn den Berg hinauf, direkt an der prächtigen

Residenz mit den alles überragenden Rundtürmen vorbei. Je weiter er sich vom Fluss entfernte, je mehr schwand das Gefühl von Geborgenheit, das er eben noch verspürt hatte. Gleich musste er wildfremde Leute um Hilfe bitten. Doch nicht nur das. Er durfte ihnen nicht einmal erzählen, warum er auf der Flucht war, damit sie ihn überhaupt für einige Tage versteckten. War das recht? Vielleicht wäre es besser gewesen, nicht so kopflos davonzurennen. Der Polizeioffiziant Thiel war kein übler Bursche, mit ihm konnte man wirklich reden. Er hätte sich seine Geschichte bestimmt weiter angehört. Mit der Flucht hatte Kirsch es eigentlich erst richtig schlimm gemacht. Dadurch galt er als Hauptverdächtiger, ein Unschuldiger flieht schließlich nicht. Natürlich war es Emmas Einfall gewesen, Thiel in dem Getümmel niederzuschlagen und sich aus dem Staub zu machen, wie sie überhaupt viel in dieser Geschichte erst zum Rollen gebracht hatte. Ob ihr das zu schaffen machte? Ob sie deswegen ein schlechtes Gewissen hatte? Immerhin benutzte sie ihn, Kirsch, um von ihrem Bruder abzulenken, das hatte er gleich in der Nacht bei ihr durchschaut. Sie hielt wohl Alois für Riederers Mörder. Weil sie dessen Beistand aber brauchte, war sie jederzeit bereit, einen anderen ans Messer zu liefern. Deshalb war Kirsch ihr sehr gelegen gekommen. Auch eine Form von Notwehr, dachte er, allerdings auf seine Kosten.

Handelte er aber dann nicht auch aus Notwehr, wenn er nun andere Leute mit hineinzog? Eigentlich hatte er Afra und ihre Familie nicht einmal selbst darum gebeten, ihn zu verstecken oder ihm gar weitere Schlupfwinkel zu besorgen. Zumindest Ersteres hatte Tauscher noch übernommen, und die Adresse in Neuburg hatte ihm Afras Mann freiwillig zugesteckt. Sollte er wirklich dorthin gehen?

Kirsch geriet ins Straucheln, wäre fast ausgerutscht. Die Steine des Straßenpflasters waren glatt und abgelaufen. Hin und wieder gab es Löcher, regelrechte Stolperfallen. Bei feuchtem Wetter war es sicher alles andere als ein Vergnügen, den steilen Berg hinaufzumarschieren. An den Seiten war nichts, woran man Halt finden konnte.

Neff kam ihm in den Sinn. Bei dem hatte er auch keinen Halt gefunden. Jeder Annäherung hatte der sich immer sofort entzogen, fast so, als scheue er ihn. Dabei waren sie wochenlang zusammen unterwegs gewesen, hatten quer durch Bayern Abend für Abend gemeinsam vor den Männern der Gewerkschaften gesprochen, hatten versucht, neue Mitstreiter für den Arbeiterverein zu gewinnen. Nicht einmal den kleinen Finger hatte Neff gerührt, als er gesehen hatte, wie der Polizeioffiziant ihn aus dem Versammlungssaal abgeführt hatte. Er hatte sich wohl nicht verpflichtet gefühlt, ihm zu helfen. Ob ihn deswegen wenigstens ein schlechtes Gewissen plagte? Kirsch holte tief Luft. Das Bergangehen war anstrengend. Ach was, das kannte der gar nicht. Wahrscheinlich führte er längst den nächsten Redner durch die Versammlungen. Für den zählte allein, im Arbeiterverein voranzukommen, Erfolg zu haben mit dem, was er sich selbst dabei als Ziel gesteckt hatte. Eigentlich die beste Voraussetzung, es tatsächlich bis an die Spitze der Bewegung zu schaffen. Wenn man den Herrschaften vom Arbeiterverein aber statt neuer Mitglieder Probleme bescherte, so wie er, dann fiel man schnell lästig. Verantwortung für die eigenen Leute kannten die nicht, dafür war kein Platz in ihrem Programm. Sie kämpften für höhere Dinge. Dass er das erst jetzt begriff! Kirsch fühlte Bitterkeit in sich hochsteigen. Verschämt wischte er sich eine Träne aus dem Augenwinkel.

Oben auf dem Berg erreichte er einen prächtigen Platz, umsäumt von stattlichen Linden. An den Seiten dahinter erstreckten sich zahlreiche Adels- und Bürgerhäuser, in der Mitte plätscherte Wasser in einem kunstvoll verzierten Brunnen. Er blieb stehen, sah sich suchend um. Es musste die Straße geradeaus sein. Ein Stück weiter hinten führte sie an einer Kirche vorbei. Die Häuser wurden wieder kleiner, bescheidener, die Straße wieder enger. Bald bog er nach links. Noch einmal fragte er einen Mann nach dem Weg, dann stand er endlich vor dem Haus, dessen Adresse ihm Afras Mann zugesteckt hatte.

Der Wein hatte genau die richtige Temperatur. Voller Vorfreude schnüffelte Thiel an der Flaschenöffnung. Schade, dass er keine geeignete Karaffe besaß. So konnte der kostbare Rebsaft nur unzureichend atmen. Es war eine seiner letzten Flaschen von dem toskanischen Rotwein, den ein entfernter Cousin vor vielen Jahren einmal mitgebracht hatte. Wie einen Schatz hatte er die Flasche seither gehütet.

Eine nach der anderen öffnete er die Schranktüren im Salon. Dabei pfiff er fröhlich vor sich hin. Irgendwo mussten die Weingläser doch stehen. Mehr als einmal hatte er seine Zimmerwirtin, Wilma Senftleben, mit ihren Freundinnen abends bei einem vergnügten Gläschen Rheinwein ertappt. Aus wunderschön geschliffenen Bleikristallkelchen hatten sie getrunken; nichts anderes wollte er sich nun gönnen. Seit Bettys Tod hatte er keinen Tropfen Wein mehr angerührt. Ihm hatte einfach die passende Gesellschaft gefehlt. Wein war mehr als ein Getränk, es war ein Genuss der ganz besonderen Art. An diesem Abend fühlte er sich vergnügt wie schon Jahre nicht mehr, in dieser Stimmung konnte er alles wagen, sogar den einsamen Genuss einer ganzen Flasche toskanischen Rotweins. Schwungvoll riss er die letzte Tür der Anrichte aus dunklem Eichenholz auf. Da standen sie, sorgfältig poliert, sechs schwere, alte Bleikristallkelche.

»Herr Offiziant, was treiben Sie denn da?«

Er fuhr herum. Seine Wirtin lehnte sich an den Türstock der doppelflügeligen Tür und schüttelte missbilligend den Kopf.

»Stöbern in meinen Schränken herum – und das mitten in der Nacht! Was soll ich dazu nur sagen? Was ist in Sie gefahren?«

Scheinbar besorgt raffte Wilma Senftleben den Stoff ihres Morgenmantels und rauschte zu ihm herein. Wie zufällig verrutschte dabei das Revers und entblößte ein Stück nackter Haut im Dekolleté. »Einen Lärm veranstalten Sie! Denken Sie doch nur an die anderen Mieter. Leutnant Bausen wird sich morgen beim Frühstück sicher bitterlich beschweren.«

Von der Seite warf Thiel ihr einen prüfenden Blick zu. Die Grübchen auf ihren Wangen verrieten, dass sie sich über den Vorfall alles andere als grämte. Wie immer trug sie den dunkelroten Morgenrock aus Seide, den sie für chinesisch hielt. Darunter blitzten weitere Kleidungsstücke der leichteren Art hervor. Das aschblonde Haar hatte sie nachlässig nach oben gesteckt. Einzelne Strähnen, vom ersten Grau durchzogen, hingen auf ihre Schultern herab. Ihr üppiger Busen bebte vor Aufregung. Die Lippen leuchteten eine Spur zu rot.

Mit hellbraunen Rehaugen blickte sie ihn an. Fast meinte Thiel ein leichtes Zwinkern darin erkannt zu haben. Der süßliche Rosenduft, den sie verströmte, raubte ihm fast den Atem. Sie war zweifelsohne eine sehr attraktive Frau. Er seufzte. Keineswegs war er so blind und gefühllos, wie sie wahrscheinlich meinte. Er konnte es sich selbst kaum erklären. Es war etwas an ihr, dass ihn zurückweichen ließ. Und in jedem Fall war es schon da gewesen, lange bevor er Johanna begegnet war. Johanna Morgenthau – allein der Name löste besondere Schwingungen in ihm aus ...

»Mein Gott, der Wein! Fast hätten Sie ihn auf den Teppich gegossen!«, rief Wilma Senftleben. »Wo sind Sie nur mit Ihren Gedanken, mein lieber Herr Thiel?«

Unsanft kehrte er aus seinen Träumereien zurück. Mit geübten Handgriffen nahm er zwei Gläser aus dem Schrank, platzierte sie auf dem Tisch und goss den Wein hinein.

»Möchten Sie kosten?«, bot er seiner Zimmerwirtin wohlerzogen an.

»Fantastisch!«, begeisterte sie sich gleich nach dem ersten Nippen. »Was haben Sie heute Nacht noch vor?«

Der Augenaufschlag erschien ihm geziert. Er beschloss, es zu übersehen und widmete sich ganz dem Anblick der dunkelroten Flüssigkeit in seinem Glas. Es war ihm egal, ob Wilma Senftleben das als ungezogen empfand.

Der Wein versetzte ihn in andere Zeiten. Betty hatte ihn gern gemocht. Wie oft hatten sie sich spätabends ein Gläschen davon gegönnt, die besten Gespräche hatten sie dann miteinander geführt. Betty – wie gern würde er jetzt mit ihr reden, ihr von dem Mordfall erzählen, von dem Druck, den der Polizeidirektor machte, dessen Versuche, ihn vom »Tambosi« und allen dortigen Herrschaften fernzuhalten, seine Not, dass deswegen am Ende vielleicht der Falsche als Täter galt ... Auf einmal kam es ihm vor, als säßen sie sich wieder gegenüber, seine resolute Betty und er. Was würde sie ihm raten? Sollte er sich doch noch einmal gründlicher mit Emma Niedermayr und ihrem Bruder befassen? Was war überhaupt mit den anderen Frauen? Der Streik der Schneidergesellen musste Riederer ein ganzes Heer billiger Heimarbeiterinnen zugespielt haben. Vielleicht würden einige von ihnen etwas zu den Hintermännern verraten. Er musste an ihre Namen herankommen. Ob sich in Riederers Geschäftsunterlagen eine Liste oder dergleichen Aufzeichnungen fand? Fast hörte er die Worte tatsächlich aus Bettys Mund. Er sah sie vor sich sitzen. Langsam verblasste das Bild, Bettys rotblonde Haare hellten sich auf, die lustigen Sommersprossen verschwanden von ihrer Nase, über die grünen Augen senkten sich die Lider. Bald schob sich das Gesicht Johannas davor.

»Wo haben Sie diesen göttlichen Wein nur her?«, säuselte Wilma Senftleben. »Davon wird jede Frau schwach.«

Thiel erstarrte. Seine Augen fixierten einen nassen Fleck auf Wilma Senftlebens Morgenrock. Er unterdrückte das Verlangen, sie darauf hinzuweisen. Sie war nicht Betty und erst recht nicht Johanna Morgenthau.

»Freut mich, dass er Ihnen schmeckt«, sagte er. »Wenn Sie erlauben, bringe ich die Gläser in die Küche hinüber. Es ist schon sehr spät. Nicht, dass sich Leutnant Bausen morgen früh auch noch über leere Weingläser im Salon beschweren muss.«

»Sie sind doch gar nicht mehr im Dienst. Sie haben es doch nicht etwa eilig, ins Bett zu kommen, oder?«, bemerkte sie süffisant. Als sie sich vom Stuhl erhob, klaffte der Stoff des Morgenmantels wieder wie zufällig auseinander. »Ich hoffe, das ändert sich bald«, fügte sie hinzu. »Nicht, dass Sie ganz aus Ihrem geordneten Leben gerissen werden.«

Sie wartete einen Moment. Er erwiderte nichts. Hoch erhobenen Hauptes zog sie den Stoff über der Brust zusammen und rauschte aus dem Salon.

Donnerstag, 5. Mai 1870

Die Ladentür war verschlossen, da konnte er so viel dran rütteln, wie er wollte. Thiel schirmte die Augen mit den Händen ab und versuchte, durch die noch intakte rechte Scheibe zu spähen. Die linke war seit dem Einbruch mit einem Brett notdürftig vernagelt.

»Verdammt!«, entfuhr es ihm laut. Kathi Bauer war also auch an diesem Tag nicht im Geschäft. Wo steckte sie nur? Er unterdrückte einen Fluch. Bereits gestern hatte er vergeblich auf sie gewartet, sie war einfach nicht aufgetaucht, weder vor- noch nachmittags. Nicht einmal ein Schild hatte sie aufgehängt, um mögliche Kunden zu informieren. Wütend ballte er die Faust. Es half nichts. Er konnte keinen weiteren Tag auf sie warten, er musste seine Vorsicht aufgeben und nebenan im Tabakwarenladen nach ihr fragen. Wenn er Glück hatte, erzählte das Tabakfräulein so schnell niemandem von seinen Erkundigungen.

In dem engen Raum drängte sich die Kundschaft, er musste sich gedulden. In der Frühlingshitze ging der würzige Tabakgeruch eine unattraktive Liaison mit Schweiß und Herrenparfum ein. Instinktiv hielt Thiel die Luft an. Leichte Brisen Menthol und Pfefferminz zogen von der Ladentheke herüber. Ein älterer Herr, offenbar kurzsichtig und schwerhörig, ließ sich eine Auswahl Schnupftabak vorführen. Neben den offenbar sonst von ihm bevorzugten bayerischen präsentierte das hübsche junge Tabakfräulein auch englische Mischungen, die das erfrischende Duftgemisch verursachten. Ungeduldig trippelte Thiel mit den Füßen. Der alte Herr wollte sich nicht entscheiden. Eine Kirchturmuhr schlug erst halb, schließlich drei viertel neun. Endlich wusste der Mann, was er wollte: das Gleiche wie immer. Der Nächste in der Reihe war ein junger Angestellter, der glaubte, mit besonders dicken Zigarren imponieren zu müssen. Als er sich nach langem Abwägen zwei ausgewählt hatte, fehlte es ihm natürlich an dem nötigen Kleingeld. Fast war Thiel schon versucht, ihm mit ein paar Münzen auszuhelfen.

»Grüß Gott, Herr Offiziant«, begrüßte das Tabakfräulein nach einer halben Ewigkeit schließlich Thiel. »Heut privat unterwegs?«

»Ich such das Fräulein Kathi von nebenan, es wär sehr dringend.«

»Mein Gott, die Arme!«, rief das Fräulein aus und schlug sich die Hand vor den Mund. »Was die alles mitmachen muss, furchtbar! Daheim hockt's jetzt. Nach allem, was passiert ist, traut sie sich nicht mehr in den Laden. Ganz unter uns«, verschwörerisch winkte sie Thiel näher heran und wisperte: »Ich glaub, 's liegt ein Fluch auf dem Herrn Riederer seinem Laden!«

»Das glaub ich nicht«, meinte Thiel. »Mir wär's wichtig, wenn S' mir verraten, wo das Fräulein Kathi wohnt.«

Die junge Frau ging wieder auf Abstand und musterte ihn kritisch.

»Warum sind Sie nicht in Uniform?«

»Das hat mit den Besonderheiten des Falles zu tun, das muss Sie jetzt nicht weiter stören.«

»Es ist nur, weil der Herr Gendarm uns gewarnt hat. Vorsichtig sollen wir sein, hat er gemeint. 's könnt sein, dass der Einbrecher zurückkommt, weil er nicht gefunden hat, was er gesucht hat.«

»Ja, das könnt gut sein. Deshalb versuch ich ja, den Burschen vorher aufzuspüren. Dazu muss ich aber dringend mit dem Fräulein Kathi reden.«

Das Tabakfräulein überlegte angestrengt, dann schien sein Misstrauen besiegt, und es verriet die Adresse.

Mit langen Schritten lief Thiel wenig später durchs Tal hinunter. In der breiten Einfallsstraße ergoss sich ein großer Strom Menschen von der Isar herauf Richtung Marienplatz und Viktualienmarkt. Thiel hatte es eilig, schob mitunter unsanft jemanden zur Seite, wenn er angerempelt wurde. Nachdem der gestrige Tag nahezu nutzlos verstrichen war, wollte er an diesem endlich mit seinen Erkundigungen vorankommen. Die erfolglose Warterei auf Kathi Bauer hatte er gestern am späten Nachmittag abgebrochen und sich im »Café Tambosi« einen sündhaft teuren Kaffee sowie ein Stück von der berühmten Torte geleistet, beides in der Hoffnung, mit der Bedienung in ein unverfängliches Gespräch über Riederer und dessen Verbindung zu Burchtorffs Kartenrunde zu kommen. Aber leider hatte er erfahren müssen, dass im »Tambosi« bei aller Höflichkeit die Verschwiegenheit über Stammgäste oberste Priorität genoss. Freundlich lächelnd hatte ihm der Ober schlichtweg jede Information verweigert. Pünktlich um sieben Uhr abends hatte Thiel seine Nachforschungen ohnehin abbrechen und sich geschickt verstecken müssen, weil der Polizeidirektor auf dem Weg zu seinem täglichen Kartenspiel durch die Räume des »Tambosi« schlenderte.

Thiel seufzte bekümmert. Und an diesem Morgen lief er nun also wiederum mühsam der Ladnerin hinterher. Nirgendwo sonst schien eine Möglichkeit in Sicht, an weitere Informationen über Riederers Näherinnenheer oder Burchtorffs Verwicklungen im »Tambosi« zu gelangen. Das jedoch bedrückte ihn nicht allein. Auch dass er Johanna Morgenthau mehr als einen Tag nicht mehr leibhaftig vor sich gesehen hatte, machte ihm zu schaffen. Konnte das sein? Durfte das sein? Betty war erst zweieinhalb Jahre tot, und er gab sich bereits Gedanken an eine andere Frau hin!

Der Schweiß rann ihm den Rücken hinunter, das Hemd klebte bereits nass auf seiner Haut. Das Laufen in der warmen Frühlingssonne, noch dazu bekleidet mit einem schwarzen Winteranzug, brachte ihn noch mehr ins Schwitzen. Unbedingt musste er sich einen leichteren Anzug zulegen, so würde er nicht durch den Sommer kommen. Neidisch beäugte er die anderen Männer auf der Straße. Gegen die meisten kam er sich vor wie ein schäbiger Taugenichts. Immer häufiger entdeckte er einfache Angestellte in gut sitzenden, leichten Anzügen. Ob das diese neuartige Konfektionsware war, wie sie etwa Riederer von Emma Niedermayr und den anderen Schneiderfrauen hatte nähen lassen?

Thiel lehnte mit dem Rücken am Fenster und beobachtete Kathi Bauer. Wieder hockte die Ladnerin vornübergebeugt auf einem Schemel, dieses Mal allerdings mitten in Riederers Büro. Auf ihrem Schoß lag ein Stapel Papier. Blatt für Blatt ging sie ihn durch. Dabei hielt sie die ordentlich beschriebenen Seiten zwischen ihren dürren Vogelfingern jedes Mal hoch ins Sonnenlicht. Mit zusammengekniffenen Augen buchstabierte sie oder tat zumindest so, als buchstabiere sie.

Thiel war sich nicht sicher, ob sie tatsächlich lesen konnte, was auf den Seiten stand, hielt sich allerdings zurück. Es war schwer genug gewesen, die Ladnerin davon zu überzeugen, noch einmal mit ihm ins Geschäft zurückzukehren. Mit Engelszungen hatte er auf sie einreden müssen, damit sie ihre Angst überwand. Nun hielten sie sich gut und gern schon eine Stunde in dem seit Tagen ungelüfteten Raum hinter dem Laden auf. Vorhin hatte er den Fensterflügel öffnen und Luft hereinlassen wollen. Schon bei seinem ersten Handgriff war Kathi Bauer jedoch von Neuem in ihr Jammern ausgebrochen.

»Lassen S' das Fenster zu, sonst sieht der Bursch gleich, dass ich wieder da bin. Nachher lauert er mir noch auf!«

»Sie sind doch nicht allein. Ich bleib bei Ihnen und bring Sie nachher auch nach Haus zurück«, hatte er sie zu beschwichtigen versucht.

»Das wär ja noch schöner! Dann geht er uns erst recht hinterher. Sie fallen doch gleich auf, so groß wie S' sind. Mindestens einen Kopf ragen S' über die andern raus. Sobald S' mich dann allein lassen, fällt der Bursch über mich her. Ich hätt nicht auf Sie hören sollen. Wär ich doch nur letzte Woch schon naus zu meiner Schwester nach Landshut!«

So war es eine ganze Weile zwischen ihnen hin- und hergegangen. Endlich war es Thiel gelungen, sie zu beruhigen. Widerstrebend war sie seinem Vorschlag gefolgt, die Unterlagen in Riederers Büro noch einmal durchzusehen. Irgendwo darunter musste sich eine Liste mit Namen finden, davon war Thiel felsenfest überzeugt. Unmöglich, dass Riederer nicht schriftlich vermerkt hatte, wem er was zum Nähen in Auftrag gegeben hatte. Wie hatte er sonst den Überblick behalten, wenn er stets allein mit den Näherinnen gesprochen hatte, wie Kathi Bauer ausgesagt hatte? Außerdem schien Riederer ein Pedant gewesen zu sein. So ordentlich, wie es im Büro aussah, hatte der über alles Buch geführt, selbst über Dinge, die nicht so ganz korrekt waren wie eben seine seltsamen Nähaufträge.

Natürlich gut möglich, dass diese Papiere auch das Ziel des Einbrechers gewesen waren. Die teuren Nähmaschinen und Stoffe im Lager hatte er schließlich nicht angerührt. Dabei stellten die einen immensen Wert dar. Thiel hatte vorhin kurz überschlagen, dass allein zehn der teuren englischen Nähmaschinen zu jeweils etwa hundertdreißig Gulden dort hinten herumstanden. Dazu kamen ein halbes Dutzend amerikanische zu gut einhundert sowie noch fünf der billigeren deutschen Fabrikate zu gut und gerne sechzig Gulden. Alles in allem besaßen die Nähmaschinen einen Warenwert, der weit über dem lag, was Thiel in mehreren Jahren Polizeidienst als Lohn erhielt. Ein Dutzend Nähmaschinen gegen ein paar Jahre Schinderei! Wenn die Erkenntnis nicht so bitter wäre, könnte man lauthals darüber lachen. Thiel schüttelte den Kopf. Rechnete man zu dem Ganzen noch die Ballen mit feinstem englischem Tuch dazu, konnte einem erst recht schwindlig werden. Was Riederer in dem kleinen Geschäft an Wert angehäuft hatte!

Deutete das nicht alles darauf hin, dass das Verbrechen an Riederer wiederum eher nicht von Emma Niedermayrs Bruder oder sonst wem aus dem Umfeld der Näherinnen begangen worden war? Die hätten sich gleich nach dem kopflosen Racheakt an den Stoffen oder Nähmaschinen schadlos gehalten, um Riederers Hungerlöhne wettzumachen. Tage später hätte sie vermutlich eher die Reue geplagt, als dass sie kaltblütig an den Tatort zurückgekehrt wären, um verräterische Spuren wie etwa die Namensliste der Näherinnen zu beseitigen.

Thiel spielte mit den Enden seines Oberlippenbarts. Allmählich begriff er. Der Einbrecher hatte vermutlich gar keine Beweise vernichten wollen, die auf ihn als Mörder hindeuteten, sondern wollte wie Thiel an weitere Informationen über die Konfektionswarenchose herankommen.

»Bei den Papieren fehlt gewiss nichts, Herr Kommissar«, krächzte Kathi Bauer unterdessen und gebrauchte dabei schon wieder den falschen Titel. Sorgfältig legte sie das letzte Blatt zurück auf den Stapel. »Aber Listen mit Namen gibt's keine. Und wenn's keine gibt, dann gibt's auch keine. Der Herr Riederer war da sehr ordentlich. Da ist nie was weggekommen, das können S' mir glauben. Hab ich's Ihnen nicht gleich gesagt? Hier hinten im Büro kann der Einbrecher wirklich nichts gesucht haben, das hätt ich sofort gesehen. Es lag ja alles noch so, wie der Herr Riederer es immer hingelegt hat. Mir allein wollt der Bursch auflauern und mich niederschlagen. Es ist gewiss derselbe, der den armen Herrn Riederer erstochen hat. Gott hab ihn selig, den armen Mann!«

Sie bekreuzigte sich. Dann verengten sich ihre Augen, und empört stieß sie hervor: »Und jetzt will der Kerl auch noch mich umbringen!«

Schon brach sie erneut in Weinkrämpfe aus.

»Es ist also keine Liste mit Namen da?«, fragte Thiel ungerührt. »Ich brauch vor allem die Namen der Frauen, denen der Herr Riederer in letzter Zeit die teuren englischen Maschinen auf Kredit verkauft hat. Die muss er sich doch irgendwo aufgeschrieben haben. So viele Namen kann sich einer nicht im Kopf behalten. Das sind doch außerdem die Frauen, die auch für ihn genäht haben, nicht wahr?«

Kathi Bauer wischte stumm über ihre tränennassen Wangen, bevor sie abermals in dem Stapel Papier wühlte.

»Stimmt's eigentlich, dass sich der Herr Fischer in Zukunft um das Geschäft kümmert? Werden S' ihm jetzt doch helfen? Eine so tüchtige Ladnerin wie Sie könnt er sicher gut gebrauchen.«

»Bin ich wahnsinnig? Ich hab Ihnen doch schon gesagt, dass ich nicht allein mit dem hier drinnen sein will. Schauen S' ihn doch an, wär Ihnen der geheuer? Nein, der Herr Fischer muss ohne mich klarkommen. Ich hab gehört, dass er bald den Schlüssel vom armen Herrn Riederer kriegen soll. Dann darf er damit von mir aus machen, was er will, aber vorher rührt er mir hier nichts an. Familie oder Verwandtschaft, die was erben könnt vom Herrn Riederer, gibt's ja leider sowieso nicht.«

In den Papieren hatte sie wohl nicht entdeckt, was sie suchen sollte. Stöhnend erhob sie sich und schlurfte zum Pult.

»Gleich werden wir's endgültig wissen, Herr Kommissar. Auf Ordnung hat der Herr Riederer ja immer sehr viel geschaut. Nein, hier gibt's auch nicht solche Listen. Also, jetzt glauben S' mir bittschön. Wenn da nirgendwo was ist, dann gibt's da auch nichts.«

»Kann das wirklich sein? Denken S' bittschön noch mal gut nach, Fräulein Kathi«, sagte er. »So ordentlich, wie der Herr Riederer immer war, wird er doch keine Maschinen auf Kredit verkauft haben, ohne sich das irgendwo aufzuschreiben? Das geht doch nicht bei einem gewissenhaften Geschäftsmann wie ihm.«

»Ja, da haben S' Recht, Herr Kommissar. Sonst steht das ja immer in den Büchern drin, wer noch wie viel zu bezahlen hat.«

Thiel hielt die Luft an. Dass er daran nicht gedacht hatte!

»Dann holen S' die halt schnell her«, presste er beherrscht zwischen den Lippen raus.

»Hier sind die Bücher vom April«, erklärte sie und hielt ihm ein schwarz eingebundenes Geschäftsbuch hin. »Das wird Ihnen langen. Mit den Nähaufträgen ist's da ja auch eigentlich erst richtig losgegangen.«

Sofort stürzte Thiel sich darauf, die Spalten in dem Buch sorgfältig durchzugehen. Seltsamerweise fehlten dort sämtliche Eintragungen zum Verkauf englischer Nähmaschinen. Laut den Aufzeichnungen hatte Riederer keine einzige Jones verkauft, wie er überhaupt im letzten Monat fast keine Umsätze gemacht hatte. Verwirrt blätterte Thiel mehrmals vor und zurück.

»War's das jetzt?«, krächzte Kathi Bauer mitten in seine hektischer werdende Suche hinein. »Ich möcht endlich fort. Wenn ich mich ranhalt, dann erwisch ich noch den Nachmittagszug nach Landshut. Dann bin ich heut Abend schon bei meiner Schwester. Da bin ich gewiss in Sicherheit.«

»Ja, ja, gehen S' ruhig!«, brummelte Thiel, dem allmählich dämmerte, was es mit den fehlenden Einträgen zu den englischen Nähmaschinen auf sich haben mochte.

»Ich denk, Sie bringen mich zurück nach Haus, Herr Kommissar?«

»Das haben S' doch eben nicht haben wollen«, knurrte er.

»Jetzt hab ich's mir anders überlegt. Meinen Koffer muss ich ja noch holen und zum Bahnhof damit. Frische Wäsche braucht ein Mensch auch in Landshut. Da könnten S' mir gut beim Tragen behilflich sein.«

Innerlich stöhnte Thiel auf. Als er sie ansah, meinte er so etwas wie Triumph in ihren wässrigen Augen abzulesen.

»Dafür lassen S' mir bittschön den Ladenschlüssel da«, verlangte er geistesgegenwärtig. »Dann schau ich gelegentlich nach dem Rechten, bis der Herr Fischer das übernimmt. Es steht ja doch einiges an Wert hier drinnen, was nicht ohne Aufsicht bleiben sollt.«

Gern ging sie darauf ein. Als sie ihm den Schlüsselbund reichte, bemerkte er, dass sich noch zwei weitere Schlüssel daran befanden.

»Wofür sind die?«

»Für die Wohnung vom Herrn Riederer am Sebastiansplatz. Zweimal die Woche hab ich da sauber gemacht. So eine Männerwirtschaft ist ja nichts Rechtes!«

Welch ein glücklicher Zufall! Thiel musste schmunzeln. Hoffentlich fuhr der Zug nach Landshut nicht allzu spät am Nachmittag. Ein kurzer Blick in Riederers Privatwohnung schadete gewiss nicht, um das Bild von dem Nähmaschinenhändler und seinem persönlichen Umfeld zu vervollständigen.

Erschöpft lehnte sich Emma mit der Schulter an den Stamm eines Apfelbaums. Ihre Beine schmerzten, die Fußsohlen brannten. Wie gern würde sie sich jetzt an einem Brunnen erfrischen, das kalte Nass über Gesicht und Hände laufen lassen, wenigstens einen winzigen Schluck Wasser trinken! Ihr Mund war völlig ausgetrocknet. Viele Stunden war sie nun schon unterwegs, gut ein halbes Dutzend Schneiderfrauen hatte sie inzwischen befragt. Mittlerweile machte sich bittere Enttäuschung in ihr breit. Gewiss, sie hatte es lange vorher kommen sehen, eigentlich seit Neff letztens bei Georg und ihr gesessen und sich so ungeniert mit Kirschs Genossenschaftsidee geschmückt hatte. In dem Moment war ihr schlagartig klar geworden, dass es den viel beschworenen Zusammenhalt im Arbeiterverein gar nicht gab. Stattdessen trachtete ein jeder danach, den eigenen Vorteil herauszuholen. Dass die Frauen ihr gegenüber so bereitwillig die Namen derjenigen verrieten, die während des Streiks der Männer hintenrum für Riederer genäht hatten, war ein weiterer Beleg dafür. Schlimm fand sie nicht einmal, dass die Frauen den Streik der eigenen Männer gebrochen hatten. Die Not hatte sie dazu gezwungen. Nein, es war die Gehässigkeit, mit der eine die andere an den Pranger stellte und das gutgläubige Eintreten für die ehemals gemeinsame Sache der Arbeiter verhöhnte.

Emmas Augen wurden feucht, als sie an ihren armen Georg dachte, der sich wie so viele andere kleine Gewerkschafter für die hehren Ziele aufgerieben hatte. Salzige Tränen klebten ihr auf der Haut. Hastig rieb sie sich über die glühenden Wangen. Diese Lotte, zu der sie nun ging, sollte die letzte Schneiderfrau sein, mit der sie sprechen wollte. Das schwor sie sich. Weitere Hiobsbotschaften konnte sie nicht mehr ertragen. Die Schneiderfamilien waren eigentlich alles arme Schlucker, genauso wie sie. Es war erbärmlich anzusehen, wie sie ihr letztes bisschen durch gegenseitiges Anschwärzen zu retten suchten. Sollte der Streik am Ende scheitern, weil niemand mehr so recht an einen Erfolg glaubte, würden die Meister unverdientermaßen triumphieren. Gewiss würden sie die Gehilfen danach für noch weniger Geld in den schummrigen Werkstätten schuften und sich die Finger blutig stechen lassen. Es war doch immer das gleiche Spiel.

Wenigstens der, der letzten Montag den Riederer erstochen hatte, hatte Rückgrat gezeigt und gegen die Ausbeuterei aufbegehrt. Eigentlich musste man den zu seiner heroischen Tat beglückwünschen. Wenn es Alois gewesen sein sollte, so zürnte sie ihm nicht mehr. Der Riederer hatte es letztlich nicht anders verdient. Einzig, dass Alois Gefahr lief, deswegen vor dem Henker zu landen, galt es zu verhindern. Er war der einzige Mann in der Familie, der ihr noch geblieben war. Er musste heil aus der Sache herauskommen, sonst waren die Kinder und sie ganz verloren. Überhaupt die Kinder! Wie es denen bei Christas Kusine gerade ging? Beim Gedanken an die beiden spürte Emma eine seltsame Leere in sich. Wie gern würde sie die zwei jetzt an sich drücken! Sie musste sie schnell wieder zu sich holen. Also auf zu Lotte, trieb sie sich mit letzter Kraft an. Vielleicht regte sich doch noch irgendwo ein Fünkchen Hoffnung, dass jemand anderes den Kopf für den Mord hinhalten musste.

Das Wärterhäuschen, in dem Lotte mit ihrer Familie wohnte, befand sich ein Stück weit hinter dem ausladenden Bahnhof. Eine andere Schneiderfrau hatte Emma den Weg dorthin beschrieben. Die Gegend war noch nicht so eng bebaut wie andere Viertel der Stadt. Es gab richtige kleine Gemüsegärten und Obstwiesen. Gelegentlich weideten sogar einzelne Kühe und Ziegen am Wegrand.

Wirtsgärten und Ausflugslokale säumten die Allee, auf der die Frachtwagen und Postkutschen nach Westen zur Stadt hinausfuhren. Daneben verlief bereits die Eisenbahntrasse. Von den Gleisen wehte rußige Luft herüber, auch aus den Schornsteinen einiger kleiner Fabriken im Norden der Gleise rauchte es dunkel.

Die Haustür stand offen, Emma trat ein. Die Stiegen im Treppenhaus waren ausgetreten, die Dielen glatt. Das Holz knarrte bei jedem Schritt. Oben angekommen, klopfte Emma an die Tür.

Eine zierliche Frau öffnete. Zunächst war nur ihr winziger Kopf mit den dünnen blonden Haaren und den großen braunen Augen zu sehen.

»Bist du die Lotte?«, fragte Emma. Sie wartete deren zustimmendes Nicken gar nicht erst ab, sondern schob sich gleich an ihr vorbei in die winzige Kammer.

»Was soll das?«, rief es verärgert vom Tisch herüber. Ein dürrer Mann saß dort mit dem Rücken zur Tür. Soweit Emma auf den ersten Blick erkennen konnte, beugte er sich über ein Stück Stoff. Vor ihm auf dem Tisch stand eine Nähmaschine.

Der Mann fuhr herum. »Emma, du?«

Sie erschrak, dann aber erkannte sie ihn ebenfalls. Es war der junge Schneider von der Versammlung letzten Mittwoch. Der, der Alois kannte und ihn vor Riederers Laden gesehen haben wollte. Auf diese Begegnung war sie nicht vorbereitet. Verwirrt sah sie zwischen Lotte und ihm hin und her, schließlich wanderte ihr Blick Hilfe suchend durch den Raum.

Die Wohnung schien nur aus diesem einen Raum zu bestehen. Auf dem Tisch in der Mitte wurden eindeutig Hosen genäht. In der Ecke stand ein Bett, daneben eine leere Wiege. Der mehrfach geflickte Vorhang davor verdeckte sie nur halb. Das erinnerte Emma an die leere Schlafkiste in ihrer Wohnung. Am Morgen hatte sie die Nase ins Bettzeug gesteckt, um noch ein bisschen von Lorenz' Geruch zu erschnüffeln. Rasch blickte sie weg. Ein kleiner gusseiserner Ofen an der gegenüberliegenden Wand diente als Herd, ein schiefes Regal beherbergte ein paar angeschlagene Teller und Tassen sowie einen kleinen Topf, alles noch armseliger als alles andere, was Emma in den letzten Tagen gesehen hatte. Ohne dass sie es wollte, wurde ihr Blick wieder von der leeren Wiege angezogen.

Lotte schien das zu bemerken. Hastig zerrte sie an dem Vorhang, als wäre ihr besonders wichtig, die leere Wiege zu verbergen.

»Was willst?«, fragte unterdessen ihr Mann und legte das Nähzeug weg.

»Ist das noch der Stoff vom Riederer?«, fragte Emma. Sie hatte sich wieder gefasst und ging zum Tisch.

»Was geht's dich an?«

»Nichts«, versicherte sie rasch. »Ich erkenn ihn nur wieder. Ihr seid nicht die Einzigen, die für den Riederer genäht haben. Die Jones hättet ihr euch sonst gewiss nicht leisten können.« Mit einem Lächeln deutete sie auf die blank polierte Nähmaschine. Der Schneider und seine Frau blickten zu Boden. »Wie schad, dass man die grad nicht wieder zu Geld machen kann. Viel zu viel gibt's davon jetzt bei unsereinem. Der Riederer hat eben gewusst, wie man Geschäfte macht.«

Emma fuhr mit den Fingern über den Näharm. Dieses Mal brauchte sie sich nicht für die zerstochenen Fingerkuppen auf dem glänzenden Stahl zu schämen. Die des Schneiders und seiner Frau sahen ähnlich geschunden aus. Sie rang sich ein aufmunterndes Lächeln ab. Die beiden schwiegen beharrlich.

»Leider hat das Streiken noch nicht das gebracht, was unsereiner sich davon erhofft hat«, redete Emma weiter. »Wenn's Streikgeld vom Arbeiterverein geben tät, wär sicher keiner draufgekommen, hintenrum für den Riederer zu nähen.«

»Dass es überhaupt Lumpen wie den gibt! Schamlos hat der unsre Not ausgenutzt. Ganz genau hat er gewusst, dass wir jeden Kreuzer brauchen. Recht ist ihm geschehen, dass er erstochen wurd«, brach es aus dem Mann voller Hass heraus.

»Was meinst?«

»Ach, vergiss es!«, winkte er ab. »Das nützt jetzt auch nichts mehr. Weißt eigentlich, dass es mit dem Streiken ein End hat? Der Trautwein und die anderen vom Komitee hocken wieder brav bei ihren Meistern an der Nähmaschine. Gleich bei den Ersten waren s', die zurück in die Werkstatt gekrochen sind.«

»Was?«, krächzte Emma plötzlich heiser. Konnte das wahr sein? Warum hatte ihr das bislang keine von den anderen Schneiderfrauen erzählt?

»Und von den Listen hast wohl auch noch nichts gehört?«

»Listen? Was für Listen?«

»Listen«, erklärte er langsam und betont deutlich, »auf denen die Namen von denen stehen, die bös aufgefallen sind beim Streiken. Die wollen die Meister fortan nämlich gar nicht mehr bei sich haben. Zum Glück steh ich da nirgendwo drauf. So kriegen wir wenigstens bald wieder ein Geld. Das brauchen wir dringend. Ganz schön im Stich gelassen haben uns die vom Arbeiterverein ja mit ihren schönen Versprechungen von wegen Streikgeld und so.«

Er verschränkte die Arme vor der mageren Brust, sah stumm geradeaus. Emma bemerkte aus den Augenwinkeln, wie seine Frau ihn ängstlich beobachtete. Langsam ging Emma einmal um den Tisch herum. Sie hoffte, dass die beiden nicht merkten, wie sehr ihr die Neuigkeit zusetzte. Nur gut, dass Georg das nicht mehr erleben musste! Das hätte ihn endgültig ins Grab gebracht. Sie schluckte die aufsteigenden Tränen hinunter. Sie musste stark sein, sie musste kämpfen. Ihren Bruder durften sie ihr jetzt nicht auch noch nehmen!

»Woher kennst den Alois?«, fragte sie den Schneider.

Er stutzte, schien verunsichert. Zunächst schaute er auf seine Frau, dann zu Emma.

»Aus der Schul. Ich bin doch auch von Dachau. Hast mich nimmer erkannt?«

Sie schüttelte den Kopf, musterte aber noch einmal gründlich sein Gesicht. Sie konnte es beim besten Willen nicht einordnen, dabei waren ihre Erinnerungen an die Dachauer Zeit sonst recht gut. Was, wenn er sie anlog? Er konnte ein Spitzel sein. Sie spürte dasselbe Unbehagen wie letzte Woche auf der Versammlung, als er sie sofort mit ihrem Namen angesprochen hatte. Sie musste auf der Hut bleiben.

»Wozu hast dich an dem Abend eigentlich vor dem Riederer seinem Geschäft rumgetrieben?«, setzte sie nach. »Ein Zufall war das gewiss nicht, oder? Und einfach so zum Luftschnappen ist's auch viel zu weit weg von hier.«

»Was geht's dich an?« Von jetzt auf gleich wurde sein Ton gereizt. »Ich darf hingehen, wohin ich will.«

»Gewiss. Aber wenn ausgerechnet da, wo du bist, ein Mord geschieht, ist das schon komisch, find'st nicht?«

»Was willst?« Seine Stimme wurde leise, seine Augen verengten sich zu dünnen Schlitzen.

»Es fällt mir halt auf, dass du nichts Besseres zum Tun hast, als gleich überall rumzuposaunen, dass du den Alois da getroffen hast.«

»Wenn's halt so war.«

»Gut gepasst hat's dir, das ist's!« Unwillkürlich schlug sie mit der flachen Hand auf den Tisch. Der Schneider und seine Frau zuckten zusammen. Einen Moment lang sonnte sich Emma in ihrem Schreck. »Jetzt überlegen die von der Polizei, was der Alois da wollt. Dabei müssten sie dich das doch genauso gut fragen.«

Langsam stand er auf und entfaltete dabei seine ganze Größe. Emma bemühte sich, sich nicht anmerken zu lassen, wie klein sie sich neben ihm fühlte.

»Gib Acht, was du sagst«, zischte der Mann sie von oben herab an. »Gern überleg ich mir, noch mal zu dem Offizianten zu gehen. Ich könnt ihm zum Beispiel sagen, dass ich mich doch getäuscht hab. Dass ich den Alois doch nicht vor dem Laden hab stehen sehen.«

Überrascht hielt Emma die Luft an. Er kostete die Wirkung seiner Worte genüsslich aus, reckte das Kinn ein gutes Stück über ihren Kopf hinweg. Sie zog die Schultern hoch.

»Sagen könnt ich ihm dafür aber«, fuhr der Mann langsam fort, jedes einzelne Wort betonend, »dass ich gesehen hab, wie der Alois aus dem Laden geradewegs herausmarschiert ist.«

Bei den letzten Worten schraubte sich seine Stimme deutlich in die Höhe. Fast überschlug sie sich am Ende.

»Das könnt der Alois von dir genauso gut sagen«, entfuhr es Emma und wunderte sich insgeheim über ihre Schlagfertigkeit.

»Ich bin aber nicht weggerannt«, stellte der dünne Schneider sofort klar. »Aus Dachau hab ich gehört, dass der Alois verschwunden ist. Keiner weiß, wohin. Verschwinden tut man doch nur, wenn man ein schlechtes Gewissen hat. Ich hab keins. Ich bin hier. Wenn ich will, geh ich sogar nachher gleich noch zur Polizei.«

Die Wohnung am Sebastiansplatz wirkte geradezu bescheiden, verglichen mit dem, was Riederer in seinem Geschäft verdient haben mochte. Enttäuscht schritt Thiel den kleinen Salon mit dunklen Eichenmöbeln, das Herrenzimmer sowie das karge Schlafzimmer und die enge Küche ab. Nirgendwo prangten Reichtümer, keine teuren Möbelstücke, Teppiche oder Gemälde, kein überflüssiger Tand oder gar Luxus. Auch existierte nicht die geringste Spur von »Männerwirtschaft«: Dafür, dass Kathi Bauer behauptete, nur zweimal wöchentlich bei ihrem Arbeitgeber geputzt zu haben, wirkte die Wohnung sogar äußerst gepflegt. Riederer schien seine Kleider und die sonstigen, auffallend wenigen persönlichen Dinge höchstselbst in Ordnung gehalten zu haben. Dieser Hang zur Akkuratesse war bereits in seinem Laden greifbar gewesen, die Wohnung war das private Pendant.

Thiel wanderte durch die Räume, blieb schließlich im Herrenzimmer stehen. Das gelborange schimmernde Abendlicht fiel schräg durch die dünnen Gazevorhänge. Trotz der kleinen Fenster reichte die Helligkeit in dem schmalen, lang gezogenen Raum noch aus. Der Sekretär stand mit hochgeklappter Schreiblade nicht weit entfernt vom Fenster, der Schlüssel steckte. Behutsam drehte Thiel ihn um.

Wie erwartet steckten die Bleistifte gespitzt in einem Becher, das Tintenfass stand gleich daneben. Füller und Federn lagen in einer länglichen Schale, leere Bogen Papier in einer offenen Schachtel. Das System, nach dem Riederer Schriftstücke aufbewahrt hatte, war rasch zu durchschauen. Hastig zog Thiel Schublade für Schublade heraus, blätterte sich durch Briefe und Notizen. Die letzte Schublade klemmte, etwas hatte sich darin verkeilt. Mehrmals zog Thiel sie vor und zurück. Vergeblich. Als er sich nach einem geeigneten Hebel umschaute, fiel sein Blick auf den spitzen Brieföffner. Ein gutes Mordwerkzeug, dachte er unwillkürlich. Prüfend wog er ihn in der Hand. Dann verwarf er den Gedanken und widmete sich der Schublade. Vorsichtig schob er den Brieföffner in den schmalen Ritz, der sich zwischen Sekretär und Inhalt abzeichnete. Mit der Klinge drückte er hinunter, was das Ausziehen der Lade verhinderte. Es gelang erst im zweiten Anlauf. Nun konnte er sie ganz öffnen.

Mehrere Bündel Briefe sowie einige nachlässig zusammengebundene Stapel Papier lagen in der Schublade, die obersten Blätter waren fest ineinandergeknüllt. Thiel glättete die Seiten, legte sie aber schnell wieder weg. Riederer hatte sich offenbar als Dichter versucht, wie die halb fertigen Geschichten und schwülstigen Verse belegten. Schließlich blätterte Thiel sich durch ein Bündel Briefe, das schwach nach Veilchen duftete. Ein blaues Samtband hielt den Wust zusammen, auf dem ersten Blatt prangte fein säuberlich »Mein innig geliebtes Röslein«. Der Veilchenduft versetzte ihm einen Stich. Johanna roch so. Anderen Frauen wollte er das nicht zugestehen, die Erinnerung daran anderen Männern schon gar nicht.

Er warf die Briefe wieder in die Schublade zurück, da hörte er ein Geräusch. Es knackte draußen an der Wohnungstür. Jemand machte sich am Türschloss zu schaffen. Metall knirschte auf Metall, Holz splitterte.

Blitzschnell schob Thiel die Schublade zu und huschte nahezu geräuschlos hinter den offen stehenden Türflügel. Den Rücken flach an die Wand gepresst, den Atem angehalten, spitzte er die Ohren.

Das Türschloss gab nach, die Wohnungstür schwang scheppernd auf, knallte gegen die Wand, wurde hastig wieder geschlossen. Eilige Männerschritte traten in den Flur, verharrten unschlüssig auf der Türschwelle, drehten um und entfernten sich wieder. Zimmer für Zimmer knarrten die Holzdielen. Kein Zweifel, jemand suchte die Wohnung ab, um schließlich ins Herrenzimmer zu kommen und zielsicher auf den Sekretär zuzusteuern.

Vorsichtig spähte Thiel hinter der Tür hervor. Der Mann, der sich über die Schubladen beugte, war ihm fremd. Er schätzte ihn auf Mitte, Ende zwanzig, bemerkte die gute Kleidung, die gepflegte Erscheinung. Der Unbekannte wühlte den Sekretär durch, penibel darauf bedacht, die ursprüngliche Ordnung beizubehalten. Thiel wusste auf einmal, dass er nachher jeden Stift und jedes Staubkorn akkurat an seinem ursprünglichen Platz wiederfinden würde. War das der Einbrecher aus dem Laden?

»Suchen Sie das, Verehrtester?«

Thiel schoss zurück hinter den Türflügel. Ohne dass er es bemerkt hatte, war Fischer in die Wohnung gelangt. Auf Socken hatte er sich ins Herrenzimmer geschlichen und hielt gut sichtbar einen Packen Papier in Händen.

Der Mann an den Schubladen reagierte nicht weniger erschrocken als Thiel. Mitten in seiner Bewegung hielt er inne und starrte Fischer mit offenem Mund an.

Der trat in die Mitte des Zimmers. Auch wenn Thiel nun nur noch seinen Rücken vor sich hatte, meinte er allein am Klang der Worte das schräge Lächeln um den Mund und den Spott in seinem gesunden Auge zu erkennen.

»Die Frachtbriefe befinden sich längst in meiner Obhut. Auch die anderen Aufzeichnungen unseres verstorbenen Freundes werden Sie hier vergeblich suchen. Alles Schriftliche, was Ihre Geschäfte betrifft, habe ich an mich genommen. Seit Mitte April ist der Handel wohl erst so richtig in Schwung gekommen, schade, dass Sie jetzt eine Pause einlegen müssen, nicht wahr? Aber ohne Riederers Unterlagen läuft es für Sie nicht weiter. Ihnen fehlen die Namen der Abnehmer. Machen Sie mir nichts vor, Knopp«, Fischers Ton schwang ins Drohende um, »ich weiß längst bis ins Letzte Bescheid. Wenn Sie nicht wollen, dass die Informationen in falsche Hände geraten, dann werden Sie den Handel in Zukunft mit mir abwickeln. Jetzt, wo Riederer tot ist, brauchen Sie mich, damit Sie nicht auf den Maschinen sitzen bleiben.«

»Tut mir Leid, ich habe keine Ahnung, wovon Sie reden, Herr Fischer.«

Mit einem Satz war Fischer bei dem Mann, den er mit Knopp angesprochen hatte, packte ihn am Revers und drückte ihm Riederers Brieföffner gegen die Kehle. Der Stahl blitzte im letzten Sonnenlicht, das durch den Vorhang hereinfiel.

Wild ruderte Knopp mit den Armen durch die Luft. Er war gut einen Kopf kleiner als der Angreifer und von stämmiger Statur, konnte in seiner derzeitigen Position aber trotzdem nichts ausrichten.

»Du weißt ganz genau, worum es geht«, höhnte Fischer. »Versuch gar nicht erst, den Dummen zu spielen, das wird dir sonst nicht gut bekommen. Also wo sind die Nähmaschinen?«

»In der Lagerhalle meines Schwiegervaters«, flüsterte Knopp

schließlich mit heiserer Stimme und, als Fischer ihn noch fester packte: »Draußen in Pasing, direkt am Bahnhof.«

»Fein, geht doch«, stellte Fischer fest, ließ ihn los und legte den Brieföffner behutsam zurück in die Schale auf dem Sekretär. »Dann treffen wir beide uns dort morgen Abend um acht und machen erst mal eine Bestandsaufnahme. Wehe, es fehlt eine Maschine! Denk dran, ich habe die Listen.«

Er klopfte auf die Brusttasche seines Jacketts. Knopp nickte brav dazu, was Fischer sicher ein weiteres spöttisches Lächeln entlockte, mutmaßte Thiel in seinem Versteck.

»Denken Sie dran, Knopp: Ich habe nicht nur die Frachtpapiere, sondern auch die Listen, wer die Konfektionskleidung abgenommen hat. Das ist noch viel wichtiger. Nach Riederers Tod leite damit ich die Geschäfte, ist das klar? Demnächst übernehme ich ganz offiziell den Laden in der Kaufingerstraße, dann geht alles in gewohnter Manier weiter. Wir werden nur ein wenig die Taktik ändern, mehr nicht. Selbst wenn der Streik der Schneidergehilfen scheitert, werden die Aufträge für uns nicht ausbleiben. Das Geschäft mit der Konfektionskleidung rollt. Leute, die Nähmaschinen brauchen und dafür in Heimarbeit für uns nähen wollen, werden wir immer genug finden. Mehr als einer wird froh sein, überhaupt noch für irgendwen nähen zu dürfen. Strecken Sie schon mal die Fühler nach neuen Maschinen aus, Knopp! Wenn ich die Sache in die Hand nehme, geht es richtig los.«

Ein lauer Wind strich durch die Straßen. Im aufflackernden Laternenlicht wirkten die Umrisse der Menschen, Häuser und Straßen weicher als tagsüber. Erleichtert atmete Thiel auf, als er aus Riederers Haus auf den Sebastiansplatz hinaustrat. Eine gute halbe Stunde hatte er nach dem Weggang von Fischer und Knopp noch in der Wohnung ausgeharrt, bevor er sich endlich nach unten getraut hatte. Vorsichtig spähte er nach rechts und links, dann erst war er vollends beruhigt, dass niemand weiter auf ihn achtete.

Sobald er im Freien stand, begann es in seinem Kopf emsig zu arbeiten. Raimund Fischer, ein übler Erpresser – unglaublich! Gleichzeitig war ihm, als hätte er es die ganze Zeit geahnt. Doch seine langjährige Erfahrung im Polizeidienst hielt ihn davon ab, voreilige Schlüsse zu ziehen. Dazu wusste er einfach zu wenig. Bislang ging es nur darum, dass Fischer an Riederers Stelle den mysteriösen Handel mit Nähmaschinen und Konfektionskleidung fortführen wollte. Riederer schien ihn vor seinem Tod von dem lukrativen Geschäft ausgeschlossen zu haben. Das wollte Fischer wahrscheinlich wettmachen und stürzte sich umso eifriger hinein. Abgesehen von den teuren Maschinen und den Hungerlöhnen, zu denen die Näherinnen die Kleidung schneidern mussten, war auf den ersten Blick nichts Verwerfliches daran. Was eigentlich genau dahintersteckte, wurde Thiel erst allmählich klar. Er zwang sich, das vorhin Erfahrene Schritt für Schritt zu rekapitulieren. Zum einen waren da die englischen Nähmaschinen, deren Verkauf nicht in den Büchern auftauchte. Das ließ auf Diebesgut schließen, sonst hätte Riederer sie ordentlich verbucht. Die rätselhaften Frachtpapiere, die Fischer vorhin so triumphierend präsentiert hatte, standen damit anscheinend in direktem Zusammenhang. Möglicherweise bewiesen sie den Diebstahl, immerhin hatte dieser Knopp zwei Einbrüche riskiert, um sie sich zu beschaffen. Das hätte er wohl kaum für harmlose Papiere getan. Aber auch die Liste mit den Namen der Abnehmer für Konfektionskleidung schien eine große Rolle für ihn zu spielen. Umso wichtiger war es für Thiel, sie ebenfalls in die Hände zu bekommen. Wie war Fischer überhaupt an sie gelangt? Dass Riederer sie ihm anvertraut hatte, war unwahrscheinlich. Er hatte ihn bei dem ganzen Geschäft nicht dabeihaben wollen. Selbst seinem Partner Knopp hatte der Ermordete sie anscheinend zu Lebzeiten vorenthalten. Er hatte wohl keinem über den Weg getraut, sich von niemandem in die Karten schauen lassen, am wenigsten von den Menschen seiner engsten Umgebung. Fischer besaß aber auch keinen Schlüssel zum Laden oder zu Riederers Wohnung, um sich die Unterlagen auf eigene Faust zu besorgen. Wenn Knopp der Einbrecher war, musste Fischer die Unterlagen irgendwann anders an sich gebracht haben. Wann aber hatte er die Gelegenheit dazu gehabt? Thiel dachte daran, wie er Fischer zum ersten Mal begegnet war. Ganz unverhofft war er in Riederers Geschäft aufgetaucht, als Thiel gerade die Ladnerin befragt hatte. War er da nicht einmal kurz allein ins Büro hinübergeschlüpft?

Nach einer Weile angestrengten Grübelns gab Thiel auf. Er entsann sich beim besten Willen nicht mehr. Fischer war alles zuzutrauen, ein Meister der Ablenkung, dem es gewiss nicht schwerfiel, völlig unbemerkt im Beisein anderer etwas zu tun. Immer wieder schaffte er es, Thiel zu verwirren. Ob Thiel ihm je auf die Schliche kommen würde? In seinem Innern hörte er bereits das höhnische Lachen, mit dem Fischer sein Treiben kommentieren würde. Der Schädel begann Thiel zu schwirren. Was, wenn er sich da gerade sinnlos in etwas verrannte? Brachte ihn die Sache mit den Papieren wirklich weiter bei der Suche nach dem Mörder? Gut möglich, dass Fischer und letztlich auch Knopp nach Riederers unverhofftem Tod nur die günstige Gelegenheit für ihren eigenen Vorteil nutzten. Statt neuen verwirrenden Theorien nachzuhängen, sollte Thiel lieber endlich das Offensichtliche zugeben: dass Kirsch schlichtweg in blinder Wut über Riederers Gebaren zugestochen hatte. Er war einfach ein Hitzkopf, das hatte Thiel oft genug miterlebt. Wenn dem einer blöd kam, schlug er gleich zu. Mehr als eine Schlägerei auf einer Arbeiterversammlung gingen auf Kirschs Konto. Sicher hatte ihn nicht allein Riederers selbstgefälliges Auftreten in Rage versetzt, wie er es Thiel bei seiner Verhaftung zunächst geschildert hatte. Da mochte noch etwas anderes, Schlimmeres, hinzugekommen sein, vielleicht, dass erst die Ladnerin, dann auch noch Fischer gesehen hatten, wie Riederer ihn vorgeführt hatte. Verletzter Stolz war ein gutes Motiv für einen Mord, insbesondere für einen Mann wie Kirsch, der in den letzten Wochen so viel hatte einstecken müssen.

Trotz alldem beschloss Thiel, der Sache mit den Nähmaschinen noch nachzugehen. Er musste Fischer und Knopp nach Pasing folgen, um hinterher sicher zu sein, alle Möglichkeiten in Betracht gezogen zu haben.

Derart tief in Gedanken versunken, merkte Thiel gar nicht, wie schnell er an der St.-Jakobs-Kirche und dem dazugehörigen Kloster vorbei zum Sendlinger Tor gelaufen war und nun bereits die breite Sonnenstraße hinunter zum Karlsplatz schlenderte. Erstaunt blickte er sich um. Vornehme Herrschaften promenierten auf dem Grünstreifen in der Mitte der Straße, zwei Kutschen brausten vorbei. Wie immer trieben die uniformierten Wagenlenker ihre

Pferde besonders heftig an, war die Sonnenstraße doch wie geschaffen für ihre Wettrennen. Weitaus gemächlicher zockelte ein vierspänniges Fuhrwerk mit mehreren Holzfässern Bier hinterher. Groß prangte das Wappen der Brauerei an den Seiten. Thiel grüßte zwei Gendarmen, die Patrouille gingen. Noch senkte sich die Abenddämmerung über die Stadt, später, wenn die Finsternis alles umschloss, wurde der Dienst in dieser unübersichtlichen Straße unangenehm.

»Guten Abend, mein lieber Herr Thiel, welch eine Überraschung!«

Aus einer Gruppe eleganter Damen drang der Gruß zu ihm herüber. Er blieb stehen. Sein Herz klopfte, als er sie entdeckte: Johanna Morgenthau. Ohne sich um die aufgeregt tuschelnden Damen zu kümmern, kam sie lächelnd auf ihn zu.

»Begleiten Sie mich ein Stück? Sie gehen anscheinend in dieselbe Richtung.«

Kurz bevor sie ihn erreicht hatte, stolperte sie über einen Stein, fiel ein wenig nach vorn. Ehe er etwas sagen konnte, ergriff sie mit einem »Helfen Sie mir bitte!« seinen Arm.

Die Berührung traf ihn wie ein Schlag. Er wagte kaum, sich in Bewegung zu setzen, schaute starr geradeaus. Was sollte er tun? Was wäre ihr angenehm?

»Sie lieben es wohl auch, durch die Stadt zu spazieren? Die Mailuft hat etwas Erfrischendes. Es hält einen gar nicht mehr in den muffigen Räumen«, plauderte sie munter drauflos und setzte sich, ohne seinen Arm wieder loszulassen, in Bewegung. »Wie es duftet und blüht! Fast könnte man meinen, man befände sich auf dem Land.«

»Sie mögen Blumen?«, fragte er steif.

»Mein lieber Thiel!« Sie lachte auf. »Wer tut das nicht?«

Verzagt verstummte er. Geistreiche Konversation hatte er schon lange nicht mehr betrieben. Es fiel ihm nichts Rechtes ein, um eine Frau wie sie angemessen zu unterhalten.

Unverhofft blieb sie stehen und zwang ihn durch leichten Druck auf den Arm ebenfalls zum Anhalten. Ihre strahlend blauen Augen funkelten. Wie gern würde er darin eintauchen.

»Lassen Sie uns über andere Dinge sprechen. Ich glaube, es behagt uns beiden nicht, Nichtigkeiten auszutauschen.« Sie wurde ernst. »Es ist einfach nicht die rechte Zeit für belangloses Geschwätz, das wissen wir beide. Der Mordfall an Riederer lässt Sie nicht los, nicht wahr? Sie sollten dabei besser auf sich Acht geben.«

Bildete er sich das nur ein oder schwang ein wenig Besorgnis in ihren Worten mit?

»Das tue ich schon«, versicherte er rasch.

»Da bin ich mir nicht so sicher. Sie sind nicht mehr im Dienst. Wenn der Polizeidirektor erfährt, dass Sie trotzdem die Ladnerin von Riederer weiter behelligen, sie sogar zwingen, mit Ihnen in das Geschäft zu gehen, dann wird das schlimme Folgen für Sie haben. Ganz zu schweigen davon, dass Sie vorhin Riederers Wohnung durchsucht haben.«

»Woher wissen Sie das?« Abrupt entzog er ihr seinen Arm und trat zwei Schritte zurück.

»Sie haben kein besonderes Geheimnis daraus gemacht: Dank Ihrer Körpergröße sind Sie in jeder Menschenmenge leicht auszumachen. Es war nicht schwer, Ihnen den ganzen Tag über zu folgen.«

»Sie haben mir nachspioniert?« Gegen seinen Willen war seiner Stimme die Verärgerung deutlich anzuhören.

»Nicht erst heute«, erwiderte sie gelassen und schlenderte langsam weiter. »Gestern auch schon.«

»Was soll das?« Verblüfft lief er hinter ihr her. »Wie kommen Sie dazu?«

»Können Sie sich das nicht denken?« Wieder hielt sie an und sah ihn eindringlich an.

Was sollte er von dieser Frau halten? Hatte er sie so falsch eingeschätzt? Lange konnte er ihren Blick nicht ertragen. Er drehte sich zur Seite, sah an ihr vorbei. Weiter hinten am Karlsplatz sammelte sich eine Gruppe Kadetten. Unter dem Befehl ihres Hauptmannes formierten sie sich. Rasch wandte er sich wieder ab.

»Was interessiert Sie an der Geschichte?«, fragte er möglichst ruhig.

»Dasselbe wie Sie: der wahre Täter!«

Ihre Antwort kam prompt und überzeugend. Verwirrt schnaufte er auf. Sie nutzte den Moment und hakte sich wieder unter.

»Lassen Sie uns irgendwo eine Kleinigkeit essen gehen«, schlug sie vor. »Durch das lange Herumlaufen bin ich hungrig geworden.«

Kirschs Magen knurrte erbärmlich. Sehnsüchtig dachte er an die dicke Scheibe Brot mit richtiger Butter. Seine Gastgeber in Neuburg hatten sich nicht lumpen lassen und ihm die mit einer Tasse Malzkaffee zum Frühstück kredenzt. Natürlich war ihm nicht entgangen, dass der Rest der Familie unterdessen trockene Kanten Brot in seine Tassen getunkt hatte. Seine Versuche, die Butter mit ihnen zu teilen, hatten sie jedoch vehement zurückgewiesen. Es gab eben noch echte Gastfreundschaft. Gern hätte er die noch länger genossen. Der Mann, ein entfernter Cousin von Afra aus Augsburg, wusste sogar eine Druckerei in der Stadt, die einen tüchtigen Schriftsetzer gebrauchen konnte. Der Gedanke, eine Weile wieder als einfacher Geselle in seinem gelernten Handwerk zu arbeiten, war sehr verlockend. Schon roch er die Druckerschwärze in der Nase, fühlte das kalte Blei der Buchstaben an den Fingerkuppen. Als er beim Meister vorsprach, war sein Blick auf die Zeitung gefallen. Eins musste er zugeben, das Signalement, mit dem nach ihm gefahndet wurde, war sehr exakt. Sogar das Muttermal am linken Ohrläppchen hatte jemand zu beschreiben gewusst. Dabei verdeckte er das eigentlich immer gut mit einer Haarsträhne. Prüfend musterte der Meister ihn, dabei fühlte er sich sehr unbehaglich. Lange, das wusste er, würde er das Versteckspiel nicht durchhalten. Selbst der Bart, der ihm in den letzten Tagen über das Kinn gesprossen war, konnte nicht helfen, sein Aussehen ausreichend zu verändern, um die Leute zu täuschen. Für einen Wechsel der Kleidung fehlte ihm ohnehin das Geld. Kurz entschlossen schnappte er sich in der Druckerei eine andere Kappe und eine fremde Jacke vom Haken und rannte einfach davon.

Nach Ingolstadt war es nicht weit. Ein Bauer nahm ihn auf seinem Wagen dorthin mit. Der hatte wohl keine Zeitung studiert. Gerade als die Frauen auf dem Markt ihre Körbe zusammenpackten, trafen sie in der Stadt ein. Mitleidig schenkte ihm der Bauer zum Abschied noch einige Äpfel und eine Handvoll Möhren. Die waren am Stand seiner Frau übrig geblieben. Der Blick, den die

Bauersfrau Kirsch daraufhin zuwarf, war eindeutig. Hätte er an Hexen geglaubt, müsste er sich nun vor ihrem Fluch fürchten.

»Was willst hier?«, sprach ihn jemand von der Seite an.

Kirsch zuckte zusammen. Ganz versunken in seine jüngsten Erinnerungen hatte er wieder einmal stur in die Donau gestarrt. Dabei hatte er nicht darauf geachtet, dass sich ihm jemand genähert hatte. Solche Unvorsichtigkeiten durfte er sich nicht erlauben, schon gar nicht in einer Stadt wie dieser, in der das Militär an allen Ecken saß und es auch vor Gendarmen und sonstigen Uniformierten nur so wimmelte. Zum Glück erkannte er gleich an der Stimme, wer gekommen war.

»Grüß dich, Schachner«, drehte er sich dem jungen Mann zu.

Die Hände tief in den groben Zimmermannshosen vergraben, stierte auch der erst einmal eine Weile in den Fluss. Kirsch musterte ihn mit einem flüchtigen Blick. Seit ihrer Begegnung im letzten Herbst hatte Schachner sich stark verändert: Das rundliche Gesicht unter dem ausladenden Hut und die über dem Bauch spannende Weste verrieten, wie gut es dem Zimmermann trotz der schweren körperlichen Arbeit inzwischen gehen musste.

»Gesund siehst du aus«, sagte er. »Was macht die Kunst?«

»Danke, kann nicht klagen«, antwortete Schachner. »Ein Bub war bei mir in der Werkstatt und hat deinen Zettel gebracht. Was ist?«

Das klang gereizt. Kirsch seufzte. Er hatte es satt, immer der Bittsteller zu sein. Doch wieder einmal konnte er nur hoffen, dass ein anderer sich seiner erbarmte.

»Ich brauch Hilfe«, sagte er geradeheraus. »Ich muss mich ein paar Tage verstecken.«

»Hast Ärger mit der Polizei?« Schachner drehte sich ganz zu ihm um. »Hast dich zu weit vorgewagt mit deinen Reden? Ich hab dich immer schon gewarnt: Tauscher und Neff ziehen dich da in was rein, was du selbst gar nicht willst. Die zwei haben was ganz anderes im Sinn als du. Denen geht's nicht um die Arbeiter, die wollen nur ihre eigene Sach durchsetzen. Die wollen halt was werden im Arbeiterverein und sind die Ersten, die dich hängen lassen, wenn du in Not bist, das kannst mir ruhig glauben. So welche erkenn ich gleich auf den ersten Blick.«

»Diesmal geht's nicht so richtig um den Arbeiterverein«, druckste Kirsch herum. »Es ist mehr was Persönliches von mir.«

»So? Was denn?«

»Das ist eine längere Geschichte. Die würd ich dir gern woanders erzählen.«

»Hat's was mit einer Frau zu tun?« Schachner grinste. »Da kannst mir vertrauen, ich hab da so einige Erfahrungen.«

»Ich weiß«, entgegnete Kirsch. »Aber es geht um was ganz anderes. Doch lass uns nicht gleich hier drüber reden.«

»Wie du magst«, sagte Schachner, wieder eine Spur mürrischer. »Aber nur, damit du's weißt: Mit dem Arbeiterverein ist bei mir ein für alle Mal Schluss!«

Um seiner Feststellung Nachdruck zu verleihen, zog er mit der rechten Hand energisch einen Strich durch die Luft.

»Warum bist du trotzdem gekommen?«

»Ach Kirsch!« Er legte die Hand auf seine Schulter. »Du wirst's nie so recht begreifen, oder? Man kann sich vom Arbeiterverein lossagen und trotzdem noch den ein oder anderen von denen weitermögen. Vor allem, wenn's um einen geht, der's wirklich ehrlich meint.«

Er schenkte ihm ein aufmunterndes Lächeln. In Kirsch breitete sich eine angenehme Wärme aus. Es gab halt doch noch andere, nicht nur solche wie den Neff und den Tauscher.

»Komm, lass uns was essen gehen«, schlug Schachner vor. »Du schaust aus, als könntest was Ordentliches vertragen.«

Er schob Kirsch von der Donau weg zurück in die Stadt. Schweigend gingen sie nebeneinander her. Kirsch meinte, einige der Gassen von seinem letzten Besuch im vergangenen Herbst wiederzuerkennen. Sie überquerten den inzwischen leer geräumten Markt, kamen am Rathaus vorbei und hielten geradewegs auf die beiden Klostergebäude oberhalb zu. Kurz davor, so erinnerte er sich, würden sie nach rechts einbiegen, dann war es nicht mehr weit zu dem kleinen Haus, in dem der Zimmermann bei seiner alten, tauben Tante lebte.

An Schachners Seite fühlte Kirsch sich sicher genug, um die Stadt auf sich wirken zu lassen. Die gepflegten Bürgerhäuser erzählten von einer reichen Vergangenheit, die immer noch in

Ehren gehalten wurde. Das Pflaster vor den Häusern war gründlich gefegt, die Gaslaternen beleuchteten ordentlich weiß getünchte Fassaden. Fast überall waren bereits die Fensterläden für die Nacht geschlossen. Kaum jemand begegnete ihnen noch auf ihrem Weg, einzig eine Hand voll Soldaten trieb sich in den Gassen herum. Das harte Leben in den Garnisonen verlangte nach abendlichen Wirtshausbesuchen. Mit Wehmut dachte Kirsch daran, wie lustig sie bei seinem letzten Besuch mit den Soldaten gezecht hatten. Wie selbstverständlich hatten Soldaten und Gesellen beim Bier zusammengehockt. Mittlerweile würde er sich sofort verdrücken, wenn sich ein Uniformierter zu ihm an den Tisch setzen wollte. Längst traute er keinem mehr über den Weg. Dabei waren ihm in den letzten Tagen doch auch so viele aufrechte Seelen begegnet.

Statt nach rechts bog Schachner bei den Klostergebäuden nach links ein und steuerte auf eine Wirtschaft zu. Kirsch stutzte. Was hatte der mit ihm vor?

»Wo willst du hin?«, fragte er misstrauisch. »Nicht zu dir nach Haus?«

»Bist verrückt?«, entfuhr es Schachner. Kirsch zuckte zusammen. Dann erklärte Schachner freundlicher: »Das geht nicht.«

»Wieso? Letzten Herbst hab ich doch auch bei dir geschlafen«, entgegnete Kirsch. Seine Stimme zitterte noch von dem Schreck. »Deine Tante ist alt und taub, die merkt schon nichts. Und Platz zum Schlafen gibt's doch genug bei dir. Mir reicht eine winzige Ecke. Kein Boden ist mir zu hart.«

»Mag sein. Trotzdem geht's nicht. Bei mir ist einiges anders geworden.«

»Was denn? Hört deine Tante plötzlich wieder?«

Er blieb stehen. Auch Schachner hielt an. Ihm war die Fragerei sichtlich peinlich.

»Nein. Die ist lang tot. Ich hab geheiratet.«

»Ach so«, sagte Kirsch erleichtert und, nach einer Weile: »Traust du deiner eigenen Frau nicht über den Weg? Meinst du, sie kann den Mund nicht halten? Ich bleib auch bestimmt nicht lang, nur diese eine Nacht, ich versprech's dir.« Er verlegte sich aufs Flehen, hob die Finger zum Schwur.

»Weiß ich.« Beschämt sah Schachner nach unten und sortierte mit seinen Stiefelspitzen Steinchen auf dem Straßenpflaster.

»Was ist's dann?«, bohrte Kirsch nach. Auch in ihm begann es zu arbeiten. Da stimmte was nicht, Schachner war doch sonst kein Zauderer. Was, wenn seine Frau schwanger war? Durfte er zulassen, dass der Zimmermann seinetwegen die Zukunft seiner Familie aufs Spiel setzte? Durfte er riskieren, dass sie seinetwegen ihre bürgerliche Existenz gefährdeten? Andererseits: Was hatte *er* nicht alles für die Sache der Arbeiter aufs Spiel gesetzt? Längst war seine Existenz zerstört. Gerade Leute wie Schachner profitierten von seinem unerbittlichen Einsatz für die Arbeiterfrage. Damit sie ihr Leben besser leben konnten, riskierte er Kopf und Kragen. Also war es nicht zu viel verlangt, dass er eine Nacht bei ihnen unterschlüpfte.

»Sie ist die Tochter von meinem Meister«, presste Schachner schließlich hervor.

Wieder einmal atmete Kirsch auf, als er die Antwort vernahm. Damit ließ sich leben.

»Und wenn's die Tochter vom Pfarrer wär, wo ist das Problem?«

»Ich hab's doch schon gesagt«, brauste Schachner ungeduldig auf. »Mit dem Arbeiterverein hab ich nichts mehr zu tun. Ich kann dich ganz unmöglich mit zu mir nach Haus bringen.«

»Verstehe«, sagte Kirsch traurig. »Du schämst dich für deine alten Freunde. Die darf deine Frau nicht sehen, sonst gibt's Ärger mit deinem Schwiegervater. Sicher hast du ihm hoch und heilig versprechen müssen, dass Schluss ist mit deiner wilden Zeit.«

»Tut mir Leid, glaub mir.«

»Schon gut. Schließlich geht's um deine Zukunft. Vielleicht erbst du ja eines Tages die Werkstatt, nicht wahr?«

Schachner nickte.

»Ins Wirtshaus können wir aber auch nicht. Das ist zu gefährlich«, sagte Kirsch. »Überall hocken die Gendarmen und Soldaten rum. Die kennen bestimmt alle meinen Steckbrief.«

»Mach dir nicht ins Hemd. Ich weiß was, wo dich keiner kennt. Vertrau mir!«

Es war spät geworden. Johanna Morgenthau und Thiel waren unter den Letzten, die das Wirtshaus verließen, sicherlich kein besonders gutes Lokal. Vorrangig Arbeiter und Tagelöhner des nahe gelegenen Bahnhofs verkehrten darin. Die drohende Ebbe in seinem Geldbeutel hatte Thiel jedoch keine große Auswahl gelassen. Zu mehr als auf ein Viertel Wein und eine bescheidene Brotzeit hatte er Johanna selbst dorthin nicht einladen können. Kein Wort hatte sie über die für sie eigentlich unstandesgemäße Lokalität verloren. Ganz Dame hatte sie sich begeistert von der Atmosphäre gezeigt und mit glänzenden Augen die Menschen um sich herum studiert.

Beim Verlassen des Wirtshauses hakte sie sich von Neuem wie selbstverständlich bei ihm ein. Beschwingt von dem Wein und der Unterhaltung besaß er dieses Mal Mut genug, ihren Arm fester an sich zu drücken. Es war lange her, dass er mit einer Frau so durch die Straßen spaziert war. Thiel genoss es, sie so nahe bei sich zu wissen, und wäre am liebsten meilenweit mit ihr durch die Nacht gelaufen. Trotz der späten Stunde fühlte er sich kein bisschen müde, im Gegenteil. Mit Bedauern bemerkte er, dass sie den lang gezogenen Maximiliansplatz bereits hinter sich ließen und sich der Briennerstraße näherten. Viel zu bald schon erreichten sie Johannas Wohnhaus.

»Wissen Sie was?«

Sie blieb direkt vor ihm stehen und fasste nach seiner Hand. Er spürte ihre Finger an den seinen. Gebannt suchte er ihren Blick. Die Frau wusste, was sie wollte, er war ihr gnadenlos ausgeliefert. Kaum wagte er zu atmen, das geringste Luftholen schien ihm eine unnötige Störung dieses kostbaren Moments.

»Riederer war es mehr als recht, dass die Schneider so lange gestreikt haben.«

Ein bitteres Gefühl stieg in ihm hoch. Er hatte sich doch getäuscht. Sie dachte immerzu nur an diese leidige Riederer-Geschichte. Nur deshalb unterhielt sie sich überhaupt mit ihm. Wie vermessen von ihm zu hoffen, es gäbe noch einen anderen Grund. Hatte er ganz vergessen, wer er war, wer sie war? Besser, er verbot sich jedes weitere Gefühl für sie und konzentrierte sich ganz darauf, was sie ihm über den Ermordeten mitteilen wollte. Behutsam löste er seine Hand aus der ihren. Sie schien nichts von seinem Stimmungsumschwung zu bemerken.

»Wie kommen Sie darauf?«

»Das zeitliche Zusammentreffen ist ganz offensichtlich, mein lieber Thiel«, redete sie weiter. »Ab April ist das Geschäft richtig in Schwung gekommen, wie Fischer gegenüber Knopp behauptet. Ab diesem Zeitpunkt wird Riederer den Schneiderfrauen die Nähmaschinen also zu den skandalösen Konditionen verkauft haben. Deshalb fehlen in den Geschäftsbüchern jegliche Einträge für diese Zeit. Das passt doch alles wunderbar! Der Streik der Schneider hat in der ersten Aprilwoche begonnen. Damit sind andere Schneidermeister als Lieferanten ausgefallen, und Riederer hat die Lücke sofort zu seinem Vorteil genutzt. Gleichzeitig hat ihm die leere Streikkasse genug willige Näherinnen in die Arme getrieben. Solange die Männer keinen Lohn nach Hause brachten, waren die Frauen auf seinen Hungerlohn angewiesen. Wie erniedrigend muss das für die Frauen gewesen sein! Wenn ihre Männer wieder gearbeitet und Geld verdient hätten, wäre das nicht mehr so leicht möglich gewesen. Also hat es in seinem Interesse gelegen, dass der Streik nicht so schnell zu Ende gehen würde.«

Das klang sehr plausibel. Thiel ließ es sich mehrmals durch den Kopf gehen. Es war ihm, als erklärte sich damit noch mehr für ihn. Angestrengt versuchte er, sich zu konzentrieren. Auf einmal hatte er es. Das alles vergrößerte Kirschs Schmach ungemein! Nicht allein die Wut, weil Riederer sich ihm gegenüber so überheblich gebärdete, hatte den Arbeiterfunktionär so gereizt. Auch die plötzliche Erkenntnis, wie sehr der Händler vom Streik der Schneidergehilfen profitiert hatte. Das fehlende Streikgeld hatte ihm also die willige Kundschaft, die sich von ihm ausbeuten ließ, überhaupt erst zugespielt. Insofern traf den Arbeiterverein eine gewisse Mitschuld an der Ausbeutung der Schneiderfrauen. Diesen Zusammenhang durfte Riederer dem Arbeiterfunktionär vermutlich äußerst genüsslich vor Augen geführt haben, um ihn bis aufs Äußerste zu reizen. Und das war ihm dann wohl auch hervorragend gelungen. Kirsch war endgültig explodiert.

»Und bestimmt nicht nur das«, knüpfte Johanna unterdessen eifrig an ihre Idee an. »So wie ich ihn einschätze, hat Riederer bestimmt auch das Seine dazu beigetragen, dass der Streik noch möglichst lange dauerte. Vielleicht auch ein Grund, ihn umzubringen, finden Sie nicht, mein lieber Thiel? Jedenfalls ein besserer, als ihn allein wegen der schlechten Bezahlung der Näharbeiten niederzustechen. Alles in allem scheint sich unser armes Mordopfer nicht immer nur in der allerbesten Gesellschaft der Stadt bewegt zu haben. Aber was rede ich da? Das haben Sie natürlich alles längst selbst festgestellt.«

Aufmunternd lächelte sie ihn an. Trotz des Kribbelns, das er dabei in seinen Eingeweiden empfand, mahnte er sich, auf der Hut zu bleiben. Warum mischte sie sich in das alles ein? Warum versuchte sie so energisch, ihn auf die Spur mit Riederers dunklen Geschäften zu lenken? Bislang war allein Kirsch offen der Tat bezichtigt worden, und der befand sich auf der Flucht. Ausgeschlossen, dass sie etwas mit dem zu tun hatte. Andererseits betonte sie immer wieder die bemitleidenswerte Lage der Schneiderfrauen. Wusste sie eigentlich vom Auftritt Emma Niedermayrs und ihres Bruders bei Riederer?

Noch einmal sah er Johanna tief in die Augen. Ohne ein Wimpernzucken erwiderte sie den Blick. War sie eine gute Schauspielerin, oder meinte sie es wirklich ehrlich?

»Gute Nacht, Verehrteste.« Förmlich beugte er sich zum Handkuss hinunter.

»Sie beide?« Aus dem unbeleuchteten Hauseingang trat eine Frau an sie heran. Überrascht sah Thiel auf. Vor ihnen stand Emma Niedermayr. »Das hätt ich nicht von Ihnen gedacht!«, rief sie und stürzte davon.

Freitag, 6. Mai 1870

Kirsch erwachte von Fußtritten. Unsanft stieß ihm jemand immerzu in die Seite. Er schimpfte kurz auf und wälzte sich einfach herum. Das Treten hörte nicht auf.

»Schon gut«, rappelte er sich schlaftrunken auf.

Das Gras war nass. Verwundert betrachtete er seine Handflächen, befühlte seine Kleidung. Der Tau hatte den Stoff klamm werden lassen. Im Schlaf hatte er nichts davon bemerkt.

»Steh auf«, knurrte ihn jemand an. »Gleich kommen die Gendarmen. Auf ihrer Rund in der Früh sind s' ganz besonders kiebig.«

Kirsch seufzte. Mehrmals fuhr er sich mit der Hand durch die langen Haare. Allmählich erinnerte er sich. Er hatte tatsächlich im Freien, mitten auf einer Wiese, geschlafen. Nur das Geäst eines kleinen Busches hatte ihn etwas abgeschirmt. Müde rieb er sich die Augen. Die Sonne ging gerade auf, bald fühlte er die Frühlingswärme zaghaft seinen Rücken kitzeln. Zu seiner Rechten erhoben sich die hohen Mauern des Schlosses mit dem klobigen Turm, links lief die Wiese flach zur Donau aus, und geradeaus zeichneten sich die Giebel der Stadt ab. Schachner stand direkt vor ihm und streckte ihm ein dickes Brot sowie eine dampfende Tasse entgegen.

»Hier«, murmelte er, »damit du was im Bauch hast, wennst dich wieder auf den Weg machst.«

»Danke.« Sofort griff Kirsch zu. Der heiße Kaffee tat gut. »Wie hast du das heimlich von daheim hergeschafft?«, fragte er kauend.

»Das ist nicht von daheim. Aber das erklär ich dir ein andermal«, erwiderte Schachner.

»Verstehe«, sagte Kirsch und blies in seine Tasse. Schachner sollte nicht sehen, wie er schmunzelte. Die Weibergeschichten des Zimmermanns waren legendär.

»Fort müssen wir«, drängte Schachner. »Schau, da kommen die ersten Soldaten. Die wollen sicher auf der Wiese exerzieren.«

Erstaunt drehte Kirsch den Kopf. Tatsächlich, eine kleine Gruppe Uniformierter hielt geradewegs auf sie zu.

»Geh nur, ich komm schon allein zurecht«, versicherte er seinem Freund und drückte ihm die Tasse in die Hand. »Schau lieber, dass du in deine Werkstatt kommst. Nicht, dass du noch Ärger mit deinem Schwiegervater kriegst.«

»Wo willst jetzt hin?«, überging Schachner die Bemerkung. »Hier in Ingolstadt wüsst ich keinen andern, der dir helfen würd, die wollen alle mit dem Arbeiterverein nichts mehr zum Tun haben. Der Tauscher und der Neff waren im Winter noch mal da. Seither gibt keiner mehr offen zu, dass er zum Arbeiterverein gehört. Die zwei haben viel zu viel über Politik geredet, das ist den Männern zu hoch. Keiner hier will eine Revolution anzetteln oder so was. Mit dem König und dem Ganzen sind s' alle vollauf zufrieden. Keiner schert sich drum, ob Bayern sich mit den Preußen oder den Norddeutschen verbünden soll oder nicht. Oder ob der Bebel oder der Liebknecht die Besseren an der Spitze von irgend so einem fernen Arbeiterverein in Leipzig sind. Auch mit dem ganzen Zeugs von wegen Arbeiterfrage und Klassenkampf haben die Leut hier nichts am Hut. Bei uns gibt's keine Fabriken und richtigen Unternehmer. Die Meister hocken mit den Gesellen noch am selben Tisch. Keiner von denen haust in großem Elend, dafür haben s' hier ganz andere Sorgen. Im Winter hat einer vor seinem Laden sogar die Fässer fortgeschafft, weil er befürchtet hat, der Tauscher und der Neff könnten Barrikaden damit bauen. Dann haben sie die zwei einfach aus der Stadt nausgejagt.«

»Du musst mir nichts erklären«, wiegelte Kirsch ab. »Es ist überall das Gleiche: Die Handwerker meinen, die Not der Arbeiter trifft sie nicht. Das Handwerk steckt angeblich nur in einer Krise, die bald schon vorüber ist. Dabei fängt's genau damit an, glaub mir.«

Versonnen blickte er den Soldaten nach, die nach links abschwenkten. In sicherer Entfernung von ihnen marschierten sie in Reih und Glied vorbei. Die Wiese war wohl doch nicht das Ziel der morgendlichen Übung gewesen.

»Lass gut sein«, meinte Schachner. »Wir haben jetzt keine Zeit fürs Disputieren. Am besten ist, du gehst weit weg, vielleicht ganz aufs Land. Da kannst dich besser verstecken.«

»Ich kenn keinen auf dem Land. Ich fahr zurück nach Haus, nach Mainz. Zurück an den Rhein. Das ist wenigstens noch ein Fluss. Ich hab genug von eurem schönen Bayernland.«

»Versteh ich nicht«, erwiderte Schachner und grinste endlich auch. »Hier, nimm«, sagte er und steckte ihm mehrere Gulden zu.

»Bist du verrückt? Das ist viel zu viel«, wehrte Kirsch ab, doch Schachner bestand darauf.

»Brauchst ein Billett für die Bahn und musst die nächsten Tage von was leben.«

»Woher hast du das Geld?«

Schachner sah zu Boden, strich mit den Spitzen seiner groben Stiefel sacht über die Grashalme. Als er den Kopf hob, lächelte er verschmitzt.

»Sagen wir's mal so: Manchmal ist's an der Zeit, dass auch ein Meister einem Gewerkschafter aus der großen Not heraushilft!«

Kurz umarmte er Kirsch und wandte sich dann sofort ab. Kirsch sah ihm nach, bis er in der Stadt verschwunden war.

»He du, was machst du da?«, erklang eine forsche Stimme aus der anderen Richtung.

Nichts Gutes ahnend, drehte Kirsch sich um. Ein dicklicher Gendarm eilte heran. Er musste von der anderen Seite des Schlosses gekommen sein.

»Herumlungern ist hier verboten. Wer bist du?«

Kirsch wurde zum ersten Mal bewusst, wie abgerissen er aussah. Warum sonst hielt der Gendarm ihn gleich für einen Landstreicher? Dass er ihn abfällig mit »du« anredete, sagte alles.

»Deine Papiere!«, raunzte der Grünberockte und streckte fordernd die Hand aus.

Papiere? Kirsch wurde heiß. Sah ihn der Gendarm nicht auch schon so merkwürdig an? Klar, der hatte ihn erkannt! Mit beiden Händen versetzte er ihm einen Stoß gegen die Brust. Der Gendarm stutzte erst, dann torkelte er und fiel, hilflos mit den Armen rudernd, nach hinten. Kirsch nutzte seine Verwirrung und rannte davon, mitten hinein ins frühmorgendliche Gewühl der engen Gassen.

Der Lärm der an- und abfahrenden Züge war ohrenbetäubend. Das Tonnengewölbe der lang gestreckten Bahnhofshalle wirkte wie eine schützende Glocke. Darunter steigerte sich das Getöse um ein Vielfaches. Auch der Dampf, den die Lokomotiven bei ihren Rangiermanövern ausstießen, verfing sich in der waghalsigen Holz-Stahl-Konstruktion des Hallendaches. Thiel fühlte sich an eine moderne Fabrikanlage erinnert. Da wie dort verwandelten die Respekt einflößenden überdimensionalen Maschinen und die scheinbar ziellose Betriebsamkeit mit ihrem ständigen Zischen und Dröhnen die Menschen in winzigkleine, übereifrige Ameisen, die gehorsam ihre Arbeiten verrichteten. Fasziniert blieb er eine Weile mitten im Getümmel stehen. Waren nicht alle Menschen längst solche Ameisen, auch jenseits der Fabriken und Maschinen? Ein jeder gefangen in der Aufgabe, die er zu erledigen hatte? Unfähig, rechts und links zu schauen, sich auch nur ein winziges Stückchen von der vorgeschriebenen Spur wegzubewegen? Warum sonst kümmerte sich keiner mehr um die Belange des anderen, war niemand mehr bereit, sich mit dem anderen zusammenzutun, um die allgemeine Lage zu überdenken und zu verbessern? Kein Wunder, dass die Idee der Gewerkschaft bereits in ihren Anfängen stecken geblieben war, dass Leute wie Riederer ihr leichtes Spiel mit der Not der anderen hatten.

Thiel gab sich einen Ruck und ging weiter. Mehrmals meinte er, in seinem Rücken Blicke zu spüren, und sah über die Schulter, doch da war nichts.

Die Züge nach Pasing verkehrten stündlich. Aufmerksam studierte er die Abfahrtstafel. Der nächste Zug ging in einer Viertelstunde von Gleis 3. Zufrieden schob er die Hände in die Hosentaschen. Geldstücke klimperten darin. Viele waren es nicht. Pasing lag eine halbe Bahnstunde westlich von München. Für ein Billett dorthin würde sein Geld wohl gerade noch reichen. Wie es danach weitergehen sollte, wusste er nicht. Der Lohn für den abgelaufenen April stand ihm noch zu, egal wie Burchtorff weiter mit ihm verfahren sollte. Allerdings musste er das Geld persönlich in der Polizeidirektion abholen. Das würde er morgen erledigen. Vor den hämischen Blicken auf der Zahlstelle graute ihm schon jetzt. Die paar Gulden waren es kaum wert, sich der Schadenfreude der

Kollegen über seinen unrühmlichen Abgang auszusetzen, aber was half's?

Er postierte sich am Anfang von Gleis 3. Am entgegengesetzten Ende der Halle zeichnete sich eine Dampfwolke ab, wurde größer und größer. Ein schwarzes Ungetüm schob sich mit metallenem Quietschen heran. Kleinere, rascher aufeinander folgende Dampfwolken pufften aus dem Kessel. Die Lokomotive verlangsamte ihre Fahrt, erreichte bald das Ende des Gleises in der Halle. Erstaunlich sanft stießen die Eisenpuffer gegen den Holzbalken des Prellbocks. Um den Zug herum entbrannte in kürzester Zeit ein hektisches Treiben. Aus allen Richtungen sprangen Arbeiter herbei und kümmerten sich um das schnaubende Gefährt. Die ersten Fahrgäste stiegen aus den Wagen. Männer mit hohen Hüten halfen Damen in adretter Reisekleidung auf den Perron herunter, Gepäckträger schoben hoch beladene Karren mit Koffern und Kisten vorbei, verzweifelt gestikulierende Reisende eilten ihnen nach. Zwei Wagen hinter der Lok entdeckte Thiel den Schaffner. Ruhig behauptete er seinen Platz und schien Herr über das Gewusel zu sein.

Ein verführerischer Duft stieg Thiel in die Nase. Sein Magen grummelte. Kein Wunder, seit dem Frühstück hatte er nichts mehr gegessen. Kurz entschlossen eilte er auf eine junge Breznverkäuferin zu, die den Bahnsteig entlangkam. Das Laugengebäck aus ihrem Korb war noch ofenwarm. Hungrig biss er hinein.

»Schmeckt's?«

Er spürte eine Hand auf der Schulter. Kauend drehte er sich um.

»Gersthofer, du?«, grüßte er zwischen zwei Bissen.

»Ja, leider«, entgegnete der Gendarm. »Hab ich mir doch gleich gedacht, dass es stimmt.«

»Was?«, fragte Thiel.

»Dass du keine Ruh gibst.«

»Womit?« Thiel hatte seinen kargen Imbiss verzehrt, wischte sich mit der Zunge über die Lippen und sah ihn möglichst unschuldig an.

»Thiel, 's langt! Weißt genau, wovon ich red. Also hörst freiwillig auf mit deiner Rumfragerei, oder muss ich dich wirklich erst ins Arresthaus stecken?«

»Hör mir auf, Gersthofer. Siehst mich grad was tun, was ich nicht tun darf? Friedlich steh ich am Bahnhof und ess eine Brezn. Soweit ich mich erinner, ist das selbst in unsrer königlichen Haupt- und Residenzstadt noch jedem normalen Bürger erlaubt.«

»Gib endlich eine Ruh«, erwiderte der Stationskommandant mit drohendem Unterton in der Stimme. »Oder bist wirklich so dumm, dass du's nicht begreifen willst? In der Früh hat mir das Fräulein aus dem Tabakladen gesagt, dass du gestern bei ihr warst und wieder nach der armen Ladnerin gefragt hast. Hör mit dem Ermitteln auf, rat ich dir, Thiel! Du bist nicht mehr im Dienst, es kann dir egal sein, wie's mit dem Mordfall weitergeht. Ich mein's gut mit dir, trotz der Geschicht vom letzten Montag im Laden vom Riederer.«

»Wenn's dich beruhigt, Gersthofer, ich fahr gleich naus aus der Stadt. Hier wird's mir nämlich zu eng mit all den Dickschädeln, die nicht sehen wollen, um was es wirklich geht.«

Thiel schmunzelte, als er dem Gendarmen leicht auf die Schulter schlug. Noch bevor der etwas erwidern konnte, eilte er am Zug entlang, bis er den Waggon mit der dritten Klasse erreicht hatte. Rasch erklomm er die Stufen. Im selben Moment ertönte das Pfeifen des Schaffners und der Zug nach Pasing setzte sich in Bewegung.

Enttäuscht stieg Emma die Treppen hinunter. Johanna Morgenthau war nicht zu Hause. Erst gestern Abend die Entdeckung, dass sie mit diesem Polizisten schon sehr vertraut war, und nun konnte Emma sie nicht einmal mehr persönlich sprechen. Dabei wäre es wirklich wichtig gewesen. Nicht nur wegen der Sache mit dem Polizisten. Auch wegen Emmas Erlebnissen bei den anderen Schneiderfrauen und der Drohung von Lottes Mann, der, um den eigenen Kopf zu retten, Alois ans Messer liefern wollte. Sie wusste nicht mehr ein noch aus. Wer, wenn nicht Johanna, konnte ihr raten? Wer würde ihr in Zukunft überhaupt noch beistehen? Das Mädchen hatte nicht gewusst, wo Johanna hingegangen war. Nur dass sie es eilig gehabt hatte und so schnell bestimmt nicht zurückkam, hatte sie noch gemeint.

Mit jeder neuen Stufe hatte Emma einmal mehr das Gefühl, ihre Glieder wären aus Blei, alles drücke sie herunter. Ob Johanna etwa wieder diesen Polizisten traf? Die beiden schienen viel voneinander zu halten. Damit hatte Emma nicht gerechnet. Ein Gefühl von Einsamkeit ließ sie frösteln. Konnte sie Johanna weiterhin trauen? Auf einmal tat die so vieles, womit Emma nicht gerechnet hatte.

Es fing schon damit an, dass das Dienstmädchen eben in der Wohnung gewesen war. Anfang der Woche noch hatte Johanna nicht einmal mehr gewusst, wo sie überhaupt etwas Bargeld hernehmen sollte. Deswegen hatte sie doch auch das Mädchen entlassen müssen. Hatte sie in der Zwischenzeit wieder eines ihrer Bilder oder Möbelstücke verkauft? Oder erhielt sie von woandersher Geld? Es war seltsam, dass sie mal welches hatte und mal nicht. Einer ordentlichen Arbeit ging sie jedenfalls nicht nach, so viel stand fest. Auch die Pension, die sie als Professorenwitwe bezog, fiel nicht zu üppig aus, das hatte sie doch selbst behauptet.

»Sie hier?«

Emma zuckte zusammen. Über ihrem Grübeln hatte sie nicht bemerkt, dass sie mitten auf dem Treppenabsatz stehen geblieben war. Ein Herr in dunklem Anzug stand vor ihr und schaute sie an. Gewiss wollte er sie hinausjagen, sie hatte in dem vornehmen Haus nichts verloren.

»Bin gleich schon fort«, murmelte sie und wollte sich an ihm vorbeidrängen. Er stellte sich ihr in den Weg.

»Nicht so schnell, Verehrteste. Erst verraten Sie mir, was Sie hier gewollt haben, nicht wahr?«

Der Mann war nicht sonderlich groß. Das Auffälligste an ihm waren seine dunklen, nahezu schwarzen Augen hinter den dicken Brillengläsern sowie die langen Haare. Die schauten im Nacken noch ein gutes Stückchen unter der Hutkrempe heraus. So frisierte sich doch nur der König! Unwillkürlich knickste Emma und blickte zu Boden.

»Ich hab nur was auszurichten gehabt.«

»Wo bitte schön?«

»Bei der Frau Morgenthau. Können gern oben nachfragen.«

»Sie waren bei Frau Morgenthau, Frau Niedermayr? Wieso?«

»Woher wissen S' meinen Namen?« Emma wurde blass.

»Antworten Sie mir zuerst, nicht wahr?«

Vorsichtig sah sie den Mann an. War sie ihm schon mal begegnet? Fieberhaft begann es in ihrem Kopf zu arbeiten. Unterdessen antwortete sie brav: »Ich näh öfter für die Frau Morgenthau. Sie hilft mir ein bisschen, jetzt, wo mein Mann tot ist.«

»Bedauerlich«, entgegnete der kleine Mann und nahm den Hut vom Kopf. »Sie waren verheiratet mit dem Georg Niedermayr, Schneidergehilfe und Mitglied des Streikkomitees, nicht wahr? Ich teile zwar nicht gerade seine politischen Ansichten, dennoch muss ich sagen: Seine Reden auf den Versammlungen waren vortrefflich! Sie können stolz auf ihn sein!«

»Danke«, murmelte sie. Etwas in seinem Gebaren stieß sie ab. Wie er die dürren Arme bewegte, trotz seiner geringen Körpergröße den Kopf zwischen die Schultern zog – gerade tupfte er sich mit einem Taschentuch über die Stirn. Dass er so viel über Georg und sie wusste, beunruhigte sie. Nichts wie weg von ihm! Von Neuem versuchte sie, an ihm vorbeizukommen. Wieder ohne Erfolg. Dieses Mal ergriff er sogar ihren Arm und hielt sie fest.

»Nicht so eilig, Verehrteste. Ich tu Ihnen wirklich nichts.«

»Lassen S' mich los! Ich schrei so laut, dass das ganze Haus zusammenläuft.«

»Das wird nicht nötig sein.« Er lächelte verschmitzt. »Sehen Sie, ich lasse Sie schon los. Bevor Sie Hals über Kopf davonrennen, sollten Sie allerdings vielleicht doch mit mir reden, nicht wahr?«

»Warum? Ich weiß ja gar nicht, wer Sie sind.«

»Oh, verzeihen Sie, dass ich mich noch nicht vorgestellt habe: Mein Name ist Stiegler, Heinrich Stiegler. Ich bin Redakteur bei den Münchener Neuesten Nachrichten.«

Emma zuckte mit den Schultern. Das beeindruckte sie nicht im Mindesten. Es erklärte nur, warum er so viel über Georg wusste.

»Ich bin mit Frau Morgenthau schon sehr lange gut bekannt«, fuhr er fort. »Schon seit der Zeit, als ihr hochgeschätzter Gatte, Professor Morgenthau, noch gelebt hat. Ein hochinteressanter Mensch, nicht wahr? Haben Sie ihn auch noch kennen gelernt? Nun gut. Das tut jetzt nichts zur Sache. Jetzt geht es für uns beide um ganz andere Geschichten. Genau wie für unsere verehrte Frau

Morgenthau und den Polizeioffizianten Thiel. Sie wissen natürlich längst, wovon ich spreche, nicht wahr?«

Prüfend sah er Emma ins Gesicht. Dabei beugte er den Oberkörper ein Stück nach hinten. Trotz seiner geringen Größe wirkte sein Blick dadurch, als käme er nicht schräg von unten herauf, sondern von oben herab. Wieder spürte sie den Drang, ihn einfach beiseite zu stoßen und wegzulaufen. Andererseits war da etwas in seinen Augen, was sie in Bann hielt. Anscheinend wusste er tatsächlich etwas Neues. Und er schien es ihr unbedingt sagen zu wollen, konnte es kaum mehr zurückhalten, wie das Zucken in seinen Mundwinkeln verriet. Vielleicht war es doch wichtig für sie.

»Ich weiß, dass Sie in den Mordfall Riederer verwickelt sind, liebe Frau Niedermayr«, fuhr er fort. »Ich habe nämlich mit eigenen Augen beobachtet, wie Sie dem Gewerkschafter Kirsch nach seiner Verhaftung zur Flucht verholfen haben.«

»So?«, sagte sie nur und reckte die Nase ein Stückchen weiter in die Luft, in der Hoffnung, er bekomme nicht mit, wie sie immer blasser wurde.

»Der Offiziant weiß das mittlerweile übrigens auch, nicht wahr?«

»So?«, sagte sie noch einmal. Zu mehr fühlte sie sich nicht mehr fähig. Die Gedanken in ihrem Kopf begannen Karussell zu fahren. Ob das stimmte? Warum hatte der Polizist sie dann nicht schon festgenommen? Mehrmals hatte er mit ihr gesprochen und kein Wort davon gesagt. Was hatte der vor?

Stiegler schien ganz in seinem großen Auftritt aufzugehen. Den Hut wieder auf dem Kopf, ließ er die Hände lässig in die Taschen des Jacketts gleiten, schob die Brust vor. Seine Stimme wurde lauter.

»Anfangs war das sehr wichtig für den Herrn Offizianten. Er hatte wohl gehofft, durch Sie auf Kirschs Spur zu kommen. Aber mittlerweile ist für ihn anderes viel entscheidender geworden. Er wird den Täter rasch schnappen, so viel steht fest, nicht wahr?«

»Woher wollen S' das wissen?«, fragte sie und bemühte sich um einen forschen Ton. Er sollte ihre Verunsicherung nicht bemerken. Es war geradezu unheimlich, wie dieser Redakteur meinte, vorhersagen zu können, was der Polizist wann und wie genau tun würde.

»Sonst hätte der Offiziant natürlich gleich dafür gesorgt, dass man Sie für die Fluchthilfe belangt. Immerhin ist das ein klarer Verstoß gegen das Gesetz, nicht wahr?«

Beschämt schaute sie zu Boden. Von den aufsteigenden Tränen sollte er nichts mitbekommen.

»Vor ein paar Tagen habe ich den Offizianten zum letzten Mal gesprochen. Seither werde ich das Gefühl nicht los, dass er längst eine ganz andere Spur verfolgt. Seien Sie beruhigt: Der Offiziant hat ein Faible für die ärmere Schicht. Am Ende wird er es ganz unter den Tisch fallen lassen, dass Sie dem Kirsch geholfen haben. Noch dazu, wenn sich Frau Morgenthau als Ihre Fürsprecherin einsetzt, nicht wahr?«

Er zwinkerte ihr zu. Was bildete der sich ein? Aber noch etwas anderes stieß ihr übel auf.

»Was sagen S' da?«, hakte sie nach. »Was für eine Spur soll das denn sein?«

»Ich dachte, Sie könnten mir da weiterhelfen, nicht wahr?«

»Ich? Wieso ich?«

»Mit Ihnen ist der Herr Offiziant doch so lang im Café beieinandergesessen. Zufällig habe ich das gesehen. Ganz lang haben Sie beide miteinander geredet, nicht wahr? Sehr interessiert hat er Ihnen dort zugehört. Also müssen sie ihm etwas sehr Wichtiges erzählt haben. Am selben Abend habe ich ihn dann getroffen, und da hat er mir ein paar ganz merkwürdige Fragen gestellt. Seither jedenfalls ist er noch mehr als vorher davon überzeugt, dass dieser Kirsch in keinem Fall der Mörder sein kann. Stattdessen konzentriert er sich mit ganzer Kraft auf diese andere Spur. Wenn er Sie wegen Ihres Vergehens mit Kirsch nicht verhaftet hat, dann tut er das aus gutem Grund. Bestimmt hofft er, dass Sie ihm in Freiheit viel nützlicher sind. Und das kann nur eins bedeuten: Sie sind der Dreh- und Angelpunkt seiner neuen Fährte, nicht wahr?«

Emma spürte, wie ihr die Sinne schwanden. Nicht jetzt, ermahnte sie sich.

»Was ist mit Ihnen?«, hörte sie Stiegler von weit her fragen.

»Nichts«, murmelte sie und wusste plötzlich, dass sie keine

Zeit mehr zu verlieren hatte. Sie musste zu Alois. In seinem Versteck war er nicht mehr sicher. Der Polizist hielt ihn endgültig für den Täter. In einem letzten Aufbäumen stieß sie Stiegler zur Seite und stürmte die Treppen hinab.

»Frau Niedermayr! Warten Sie doch! Sie müssen mir doch noch was sagen!«, rief der Redakteur ihr nach.

Sie drehte sich nicht einmal mehr um. Schon war sie draußen auf der Straße. Wenn sie sich beeilte, dann erwischte sie noch den Nachmittagszug nach Dachau. Dann konnte sie vor Sonnenuntergang bei Alois sein.

Das Fensterglas blendete Thiel. Die letzten Strahlen der untergehenden Sonne verwandelten die Scheiben in grelle Spiegel. Er trat ein paar Schritte nach links, fluchte, weil er in Dornengestrüpp geraten war. Die widerspenstigen Zweige verfingen sich im Stoff seiner Jacke. Mühsam löste er sie Stück für Stück, stach sich dabei immer wieder in die Fingerkuppen, dass sie bluteten.

Den Eingang des Lagergebäudes hielt er weiterhin genau im Blick. Seit die Packarbeiter gegen sechs Uhr gegangen waren, hatte sich kaum etwas getan. Eine halbe Stunde später war ein letzter Güterwaggon im nahen Bahnhof eingetroffen und ausgeladen worden. Die schweren Holzkisten hatte man allerdings an der Lagerhalle der Firma »Wirtz & Söhne« vorbeigetragen. Im benachbarten Anwesen nahmen vier muskulöse Burschen die Fracht entgegen und verstauten sie im Innern. Danach kamen zwar immer noch Züge in Pasing an, doch ihnen entstiegen lediglich Fahrgäste. Güterwaggons wurden vermutlich nur bis in den frühen Abend hinein abgefertigt.

Die Zeit verstrich langsam. Rund um die Lagerhalle wurde es allmählich still. Nach einer ganzen Weile fühlte Thiel sich sicher genug, um sich dichter heranzuwagen. Ein streunender Hund bellte ihn an. Mit einer ausholenden Armbewegung verscheuchte er den Kläffer. Sofort duckte der sich weg, entwischte schließlich um die nächste Ecke.

Thiel schritt zur doppelflügeligen Tür und untersuchte das Vorhängeschloss. Ein schrilles Jaulen ließ ihn aufhorchen, dem folgte ein erbärmliches Winseln, dann war es wieder still. Sofort sprang er hinter einen brusthohen Stapel Holz, der unweit des Gebäudes gelagert wurde. Gebannt verfolgte er von dort aus, was nun weiter vor der Halle geschehen würde.

»Schön, Sie zu sehen«, hörte er eine weibliche Stimme dicht an seinem Ohr, eine Hand legte sich sanft auf seine Schulter. Er erstarrte. Ungläubig drehte er den Kopf und schaute Johanna Morgenthau direkt ins Gesicht.

»Habe ich Sie erschreckt?«, wisperte sie.

»Was tun Sie hier?«

»Was wohl? Das Gleiche wie Sie! Den ganzen Tag bin ich Ihnen schon auf den Fersen. Sie fallen einfach zu leicht auf, das habe ich Ihnen gestern schon gesagt. Es hat Sie anscheinend nicht beeindruckt, dazugelernt haben Sie jedenfalls nichts.«

Sie lächelte ihr einnehmendes Lächeln. Eine Locke löste sich aus ihrer Frisur, sogleich blies sie die Haare wieder aus dem Gesicht. Thiel spürte, wie sich ein wohliges Kribbeln in seinem Bauch ausbreitete. Darunter mischte sich jedoch noch etwas anderes, Unangenehmeres: die Angst, ihr nicht mehr trauen zu können, alsbald bitter von ihr enttäuscht zu werden. Seit ihrer Begegnung gestern Abend hatte er diese Empfindung, wenn er an sie dachte. Verlegen senkte er den Blick.

»Was war da eben an der Tür? Hat der Kläffer Sie gestört? Was ist mit ihm passiert?« Sie wies mit dem Kopf hinüber zur Lagerhalle. Im Profil wirkte ihr Kinn spitz. Blonder Haarflaum schimmerte darauf. Erstaunt bemerkte Thiel, wie er versuchte, sie sich hässlich zu reden. Er schloss die Augen, rief sich Bettys Gesicht in den Sinn. Doch er bekam es nicht mehr vollständig zusammen. Ein Detail fehlte immer, entweder die Augen, die Nase oder die Mundpartie. Davor schob sich ein ganz schrecklicher Anblick, der blutverschmierte, grausam zugerichtete Hund aus der Kaufingerstraße.

»Was ist?«, fragte sie erneut, nun bereits eine Spur ungeduldiger. »Was habe ich getan, dass Sie nicht mit mir reden?«

»Tut mir Leid.« Er räusperte sich. »Es ist nur … Das mit dem Hund erinnert mich an was. Etwas Ähnliches habe ich vor Kurzem schon mal erlebt. Vielleicht hat es mit dem Fall zu tun, sicher bin ich mir aber noch nicht.«

»Lassen Sie sich Zeit. Zum Nachdenken braucht man Ruhe.«

Ihren Worten folgte ein charmantes Lächeln. Thiel zögerte zunächst, dann gab er sich geschlagen. Es hatte keinen Sinn, sich zu wehren, Johanna hatte ihn bereits fest im Griff. Er sollte sein Misstrauen vergessen und ihr alles erzählen.

Er lehnte sich ans Holz, faltete die Hände locker vor seinem Bauch und dachte nach. Noch einmal ließ er die Ereignisse der letzten beiden Wochen Revue passieren. Das Winseln des Hundes vorhin ähnelte wirklich dem in der Kaufingerstraße, das ihm damals ebenfalls durch Mark und Bein gegangen war. Ein letztes, verzweifeltes Aufbäumen gegen ein schreckliches Ende. Kurz darauf hatte er Fischer zum ersten Mal …

»Achtung, da kommt jemand!«, flüsterte Johanna und zupfte ihn am Ärmel.

Er drehte sich um und lugte vorsichtig über den Holzstapel. Die anbrechende Dämmerung tauchte die Gebäude in unterschiedliche Grautöne. Thiel verengte die Augen zu einem schmalen Schlitz.

Ein groß gewachsener, sehr schlanker Mann ging zur Lagerhalle hinüber. Die dunkle Kleidung ließ ihn unheimlich wirken, umso deutlicher stachen seine hellen Gamaschen hervor. Vor der Tür blieb er stehen, sah sich erst nach rechts und dann nach links um. Dabei steckte er seine linke Hand mit einer eleganten Bewegung in die äußere Rocktasche. An einem der Finger funkelte ein Ring. Unwillkürlich spreizte der Mann Zeigefinger und Daumen über dem Eingriff der Tasche ab und schob mit dem Unterarm den Rockschoß nach hinten. Die Krempe des Zylinders warf einen Schatten auf das Gesicht, dennoch erkannte Thiel den merkwürdigen Blick sofort: Raimund Fischer.

Das konnte kein Zufall sein, schon wieder ein kläffender Köter, dann Fischer, genau wie an dem Abend, bevor Riederer tot in seinem Laden aufgefunden wurde. Also hatte Fischer doch den Hund … Thiels Gedanken überschlugen sich. Aufgeregt wollte er Johanna von seiner Entdeckung berichten, sie aber legte den Zeigefinger auf die Lippen und bedeutete ihm zu schweigen. Beleidigt wich er zurück. Sobald er sich wieder der Halle zuwandte, musste er ihr allerdings Recht geben. Sie mussten sich still verhalten.

Knopp kam hinzu. Die Begrüßung zwischen ihm und Fischer

fiel kühl aus, keiner reichte dem anderen die Hand. Nervös nestelte Knopp aus seiner Jackentasche einen Schlüssel und öffnete die Tür. Sogleich zauberte er von drinnen eine Lampe hervor. Das flackernde Licht beleuchtete kurz die Gesichter der beiden, dann zogen sie sich in die Halle zurück und schlossen die Tür.

»Ich glaube, ich kenne die beiden Herren«, flüsterte Johanna.

»Ich weiß sogar, was sie da drinnen vorhaben«, erwiderte Thiel in normaler Lautstärke. Es bestand keine Gefahr, dass jemand sie hörte.

»So? Wenn Sie schon alles wissen, wozu sitzen Sie dann überhaupt noch hier?«

Irrte er sich oder geriet sie gerade aus der Fassung? Es störte sie wohl, dass er sie vorher nicht in alles eingeweiht hatte. Aus den Augenwinkeln beobachtete er, wie sich ihre linke Augenbraue steil nach oben richtete. Eine Locke rutschte ihr in die Stirn. Entnervt schob sie die Haarsträhne zurück.

»Sie haben kein Vertrauen zu mir, Herr Thiel. Nun gut, Ihre Entscheidung. Wir müssen ja nicht zusammenarbeiten. Ich habe gedacht, wir ergänzen uns ganz gut. Aber wenn Sie nicht wollen. Ich zwinge Sie natürlich zu nichts. Guten Abend!«

Kurz nickte sie ihm zu, raffte ihren Rock und ging.

Verdutzt blieb Thiel noch einige Zeit hinter dem Holzblock stehen. Ihre schlanke Gestalt in dem schwarzen Kleid wurde bald von der Dämmerung vollständig aufgesogen. Eine seltsame Leere breitete sich in ihm aus. Trotz der Jacke begann er zu frösteln. Schnell rieb er sich mit den Händen über die Arme. Das kalte Gefühl blieb.

»Verdammt!«, knurrte er und schlich halb gebückt zur Halle hinüber.

Aus dem ersten Seitenfenster fiel ein Lichtstrahl. Die Schattenrisse der beiden ungleich großen Männer zeichneten sich verzerrt auf dem Lehmboden ab. Thiel kroch unter das Fenster und versuchte zu lauschen. Es drang kaum etwas nach draußen. Vorsichtig spähte er hinein. Fischer und Knopp diskutierten eifrig, gestikulierten dabei lebhaft durch die Luft. Ihre Gesichter waren gerötet. Trotz des offenkundigen Streits blieben ihre Stimmen jedoch gedämpft.

Thiel reckte sich etwas weiter nach oben. Vielleicht konnte er direkt an der Scheibe doch besser hören. Im selben Moment traf ihn ein Schlag auf den Hinterkopf. Sein Gesicht wurde gegen die kalte Scheibe gepresst, schon spürte er einen weiteren Schlag, dieses Mal mehr an der Seite. Sein Schädel explodierte. Dann rutschte er an der Holzwand entlang nach unten. Sein Kinn prallte gegen die Fensterleiste, die Zähne schlugen gegeneinander. Er biss sich auf die Zunge, schmeckte Blut. Der rettende Lehmboden schien unerreichbar.

Der Zug erreichte endlich Nürnberg. Längst war es stockfinstre Nacht geworden. Kirsch war froh, es tatsächlich bis dorthin geschafft zu haben. Fast hatte er selbst schon nicht mehr daran geglaubt. Die Stadt war nur eine weitere Zwischenstation auf seiner Reise nach Hause. Wenn er Glück hatte, dann erwischte er früh am nächsten Morgen schon einen Zug, der ihn seiner Heimatstadt am Rhein wieder ein gutes Stück näher brachte. In Nürnberg wusste er genug Gewerkschafter, die ihm für eine Nacht Unterschlupf gewähren würden. Guten Mutes schnürte er sein Bündel. Langsam fuhr der Zug in den Bahnhof ein.

Die Fahrt hatte ewig gedauert. Dabei war es von Ingolstadt bis Nürnberg gar nicht weit. Eigentlich hatte der Zug bereits am frühen Abend an der Pegnitz eintreffen sollen. Die Königlich-Bayerische Staatseisenbahn schien allerdings immer wieder für Überraschungen gut. Deutlich verzögert hatte sich die Fahrt, weil man in Weißenburg plötzlich einen der drei Güterwaggons vermisst hatte. Der hätte von Pasing, wie ein Mitreisender Kirsch gegenüber sogleich erklärte, bis nach Nürnberg gebracht werden sollen. An einer der vielen Stationen unterwegs musste der Wagen jedoch abhanden gekommen sein. Nun suchte man mit allen Kräften, als könne man den Waggon allein dadurch wieder herbeizaubern. Die Aufregung unter den dunkelblau berockten Bediensteten auf dem Bahnsteig setzte sich bald unter den Passagieren im Waggon fort. Auf jeder Bank wurde eifrig getuschelt und gemutmaßt.

»Bei dem Schaffner wundert's mich nicht«, grunzte Kirschs Mitreisender, der ihm gegenüber auf der Bank saß und, als Kirsch ihn verständnislos ansah, erklärte: »Letztens bin ich andersrum unterwegs gewesen, also von Nürnberg nach München. Da haben sie am Ende auch einen ganzen Waggon nicht gehabt. Und wer war der Schaffner? Derselbige wie heut! Das kann doch kein Zufall sein. Der Bursche fährt immer auf der Strecke. Und wenn Sie mich fragen«, er winkte Kirsch näher zu sich heran, »ganz sauber ist der nicht.«

Er schob seinen breiten Hintern auf der Holzbank zurück. Zufrieden mit sich und seinen Vermutungen, nahm er eine Prise Schnupftabak, zog genüsslich die Nase hoch und nieste schließlich so laut, dass die Damen drei Sitzreihen weiter entsetzt die Köpfe zu ihm umdrehten.

»Wie soll denn der Schaffner einen ganzen Waggon auf Seite schaffen?«, fragte Kirsch ungläubig.

Er verstand die ganze Aufregung nicht. Wahrscheinlich hatte man sich einfach nur verzählt, und der angeblich verschwundene Waggon hatte überhaupt nie am Zug drangehangen. Er schaute auf die Bahnhofsuhr. Das Spektakel dauerte schon fast eine halbe Stunde. Die größer werdende Verspätung schien keinen zu stören. Also versuchte er auch, nicht daran zu denken.

»Das geht schnell«, sagte sein Gegenüber schmunzelnd. »Natürlich braucht der Schaffner zum Beispiel Hilfe von den Arbeitern an der Station. Aber die werden so schlecht bezahlt, dass sie für jede Gelegenheit froh sind, ein paar Kreuzer dazuzuverdienen. Und schon wird an einem Halt ein bisschen mehr als sonst hin- und herrangiert. Plötzlich gibt der Schaffner das Signal, der Zug fährt los, und irgendwann, in jedem Fall erst viel später, merkt einer, dass gar nicht mehr alle Waggons am Zug dran sind. Dann aber ist's zu spät. Wo sollen s' den jetzt suchen? Ich hab das selbst schon öfter erlebt. Was meinen Sie, warum die sich da draußen grad so aufregen? Doch nur, weil denen das immer wieder passiert. Nachweisen kann man dem Schaffner jedenfalls nichts. Direkt gestohlen hat er den Waggon ja nicht. Aber ein echter Hund ist er schon. Und die Königlich-Bayerische Staatseisenbahn ist nicht grad besonders zuverlässig.«

Als wäre das ein guter Scherz, klopfte er sich mehrmals kräftig auf die Schenkel und grölte vor Lachen. Kirsch zuckte mit den Achseln. Ihm war es egal. Der einzige Vorteil war, dass die Sucherei nach dem Waggon dafür sorgte, dass niemand sonderlich Acht auf ihn gab, schon gar nicht der Schaffner. Es hätte sonst gut sein können, dass er ihn aufgrund des Steckbriefs, der überall im Land verteilt war, erkannt und festgenommen hätte. Also lehnte er sich zurück und hoffte, dass der Zug bald sein Ziel in Nürnberg erreichte.

Es war also bereits dunkel, als sie endlich ankamen. Kirsch sah sich neugierig um. Allzu oft war er noch nicht an der Pegnitz gewesen, außerdem hatte ihn bislang stets jemand vom Arbeiterverein am Bahnhof abgeholt. Draußen vor dem Gebäude versuchte er, sich zurechtzufinden. Er hatte noch in Erinnerung, dass unweit der Burg einer der Funktionäre lebte. Er schulterte das kleine Bündel, das ihm geblieben war, und marschierte los, unter einem der Stadttore hindurch hinein in die dicht bebauten Gassen. Die Wege erschienen ihm recht verwinkelt, die Gaslaternen standen in großen Abständen. So musste er aufpassen, nicht auf dem unebenen Straßenbelag zu stolpern. Bald kam er an einer ersten Kirche vorbei, überquerte kurz darauf den Fluss und entdeckte den Hauptmarkt um eine weitere Kirche herum. Die Straße führte immer steiler bergan. Linkerhand ragte die mittlerweile dritte Kirche auf. Beruhigt stellte Kirsch fest, dass er sich auf dem richtigen Weg befand. Direkt vor ihm schälten sich die Umrisse der imposanten Burg heraus. Er bog nach links und fand bald das Haus, in dem der Eisendreher Graf wohnte. Ihm hatte er auf dem Arbeiterkongress in Augsburg Anfang des Jahres einen großen Gefallen getan. Doch wie er befürchtet hatte, begrüßte der Gewerkschafter ihn alles andere als überschwänglich.

»Kirsch, du?«

»Du musst mir helfen«, sagte Kirsch sofort und stellte den Fuß in die Tür. »Vergiss die ganzen Streitereien und lass mich rein.«

Graf machte keine Anstalten, der Bitte nachzukommen.

»He, ich bin dein Freund! Ich bin in Not. Ich bin nicht der Vasall vom Neff. Ich kann durchaus allein denken. Der Neff hat mich sowieso im Stich gelassen.«

»Ach? Und deshalb kommst du jetzt zu mir?«

»Nein. Weil ich weiß, dass du diese ganzen Streitereien im Arbeiterverein immer schon nicht gut gefunden hast. Und weil ich weiß, dass du einen, der Hilfe braucht, nicht draußen stehen lässt. Oder muss ich dich doch erst noch dran erinnern, wie ich dir im Januar in Augsburg geholfen hab? Deine Genossen wüssten sicher gern, was du und deine Kumpane in der Wirtschaft damals mit dem Geld aus der Mitgliedskasse angestellt habt. Dass am Ende fünfzig Gulden gefehlt haben, ist schon heftig. Die Gewerkschafter haben es sich mühsam vom Mund abgespart. Die wollten es für die Partei geben und gewiss nicht für euch und eure Sauferei.«

»Also gut«, knurrte Graf. »Komm rein.«

Bevor er die Tür schloss, hielt er draußen in der Gasse nach allen Seiten Ausschau. Kirsch war klar, dass der Eisendreher keinen Wert darauf legte, dass die Nachbarn von seinem Gast erfuhren.

Thiels Kopf drohte mal wieder auseinanderzuplatzen. Wie ein Pflock rammte sich der Schmerz immer tiefer in den Schädel. Dazu quälte ihn ein Brechreiz, der den Magen krampfartig zusammenzog. Abwechselnd hielt er sich den Leib und den Kopf. Zunächst wand er sich am Boden, dann versuchte er, in die Senkrechte zu kommen. Den Rücken drückte er dabei fest an die Wand. So fand er wenigstens etwas Halt.

Erschöpft blieb er so sitzen. Sein Blick schweifte durch die halbdunkle Halle. Im Mondlicht, das durch die seitlichen Fenster fiel, konnte er einiges erkennen. Holzkisten stapelten sich im hinteren Teil der lang gestreckten Halle. Auf ihnen prangten deutlich die eingebrannten Markennamen. Ohne sie genau entziffern zu können, wusste Thiel, dass es sich um ausländische Nähmaschinenfabrikate handeln musste. Seit seinem Besuch in Riederers Laden hatten sich die großzügig geschwungenen Buchstaben tief in seine Erinnerung eingegraben. Die würde er selbst mit dem dicksten Schädel nicht mehr vergessen.

Er beschloss aufzustehen. Sofort wurde ihm schummrig, die Knie knickten ein, er sackte zu Boden. Hemmungslos übergab er sich. Danach fühlte er sich besser. Abermals richtete er sich auf. Dieses Mal ging es besser. Erst taumelte er etwas, dann arbeitete er sich stetig mit Schulter und Arm an der Wand entlang bis zur Tür vor. Natürlich war sie verschlossen. Trotzdem rüttelte er weiter an ihr. Jemand rief von draußen. Oder bildete er sich das nur ein? Er presste das Ohr dicht an das Holz.

»Herr Thiel? Hören Sie mich? Ich bin es, Johanna Morgenthau!«

»Frau Morgenthau!«, freute er sich. Im selben Moment schossen ihm Tränen in die Augen.

»Wie geht es Ihnen? Hat es Sie arg erwischt?«

Er nickte, obwohl er wusste, dass sie das nicht sehen konnte. Suchend tastete er die Holzwand ab. Er stieß auf einen fingerbreiten Ritz, genau dort, wo die beiden Türflügel aufeinandertrafen. Prüfend fuhr er ihn nach. Ein sanfter Lufthauch wehte hindurch. Auch Johanna hatte die Lücke entdeckt. Wenn er sich fest dagegen presste, konnte er ihren Atem spüren. Sie sprach genau durch den Ritz hindurch zu ihm.

»Der Bursche hat nicht eben zaghaft zugeschlagen. Es hat richtig geknirscht«, erzählte sie. »Wie ein Mehlsack hat er Sie kurz darauf in die Lagerhalle hineingetragen. Allein der Anblick hat mir Schmerzen bereitet.«

Das klang aufrichtig. Ihr Mitleiden rührte ihn. Beglückt lehnte er sich gegen das Holz. Der Drang, zu Boden zu sinken und einfach nur ihre Nähe, wenn auch getrennt durch die Tür, zu genießen, wurde übermächtig. Doch Aufgeben war fehl am Platz.

»Hier, nehmen Sie das!«, hörte er sie sagen.

Sie zwängte etwas Helles, Weiches durch den Schlitz zu ihm hindurch. Es dauerte eine Weile, dann war es geschafft. Ein weißes Taschentuch von ihr! Vorsichtig faltete er es auseinander. Es duftete nach Veilchen. Er schnupperte andächtig, bevor er sich damit die Stirn abtupfte. Das tat gut.

»Wie lang ist's her, dass der Bursche mich niedergeschlagen hat?«, zwang er sich nach einer Weile zu einer sinnvollen Frage.

»Zwei oder drei Stunden. Gott sei Dank, dass Sie endlich zu sich gekommen sind. Ich habe schon das Schlimmste befürchtet. Ich konnte ja nicht das Geringste von Ihnen sehen.«

Ihre Stimme wurde leiser. Er musste sich anstrengen, sie zu verstehen.

»Kommen Sie bitte näher, sonst höre ich nichts«, bat er und legte eine Pause ein, bevor er weiterfragte: »Haben Sie die ganze Zeit da draußen gewartet? Sind Sie allein?«

Was, wenn Knopp und seine Leute zurückkamen? Von drinnen konnte er nicht das Geringste für sie tun. Einzig lauschen konnte er, was sich da draußen abspielte. Durch den Ritz hörte er nun, wo er sich ganz darauf konzentrierte, jedes Geräusch überdeutlich.

»Hätte ich gehen und Sie in der Halle verrotten lassen sollen?«

Ihre Antwort kam forsch, fast ein wenig belustigt. Deutlich konnte er vor seinem inneren Auge die hochgezogene Augenbraue sehen, die ihre Frage sicherlich untermalte. Ihm wurde angenehm warm. Noch einmal tupfte er sich mit ihrem Tuch das Gesicht.

»Herr Thiel, geht es wirklich?«, fragte sie. »So antworten Sie mir doch!« Flehend schlug sie mit der flachen Hand gegen das Holz.

»Ja.« Er drehte sich mit dem Rücken zur Wand und schaute nach oben, ins Dunkle. Alles wurde gut, solange sie da draußen vor der Tür blieb.

»Was sollen wir tun? Ich bin schon mehrmals um die Halle herumgelaufen. Es gibt keine weitere Tür. Die Fenster sind fest verriegelt, das Schloss hier vorn lässt sich nicht gewaltsam öffnen. Zumindest«, setzte sie kleinlaut nach, »nicht von mir.«

»Ist schon gut«, antwortete er.

Fest presste er die Hand gegen den Ritz. Vielleicht konnte sie seine Finger spüren, vielleicht drückte sie ihre dagegen, um ihm Kraft zu spenden. Die Türflügel gaben keinen Zoll nach. Ihnen blieb nur der schmale Spalt.

»Hat Sie einer dabei gesehen?«

»Nein, bestimmt nicht. *Ich* war vorsichtig«, erwiderte sie.

Natürlich, damit war sie ihm wieder mal weit überlegen. Das versetzte ihm einen Stich. Wenigstens war sie geblieben und hatte gewartet, bis er wieder zu sich kam, tröstete er sich rasch. Das bewies, wie viel ihr tatsächlich an ihm lag, trotz aller Überheblichkeit. Ein Dröhnen fuhr ihm durch den Kopf. Schmerzverzerrt schloss er die Lider, Sterne tanzten vor seinen Augen. Von Neuem würgte es ihn. Mühsam unterdrückte er den Reiz, schnupperte zur Ablenkung den Veilchenduft ihres Taschentuchs, schluckte mühsam.

»Wann sind Fischer und Knopp weg?«, fragte er schließlich.

Er musste versuchen, den Kopfschmerz zu ignorieren und wieder klar zu denken.

»Schon eine ganze Weile. Heute Nacht kommen die nicht mehr zurück.«

»Warum?«

»Ein Fuhrwerk ist gekommen. Das haben sie mit Kisten beladen und sind dann weggefahren.«

»Haben Sie mitgekriegt, ob Fischer mich erkannt hat?«

»Ich weiß nicht«, sie zögerte, bevor sie weitersprach, »nein, ich glaube nicht. Sollte er denn?«

Die unerträglichen Kopfschmerzen hinderten ihn am Denken. Vorsichtig lehnte er den Kopf gegen die Holzwand, schloss die Augen, presste das Veilchendufttaschentuch gegen die Nase. Das tat gut.

War er eingeschlafen? Auf einmal schreckte er hoch.

»Frau Morgenthau?«, fragte er durch den Ritz zwischen den Türflügeln. »Sind Sie noch da?«

»Denken Sie, ich lasse Sie im Stich?«

»Nein, nein«, beeilte er sich zu versichern.

»Was sollen wir tun?«, fragte sie. »Ohne Hilfe kriegen wir die Tür nicht auf.«

»Lassen Sie uns bis zum frühen Morgen warten. Dann finden Sie drüben am Pasinger Bahnhof bestimmt einen kräftigen Burschen, den Sie herbitten können.«

»Und bis dahin?«

»Erzählen Sie mir, was Sie wissen. Das lenkt mich von den Schmerzen ab. Vielleicht kommen wir dadurch auf neue Ideen.«

Ihre Reaktion auf seinen Vorschlag fiel alles andere als überschwänglich aus. Erst einmal sagte sie nichts mehr. Also versuchte er, sie mit konkreten Fragen aus der Reserve zu locken. Leicht fiel es ihm in seinem Zustand nicht. Der frische Geruch ihres Taschentuchs, das er sich mittlerweile fest um den rechten Zeigefinger gewickelt hatte, um immer wieder daran zu schnuppern, spendete ihm die nötige Kraft.

»Sie haben eben gemeint, Sie kennen die beiden Herren auch. Was wissen Sie über Knopp?«

»Das ist Mathias Knopp, ein Schwiegersohn von Wirtz, dem Fabrikanten aus Schwabing.«

»Aha.«

Sein offensichtliches Unverständnis veranlasste Johanna zu weiteren Erklärungen.

»Das hier ist zwar die Lagerhalle von Wirtz, aber es hat ganz den Anschein, als ob Knopp sie für Sachen benutzt, über die sich sein Schwiegervater nicht eben freuen würde. Warum sonst sollte er sich abends, wenn die Arbeiter weg sind, mit diesem Fischer hier treffen? Wirtz ist ein rechtschaffener Mann, jedenfalls war er das zu der Zeit, als ich mit ihm zu tun hatte.«

Thiel empfand ihre letzte Bemerkung wie einen abermaligen Seitenhieb auf seine Person.

»Wann hatten Sie denn das Vergnügen?«, hakte er betont förmlich nach.

»Das war noch zu Lebzeiten meines Mannes, also vor gut vier oder fünf Jahren. Ich weiß nicht, ob ich es Ihnen erzählt habe: Mein Mann war Professor Jakob Philipp Morgenthau.«

»Aha.«

»Sagt Ihnen der Name nichts? Das wundert mich. Sie sind doch aus München oder leben hier zumindest schon sehr lange. Haben Sie nicht auch die hiesige Universität besucht? Oh, Entschuldigung, ich vergaß: Sie haben sich seinerzeit ganz auf die Rechtswissenschaften spezialisiert, haben jedoch vorzeitig Ihre Studien abgebrochen, nicht wahr?«

»Woher wissen Sie das alles?«, knurrte Thiel verärgert.

Nach einer kleinen Pause sagte sie leise: »Verzeihen Sie. Ich habe mich ungeschickt ausgedrückt. Das Schicksal hat es nicht gut mit Ihnen gemeint. Erst haben Sie Ihr Studium aufgeben müssen, dann ist Ihre Frau gestorben …«

»Sie haben sich ja bereits gründlich über mich informiert.«

»Ich wollte nur wissen, mit wem ich es zu tun habe.«

Thiels Gedanken glitten weg. Durch ihren knappen Hinweis auf seine Vergangenheit steckte er unverhofft wieder mittendrin in dem alten Kummer.

»Sie machen das wunderbar, Herr Thiel.«

»Was?«

»Dass Sie immer wieder versuchen, das Beste aus Ihrer Situation herauszuholen. Andere würden verzweifeln und aufgeben, Sie nicht.«

»Danke.«

Es überraschte ihn, wie unverhohlen sie ihre Anerkennung äußerte. Das hatte er bislang nur bei einer Frau erlebt: Betty. Sie hatten sich allerdings von Kindesbeinen an gekannt. Ihre Vertrautheit war ihnen so selbstverständlich gewesen wie sonst nichts auf der Welt, nie mussten sie einander etwas vormachen. Johanna dagegen kannte er kaum. Erstaunlich, nach den ersten verwirrenden Erfahrungen bei ihr nun doch Ähnliches zu entdecken.

»Beeindruckend, wie Sie stets Ihren Idealen treu bleiben.«

»Finden Sie?«

Ihm wurde heiß im Gesicht. Nur gut, dass sie nicht sehen konnte, wie tief ihn ihre Worte erröten ließen.

»Aber natürlich: Sie haben zwar Ihr Studium vorzeitig beenden müssen, dennoch haben Sie sich nicht entmutigen lassen, Ihren Weg zu gehen. Im Polizeidienst können Sie weiterhin viel für die Gerechtigkeit tun. Und das ist doch die Idee, die Sie umtreibt, deshalb haben Sie Rechtswissenschaften studiert. Erst gestern Abend haben Sie mir das erzählt. Erinnern Sie sich schon nicht mehr?«

Er meinte leisen Spott in ihrer Stimme zu hören. Das gefiel ihm ebenso gut wie ihre offene Art.

»Ja«, stimmte er zu.

»Seien Sie nicht so ungeduldig«, mahnte sie. »Sie haben schon mehr erreicht, als Sie denken.«

Während sie sprach, war er wieder zurück in die Hocke gesunken, das Ohr immer dicht an dem Ritz in der Tür. Insgeheim gab er ihr Recht. Früher hatte Betty ihm seine Ungeduld oft vorgeworfen. Er schloss die Augen und genoss es, an sie zu denken. Es war viel zu lange her, dass er mit jemandem so hatte reden können wie mit ihr. Er fühlte sich wie in einem Sog. Die Erinnerung an Betty vermischte sich allmählich mit den Worten Johannas, die Kopfschmerzen taten das Ihre, um sein Hirn weiter zu vernebeln. Bald wusste er gar nicht mehr zwischen Erinnerung und Realität zu unterscheiden. Längst hatte er den Überblick verloren, welche der beiden Frauen gerade wirklich mit ihm redete.

»Dass ihr Männer immer so ungeduldig seid! Dabei geht es manchmal nur nicht ganz so geradlinig voran, wie ihr euch das vorstellt. Was sollen wir Frauen dazu sagen? Ständig müssen wir geduldig warten, unser ganzes Leben besteht immerzu nur aus diesem Warten: erst auf den richtigen Mann, dann auf Kinder, dann darauf, dass sich das Leben für die Kinder hoffnungsvoll entwickelt. Wenn keine Kinder kommen, so wie bei mir, dann warten wir eben darauf, dass unser Mann seine Ziele erreicht, dass wir dadurch versorgt sind bis ans Lebensende. Und wenn nicht einmal das funktioniert, haben wir als Witwe genügsam darauf zu warten, dass die lieben Anverwandten sich uns gnädig erweisen. Zu keinem Zeitpunkt unseres Lebens fragt uns Frauen jemand, was wir eigentlich vorhaben, wie unsere eigenen Zukunftspläne aussehen. Wir sollen einfach immer nur abwarten, was andere sich für uns ausgedacht haben. Oft genug müssen wir als brave Ehegattinnen unsere Männer sogar noch tatkräftig bei etwas unterstützen, was unseren eigenen Interessen zutiefst zuwiderläuft, wie etwa die Schneiderfrauen, deren Männer gegen das Recht der Frauen auf Arbeit sind, weil sie darin eine billige Konkurrenz für sich sehen. Darüber kann man die Geduld verlieren, glauben Sie mir, mein lieber Herr Thiel!«

Sie legte eine Pause ein, um Luft zu schöpfen. Die Tür trennte sie zwar noch immer, doch Thiel konnte förmlich vor sich sehen, wie sie energisch eine Locke aus dem Gesicht strich, um weiterzureden. Das hatte Betty in solchen Momenten auch getan.

»Aber wissen Sie was, mein lieber Thiel? Die Zeit des folgsamen Abwartens ist vorbei. Das bringt uns letztlich alle nicht weiter. Vielmehr ist es nun höchste Zeit, auch als Frau endlich etwas zu tun. Wir sollten nicht glauben, dass alles immer so sein muss, wie es jetzt gerade ist und nur, weil es halt immer schon so war. Stattdessen sollten wir alle Kraft zusammennehmen und zur Tat schreiten. Nichts ist so endgültig, als dass man es nicht ändern kann! Unmöglich ist nichts. Jeder kann sich die Möglichkeiten schaffen, endlich selbst etwas zu ändern.«

Wie Recht sie hatte! Aus tiefstem Herzen stimmte er ihr zu. Viel zu lange schon nahm er sich vor, etwas zur Änderung der Zustände bei der Polizei zu tun. Viel zu lang wartete er einfach nur ab, statt endlich zu handeln. Aber hatte sie nicht eigentlich von der Situation der Frauen gesprochen? Bislang hatte er das alles immer nur auf seine eigene bezogen. Noch niemals hatte er über die Lage der Frauen nachgedacht. Waren sie tatsächlich derart zur Untätigkeit verdammt? Betty hatte nie den Eindruck erweckt, unglücklich über ihre Lebensumstände zu sein. Immer hatte sie ihn darin bestärkt, in seiner Stellung voranzukommen. Ihr Reich waren Haushalt und Kinder gewesen. So hatte sie ihm für seine Ziele den Rücken freigehalten. Das war doch in allen Ehen so. Offen aufbegehrt hatte Betty jedenfalls nie. Was hätte sie auch anderes tun wollen? Einen Beruf erlernt oder gar eine besondere Schulbildung genossen hatte sie doch gar nicht. Nachdenklich drehte er Johannas feines Taschentuch in seinen Händen. Es war von Häkelspitzen umrandet. Ob sie die selbst gehäkelt hatte?

»Der Streik der Schneidergehilfen ist ein erster Schritt in diese Richtung«, stellte Johanna fest. »Bessere Arbeitsbedingungen sind wichtig. Der Versuch der Schneiderfrauen, auf eigene Faust Geld für die Familie zu verdienen, ist allerdings mindestens ebenso wichtig. Auch wenn Männer wie Riederer das schändlich ausgenutzt und die Gewerkschaftsfunktionäre dies zudem bekämpft haben, eins wird in Zukunft nicht mehr übersehen werden können: Die Frauen haben begriffen, dass sie etwas bewegen können. Das werden sie sich nicht mehr nehmen lassen. Eines Tages wird die Frauenarbeit endlich die Anerkennung finden, die sie eigentlich schon heute verdient. Eines Tages wird es auch das Recht der Frauen auf Arbeit wirklich geben. Und das heißt nicht, wie viele Gewerkschafter glauben, dass Frauen arbeiten *sollen*, um den kargen Lohn der Männer aufzubessern, das heißt, dass Frauen arbeiten *wollen*, um ein von Männern und vom Heiraten unabhängiges Leben zu führen.«

Von jenseits der Tür vernahm er ein Rascheln. Sie legte eine Pause ein. Gebannt wartete er darauf, was sie ihm noch dazu sagen würde.

»Dass es eines Tages so sein wird, dazu können Sie gerade viel beitragen, Herr Thiel, indem Sie die Ausbeutung der Frauen durch gewissenlose Männer wie Riederer und Fischer und wie sie alle heißen aufdecken«

Ihr Mund war nun ganz dicht an dem Spalt. Er spürte ihren Atem im Gesicht. Die unerwartete Nähe erschien ihm wie ein Geschenk.

In der Ferne schlug eine Kirchturmuhr. Jäh fuhr Thiel hoch. Er durfte nicht einschlafen. Mehrmals räusperte er sich. Jenseits des Spalts war es ebenfalls verdächtig ruhig. Er versuchte, hindurchzuspähen und Johanna zu sehen. Es gelang nicht. Ihm musste etwas einfallen, sie mussten beide wach bleiben, sonst waren sie am Morgen leichte Beute für Knopps Leute.

»Durch Ihren verstorbenen Mann kennen Sie also den Fabrikanten Wirtz, dessen Schwiegersohn Knopp und diesen Fischer«, nahm er das ursprüngliche Gespräch wieder auf.

»Ja«, antwortete sie zögernd. Sie brauchte etwas, um sich nach ihrer flammenden Rede von vorhin wieder zu besinnen. »Fischer gehörte nicht so recht dazu, die anderen beiden im weiteren Sinn aber schon. Wie so viele andere Wissenschaftler ist mein Mann auf Einladung des damaligen Königs Maximilian an die hiesige Akademie gekommen. Wir haben rasch in den einschlägigen Kreisen der Stadt verkehrt. Die haben sich damals wie heute zur täglichen Kartenrunde im ›Tambosi‹ am Odeonsplatz versammelt.«

»Und dort verkehren auch Leute wie Knopp, Riederer und Fischer?«

Er gab sich keine Mühe, seine Verwunderung zu verhehlen.

»Nicht in derselben Runde natürlich«, stellte sie amüsiert klar. »Es gibt dort mehrere Zirkel: Offiziere, Gelehrte und Künstler, daneben Schreiberlinge wie Stiegler und so manch andere, aber gleichzeitig auch Unternehmer und Honoratioren der Stadt. Sogar der Polizeidirektor Herr von Burchtorff verkehrt dort.«

»Ich weiß«, fühlte er sich von Neuem schmerzlich an ihre unterschiedliche gesellschaftliche Stellung erinnert. »Das ›Tambosi‹ ist wirklich der Nabel der Welt. Jeder, der etwas in der Stadt bewegen will, lässt sich dort sehen. Wissen Sie, wie es in den Kartenrunden zugeht?«

»Es ist zwar schon einige Zeit her, dass ich dort gewesen bin, aber viel geändert hat sich seither wohl nicht«, meinte Johanna. »Die jeweiligen Zirkel sind voneinander abgegrenzt, haben sogar eigene Räume. Trotzdem kennen sich die Stammgäste untereinander. Man grüßt sich, unterhält sich, trinkt im großen Saal gelegentlich das ein oder andere Glas miteinander. Vor allem zu vorgerückter Stunde, wenn die Spiele weit fortgeschritten sind und der Wein längst den Kaffee oder Tee als Getränk abgelöst hat, werden die Grenzen fließender und die Gespräche offener.«

»Manch einer redet da mehr, als gut ist«, dachte er laut nach.

»Ganz bestimmt. So manch einer hat sich da schon gehörig verplappert. Deshalb gehört es zum ungeschriebenen Gesetz, dass niemand etwas aus diesen Kreisen heraustragt oder gar für besondere Zwecke nutzt.«

»Wenn er das aber für seine eigenen Geschäfte hernimmt, merkt das keiner so schnell.«

So langsam nahm in Thiels Gedanken die legendäre »Tambosi«-Gesellschaft immer konkretere Formen an.

»Es kann also gut so gewesen sein, dass Fischer, Knopp und Riederer im ›Tambosi‹ gelegentlich mit dem Polizeidirektor zusammengesessen sind.«

»Warum nicht? Moment, mal«, sagte Johanna. »So langsam verstehe ich, worauf sie hinauswollen.«

»Ganz weit hergeholt ist das nicht, oder? Die haben ihre täglichen Besuche im ›Tambosi‹ wohl sehr geschickt genutzt. Bei dem zweiten oder dritten Glas Wein verliert einer schon mal leicht die Übersicht darüber, was er so redet. Vor allem, wenn der Abend lang und der Wein gut ist. Unsere Freunde mussten einfach nur geduldig abwarten, bis Burchtorff ins weinselige Plaudern geriet. Mehr oder weniger freiwillig wird er ihnen wahrscheinlich eine ganze Menge verraten haben, nicht nur, was den Streik der Schneider angeht. Als Vertreter vom Münchener Magistrat muss er auch zwischen den Streikparteien vermitteln. Damit hat er immer als Erster gewusst, wie weit die Streikparteien noch auseinander sind und wie lange es noch dauert, bis sie sich einigen.«

»Der Verhandlungsführer der Meister hat ihm sicher oft genug erzählt, welche Geschäfte den Schneidermeistern durch den Streik gerade entgehen«, ergänzte sie.

»Und als Polizeidirektor hat er natürlich auch gewusst, was sich in der Bekleidungsbranche sonst noch tut. Über seinen Tisch laufen schließlich die Genehmigungen für sämtliche Gewerbeanmeldungen.«

»Einfach perfekt, was sich die Herren da aufgebaut haben«, stellte Johanna fest. »Dabei wird ihnen nicht allein das Aushorchen von Polizeidirektor von Burchtorff Vorteile gebracht haben. Im ›Tambosi‹ haben sie gleich noch weitere wichtige Geschäftsbeziehungen knüpfen können.«

Nachdenklich ließ er die Vermutungen auf sich wirken.

»Wenn ich es recht bedenke, passt Fischer eigentlich nicht ins ›Tambosi‹. Oder können Sie sich vorstellen, wie er dort mit den anderen Herrschaften vergnügt Karten spielt und Wein trinkt?«, riss Johanna ihn wieder in die Wirklichkeit zurück.

»Nein«, stimmte er zu. »Das mag der Grund sein, weshalb Riederer und Knopp ihn bei der ganzen Sache übergangen haben. Sonst stand gewiss zu befürchten, dass er ihnen alle wichtigen Kontakte verprellt. Als Fischer das spitzgekriegt hat, ist er mächtig wütend geworden. Verständlich, aus seiner Sicht. Quasi tatenlos hat er mit ansehen müssen, wie Riederer und Knopp ihre ›Tambosi‹-Kontakte in klingende Münze umgesetzt haben, und das nicht zu knapp. Denkbar, dass er in seiner Wut sogar bis zum Äußersten – Autsch!«

Thiel schrie auf. Ganz besessen von den Überlegungen hatte er sich zu schnell bewegt und war mit seinem Kopf an einer vorstehenden Holzlatte angestoßen. Die alte Übelkeit stieg wieder auf, erschöpft lehnte er sich zurück an die Wand und mahnte sich zur Ruhe. Das Wichtigste war, dass er aus der Lagerhalle herauskam, dann konnte er über alles Weitere sinnieren.

»Alles in Ordnung?«, erkundigte sich Johanna besorgt von jenseits der Tür.

»Geht schon wieder«, beruhigte Thiel und verordnete sich selbst eine kleine Verschnaufpause.

Bald hörte er nicht weit entfernt einen Hund bellen. Auf einmal regte sich da draußen immer mehr.

»Wie spät ist es?«, fragte er durch die Tür. »Wird's schon hell?«

»Noch nicht, aber lange wird es nicht mehr dauern.«

»Versuchen Sie, drüben am Bahnhof Hilfe zu holen. Ich muss endlich hier raus.«

Samstag, 7. Mai 1870

Thiel hatte sich abgewöhnt, die Schläge der Kirchturmuhr draußen mitzuzählen. Egal, ob er wusste, wie spät es war, oder nicht, unruhig war er sowieso. Längst drangen die ersten Strahlen der Morgensonne von Osten her in die Halle.

Seit geraumer Zeit ließ der Lärm vor der Bretterwand darauf schließen, dass die Tagelöhner ihre Arbeit wieder aufgenommen hatten. Thiel hatte sie eine Weile durch den Spalt im Türflügel beobachtet. Bald war es ihm zu anstrengend geworden. Um etwas zu sehen, musste er ein Auge zusammenkneifen. Das bereitete ihm zusätzliche Kopfschmerzen. Also verlegte er sich wieder aufs Lauschen. Er hörte, wie Fuhrwerke ankamen, ab- oder beladen wurden. Männer brüllten Befehle, andere antworteten. Mehrmals hielt ein Wagen dicht vor Thiels Gefängnis. Bislang aber hatte noch niemand eine Lieferung in die Lagerhalle der Firma »Wirtz & Söhne« hineingebracht. Thiel war sich nicht sicher, ob das gut oder schlecht für ihn war.

Das Pfeifen der Lokomotiven beim Einfahren in den nahen Pasinger Bahnhof erklang in immer kürzeren Abständen. Der Morgen schritt unaufhörlich voran. Wo blieb nur Johanna? Besorgt wischte er sich mit ihrem Taschentuch die Stirn. War ihr auf dem kurzen Weg zum Bahnhof etwas zugestoßen? Oder wollte ihr niemand helfen? Es war gewiss nicht einfach, sich eine glaubhafte Geschichte einfallen zu lassen, warum ihn jemand aus der versperrten Lagerhalle herausholen sollte. Sicher kostete es Johanna viel Überredungskunst. Hoffentlich fand sie rechtzeitig noch jemanden!

Vorsichtig wagte Thiel sich an eines der Seitenfenster und spähte hinaus. Im nächsten Moment wich er wieder zurück. Fröhlich pfeifend marschierte draußen ein Bursche vorbei. Hätte er den Kopf nur ein winziges Stück zur Seite gewandt, hätte er Thiel entdecken müssen.

Thiel schlich zu den Kisten hinüber, kauerte sich vor ihnen auf den Boden.

»Thiel? Sind Sie noch da drinnen?«

Endlich hörte er das lang ersehnte Rufen von draußen. An einem der vorderen Seitenfenster tauchten zwei Gesichter auf, das von Johanna und das eines fremden Burschen. Dicht nebeneinander drückten sie ihre Nasen an der Scheibe platt.

»Wo sonst?«, knurrte er und stolperte zur Tür. »Los, beeilen Sie sich!«

Kräftig rüttelte es am Schloss, ohne Erfolg. Thiel hörte Johannas Helfer fluchen. Schließlich schlug Eisen auf Eisen. Anscheinend hatte der Bursche schweres Werkzeug mitgebracht. Das Schloss brachte er trotzdem nicht auf. Obwohl er nur von innen lauschte, trat Thiel der Schweiß auf die Stirn.

»He Sie, was machen Sie da?«, brüllte es plötzlich barsch von weiter weg. Schwere Schritte kamen näher. Vor der Tür wurde es still. Schnaufend stellte sich jemand dicht an das Holz. Wie auf Kommando setzte aufgeregtes Stimmengewirr ein. Thiel versuchte, durch den schmalen Spalt etwas zu sehen. Der Jemand musste sich direkt davor platziert haben, alles war schwarz. Also legte Thiel wieder das Ohr an das Holz, damit er wenigstens alles hören konnte.

In ihrer hellen Frauenstimme rechtfertigte Johanna wortgewandt das Herumhantieren an der Tür, der Bursche stammelte immer nur »Ich wollt nur helfen …«, »Ist nicht so, wie Sie denken …« dazwischen.

Der Mann, der ihn in seinem Treiben am Schloss überrascht hatte, polterte dagegen laut los: »Feine Herrschaften seid ihr mir! So was ist mir ja noch nicht untergekommen. Machen auf vornehm, aber wollen eine Tür aufbrechen, und das am helllichten Tag!«

Offenbar fasste er sie an, jedenfalls schrie Johanna spitz auf. Der Bursche meldete sich sogleich mit einem empörten »Lassen Sie mich los, ich hab nichts damit zu tun!«

Deutlich hörte Thiel, wie die beiden sich gegen weitere Handgreiflichkeiten zu wehren suchten. Den Mann stellte er sich groß und breitschultrig, wegen seiner dunklen, leicht zittrigen Stimme allerdings schon etwas älter vor. Dennoch reichten seine Kräfte offenbar aus, um Herr der Lage zu bleiben. Es wurde leiser, das Handgemenge schien beendet.

»Ihr kommt mit! Seid froh, dass ich den Hund nicht dabei hab!«

Dem folgte ein letzter Versuch Johannas, die Situation zu erklären. Der Mann ließ sie nicht ausreden.

»Mitkommen, sag ich«, brüllte er noch einmal und zerrte sie von der Tür weg. Die Stimmen wurden leiser, die Schritte entfernten sich. Hilflos sank Thiel zurück auf den Boden.

Den Frühzug nach Würzburg hatte Kirsch knapp verpasst. Was nun? Zurück in die Stadt konnte er nicht. Graf hatte ihm mehr als deutlich gemacht, dass es besser war, wenn er sich nicht bei den Nürnberger Gewerkschaftern blicken ließ. Enge Freunde von Tauscher und Neff mochten sie hier einfach nicht. Wohl oder übel musste er sich also die Zeit bis zur Abfahrt des Mittagszuges auf dem Bahnhof vertreiben.

Unentschlossen schlenderte er die Bahnsteige entlang. Es herrschte reger Betrieb. Aus allen Himmelsrichtungen trafen Züge ein. Da Nürnberg ein Durchgangsbahnhof war, mussten die Lokomotiven nicht umgespannt werden. Der Halt dauerte gerade so lange, bis die Passagiere aus- und eingestiegen sowie die Kohlen und das Wasser vorn bei der Lok aufgefüllt waren. Interessiert beobachtete Kirsch das Getümmel. Wie aufregend musste es sein, bis Leipzig oder Berlin, nach Prag, Linz oder gar Wien zu fahren. Das Reisefieber stand so manchem Fahrgast ins Gesicht geschrieben. Wie lange man dorthin wohl unterwegs war? Viele Stunden, vielleicht einen ganzen Tag, wenn der Zug so wie gestern eine Verspätung einfuhr, nur weil der Schaffner nicht fähig war, alle Waggons wohlbehalten an ihren Bestimmungsort zu leiten. Was sich aus einer solchen Verspätung an Verwicklungen ergeben konnte, ein versäumtes Rendezvous, eine verpasste Gelegenheit für ein gutes Geschäft, eine Verstrickung in eine ganze Reihe unliebsamer Vorfälle.

Kirsch geriet ins Träumen, stieß unachtsam mit dem Fuß gegen ein kleines Fass. Froh, ein Plätzchen zum Ausruhen gefunden zu haben, ließ er sich darauf nieder und lehnte den Kopf an einen Stützpfeiler.

Wie leicht sich durch eine Zugverspätung ein ganzes Leben auf den Kopf stellen ließ. Wurde das Leben nicht überhaupt ständig durch irgendwelche Zwischenfälle aus der Bahn geworfen? Wäre ihm letztens in München beispielsweise nicht dieser unsägliche Mord an Riederer dazwischengekommen, hätte man ihn bestimmt schon längst landauf, landab für seine Idee mit der Genossenschaft gefeiert. Schließlich war er derjenige gewesen, der von Nähmaschinenhändler zu Nähmaschinenhändler gezogen war, um günstige Maschinen aufzutreiben. Wäre es ihm tatsächlich gelungen, mit Riederer ins Geschäft zu kommen, von ihm nicht nur die Maschinen zum Vorzugspreis zu besorgen, sondern auch lukrative Aufträge an Land zu ziehen, wäre die Genossenschaft der Schneider sicherlich ein großer wirtschaftlicher Erfolg geworden. Die Meister hätten beim Streik einlenken und die Forderungen der Gewerkschaft erfüllen müssen. Wie hätte man ihn dafür bejubelt! Bessere Arbeitsbedingungen und die ersehnte Unabhängigkeit von den Schneidermeistern wären kein Traum geblieben, sondern Wirklichkeit geworden. Schade, dass durch den Mord letztlich alles anders gekommen war. Ein einziger Streit, ein paar Minuten Unachtsamkeit hatten das glückliche Ende verhindert und stattdessen eine ganze Kette unerfreulicher Ereignisse ausgelöst.

Ganz benommen von diesen Überlegungen, fielen Kirsch die Augen zu. Im Traum durchlebte er seinen einzigartigen Triumphzug durch die Münchener Versammlungssäle. Am Rand tauchte immer wieder Riederer auf und klatschte übertrieben Beifall. Seine Ladnerin, die dürre Krähe, hielt unterdessen einzelne Stoffballen hoch und zeigte mit ihren Krallen auf eine Nähmaschine. Offensichtlich sollte Kirsch sich hinsetzen und endlich mit dem Nähen beginnen. Der Schaffner aus dem Zug München–Nürnberg stellte sich ihm allerdings erbost in den Weg und verlangte, dass er ihm half, einen Güterwaggon zu suchen.

»He, steh auf!«, herrschte ihn jemand an. Träge blinzelte Kirsch und erkannte vor sich einen Mann mit einem Karren. Wortlos deutete er auf das Fass, auf dem Kirsch saß. Anscheinend wollte er es haben.

Hastig sprang Kirsch auf. Die Sonne stand inzwischen hoch am Himmel. Bald musste der Zug nach Würzburg kommen. Im selben Moment schon vernahm er das Zischen und Rattern eines heranbrausenden Zuges. Quietschend kam er am Bahnsteig zum Stehen.

»Nach München!«, rief eine Stimme. Dann sprang ein behäbiger Mann in dunkelblauer Uniform aus dem ersten Waggon und stellte sich in Positur: Bauch raus, Kopf hoch – kein Zweifel: der Schaffner von gestern! Kirsch lachte über diesen Zufall. Eben hatte er an ihn gedacht, schon stand er vor ihm. Es stimmte also: Der fuhr immer auf derselben Strecke, da ließen sich gut ein paar Dinge abseits der üblichen Rangiererei einfädeln. Die Arbeiter an den Stationen kannte er persönlich, ein Leichtes, sie gegen eine kleine Beteilung für seine dubiosen Geschäfte zu gewinnen. Ohne großen Aufwand besserte er so mit dem Nebenverdienst den gewiss nicht üppigen Schaffnerlohn auf. Wie hatte der Mann im Zug gestern gemeint? »Nachweisen kann man ihm nichts, aber ein echter Hund ist er halt schon!«

Es dauerte fast eine halbe Stunde, bis Passagiere und Gepäck nach München verladen waren. Schließlich schaute der Lokomotivführer aus dem Fenster in seinem Führerstand. Daraufhin gab der Schaffner das Kommando zur Abfahrt.

»Hoffen wir, dass heut alles ankommt, wo's hinsoll«, sagte ein Mann dicht an Kirschs Ohr.

Erstaunt drehte er sich um. Hinter ihm stand der Arbeiter, der ihn vorhin von seinem Logenplatz auf dem Fass vertrieben hatte, und schob sich grinsend seine Schirmmütze in den Nacken.

»Warum nicht?«

»Keine vier Wochen ist's her, dass unterwegs ein Waggon verloren gegangen ist, nicht gut für die Königlich-Bayerische Staatseisenbahn.«

»Kommt wohl öfter vor. Bei dem Zug, in dem ich gestern drin war, haben sie auch einen Waggon gesucht.«

»Sag ich doch, in letzter Zeit passiert das ein wenig zu oft. Wenn du mich fragst, da verdient sich einer ganz gut was nebenher. Der zweigt den Waggon irgendwo unterwegs ab und verkauft das Zeug daraus auf eigene Rechnung. Und unsereins muss fürchten, deswegen bald keine Arbeit mehr zu haben.«

»Warum?«

»Na, ganz einfach.« Breitbeinig stellte sich der Arbeiter neben ihn hin. »Wenn unsere Staatseisenbahn nicht mehr zuverlässig ist, dann nehmen die Leute, die was zu verschicken haben, bald eine andere Gesellschaft dafür. Gibt ja inzwischen genug. Am End bin ich dann ohne Arbeit. Und warum? Nur weil so ein Schaffner angeblich nicht aufpassen kann, dass ihm die Waggons beim Rangieren am Bahnhof nicht verloren gehen. Aber ich weiß schon, wer dahintersteckt.«

»Dann geh doch zur Polizei.«

»Als ob die mir glauben täten! Da schau ich mir lieber den Schaffner ein bisschen genauer an, so wie du.« Frech grinste er Kirsch an. Dem wurde unwohl.

»Ich?«, fragte er möglichst harmlos.

»Gib's schon zu: Du weißt auch, dass man den da im Aug behalten muss. Du schaust ihn doch auch die ganze Zeit schon so an. Also weißt du Bescheid.«

Kirsch beäugte ihn von der Seite. Was wollte der von ihm? Die Hände des Arbeiters verschwanden in den Taschen seiner ausgebeulten Hose. Gemächlich kaute er auf einem Strohhalm herum. Vertrauenswürdig sah er aus, sympathisch, ein echter Arbeiter.

»Nicht so ganz«, entgegnete Kirsch. »Ich bin erst gestern mit dem Zug von München gekommen. Da war derselbe Schaffner drin. Das ist mir grad erst aufgefallen. Der Zug gestern ist lang in Weißenburg stehen geblieben. Angeblich ist denen dort ein ganzer Waggon verloren gegangen. Jemand hat mir dann erzählt, dass das in letzter Zeit schon öfters passiert ist. Und jetzt, wo du dasselbe sagst –«

»Eben! Also wenn du mich fragst, treibt's der Kerl langsam zu bunt. Wenn er schlau ist, hört er mal für eine Weile auf. Dass einzelne Kisten verschwinden oder mal ein Schwein oder ein paar Hühner, dagegen sagt niemand was. Aber ein ganzer Waggon, immer wieder auf derselben Strecke, ich bitt dich! Dumm ist das, einfach nur dumm, weil's viel zu viel auffällt. Vor ein paar Tagen war hier ein riesiger Aufstand. Die Schandis waren da und haben alles durchsucht wegen dem Waggon, der Anfang April nicht angekommen ist. Da haben wir's doch, langsam kriegen selbst die was mit!«

Der Mann genoss es, Bescheid zu wissen. Auch Kirsch fand immer größeren Spaß an der Unterhaltung.

»Was war denn drin in dem Waggon? Mehre Dutzend Fässer Bier?«, fragte er amüsiert.

»Schmarren! Bier gibt es bei uns in jedem Dorf. Das müssen wir nicht erst quer durchs Land fahren. Kisten mit Nähmaschinen sollen es gewesen sein. Und zwar nicht irgendwelche«, der Bahnarbeiter senkte die Stimme ab, als plaudere er nun über ein Staatsgeheimnis. Beschwörend streckte er den rechten Zeigefinger nach oben und suchte Kirschs Blick, »sondern ganz teure ausländische, aus England und Amerika. Weiß der Teufel, wer sich die unter den Nagel gerissen hat. Gutes Geld bringen die sicher ein.«

Kirsch spitzte die Ohren. Ein ganzer Waggon mit englischen und amerikanischen Nähmaschinen, das setzte sein müdes Hirn in Gang.

»Sündhaft teure Nähmaschinen sagst du? Anfang April schon auf dem Weg von hier nach München verschwunden? Und danach haben die Schandis erst vor ein paar Tagen gesucht? Das muss der Empfänger doch schon viel früher gemerkt haben. Warum hat er das denn nicht gleich angezeigt?«

»Kann schon sein, dass er das hat tun wollen. Die Oberen von der Staatseisenbahn werden's aber erst mal vertuscht haben. Die wollen doch nicht, dass ihre Gesellschaft für unzuverlässig gilt. Wär auch nicht das erste Mal, dass sie jemandem lieber das Geld für was auszahlen, nur damit er den Verlust nicht an die große Glocke hängt. Wie gesagt, andere Gesellschaften zum Transportieren gibt's ja jetzt genug. Aber diesmal haben sie halt Pech gehabt, und der Empfänger hat sich wohl nicht drauf einlassen wollen und doch noch die Schandis geschickt.«

»Da magst du Recht haben«, stimmte Kirsch nachdenklich zu. »Weißt du zufällig, wie der Empfänger von den Maschinen in München heißt?«

»Nein, warum? Hast du was damit zu tun?«

»Ich? Seh ich so aus?« Er bemühte sich, möglichst unbeteiligt zu wirken. Hoffentlich kannte der Mann nicht seinen Steckbrief. »Nichts für ungut und danke für die Informationen«, murmelte er, tippte kurz mit den Fingern an seine Mütze und ging davon.

In seinem Kopf überschlugen sich die Gedanken. Wäre einfach zu schön, wenn das alles stimmen würde. Ein ganzer Waggon mit teuren Nähmaschinen auf dem Weg nach München verschwunden! So oft passierte das nicht, da mochte durchaus ein direkter Zusammenhang bestehen. Wenn Riederer hinter dem Diebstahl steckte, dann war es jedenfalls kein Wunder, dass er der Genossenschaft die Maschinen so konkurrenzlos günstig hatte anbieten können. Einerseits hatten ihn die Nähmaschinen nur das Bestechungsgeld für den Schaffner gekostet, andererseits wollte er die heiße Ware schnell wieder loswerden. Wenn er dann das vermeintlich günstige Angebot noch durch die Nähaufträge zu Hungerlöhnen gekrönt, die dabei gefertigte Kleidung jedoch teuer weiterverkauft hatte, dann hatte der Lump damit das Geschäft seines Lebens gemacht! Die Zeit dazu war günstig gewesen, das hatte Riederer ihm noch selbst zu verstehen gegeben. Durch den Schneiderstreik gab es nicht nur genug Aufträge, die endlich erledigt werden wollten, sondern auch genug Schneider und Näherinnen, die heimlich unbedingt ein paar Gulden verdienen mussten, egal, zu welchen Bedingungen. Kirsch wurde unruhig. Riederer musste bei dem Geschäft doch Helfer gehabt haben. Undenkbar, dass nach seinem Tod keiner damit weitergemacht und an seiner statt den großen Gewinn abgeschöpft hatte. Wenn das mal kein Grund war, auf den Kerl loszugehen! Kirsch beschloss, auf dem schnellsten Weg nach München zurückzufahren und diese Geschäftspartner aufzuspüren. Denen musste man das Handwerk legen. Auch wollte er die Schneider warnen, nicht, dass ein weiterer auf das üble Angebot hereinfiel. Vielleicht sollte er noch mit Thiel darüber reden. Den Polizeioffizianten würde sicher interessieren, in welch zweifelhafte Geschäfte das Mordopfer verwickelt sein mochte. Das warf doch ein ganz neues Licht auf die Geschichte.

Er wurde immer aufgeregter. Fast fehlte ihm die Geduld, die Abfahrtstafel genau zu studieren. Der nächste Zug nach München ging erst am späten Nachmittag. Wie sollte er es nur so lang am Bahnhof aushalten?

Ob das Versteck wirklich günstig war? Emma verkniff sich eine Bemerkung, als der Bauer aus Karlsfeld Christa und sie endlich zu der Hütte führte. Am liebsten wäre sie gestern Nachmittag, gleich nach ihrer Ankunft, hergekommen. Doch Christa hatte das nicht gewollt. Sie müssten warten, hatte sie gemeint, bis die Bäuerin und das Gesinde auf dem Markt in Dachau wären. In keinem Fall dürften die was von dem Besuch ahnen, erst recht nicht, dass der Bauer Alois in dem Schuppen versteckt hielt.

Wenigstens hatte Christa Emma zu den Kindern gebracht. Rosemarie hatte nicht eben erfreut auf ihr Kommen reagiert. Zu gut wurde sie bei Christas Kusine auf dem Hof versorgt. Und Lorenz hatte ganz zufrieden an der Brust der fremden Frau gesaugt, so als hätte er längst vergessen, wer seine Mutter war. Die ganze Nacht hatte Emma darüber wach gelegen. Wenn nicht mal mehr ihre eigenen Kinder sich freuten, sie zu sehen, wer blieb ihr dann überhaupt noch?

Am Horizont verdunkelte sich der Himmel. In weiter Ferne grollte der erste Donner. Das Vogelgezwitscher wurde aufgeregter. Bald mischte sich das Quaken von Fröschen darunter. Irgendwo ganz in der Nähe musste ein kleiner Teich sein. Emma kniff die Augen zusammen. Sie spürte, wie ihr der Schweiß aus allen Poren drang. Schon das Luftholen war anstrengend. Wie musste die Schwüle erst Christa mit ihrem dicken Bauch belasten? Ein kurzer Blick zur Seite bewies, dass die Freundin tatsächlich mit dem Wetterumschwung zu kämpfen hatte. Dennoch marschierte sie tapfer mit.

Der Schuppen lag nicht weit weg vom Hof, in einem kleinen Laubwald auf halber Strecke zwischen Dachau und Karlsfeld. Die Bäume dort wuchsen nicht sonderlich dicht. Kniehoch stand bereits das Gras dazwischen. Zwei kleine Haselnusssträucher reckten vorwitzig ihre Zweige nach oben. Durch das lichte Gestrüpp war die Straße noch gut sichtbar. Nur ein kurzes Stück hinter dem Schuppen bog sie aus dem Wald heraus und schlängelte sich neben einem kleinen Bach quer über die blühenden Wiesen.

Emma und die schwer atmende Christa folgten schweigend dem rundlichen Mann. Der frühere Verlobte Christas führte sie um den fensterlosen Holzbau herum auf die rückwärtige Seite. Emma konnte sich schwer vorstellen, dass jemand völlig unbemerkt dorthin gelangen konnte. Vom Bauernhof aus musste man den Schuppen gut im Blick haben, vor allem wenn man wusste, wo er lag. Und das wussten die Hofbewohner gewiss. Prüfend schaute Emma über die Schulter zurück, woher sie gekommen waren. Selbst auf diese Entfernung schien es ihr, als unterscheide sie noch das grau-weiß gestreifte Fell der Katze. Faul räkelte die sich gerade vor dem Küchenfenster. Neben ihr stand eine Schale Milch. Sogar das konnte Emma genau erkennen.

Noch einmal donnerte es leise. Der Wind frischte auf. Emma meinte, einen ersten Regentropfen auf der Haut zu spüren. Die Vögel verstummten plötzlich. Auch die Frösche quakten nicht mehr. Eine unheimliche Stille breitete sich aus. Mittendrin ließ sich ein menschliches Hüsteln aus dem Schuppen vernehmen. Emma lauschte. Ganz eindeutig, da bewegte sich jemand in dem baufälligen Schuppen. Das Knistern und Knacken verriet ihn.

Gut, dass sie auf ihr Gefühl gehört hatte und noch einmal nach Dachau hinausgefahren war. Beim Anblick des Schuppens wusste sie endgültig, dass sie Alois woanders hinbringen musste. Das Versteck war viel zu leicht zu finden. Absolut überflüssig, dass sie vorhin eine halbe Stunde gewartet hatten, bis Christa sich überhaupt auf den Hof getraut hatte. Sie hatte erst ganz sicher sein wollen, dass die Mutter ihres ehemaligen Bräutigams sowie die Magd und der Knecht wirklich nicht da waren. Auffällig unauffällig war sie in den Stall hinübergeschlichen. Besorgt hatte Emma beobachtet, wie sehr ihr runder Bauch sie dabei behindert hatte. Wenn sie daran dachte, wie sinnlos all diese Umsicht angesichts des schlechten Verstecks war, packte sie die schiere Verzweiflung.

Wortlos öffnete der Bauer ihnen die Tür. Mit einem Querriegel war sie einfach, aber wirkungsvoll von außen gesichert. Emma nickte ihm zu. Wenigstens er war eine angenehme Überraschung gewesen, hatte sich als weitaus ansehnlicheres Mannsbild entpuppt, als sie es nach Christas Schilderungen erwartet hatte. Zwar bewegte er sich etwas schwerfällig, aber das war bei seiner Statur kein Wunder. Dafür behandelte er sie umso freundlicher. Christa hatte ihn gar nicht lang bitten müssen. Er war letzten Sonntag sofort bereit gewesen, Alois zu verstecken. Ebenso wenig hatte er vorhin gezögert, sie beide erneut zu Alois zu bringen. Wenigstens ein gutes Zeichen!

Geistesabwesend betrachtete sie den Türriegel. Von innen konnte man den nicht öffnen. Blankes Entsetzen packte sie. Alois war all die Tage in dem Schuppen eingesperrt gewesen!

»Keine Bewegung!«, brüllte eine männliche Stimme, als sie in das Dunkel traten.

Sofort blieben sie in der Tür stehen.

»Alois, wir sind's!«, rief Emma ins Ungewisse.

Erbärmlicher Gestank schlug ihnen entgegen. Sogleich hielt sie die Hand vor Mund und Nase. Ihr Bruder musste sich direkt neben der Tür mehrmals erleichtert haben, der einzige Platz, den die Türritzen etwas erhellten. Vorsichtig linste sie in den Schuppen hinein. Ihre Augen gewöhnten sich bald an das Dunkel. Die Umrisse von mehreren kleinen Haufen Heu, einer umgestülpten Kiste sowie einigem unnützen Gerümpel wurden erkennbar. Alois stand, einen dicken Stock in der Hand, noch immer an der offenen Tür. Der Argwohn in seinen Augen erschreckte sie.

»Alois!«

Schluchzend stürzte sie sich ihm entgegen, an seine Brust. Dieses Mal umschloss er sie nicht wie sonst mit seinen Armen. Starr hingen sie an seinem muskulösen Körper herunter. Zumindest den Stock ließ er auf den Boden fallen. Sie fuhr zurück, wischte sich mit dem Handrücken die Tränen von den Wangen.

»Kann ich naus?«, fragte er tonlos.

»Nein, noch nicht.« Entschlossen verstellte sie ihm den Weg. In ihrem Rücken postierten sich draußen Christa und ihr früherer Verlobter. »Erst müssen wir dir was anderes zum Verstecken besorgen.«

»Naus muss ich. Keine Stunde länger halt ich's hier drinnen aus!«, blaffte Alois.

»Sei vernünftig! Die suchen dich noch immer. Es ist zu gefährlich.«

»Lieber lass ich mich gleich von der Polizei einsperren, als weiter hierzubleiben«, entgegnete er. »Schau dich doch um: Würd'st das aushalten?«

Sie trat noch einen Schritt weiter hinein, drehte sich einmal um die eigene Achse. Lang dauerte es nicht, bis sie sich vorstellen konnte, wie ihm zumute gewesen sein musste: am Tag, wenn es heiß war und er zu ersticken meinte, weil kein Lufthauch wehte. Wenn der Gestank ihm den letzten Atem nahm und jedes Geräusch von außen ihm den Angstschweiß aus den Poren trieb. Und nachts erst, wenn draußen die Tiere heulten und Ratten und Mäuse im Schuppen herumwuselten. Beschämt schloss Emma die Augen. Was musste Alois da nur erleidet haben! Und wer war daran schuld? Sie allein! Sie hatte ihn in diese verzwickte Lage gebracht.

Abermals zerriss ein Donner die Stille. Durch die Bäume und Sträucher fegte ein kräftiger Wind, Äste schlugen gegen die Bretterwand. Der Himmel war nun vollends dunkelgrau, das Prasseln dicker Regentropfen setzte ein.

Emma stellte sich wieder zurück in die Tür, dicht vor ihren Bruder. Seine Augen funkelten im schwachen Licht. Sein Blick wirkte umso irrer, je genauer sie ihn ansah. Der schräg einfallende Regen durchnässte sie. Hatte sie vorhin in der Schwüle noch geschwitzt, so fror sie inzwischen erbärmlich. Zitternd zog sie den Stoff ihres Kleides enger um die Brust. Ihre Zähne begannen aufeinanderzuschlagen. Christa und ihr früherer Bräutigam drängten sich dichter an den Schuppen heran.

»Lang kann's nicht mehr dauern«, versprach Emma ihrem Bruder. »Wir finden schon was andres.«

»Ich versteck mich nicht mehr. Raus will ich, draußen rumlaufen. Ich muss mich auch gar nicht verstecken, hab ja nichts getan!«

»Ist ja gut, Alois«, versuchte Emma ihn zu beschwichtigen. Kein Wunder, dass er unter diesen Bedingungen durchdrehte. »Den richtigen Mörder haben s' sicher bald. Dann kannst gleich wieder raus.«

»So lang wart ich nicht. Jetzt sofort geh ich fort. Hier hält mich nichts und niemand mehr!«

Damit schob er sie brüsk zur Seite.

»Alois!«, schrie sie verzweifelt auf. Geistesgegenwärtig griff sie nach ihm, kriegte einen Zipfel seines Hemdes zu fassen und krallte sich daran fest. Alois schüttelte sich, um sie abzuwehren. Der morsche Hemdstoff riss auseinander. Der Bauer reagierte gerade noch rechtzeitig. Mit einem entschiedenen Fausthieb mitten in Alois' Gesicht setzte er seinem Fluchtversuch jäh ein Ende. Kraftlos sackte der mächtige Körper in sich zusammen.

»Jessesmaria, steh uns bei!« Weinend fiel Emma neben ihm nieder.

»Da hab ich sie gleich alle miteinander, die ganze Bagage!«

Die Heugabel drohend nach vorn gestreckt, trat die Bäuerin hinter einem Busch hervor und baute sich vor ihnen auf. Wie auf Kommando hoben sie den Kopf.

»Keiner bewegt sich, oder ich stech euch ab, alle miteinander!«

»Mutter!«, rief ihr Sohn.

»Was für ein Fang: das ganze Gesindel auf einen Schlag!«

Ihr Lachen glich einem Meckern. Emma sah sie befremdet an. Die lange, spitze Nase und das nicht weniger spitze Kinn wirkten ziegenhaft. Dazu die zwei langen, weißen Haare am Kinn. Am Kopf klebte das regennasse, dünne Haar, Wassertropfen hingen in ihren Wimpern. Die herausquellenden Glupschaugen, von denen Christa bereits erzählt hatte, wollten nicht so recht zu dem schmalen Gesicht gehören. Die ganze Frau passte nicht zu dem behäbigen, gutmütig auftretenden Sohn.

»Hab ich mir doch gleich gedacht, dass das Mensch dich verhext hat!« Die Bäuerin nickte abfällig zu Christa hinüber. »Komm, Bub, hilf mir, sie alle miteinander wieder in dem Schuppen einzusperren. Dann rufen wir den Gendarmen. Es wird Zeit, dass das Pack dahin kommt, wo's hingehört: ins Gefängnis!«

»Gar nichts helf ich dir«, erwiderte der Bauer trotzig. »Niemand wird eingesperrt. Wir bringen sie nüber auf den Hof.«

»Bist narrisch, Bub?«, kreischte sie auf. »Ich hör wohl nicht recht? Auf meinen Hof willst du die bringen? Wozu? Die gehören hinter Gitter, alle drei!«

»Sie haben nichts getan.«

»Nichts getan! Dass ich nicht lach! Das Mensch da hat dich verführt, Bub, und will dir ihren gottlosen Bankert anhängen, die andere da ist ihre Helferin. Ganz zu schweigen von dem Burschen da unten. Bist du so dumm oder tust du nur so, Bub? Der Bursch wird von der Polizei gesucht! Das Luder hat's doch eben selbst gesagt!«

»Und wenn schon«, entgegnete der Bauer. Auf seinem runden Gesicht zeigte sich auf einmal Entschlossenheit. Er trat dichter an seine Mutter heran. Dass er dabei in eine tiefe Pfütze trat, schien ihn nicht sonderlich zu stören. Platschend spritzte das schmutzige Wasser auf. Sofort sog sich das Leder seiner Stiefel mit Wasser voll und verfärbte sich dunkel. Oben auf dem kürbisartigen Schädel lag das nasse Haar platt an. »Und hör endlich auf, immer ›Bub‹ zu mir zu sagen! Hast mich lang genug gequält damit.«

Im nächsten Moment entriss er ihr die Heugabel. Sie war so verblüfft, dass sie ganz vergaß, sich zu wehren.

»Bub?«, wisperte sie nur.

»Ich sag dir jetzt, wo's langgeht. Auf, zurück zum Hof!«

Er fuchtelte mit den Armen durch die Luft, als wollte er eine Herde Vieh antreiben. Die Bäuerin drehte sich um und rannte im strömenden Regen davon.

Ein greller Blitz zuckte über den Himmel. Das Licht färbte sich grünlich. Der dicht darauf folgende Donner ließ die Erde erbeben. Alois stöhnte auf. Besorgt beobachtete Emma, wie er zu sich kam. Endlich öffnete er die Augen, sah verwirrt um sich.

»Wo bin ich? Was ist?«

Mühsam versuchte er, sich aufzurichten. Emma half ihm. Unter Stöhnen und Ächzen kam er schließlich wieder auf die Beine. Aus seiner Nase tropfte Blut. Das Gesicht wirkte seltsam verformt. Er hielt es in den Regen. Das kalte Wasser schien ihm gutzutun.

»Los, auf geht's, Herrschaften! Nüber mit euch allen zum Hof!«

Mit der Heugabel in der einen und Alois' Stock in der anderen Hand scheuchte der Bauer sie vor sich her. Alois schwankte benommen, Christa watschelte mit ihrem dicken Bauch, und Emma stolperte verdutzt nebenher. Was war plötzlich in den Bauern gefahren? Hatte sie sich dermaßen in ihm getäuscht?

Ein ungewöhnliches Geräusch erregte plötzlich Thiels Aufmerksamkeit. Sofort presste er die Ohren an das Holz. Draußen gab es weiterhin das monotone Gedröhn der nahen Eisenbahnlinie und der an- und abfahrenden Fuhrwerke. Auch Schritte waren hin und wieder zu hören, dazwischen das Rufen rauer Männerstimmen, mittlerweile allerdings schon deutlich leiser als am frühen Morgen.

Da war es wieder! Ganz schwach, aber es war da. Thiel hielt

den Atem an. Sein Herz klopfte rasend schnell, seine Knie begannen zu zittern. Vergeblich hoffte er auf eine Wiederholung. Noch konnte er nicht genau sagen, was er da zweimal gehört hatte. Er wusste nur, dass es etwas anderes war als das, was er seit Stunden von draußen vor der Tür erhaschen konnte.

Gerade als er endgültig aufgeben und sich wieder auf den Boden niedersetzen wollte, erklang es noch einmal, weitaus deutlicher und näher als bei den anderen beiden Malen. Jetzt endlich erkannte er es als das Klirren eines Säbels am Uniformgürtel. Seit Jahren war ihm das so selbstverständlich in Fleisch und Blut übergegangen, dass er es nicht beschreiben, aber jederzeit wiedererkennen konnte. Kein Zweifel, dort draußen näherte sich ein Gendarm!

Nun unterschied er auch gleichmäßig feste Schritte und das Getrappel weiterer Personen. Mehrere Menschen strebten direkt auf die Lagerhalle zu. Die ersehnte Rettung nahte, in wenigen Minuten war seine Gefangenschaft endlich vorbei. Er versuchte, ruhig durchzuatmen, tastete nach Johannas Taschentuch, seinem Trost der letzten Stunden.

Die Sonne musste inzwischen hoch am Himmel stehen. Durch die staubverschmierten Fensterscheiben drang kaum ein Sonnenstrahl herein. Milchig gelbes Licht umfing Thiel. Das Schloss an der großen Tür knarrte. Jemand rüttelte noch einmal an den Türflügeln, dann endlich schwangen sie auf.

»Ich hab's nicht glauben wollen!«

Breitbeinig baute sich Gendarmeriekommandant Franz Gersthofer im Eingang auf, die Hände fest am Koppel, die Augen starr auf Thiel gerichtet. Mit der Sonne im Rücken wirkte er geradezu bedrohlich.

»Was willst hier?«, raffte Thiel sich als Erster auf. Seine Stimme klang heiser. Das musste an der staubigen Luft und dem langen Schweigen liegen.

»Das wüsst ich viel lieber von dir«, knurrte Gersthofer.

Er trat in die Halle und sah sich kurz um. Hinter ihm tauchten Johanna sowie ein weiterer Gendarm auf.

»Wie geht's Ihnen, mein lieber Herr Thiel? Was macht der Kopf?«, erkundigte sie sich besorgt und erklärte Gersthofer: »Was habe ich Ihnen gesagt? Herr Thiel ist verletzt. Jemand hat ihn gestern Abend brutal niedergeschlagen und danach in diese Lagerhalle geschleppt. Um ihm zu helfen, haben wir versucht, die Tür aufzubrechen.«

»Die Verletzung ist wohl noch nicht gefährlich genug, als dass er nicht zu weiteren Dummheiten fähig wär«, murrte Gersthofer. »Gleich hätten S' die Gendarmerie verständigen müssen, gnädige Frau.«

Er versuchte, streng auszusehen, was ihm offensichtlich schwerfiel. Johannas Erscheinen flößte ihm Respekt ein, wie seine trotz allem untertänige Verbeugung vor ihr bewies.

»Sie wissen doch, wie das ist, Herr Kommandant«, rechtfertigte Johanna sich mit ihrem charmantesten Lächeln.

»Also, was soll das?«, blaffte Gersthofer umso unfreundlicher Thiel an. »Hab ich dich gestern nicht ausdrücklich gewarnt? Bist gar nicht mehr im Dienst. Wann hörst endlich auf, dich in Geschichten einzumischen, die dich nichts mehr angehen?«

Rüde packte er ihn am Arm. Thiel wollte sich wehren, doch Johanna gab ihm ein Zeichen. Also ließ er sich von Gersthofer nach draußen führen. Die anderen folgten schweigend. Nicht weit entfernt von der Lagerhalle wartete ein offener Wagen. Dahin gingen sie.

»Höchstpersönlich bring ich ihn zurück nach München und klär das mit dem Herrn Wirtz«, sagte Gersthofer zu dem anderen Gendarmen. »Danke für die Nachricht.«

Der Gendarm salutierte zum Tribut an Gersthofers höheren Rang.

»Nichts für ungut«, murmelte Gersthofer und hieß sie alle einsteigen. Langsam setzte sich der Wagen in Bewegung.

»Was hast da wieder angestellt?«, fragte Gersthofer, sobald sie auf die Landstraße nach München einbogen. »Hoffen wir, dass der Polizeidirektor nicht so schnell davon erfährt.«

»Danke.« Mühsam rang Thiel sich zu einem Lächeln durch. Wie peinlich! Ausgerechnet Gersthofer musste hier auftauchen und ihn aus der Lagerhalle herausholen. Hatte er ihn nicht vor ein paar Tagen noch wüst beschimpft, weil er ihn für einen schamlosen Verräter hielt? Nun stand er tief in seiner Schuld.

Verzweifelt sah er zur Seite. Felder zogen an ihnen vorbei. Einige Bauern waren damit beschäftigt, den Odelkarren über den Acker zu ziehen, beißender Geruch stieg ihm in die Nase. Wie gern hätte Thiel sich als Schutz Johannas Taschentuch mit dem Veilchenduft davorgehalten. Doch das war undenkbar. Zum Glück tauchten bald die ersten Häuser auf. Sie erreichten Laim. In dem winzigen Dorf reihten sich locker mehrere kleine Höfe aneinander, dazwischen duckten sich niedrige Hütten. Aus allen Winkeln gackerten aufgeregte Hühner. Eine Horde Kinder jagte das Federvieh mit Stecken zwischen den Häusern hindurch.

Von Nordwesten her verdüsterte sich der Himmel, graue Wolken zogen auf. Gelegentlich blitzten noch einzelne Sonnenstrahlen durch die Wolkendecke und beleuchteten ein schmuckes Schlösschen unweit des Dorfkerns. Kurz darauf zogen sich wieder unzählige Äcker und Wiesen an der Straße entlang.

Ein heftiger Donner zerriss die Stille, ein Blitz zuckte. Schon fielen die ersten dicken Regentropfen. Thiel schlang die Jacke enger um seine Schultern. Auch seine beiden Mitreisenden in dem offenen Wagen zogen die Köpfe ein. Der Wind frischte auf, trug Malzgeruch heran. Die Brauereien auf der Schwanthalerhöhe kamen in Sichtweite. Bald befanden sie sich am westlichen Rand der Stadt.

»Wie kommt's, dass du mich in Pasing abgeholt hast, Gersthofer?«, wagte Thiel endlich zu fragen. »Das ist doch gar nicht dein Revier.«

»Das verdankst deiner neuen Freundin«, erwiderte der Gendarm und deutete mit dem Kopf auf Johanna. »Die gnädige Frau hat alles darangesetzt, dass sich die Pasinger Gendarmerie mit mir persönlich in Verbindung setzt. Das haben die unter Umgehung sämtlicher Anweisungen und Vorschriften auch tatsächlich getan.«

Die letzten Worte betonte er besonders. Offensichtlich wunderte er sich noch immer, warum das geschehen war. Auch Thiel verstand es nicht so recht. Immerhin hatte man Johanna und den Burschen auf frischer Tat dabei ertappt, wie sie in fremdes Eigentum eindringen wollten. Das entsprach einem Straftatbestand. Wie um alles in der Welt hatte sie das erklärt?

»Ich habe den Herren wohl glaubhaft genug versichert, dass ich als Witwe von Professor Jakob Philipp Morgenthau alles andere als einen plumpen Einbruch im Sinn hatte«, erzählte Johanna und bedachte Thiel mit ihrem bezaubernden Lächeln. In ihrem regennassen Gesicht erschien es ihm noch strahlender als sonst. Gern hätte er nach ihrer Hand gegriffen und sie dankbar gedrückt. Gersthofers Anwesenheit hielt ihn jedoch davon ab.

»Das hat den Gendarm noch nicht so ganz überzeugt. Immerhin kann sich jeder schnell als jemand anderes ausgeben«, fuhr Johanna fort. »Doch als ich mich dann auch noch durch den Hinweis auf gewisse Sachverhalte als gute Freundin des Fabrikanten Wirtz zu erkennen gegeben habe, war man endlich bereit, meiner Bitte nachzugeben.«

Gersthofer nickte stumm. Er saß Thiel gegenüber. Beide wichen sie dem direkten Augenkontakt miteinander aus.

»Wie geht's weiter?«, erkundigte Thiel sich.

»Ich bring dich nach Haus«, antwortete Gersthofer bestimmt. »Am besten versprichst mir gleich hier vor der gnädigen Frau, dass du aufhörst, weiter herumzuermitteln. Der Fall Riederer ist abgeschlossen, der Täter steht fest. Gewiss dauert's nicht mehr lang, bis der Kirsch gefasst und wieder nach München gebracht wird. Aber das muss nicht mehr deine Sorge sein.«

»Ich sorge schon dafür, dass Herr Thiel keine weiteren Dummheiten mehr macht«, versicherte Johanna und zwinkerte ihm zu. »Wenn Sie mir erlauben, dass ich Herrn Wirtz persönlich über den Vorfall in Pasing unterrichten darf, dann verspreche ich Ihnen, dass ich Herrn Thiel die nächsten Tage nicht aus den Augen lasse. Darauf gebe ich Ihnen mein Ehrenwort, Herr Kommandant!«

Gersthofer riss die Augen weit auf. Damit hatte er wohl nicht gerechnet. Er brauchte eine Weile, bis er Thiel anknurrte: »Das langt leider nicht als Sicherheit. Ab sofort und bis auf Weiteres meldest dich morgens und abends bei mir auf der Wache. Wenigstens kann ich dann sicher sein, dass dich nicht schon wieder in irgendwelchen Lagerhallen rumtreibst, wo du nichts verloren hast. So, und jetzt gehst heim und schläfst dich aus. Schaust ja aus wie ein Geist!«

Alois' Nase war dick angeschwollen. Der Schlag des Bauern, mit dem er ihn vor dem Schuppen niedergestreckt hatte, musste den Knochen zertrümmert haben. Die sechs Tage in Gefangenschaft standen Alois obendrein deutlich im Gesicht. Blass wie ein Gespenst, mit dunklen Rändern unter den Augen hockte er auf der Ofenbank.

Das war es aber nicht allein, was Emma verunsicherte. Viel mehr noch hatte sie sein Verhalten vorhin, bei ihrer Ankunft auf dem Hof, überrascht. Dabei hatte er viel Mut bewiesen, trotz der schlimmen Verletzung. Und eine ganz neue Seite von sich gezeigt. Seither war sie von ihrem eigenen Bruder befremdet. Nachdenklich betrachtete sie ihn. Wahrscheinlich hatte sie ihm großes Unrecht zugefügt. Tief stand sie in seiner Schuld. Noch fehlte ihr eine Idee, wie sie das jemals wieder in Ordnung bringen sollte.

»Alles wird jetzt gut!«, meinte Christa überzeugt. Zufrieden strich sie sich über ihren weit vorspringenden Bauch und lächelte.

»Aber nur für dich«, entfuhr es Emma.

Ihr Blick blieb an der Freundin hängen. Seit der Bauer vor einer Stunde endlich reinen Tisch gemacht und die Verlobung mit ihr wieder für gültig erklärt hatte, strahlte Christa eine ergreifende Schönheit aus. Die Augen glänzten, das Haar leuchtete. Selbst die vielen faulen Zähne taten ihrem Lachen keinen Abbruch. Dabei war Emma gar nicht so sicher, ob die Freundin tatsächlich das schiere Glück erwartete. Ein Leben als Bäuerin auf dem Karlsfelder Hof versprach gewiss nicht nur eitel Sonnenschein. Noch war unklar, wie lang die neue Stimmung des Bauern andauerte und er seine Mutter in Schach halten konnte.

In der Ferne verklang das letzte Grollen des Gewitters. Alois stöhnte auf. Wieder schaute Emma zu ihm. Ein dicker Kloß im Hals hinderte sie daran, endlich mit ihm zu sprechen. Wie gern würde sie ihm ihre Zuneigung deutlicher zeigen. Doch seit er sie vorhin so rüde abgewiesen hatte, fühlte sie sich unfähig, sich zu rühren.

Noch keine zwei Stunden war es her, seit sie auf den Hof gekommen waren, die Heugabel des Bauern im Rücken, einen finster dreinblickenden Knecht vor sich. Breitbeinig hatte der sich vor der Haustür aufgebaut und einen dicken Knüppel in der Hand gehalten. Die Bäuerin musste ihn vorgeschickt haben, Haus und Hof gegen ihren aufmüpfigen »Buben« und seine vermeintlich neuen Freunde zu verteidigen.

»Scher dich zum Teufel!«, rief der Bauer ihm zu. »Dich will ich nicht mehr hier sehen!«

»Hast mir gar nichts zum Sagen!«

Schon stürzte der Knecht los und riss den Bauern um. Verzweifelt versuchte der, sich gegen den ungestümen Angriff zu wehren. Bald wälzten sich die beiden auf dem schlammigen Boden hin und her. Mal lag der eine oben, mal der andere. Für Emma, Christa und Alois war es schwer festzustellen, wer von beiden der Stärkere und damit letztlich der Sieger des Kampfes sein würde. Unaufhaltsam prasselte der Regen nieder, wie begossene Hunde standen sie da.

Dann aber erwachte Alois aus seiner Erstarrung und brüllte wie ein Stier. Mit zwei, drei gezielten Griffen packte er die beiden Widersacher und zog sie auseinander. Wie Puppen zappelten sie verzweifelt an seinen weit auseinandergestreckten Armen. Trotz seiner gebrochenen Nase schien er ihnen haushoch überlegen.

»Nur weiter so. Gar nichts nützt euch die Prügelei!«, schnauzte Alois und schubste sie weg. »Die Einzige, die was davon hat, wenn ihr zwei euch den Schädel einschlagt, ist die Bäuerin. Bald kann sie allein über Haus und Hof bestimmen. Und ihr zwei, ihr bleibt auf ewig die Knecht, die springen müssen, wenn sie mit den Fingern schnippt.«

Angewidert wollte er sich abdrehen. Emma trat zu ihm und nahm ihn in den Arm. Widerwillig ließ er es über sich ergehen.

»Alois! Stolz bin ich auf dich.« Dann versagte ihr die Stimme.

»Ach was«, sagte er und wand sich aus ihrer Umarmung. »Stolz braucht hier keiner auf einen sein. Jeder macht, was er machen muss. Für seinen eigenen Vorteil soll keiner den andern benutzen, das bringt nur Unrecht. Wenn's der eine nicht merkt, dann gewiss der andere, deshalb muss er dann was dagegen tun.«

»Was meinst damit?«, fragte Emma und ahnte auf einmal, dass er das nicht nur auf den Bauern und den Knecht bezog.

»Wirst's schon selbst am besten wissen«, entgegnete ihr Bruder.

»Lasst's uns reingehen und am Ofen trocknen«, schlug Christa rasch vor. »Das war ein ziemlicher Schreck! Davon müssen wir uns alle erst mal erholen.«

Damit war sie vorangegangen, geradewegs auf die Küchentür zu, hinter der die Bäuerin stand. Es war der Alten anzusehen, wie sie plötzlich von Furcht übermannt wurde. Ihr Sohn, der Bauer, sah das wohl auch. Fest schlang er den Arm um Christa und drückte sie an sich. Überrascht ließ sie es geschehen.

Emma wollte unterdessen ihren Bruder bei der Hand nehmen und hinter den beiden anderen ebenfalls nach drinnen gehen. Alois aber entzog sich ihr und knurrte: »Ich geh allein. Lass mich in Ruh!«

Seither steckte ihr dieser Kloß im Hals. Sie traute sich nicht, auf der Ofenbank dichter an Alois heranzurücken. Immer wieder schielte sie von der Seite zu ihm hinüber. Doch er machte keine Anstalten, von sich aus auf sie zuzukommen.

»Ich muss noch mal weg«, murmelte sie.

Niemand hielt sie zurück, als sie den Hof verließ.

Sonntag, 8. Mai 1870

Völlig außer Puste lehnte Thiel an der Wand der Peterskirche. Es dauerte einige Zeit, bis er etwas sagen konnte. So lange hielt er seinen Fang am Oberarm fest. Neff hatte aufgehört, sich dagegen zu wehren. Er schien eingesehen zu haben, dass weiterer Widerstand zwecklos war. Thiel war der Stärkere. Bei dem geringsten Versuch, sich dem Zugriff zu entziehen, bohrte Thiel Neff die Finger noch tiefer in den Oberarm. Ihm war bewusst, wie schmerzhaft das war.

»Wovor laufen Sie davon?«, raunzte er ihn an. »Doch nicht etwa vor mir? Auf Niedermayrs Beerdigung haben Sie doch noch reichlich Oberwasser gehabt. Und jetzt? Hat Sie etwa einer bedroht, weil der Schneiderstreik so kläglich zu End gegangen ist? Weil die Schneidergehilfen jetzt noch schlechter dastehen als vorher? Und das nur, weil die auf solche wie Sie gehört haben? Ein feiner Arbeitervertreter sind Sie! Ganz übel im Stich gelassen haben S' die armen Gehilfen!«

Mit jedem Satz geriet er mehr in Rage, befand sich bald in einem regelrechten Rauschzustand. Immer üblere Schimpfworte sprudelten aus ihm heraus. Neff erwies sich als dankbares Opfer, ertrug alles ohne Widerrede. Kaum konnte Thiel sich zurückhalten, auch noch die Fäuste einzusetzen, um seine Wut herauszulassen. Die Wut über Riederers Profitgier, über Burchtorffs Unvermögen und natürlich darüber, dass trotz aller Hinweise nichts wirklich Handfestes gegen Fischer vorlag.

Statt endlich nach stichhaltigen Beweisen suchen zu können, stand Thiel nun selbst unter besonderer Aufsicht der Gendarmerie. Gerade eben erst hatte er sich in der Hauptwache am Marienplatz gemeldet, hatte sich wie ein Schwerverbrecher vom Dienst schiebenden Gendarm befragen lassen müssen, was er an diesem Sonntag noch vorhabe und um welche Uhrzeit er sich am Abend wieder in der Wachstube einfinden wolle.

Schon landete der erste Hieb in Neffs Magen. Sein Pech, dass er ihm ausgerechnet in dieser Stimmung in die Arme gelaufen war. Thiel war er vorhin nur aufgefallen, weil er sich immer wieder ängstlich umgesehen hatte, als er über den Rindermarkt lief. Mit dem Burschen stimmt doch was nicht, hatte Thiel gedacht und sich an seine Fersen geheftet. Kurz darauf hatte er ihn auch schon erkannt. Welch ein schöner Zufall. Mit Neff hatte er ohnehin noch mal über die ganze Geschichte reden wollen, das konnte er also auch gleich erledigen.

Sobald Neff ihn bemerkt hatte, war er seltsamerweise schon losgerannt, Thiel dicht hinterher. Trotz seines schmerzhaften Abenteuers in Pasing war er erstaunlich flink. Sicher kam ihm auch die bessere Ortskenntnis zugute. Kein Hiesiger hätte sich in dieser Situation in die engen Gassen um die Peterskirche geflüchtet, erst recht nicht sonntags nach dem Kirchgang. Es war ein Leichtes, Neff dort zu stellen. Thiel schlug ein zweites Mal zu.

»Lassen Sie ihn«, hörte er jemanden rufen. »Verdient hat er's zwar, aber nützen tut's keinem. Es gibt grad Wichtigeres, als sich an dem Lump zu rächen.«

Einen Moment zögerte Thiel noch, dann senkte er langsam die Fäuste, drehte sich um und schaute Kirsch an.

»Was tun Sie hier?«

»Ich hab Sie gesucht. Ich muss dringend mit Ihnen reden.«

»Mit mir? Sind Sie sicher?«

Er suchte in Kirschs Gesicht nach einem nervösen Zucken, einem verdächtigen Wimpernschlag. Nichts. Da war nur der Bart, der ihn störte. Er verdeckte fast das halbe Gesicht, ließ Kirsch fremd aussehen. Eine gute Ablenkung von der Beschreibung im Steckbrief.

»Keine faulen Tricks, ich warne Sie!« Er versetzte Neff einen letzten Tritt gegen das Schienbein. Der stöhnte auf. »Hauen S' ab, bevor ich's mir anders überleg«, schnauzte er ihn an. Dann bedeutete er Kirsch, mitzukommen.

Er führte ihn den Petersberg hinunter zum Viktualienmarkt. Verlassen standen die groben Bretterverschläge auf dem weiten Platz, wirkten unter dem grau verhangenen Himmel geradezu trostlos. Thiel kürzte den Weg zum östlichen Ende des Marktes durch die leere Schrannenhalle ab. Die schwarze Stahlkonstruktion schwebte, einem imposanten Spinnennetz gleich, drohend hoch über ihren Köpfen.

»Mein Geld langt grad noch für einen Kaffee. Fühlen Sie sich eingeladen«, sagte er und hielt Kirsch die Tür zu einem kleinen Café auf.

»Was wollen Sie von mir? Warum sind Sie wieder nach München zurückgekommen?«, fragte er nicht sonderlich freundlich, sobald sie sich an einem Tisch gegenübersaßen.

»Weil ich keine Lust mehr hab, mich ständig verstecken zu müssen.«

»Dann waren Sie's also doch?« Ohne dass er es wollte, zitterte seine Stimme. Alles war umsonst gewesen! Konnte es sein, dass sich einer derart täuschte? Wie ein Kartenhaus fielen seine jüngsten Theorien über Riederer und Fischer in sich zusammen. Rasch schob er nach: »Sie sehen ja, ich bin nicht mehr im Dienst. Wenn Sie ein Geständnis ablegen wollen, müssen Sie schon nüber in die Polizeidirektion gehen. Bei mir sind Sie falsch.«

Mit einem frischen Taschentuch wischte er sich über die Stirn, tupfte vorsichtig an der rechten Schläfe entlang. Die Kopfschmerzen trugen noch erheblich zu seiner üblen Laune bei. Er hatte endgültig genug von dem allem.

»Kommen Sie, bringen wir's hinter uns. Ich geh ein Stück mit, dann fällt's Ihnen gewiss leichter.«

»Ich war's nicht, Herr Offiziant, ganz bestimmt, sonst wär ich bestimmt nicht wieder hier. Aber ich weiß was, das Ihnen hilft, endlich den wahren Mörder zu finden.«

»So weit waren wir schon mal. Hören Sie auf damit, es macht keinen Sinn.«

»Hören Sie mir doch erst mal zu!«

Kirsch schlug so kräftig mit der flachen Hand auf den Tisch, dass die beiden Kaffeetassen, die die Bedienung inzwischen gebracht hatte, umkippten. Sofort ergoss sich die dampfende, braune Brühe über die Tischplatte. Verdutzt beobachtete Thiel erst das Rinnsal, das sich bis zum Rand des Tisches ausdehnte, dann schaute er wieder auf Kirsch. Der hatte ihn anscheinend die ganze

Zeit nicht aus den Augen gelassen. Noch immer war sein Blick offen und ohne die geringste Spur von Verlegenheit.

»Also gut, ein letztes Mal«, entschloss er sich seufzend, »und nur, wenn Sie mir versprechen, nachher direkt mit in die Weinstraße zu gehen.«

»Ich glaub kaum, dass das dann noch nötig ist.«

Zum ersten Mal tauchte ein kleines Schmunzeln um Kirschs Mundwinkel auf, das konnte sogar der Bart nicht verdecken. Thiel schwankte, ob er es als Triumph oder als Zeichen von Aufrichtigkeit deuten sollte. Wie ungern würde er zugeben müssen, dass ihn seine Menschenkenntnis ein weiteres Mal im Stich gelassen hatte. Über Monate hinweg hatte er Kirsch als aufrechten Kämpfer für die Sache der Arbeiter erlebt, eigentlich unfassbar, dass er ein gewissenloser Mörder sein sollte, der kaltblütig sein Spiel mit ihm trieb. Andererseits war er gewissenlos genug gewesen, ihn letztens niederzuschlagen und zu flüchten. Warum lief einer weg, wenn er unschuldig war?

»Ich hab Ihnen doch schon davon erzählt, dass der Riederer mir für die Genossenschaft nicht nur lukrative Nähaufträge in Aussicht gestellt hat«, begann Kirsch unterdessen.

Thiel fiel es schwer, sich zu beherrschen. Bald trommelte er mit den Fingern auf die Tischplatte, völlig machtlos, damit aufzuhören.

»Auch die Preise, die er mir für die allerbesten Nähmaschinen genannt hat, sind konkurrenzlos niedrig gewesen. Und das ganz egal, wie viele Maschinen ich von ihm hätte haben wollen, gerade so, als hätte er die in einer unbegrenzten Menge irgendwo rumstehen gehabt.«

Thiel rang immer heftiger mit sich. Wo war das versprochene Neue? Was ließ er sich eigentlich immer wieder von Kirsch hinters Licht führen? War er doch ein so großer Versager, wie Burchtorff meinte? Wozu erwähnte Kirsch schon wieder diese verdammten Nähmaschinen? Was war nur immer damit? Plötzlich fiel es ihm wie Schuppen von den Augen.

»Was wissen Sie über die Nähmaschinen? Hat er Ihnen gesagt, wo er die herhat?«, platzte er dazwischen.

»Dacht ich mir doch, dass ich bei Ihnen richtig bin, Herr Offiziant. Wo die Nähmaschinen herkommen, wollt ich Ihnen gleich als Nächstes verraten«, grinste Kirsch über das ganze Gesicht. Genüsslich verschränkte er die Arme, lehnte sich zurück und erzählte weiter.

Es war, als zöge sie eine unsichtbare Kraft nach unten. Emma konnte den Blick nicht von den Fluten der Isar abwenden. Noch hielt sie sich am Brückengeländer fest. Noch erschien ihr das Wasser unerreichbar fern. Ihr wurde schwindlig, wenn sie daran dachte, wie weit es nach dort unten war. Wie ein Vogel würde sie fliegen. Ihr Herz klopfte, ob vor Angst oder Aufregung, wusste sie selbst nicht. Nur eines drang in ihr Bewusstsein: Der nächste Schritt würde endgültig sein.

Genau deshalb hatte sie sich die Brücke ausgesucht. Keine andere spannte sich so hoch über einen Fluss wie die Eisenbahnbrücke in Großhesselohe. Nach einem solchen Sprung wurde niemand mehr lebend aus dem Wasser gezogen.

Ein schriller Pfiff ertönte. Emma drehte den Kopf. Eine riesige Dampfwolke schob sich näher heran. Mit lautem Dröhnen kam ein Zug aus Richtung München. Emma griff nach dem Eisengeländer und klammerte sich noch fester daran. Der Luftzug wurde stärker, drohte sie zur Seite wegzudrücken. Sie stemmte sich ihm entgegen. Der Lärm wurde ohrenbetäubend, Rußteilchen drangen ihr in Mund und Nase. Von dem schmauchenden schwarzen Stahlross trennte sie nur eine einzige Gleisspur. Das Eisen der Brücke vibrierte unter ihren Füßen.

Emma kniff die Augen zusammen. Plötzlich sah sie Georgs Gesicht vor sich, seine schweißnasse Stirn, die flehentlich blickenden Augen. Weit streckte er ihr seine Hände entgegen. Nur einen einzigen Schritt musste sie tun, dann war sie wieder bei ihm.

Ein schreckliches Zittern überfiel ihre Hände, Arme und Beine. Sie hielt die Luft an, als könnte sie es dadurch beenden. Ihr wurde heiß und kalt. Rosemaries flehentlicher Blick drängte sich zwischen Georg und sie. Der kleine Lorenz riss sein Mündchen zum Schreien auf. Beide Kinder streckten ihr ebenfalls die dünnen Ärmchen entgegen.

Emma fühlte sich hin- und hergerissen zwischen Georg und

den Kleinen. Sie wusste nicht mehr, zu wem sie zuerst gehen sollte. Auf einmal spürte sie wieder den Schmerz im Bauch, als Rosemarie vorgestern Abend vor ihr davongelaufen war, weg in die Arme von Christas Kusine. Die hatte gerade Lorenz an der Brust liegen. Vor Wonne hatte der Kleine gegluckst und die Finger in die dicke Brust der fremden Frau gegraben. Sie sah Georg vor sich, wie er die Nase in einen Strauß Veilchen steckte, ihn ihr mit einem Lachen entgegenhielt.

Verzweifelt kniff Emma die Augen noch fester zusammen. Sie spürte, wie der Wind ihr heftig ins Gesicht schlug. Ihre Haut brannte, als prasselten winzig kleine Steinchen darauf nieder, die Haare flatterten wild durch die Luft.

Endlich war der Zug vorbei. In der Ferne verklang sein Pfeifen. Das gleichmäßige Rattern der Räder wurde schwächer und schwächer, das Vibrieren des Bodens ließ nach. Vorsichtig öffnete Emma die Augen. Sie stand wieder ganz allein auf der Brücke.

Eine Weile blieb sie noch dort. Sie wagte nicht mehr, nach unten zu sehen. Als das Zittern in ihrem Körper schließlich wieder ganz nachgelassen hatte, ging sie vorsichtig zurück. Bald fühlte sie festen Boden unter den Füßen. Endlich wusste sie, wohin sie ihre Schritte lenken musste: zurück nach Haus.

Der Himmel riss auch im weiteren Verlauf des Tages nicht auf. Schwüle Gewitterstimmung hing über den Türmen der Theatinerkirche. Thiel spazierte vor der Feldherrnhalle auf und ab. Beim Blick in die breite Ludwigstraße musterte er die offenen Wagen, die dort ihren üblichen Korso fuhren. Trotz der trüben Wetterlage wollten die Damen ihre Sonntagsrobe zur Schau stellen. Im nahen Hofgarten würde es nicht weniger quirlig zugehen. Gelegentlich schwappten Fetzen von Musik herüber. Auf der offenen Caféterrasse brachte eine Militärkapelle den Herrschaften ein Nachmittagsständchen.

Dass Frauen nicht pünktlich sein konnten! Unruhig sah Thiel zur Kirchturmuhr hinauf. Er schwitzte und hatte Durst, der Hemdkragen zwickte. Mit dem Finger fuhr er zwischen Kragen und Hals entlang.

Indes war es nicht allein die Hitze, die ihm zu schaffen machte.

Ihn plagte auch die Frage, ob er vorhin die richtige Entscheidung getroffen hatte. Wenn nicht, dann hatte er leichtfertig einen Mörder laufen lassen und befand sich gerade auf dem besten Weg, einen bislang unbescholtenen Bürger eines äußerst schlimmen Verbrechens zu bezichtigen. Aber nicht nur das: Er war auch dabei, mindestens zwei weitere Menschen einer großen Gefahr auszusetzen. Konnte er das verantworten? Andererseits: Welche Möglichkeit blieb ihm sonst, die Wahrheit herauszufinden?

Endlich bog Johanna um die Ecke. Ihre schwarze Witwenkleidung mochte nicht weniger ungeeignet für die Temperaturen sein als sein Anzug. Davon ließ sie sich jedoch nichts anmerken. Hastig eilte er ihr ein Stück entgegen.

»Lassen Sie uns in den Hofgarten hinübergehen«, schlug sie vor und hakte sich bei ihm unter.

»Halten Sie das für eine gute Idee? Wer weiß, wer beim ›Tambosi‹ auf der Terrasse sitzt.«

»Seien Sie nicht so ängstlich, mein lieber Thiel. Am helllichten Tag wird man dort gewiss nicht über Sie herfallen. Und falls doch«, lächelnd zwang sie ihn, ihr direkt in die Augen zu sehen, »dann fahre ich sofort meine Klauen aus und verteidige Sie.«

»Es ist nur wegen dem Polizeidirektor. Gut möglich, dass er grad jetzt dort beim Tee ist. Wenn er mich auch nur in der Nähe des ›Tambosi‹ entdeckt, wird's mächtigen Ärger geben.«

»Den wird es ohnehin geben, sobald er erfährt, dass Sie immer noch in dem Mordfall ermitteln. Ihr alter Freund Gersthofer wird es ihm spätestens morgen berichten müssen. Sobald Burchtorff dann noch erfasst, dass Sie seiner Geschwätzigkeit beim Kartenspielen auf die Schliche gekommen sind, ist es ohnehin aus. Begraben Sie also lieber gleich Ihre Hoffnungen auf eine baldige Rehabilitierung.«

Thiel konnte ihr zwar nur zustimmen, dennoch traf es ihn, wie unberührt sie das formulierte.

»Statt lang über den Gemütszustand des Polizeidirektors zu philosophieren, sollten wir besser überlegen, wie Sie Riederers Mörder endgültig überführen«, sagte sie. »Wie ich Sie kenne, sind Sie nach wie vor der Meinung, ihm dicht auf den Fersen zu sein, oder? Bislang sind all Ihre Gedankengänge über den möglichen

Tathergang jedoch reine Spekulation. Sie brauchen handfeste Beweise, um den Mörder eindeutig festzunageln.«

»Danke für den Hinweis.«

Wieder einmal hatte sie die Dinge erbarmungslos auf den Punkt gebracht. Wie lang würde sie wohl brauchen, bis sie seinen Plan als Hirngespinst abtun würde? Fieberhaft überlegte er, wie er ihr seine Absicht am geschicktesten darlegen könnte. Wenn sie doch nur einmal einfach an ihn glauben würde! Ach, wer war er denn, dass er so etwas zu hoffen wagte? Nach Bettys Tod hatte er sich doch jegliche Tagträumereien abgewöhnt. Das hatte bestens funktioniert, bis er Johanna begegnet war. Nein, er sollte sich lieber wieder auf die Wirklichkeit besinnen, statt unerfüllbaren Phantasien nachzuhängen.

»Vorhin habe ich eine sehr interessante Begegnung gehabt«, fing er vorsichtig an.

»Oh, wie schön für Sie. Ich habe auch etwas sehr Interessantes beobachtet. Gleich nach dem Frühstück habe ich den alten Herrn Wirtz aufgesucht, um ihn über den Vorfall in seiner Pasinger Lagerhalle zu informieren. Ich wollte verhindern, dass er von anderer Seite davon erfährt. Das war wohl keine Minute zu früh. Er hatte nicht viel Zeit. Äußerst knapp nur konnte ich ihm die Dinge zusammenfassen, bevor seine Gäste zum Mittagessen eintrafen. Wissen Sie, wen er heute als Gast zum Sonntagsmahl bei sich hat? Keine Idee? Also gut, ich verrate es Ihnen: Ihren verehrten Freund Raimund Fischer!«

Verdammt! Es war doch wie verhext, nie gelang es ihm, ihr bei irgendetwas auch nur einen winzigen Schritt voraus zu sein. Thiel schluckte, wandte den Kopf zur Seite. Johanna schaute geradeaus, ganz auf das Gespräch konzentriert.

»Dann hat Fischer den Knopp wohl mittlerweile wirklich fest in der Hand. Sind Sie ihm dort noch begegnet? Weiß er womöglich jetzt, dass wir dabei sind, ihm auf die Schliche zu kommen?«

»Nein, keine Sorge. Ich bin schon vor seinem Eintreffen wieder weg«, winkte sie ab. »Aber zuvor konnte ich dem alten Wirtz noch unter vier Augen erzählen, dass Sie irrtümlich in der Lagerhalle eingesperrt worden seien und wir versucht hätten, Sie dort herauszuholen. Dabei habe man uns dann überrascht, aber das sei alles ohne weitere Bedeutung für ihn. Sie hätten sich bei Ihren Ermittlungen schlichtweg in der Halle geirrt, wie sich dann herausgestellt habe. Abschließend bat ich den alten Wirtz ganz inbrünstig darum, niemandem etwas davon zu erzählen, weil mir die Angelegenheit äußerst peinlich sei. Er müsse sich das nur einmal vorstellen: eine angesehene Professorenwitwe wie ich, die bei einem vermeintlichen Einbruch von der Gendarmerie aufgegriffen wird! Ein Skandal, den ich mir einfach nicht leisten kann.«

Sie lächelte ihr entwaffnendes Lächeln. Thiel schluckte mehrmals heftig. Wie konnte er ihr böse sein, dass sie ihn vor diesem Wirtz wie einen Dummkopf hingestellt hatte?

»Die Geschichte ist dünn«, bemerkte er endlich heiser. »Lange wird Wirtz Ihnen das nicht glauben. Hoffentlich denkt er nicht allzu viel darüber nach und erzählt am Ende doch noch seinem Schwiegersohn oder Fischer davon. Noch scheint den beiden nicht klar zu sein, dass sie *mich* dort in der Halle hatten einsperren lassen. Wir müssen uns also beeilen.«

»Das müssen wir so oder so.«

»Sie wollen immer das letzte Wort haben, nicht wahr?«, platzte es aus ihm heraus. Im nächsten Moment bedauerte er seinen Ausbruch. Sie hatte ihm sofort ihren Arm entzogen und starrte ihn entsetzt an. Ihre linke Augenbraue rutschte unwillkürlich nach oben. »Entschuldigen Sie, ich bin heute sehr nervös. Die Nacht in der Lagerhalle steckt mir noch in den Knochen«, stammelte er.

Schweigend musterte sie ihn. Mehrmals zuckte es um ihren Mund, dann breitete sich das wohlbekannte Lächeln wieder auf ihrem Gesicht aus.

»Sie haben ja Recht«, wandte sie ein. »Das hat mir mein verstorbener Mann auch immer vorgehalten.«

Er spürte, wie sie den Arm wieder unter seinen schob. Sanft drückte er ihn und ging weiter.

»Ich wollte Ihnen noch von meiner interessanten Begegnung erzählen«, setzte er wenig später wieder ganz ruhig das Gespräch fort und fasste kurz zusammen, wie er Kirsch getroffen und was der ihm verraten hatte.

»Damit bestätigt sich also meine Vermutung, dass die Nähmaschinen Diebesgut sind«, schloss er seinen Bericht.

»Schön und gut, aber was hat das mit dem Mord zu tun?«

Johannas linke Augenbraue rutschte erneut in ihre angespannte Position. Thiels Adamsapfel hüpfte beim Schlucken. Dass sie ihre Skepsis nicht verlor, verunsicherte ihn mehr, als er erwartet hatte. Sie brachte seinem Tun einfach kein allzu großes Vertrauen entgegen.

»Derjenige, der die Nähmaschinen gestohlen hat, hatte zunächst auch die Frachtpapiere. Mittlerweile sind die aber bei Fischer. Damit erpresst er Knopp, wie wir schon wissen. Außerdem hat er in dem Zusammenhang Knopp gegenüber weitere Aufzeichnungen Riederers erwähnt, die über die beteiligten Konfektionswarenhändler und die mit ihnen vereinbarten Konditionen Auskunft geben. Das sind äußerst wichtige Details für denjenigen, der Riederers Geschäfte fortführen will. Seit Tagen überlege ich, wie Fischer sie sich beschafft hat. Schlüssel zu Riederers Geschäft und Wohnung hat er noch keine, den Einbruch hat wohl Knopp begangen, und Kathi Bauer weigert sich, mit ihm allein dorthin zu gehen. Also bleibt nach dem Mord eigentlich entweder nur seine erste Begegnung mit mir, als er ganz unverhofft im Laden aufgetaucht ist. Da ist er zwar mal kurz durchs Büro geschlendert, aber ich bin mir sicher, dass er dabei die Papiere nicht genommen haben kann. Der Moment war viel zu kurz, lange herumsuchen konnte er nicht. Die Papiere hätten schon ganz offen herumliegen müssen, was weder zu Riederers penibler Ordnung gepasst hätte noch dazu, dass Burchtorff am Tag vorher in meinem Beisein Stehpult und Bücher durchgesehen hat. Oder aber –«

Thiel hob die Stimme, legte dann aber eine theatralische Pause ein. Johanna beeindruckte das nicht im Geringsten. Deshalb redete er rasch weiter: »Oder aber Fischer hat die Unterlagen direkt nach dem Mord an sich genommen. Das ist eigentlich die einzige Möglichkeit. Damit wäre seine Schuld bewiesen.«

»Nein, da irren Sie sich, mein lieber Thiel«, tadelte Johanna ihn. »Fischer könnte genauso gut, nachdem Riederer bereits tot war, an dem Tatabend nochmals in den Laden gekommen sein. In dem Fall hat er einfach nur die Gelegenheit genutzt, die Papiere an sich zu nehmen.«

»Sie wollen nicht, dass er es war, nicht wahr?«

»Ich will nur nicht, dass Sie zu schnell alle denkbaren Möglichkeiten außer Acht lassen.«

Für eine Weile sahen sie sich beide schweigend in die Augen.

»Nun gut, nehmen wir mal an, Sie haben Recht«, löste Johanna sich als Erste aus diesem intimen Augenkontakt. »Fischer hat Riederer erstochen und direkt danach die Unterlagen über diese dubiosen Konfektionsgeschäfte an sich genommen. Warum soll er aber überhaupt Riederer ermordet haben?«

»Von langer Hand geplant hat er das gewiss nicht. Ich denke, er hat einfach die Contenance verloren.«

»Fischer? Kaum vorstellbar!«

»Vergessen Sie nicht, dass er seit Wochen zusehen musste, wie Riederer und Knopp bei ihren Geschäften abkassiert haben. Er wusste zwar davon, wurde aber nicht beteiligt. An dem Abend ist ihm dann endgültig der Kragen geplatzt, vielleicht, weil Riederer jetzt auch noch mit Kirschs Genossenschaft zusammenarbeiten wollte. Nach der Auseinandersetzung mit Kirsch war Riederer außerdem ebenfalls schon sehr gereizt. Da ist es zwischen den beiden später einfach zum Äußersten gekommen.«

»Und wie wollen Sie das letztlich beweisen?«

Sie gab einfach nicht auf, seine Überlegungen in Zweifel zu ziehen. Thiel musste an sich halten, um ruhig zu bleiben. Andererseits, dachte er, half ihm die stete Fragerei, seine Theorie noch einmal gut zu überdenken. Fischer war ein sehr harter Brocken. Bei dem musste er auf der Hut sein.

»Indem ich Fischer eine Falle stelle«, erklärte Thiel geduldig weiter. »Jemand sucht ihn in seinem Geschäft auf und versucht, günstige Nähmaschinen bei ihm zu kaufen. Außerdem macht er ihm klar, dass er Nähaufträge haben will«, erklärte Thiel. »Wohlgemerkt will er gleich mehrere Maschinen und natürlich nur auf Kredit, weil er angeblich für eine Art Schneidergenossenschaft spricht. Im Prinzip das Gleiche, was Kirsch bei Riederer an dem besagten Tag getan hat. Fischer wird seine Chance wittern und die teuren englischen Maschinen aus der Lagerhalle in Pasing anbieten. Auch den Hinweis auf die Nähaufträge wird er dankbar aufgreifen. So kann er schnellstmöglich in die Produktion der Konfektionskleidung einsteigen. Er muss sich schließlich beeilen, damit Riederers Abnehmer nicht zu lange warten müssen, sonst suchen die sich andere Partner. Indem Fischer letztlich genau diese Leute anspricht, die Geschäfte des Toten zu denselben Konditionen mit ihm fortzuführen, können wir ihn als Täter überführen. Das alles kann er nur dank Riederers Unterlagen wissen. Damit muss er uns gegenüber zugeben, dass er sie seit Riederers Tod hat.«

»Ein schöner Plan, der leider sehr viele Schwächen hat, mein lieber Thiel«, merkte Johanna an, sobald er Luft holte. »Wer soll den Lockvogel spielen? Fischer kennt Sie, Sie fallen damit sofort aus. Mir wird er nie und nimmer glauben, dass ich etwas mit einer Schneidergenossenschaft zu tun habe oder gar mein Geld mit Nähen verdiene. Schauen Sie mich doch einmal an!«

»Ich hab nicht gesagt, dass wir beide das tun werden. Wir bitten jemand anderen, das für uns zu tun. Wir beide beobachten das Ganze nur und schalten uns erst im entscheidenden Moment ein.«

»Und wann ist der? Wenn Fischer unseren Lockvogel rauswirft, weil er das Spiel durchschaut hat? Oder wenn er ihn gar tätlich bedroht?«

»So weit wird's nicht kommen, vertrauen Sie mir, ich mach so was nicht zum ersten Mal.«

Ihre linke Augenbraue verharrte dieses Mal auf halbem Weg nach oben, dafür fielen gleich zwei Locken in ihre Stirn. Sie zögerte, bevor sie sie wieder zurück unter den Hut stopfte. Fasziniert hingen seine Augen an jeder ihrer Bewegungen.

»Sie haben schon eine ganz konkrete Vorstellung, wer diesen Lockvogel für uns spielen soll«, stellte sie fest. Zu seinem Bedauern blieb ihr Lächeln aus. Dafür zeichnete sich ein ungewohnt strenger Zug an ihren Lippen ab. »Verraten Sie es mir?«

Er räusperte sich, bevor er antwortete: »Sie wissen genau, dass ich dabei an Emma Niedermayr denk. Bitten Sie sie in meinem Namen darum?«

»Unglaublich!«, brauste sie auf. »Jetzt soll ich das der Ärmsten auch noch antragen!«

»Sie kennen Sie viel besser als ich. Ihnen vertraut Sie.«

»Aber genau das ist es doch, mein lieber Herr Thiel. Mir vertraut sie, und ich nutze das schamlos aus!«

Den letzten Satz schrie sie förmlich heraus.

»Hören Sie mir doch erst bis zum Ende zu!«, herrschte er sie an. »Nichts nutzen Sie schamlos aus, aber auch rein gar nichts! Natürlich sagen wir Frau Niedermayr vorher, um was es geht. Und zunächst einmal geht es nur darum, bei Fischer Nähmaschinen zu bestellen und um Näharbeiten zu bitten, mehr nicht. Ich gebe Ihnen mein Ehrenwort, dass ich alles tun werde, damit ihr nichts geschieht. Mein Ehrenwort«, fügte er beschwörend an, »habe ich noch nie gebrochen.«

»Sie allein sicher nicht. Aber stecken Sie in Fischer? Können Sie einschätzen, wozu der wirklich fähig ist? Emma hat gerade erst ihren Mann beerdigt. Ihre beiden Kinder sind auf sie angewiesen. Können Sie es vor Ihrem Gewissen wirklich vereinbaren, diese Frau in Gefahr zu bringen?«

»Es ist der einzige Weg, Frau Morgenthau, glauben Sie mir«, erwiderte er ruhig. »Wir haben niemand anderes. Kirsch kennt Fischer schon, und Neff ist viel zu feige. Außerdem ist es äußerst plausibel, dass jetzt, nach dem leidigen Streik, Emma Niedermayr in den Laden kommt. Als Witwe muss sie arbeiten, um ihre Kinder durchzubringen. Keiner der Meister wird ihr Arbeit geben, der Fischer allerdings schon. Dass sie dann noch für andere Frauen spricht, die in einer ähnlichen Lage sind, muss ihn erst recht überzeugen. Johanna«, zum ersten Mal wagte er, sie beim Vornamen zu nennen, »es ist unsere einzige Chance! Wenn wir ihn damit nicht überführen, dann wird früher oder später ein Unschuldiger vor dem Henker enden.«

Sie wich seinem Blick aus.

»Begreifen Sie doch, dadurch dass Fischer exakt zu denselben Bedingungen wie Riederer den Handel mit der Konfektionsware fortführen wird, verrät er sich. Wir müssen ihm nur folgen, sobald Emma Niedermayr ihm die ersten Kleidungsstücke genäht hat und er damit Riederers ehemalige Geschäftspartner aufsucht. Dann stelle ich ihn zur Rede, und ihm wird nichts anderes übrig bleiben, als zu gestehen.«

Vorsichtig streckte er die Hand aus. Erst zögerte Johanna, dann griff sie zu und drückte sie.

»Wollen wir hoffen, dass Sie sich nicht wieder in Kirsch getäuscht haben. Begreifen Sie nicht, wie unsicher das alles ist? Dass Fischer diese Unterlagen hat, beweist meiner Meinung nach immer noch nicht sehr viel. Ähnlich verhält es sich mit den Nähmaschinen. Ob sie gestohlen wurden oder nicht, tut eigentlich gar nichts zur Sache. Aber bei der Frage, wer Riederer zuletzt lebend im Laden gesehen hat, steht am Ende Aussage gegen Aussage. Kirsch beteuert seine Unschuld und erzählt Ihnen deshalb die Geschichte mit den gestohlenen Nähmaschinen und dass wohl ein geprellter Geschäftspartner wie Fischer Riederer erstochen haben muss. Doch auch Fischer wird natürlich seine Unschuld beteuern und weiterhin Kirsch beschuldigen, weil er ihn am fraglichen Abend in Riederers Laden gesehen hat. Dafür gibt es sogar noch eine weitere Zeugin, wie Sie wissen: die Ladnerin. Wer wirklich der letzte Besucher bei Riederer gewesen ist, sagt weder der eine noch der andere. Dafür aber besitzt Fischer im Vergleich zu Kirsch den eindeutig besseren Leumund. Noch hat er kaum etwas Ungesetzliches getan. Den Diebstahl des Eisenbahnwaggons hat schließlich nicht er eingefädelt, sondern Knopp oder Riederer. Erst jetzt will er versuchen, das zu seinem Vorteil auszunutzen. Dass das bei denselben Geschäftspartnern wie bei Riederer geschieht, kann er als Zufall abtun. Noch kann er sowieso im Falle eines Falles mit dem allerbesten Gewissen sämtliche Vorwürfe eines Verbrechens abstreiten. Sie, mein lieber Thiel, dürfen dagegen jedoch niemals vergessen, dass Kirsch Sie bereits schon einmal hereingelegt hat und als Tatverdächtiger aus der Stadt geflohen ist. Wer garantiert Ihnen, dass er Sie nun nicht wieder hinters Licht führen will?«

Endlich hatte sie sich ihm wieder ganz zugewandt, blickte ihm geradewegs ins Gesicht. Der Zweifel, den er in ihren Augen entdeckte, beunruhigte ihn. Er wollte etwas sagen, doch sie legte den Finger auf ihre Lippen und schüttelte sanft den Kopf.

»Ich werde es trotzdem versuchen«, versprach sie leise. »Ihnen zuliebe. Gleich nachher noch werde ich zu Emma gehen und mit ihr reden. Allerdings werde ich ihr keine Einzelheit verschweigen. Sie muss genau wissen, worauf sie sich einlässt.«

Montag, 9. Mai 1870

Das Versteck hatte Thiel gut gewählt. In dem kleinen Café schräg gegenüber von Fischers Laden würde gewiss niemand so schnell einen Beobachter vermuten. Allerdings hatte Thiel zwei ältere Damen von dem Tisch direkt am Fenster mühsam wegkomplimentieren müssen. Johanna hatte das mit skeptischem Blick beobachtet, dann erst hatte sie sich zu ihm gesetzt. Ohne ein Wort miteinander zu wechseln, hatten sie beide über die kurze Häkelgardine hinweg stur nach draußen geschaut.

Lange hatte sich auf der anderen Straßenseite nichts getan. Kurz vor zehn kam Emma endlich vom Sendlinger Tor herüber. Es war nicht leicht, sie genau im Blick zu behalten. Immer wieder fuhren Fuhrwerke und Kutschen durch die Straße, sehr viele Fußgänger waren auf dem Trottoir unterwegs.

Die Sonne schien geradewegs ins Schaufenster von Fischers Geschäft. Silbern spiegelte das Fensterglas das Licht wider. Von Thiels Platz aus konnte man nicht das Geringste im Ladeninnern erkennen.

Mehrmals drehte Emma den Kopf nach allen Seiten. Eindeutig, dass sie etwas suchte oder nach jemandem Ausschau hielt. Thiel musste sich zurückhalten, um nicht nach draußen zu stürzen. So verdächtig durfte man sich doch nicht verhalten! Hoffentlich bemerkte Fischer nichts davon.

Johanna war der jungen Witwe ebenfalls besorgt mit dem Blick gefolgt. Ihre linke Augenbraue befand sich längst ein ganzes Stück höher als die rechte. Die kleinen Lachfalten um ihren Mund waren einer tiefen Kummerfalte gewichen.

Vor der Ladentür hielt Emma noch einmal an, schaute erneut nach links und rechts, bevor sie die Klinke drückte und hineinging.

»Von hier aus können wir nichts für sie tun«, stellte Johanna mit belegter Stimme fest.

Thiel biss sich auf die Lippen.

Nach Emmas Frage kehrte Stille ein. Von draußen hörte man das Rattern von Fuhrwerken, Leute gingen dicht am Laden vorbei. Was sie genau miteinander sprachen, war nicht zu verstehen, es hörte sich jedoch lustig an. Manchmal mischte sich ein Lachen oder Pfeifen unter die Worte. Weiter weg bellte ein Hund. Vögel zwitscherten. Was gäbe sie dafür, jetzt dort draußen zu sein! Sie blies eine Haarsträhne aus dem Gesicht. Der Schweiß lief ihr den Rücken hinunter. Die Situation im Laden schien ihr unerträglich. Die miefige Luft und der mit Nähmaschinen, Kisten und Stoffen bis dicht unter die Decke vollgepfropfte Laden raubten ihr die Luft zum Atmen. Und dann dieser Blick! Fischer starrte sie mit dem einen Auge eindringlich an und schaute gleichzeitig mit dem anderen geradewegs an ihr vorbei.

Am schlimmsten aber war, dass sie die Situation nicht zum ersten Mal erlebte. Es kam ihr vor wie die exakte Wiederholung des Besuchs bei Riederer. Auf den Tag genau zwei Wochen lag dieser verhängnisvolle Montag zurück. Nun allerdings war sie allein. Nun wusste sie keinen Alois in ihrem Rücken, der sie bis aufs Blut verteidigen würde. Ob Thiel von draußen schnell genug hereinstürmen konnte? Daran hegte sie große Zweifel. Er musste sich gut versteckt haben. Nirgendwo hatte sie ihn entdecken können, dabei hatte sie so unauffällig und dennoch gründlich wie möglich sämtliche Hauseingänge und Nischen in der Müllerstraße abgesucht. Wenn sie ihn nicht sah, wie wollte er dann sie sehen, geschweige denn mitbekommen, was in Fischers Laden vor sich ging? Warum nur hatte sie sich darauf eingelassen? Warum nur war sie auf Johannas Vorschlag eingegangen? Es war jedenfalls viel leichter, stellte sie nun schon zum wiederholten Mal an diesem Morgen fest, im Vorhinein in Gedanken Abschied von allen und allem zu nehmen, als sich der Gefahr dann tatsächlich Aug in Aug gegenüberzusehen.

Mit klopfendem Herzen wartete sie darauf, was Fischer auf ihren Vorschlag erwidern würde. Zumindest machte er keine Anstalten, in lautes Gelächter auszubrechen.

Seine Erscheinung wirkte wesentlich gediegener als die Riederers. Perfekt saß der Anzug aus englischem Tuch. Der Hemdkragen war nicht zu eng, der Stoff unter den Achselhöhlen hatte ausreichend Luft. Emma erkannte sofort, dass da ein sehr guter Schneider am Werk gewesen war. Fischer schien genau zu wissen, was er wollte. Statt mit einer zu schweren Garnqualität zu protzen, hatte er einen locker fallenden, leichten Stoff gewählt, der der warmen Jahreszeit genau angemessen war.

»Sie behaupten also, genügend Schneiderfrauen zu haben, die bei der Sache mitmachen wollen?«, fragte er sie schließlich mit seiner wohltönenden Stimme.

»Ja natürlich«, versicherte sie rasch und bemühte sich, nicht zu offensichtlich seinen Anzug zu mustern. »Noch letzten Freitag hab ich mit denen drüber geredet. Alles Frauen, auf die ich mich verlassen kann, sonst würd ich jetzt nicht hier stehen, glauben S' mir.«

Sie holte Luft und überlegte, was sie ihm noch sagen könnte, damit er ihr glaubte.

»Mit dem Streik ist's zu End«, fuhr sie fort. »Eine riesige Wut haben die Männer im Bauch, aber trotzdem keine Arbeit und kein Geld. Stellen S' sich vor, ausgerechnet die Gewerkschafter waren die Ersten, die wieder bei ihren Meistern gehockt sind! Das hat die andern schwer enttäuscht. Wie gelähmt sind s' jetzt. Deshalb wollen die Frauen die Sach in die Hand nehmen. Genäht haben die letzten Wochen viele schon, heimlich natürlich, für den Herrn Riederer. Wenn Sie uns noch ein paar mehr Nähmaschinen auf Kredit geben und gute Aufträg dazu, so wie der Herr Riederer, dann kann's genauso weitergehen. Wir Frauen nähen und Sie verkaufen die Konfektion. Die Kontakte vom Herrn Riederer haben S' doch noch, oder? Gleich ein Dutzend Aufträg muss der letztens noch an der Hand gehabt haben. Die haben doch gewiss jetzt Sie, oder?«

»Wie kommen Sie eigentlich darauf? Wie kommen Sie überhaupt auf die Idee, dass ich mit Ihnen zusammenarbeiten will, gute Frau? Was habe ich mit Herrn Riederer und seinen Geschäften zu tun? Hat er Ihnen gegenüber jemals meinen Namen erwähnt?«

»Nein, nie!«, versicherte Emma schnell. Dabei ballte sie die Hände hinter ihrem Rücken zu Fäusten. Die Fingerknochen schmerzten, so fest krampfte sie die ineinander. »Ich mein ja nur. Als ich die fertigen Hosen ins Geschäft hab bringen wollen, hat die Ladnerin gemeint, dass Sie mir vielleicht helfen könnten. Sie wären ein guter Freund vom Herrn Riederer, hat sie gesagt, und Sie würden auch Nähmaschinen verkaufen. Seit Tagen schon hab ich versucht, mit Ihnen zu reden. Nie ist einer in Ihrem Laden gewesen. Was bin ich froh, dass ich Sie heut endlich treff.«

»Was kann ich für Sie tun?«, fragte Fischer plötzlich über ihren Kopf hinweg Richtung Tür.

Erschrocken fuhr Emma herum. Sie war so ins Reden vertieft gewesen, dass sie gar nicht gemerkt hatte, wie die Ladentür geöffnet wurde.

»Kirsch, du?«

Im ersten Moment war Thiel starr vor Schreck. Eine halbe Ewigkeit fühlte er sich unfähig, etwas zu tun.

»Haben Sie das gesehen?«, kreischte Johanna und sprang von ihrem Stuhl auf, der scheppernd zu Boden krachte. An den anderen Tischen drehten die Gäste neugierig die Köpfe um. Verzweifelt rang Johanna nach Worten, streckte ihren Zeigefinger die ganze Zeit weiter geradeaus auf Fischers Laden. Ihre Hand zitterte. »Kirsch!«, stieß sie schrill hervor. »Was will er dort? Thiel, tun Sie was! Um Gottes willen, helfen Sie Emma!«

Thiel erwachte aus seiner Erstarrung, stürmte ohne Rücksicht darauf, wer oder was ihm im Weg war, über die Straße. Mit einem lauten Knall stieß er die Tür zu Fischers Laden auf.

Drinnen reagierte Fischer als Erster. Blitzschnell packte er Emma am Arm und zog sie sich wie ein Schutzschild vor die Brust. Kirsch stand fassungslos vor der Ladentheke. Von irgendwoher hielt Fischer plötzlich eine blitzende, große Schneiderschere in der Hand, richtete deren Spitze auf Emmas Kehle.

»Nicht!«, brüllten Kirsch und Thiel gleichzeitig auf.

»Bleiben Sie stehen«, zischte Fischer. »Ich warne Sie! Keiner kommt mir zu nahe, sonst können Sie sich gleich für immer von Ihrer Freundin verabschieden.«

Mit einer langsamen Bewegung deutete er an, wie er zustechen würde, trat dabei rücklings zur Tür, Emma weiter dicht vor seinem Körper festhaltend. Sein zweigeteilter Blick schien sie alle gleichzeitig zu beobachten.

»Nehmen Sie Vernunft an, Fischer!« Thiel hatte sich wieder gefasst. »Lassen Sie die Frau los, sie hat Ihnen nichts getan.«

»Halten Sie mich für dumm? Meinen Sie, ich hätte nicht gleich gemerkt, dass sie mir eine Falle stellen wollte? Nie und nimmer hätte Riederers Ladnerin mir freiwillig Kundschaft geschickt, erst recht keine arme Schneiderfrau.«

Noch einmal senkte er die Spitze der Schere an Emmas Hals. Thiel hielt den Atem an. Gleich würde Fischer die Tür erreicht haben. Fieberhaft überlegte Thiel, wie er ihn doch noch davon abhalten konnte, mit Emma aus dem Laden zu fliehen. Im regen Straßenverkehr blieb kaum eine Möglichkeit, ihn zu verfolgen.

Ein rascher Blick zur Seite ließ ihn draußen Johanna erkennen. Sie presste die Hände fest gegen die Fensterscheibe und versuchte wohl bereits seit Längerem, ihm durch Zeichen etwas zu verstehen zu geben. Fischer musste seine kurzzeitige Unachtsamkeit bemerkt haben. Sofort versetzte er ihm einen kräftigen Tritt gegen das Schienbein, riss die Tür auf und stürzte, Emma stets vor sich, hinaus. Noch bevor Thiel sich besonnen hatte, war er schon mit seiner Geisel im Gewühl verschwunden.

Nahezu gleichzeitig zwängten sich Kirsch und Thiel ebenfalls aus der engen Tür nach draußen. Unter Gerangel stolperten sie aufs Trottoir, rempelten Johanna an und kamen dann erst wieder zur Besinnung.

»Kirsch, Sie nach links, zum Sendlinger Tor, ich lauf nüber zur Blumenstraße!«, rief Thiel.

Sein Instinkt hatte ihn nicht getäuscht. Bald entdeckte er Fischers große, schlanke Gestalt ein gutes Stück weiter vor sich. Zum Glück überragte Thiel ebenfalls die meisten Passanten. So behielt er die beiden immer gut im Blick. Emma behinderte ihren Peiniger erheblich beim Laufen, zerrte wild an seinem Arm, um sich aus seinen Fängen zu befreien. Das daraus entstehende Gerangel war selbst auf die Entfernung hin gut zu erkennen. Ab und an mussten die beiden Kutschen ausweichen oder einem Handkarren Platz machen. Entgegenkommende Leute rempelte Fischer dagegen rücksichtslos an.

Thiel verzichtete darauf, durch Rufe auf sich aufmerksam zu

machen. Fischer sollte so schnell nicht merken, dass er ihm bereits dicht auf den Fersen war.

An der St.-Jakob-Kirche hielt Fischer sich rechts, überquerte den Sebastiansplatz. Offensichtlich hoffte er, im Betrieb der Schrannenhalle oder zwischen den Ständen des dahinterliegenden Viktualienmarktes unterzutauchen. Thiel rann der Schweiß übers Gesicht. Mehrmals kniff er die Augen zusammen. Zum wiederholten Mal verfluchte er die Wolle seines schwarzen Anzugs. Als er an einem Stand mit getrockneten Kräutern vorbeilief, blieb er mit dem Stoff an einem Nagel hängen. Um weiterrennen zu können, musste er sich mit einem Ruck losreißen. Das hässliche Geräusch verriet, dass es nun um seine Jacke geschehen war.

Weiter vorn näherte sich Fischer einer Metzgerei. Als er sich umsah, schaute er Thiel mit seinem rechten Auge genau ins Gesicht. Schon stieß er die Tür auf und verschwand im Gebäude.

»Achtung! Lasst mich durch!«, rief Thiel und stürmte hinterher.

Kurz darauf fand er sich im Hof der Metzgerei wieder. Eine offen stehende Tür führte nach hinten hinaus in die Utzschneiderstraße. Meister und Gesellen standen mit bluttriefenden Beilen in den Händen und weit aufgerissenen Mündern davor, um Fischer die weitere Flucht mit seiner Geisel zu versperren. Drohend stieß Fischer nach allen Seiten mit der spitzen Schere. Die an Haken hängenden halben Schweine und das überall auf den Bänken herumliegende Fleisch ergaben ein gespenstisches Bild. Der leicht süßliche Geruch, der über allem hing, war unerträglich. Lästige Fliegen schwirrten dazwischen herum.

Thiel rang nach Luft. Seine Seiten schmerzten. Am liebsten hätte er die Hände fest darauf gepresst und sich vornüber gebeugt, doch er musste Fischer im Auge behalten.

»Keiner kommt mir zu nah, sonst ist sie hin!«, schrie der. Abermals bekräftigte er seine Absicht, indem er die Scherenspitze an Emmas Hals hielt. Dieses Mal ritzte er dabei in die Haut. Sofort quollen Bluttropfen heraus. Emma schrie auf, Thiel wurde blass, Fischer verzog spöttisch grinsend das Gesicht. Kein Zweifel, der war irre!

»Geben Sie auf, Fischer, Sie kommen hier nicht mehr raus.«

Aus den Augenwinkeln bemerkte Thiel, wie einer der Metzgergesellen ihm ein Zeichen gab. Von hinten flog eine riesige Schweinekeule heran und traf Fischer am Kopf. Im selben Moment sprang Thiel ihn von der Seite an, Emma wich aus, Thiel stürzte mit Fischer zu Boden. Gemeinsam wälzten sie sich in stinkenden Blutlachen. Plötzlich blitzte der Stahl der langen Stoffschere dicht vor Thiels Augen auf. Instinktiv schloss er für einen Moment die Lider und versuchte, sich blind zu wehren.

Jetzt erst erwachten die anderen Metzgergesellen aus ihrer Betäubung und griffen in den Zweikampf ein. Schließlich versetzte einer Fischer den entscheidenden Fausthieb, sodass er bewusstlos über Thiel zusammensackte.

»Das war knapp«, stellte Thiel fest, als er sich unter dem reglosen Mann hervorrollte.

Wenn er nur Luft bekäme, frische Mittagsluft von draußen! Sehnsüchtig schaute Thiel nach oben, zu der winzigen Öffnung in der Wand, und zerrte an seinem Hemdkragen, um ihn zu weiten. Die Luft in der Verhörzelle war wie immer zum Schneiden. Hinzu kam die Erinnerung an die Erlebnisse vom Vormittag. Der süßliche Fleischgeruch aus dem Schlachthaus hing hartnäckig in seiner Nase, Jacke und Hose waren durchtränkt vom Schweineblut. Die nächsten Wochen würde er gewiss keinen Bissen Fleisch mehr anrühren.

»Jetzt geben Sie's endlich zu«, wandte er sich schließlich wieder an Fischer. »Die Beweise sind eindeutig. Sie haben mitbekommen, dass Ihr Freund, Herr Riederer, die Plaudereien mit dem Polizeidirektor im ›Tambosi‹ für seine Geschäfte genutzt hat. Aus erster Hand war er damit über den Stand der Dinge beim Schneiderstreik informiert. Knopp hat ihm obendrein die Waggonladung Nähmaschinen angeboten, die er gemeinsam mit einem Schaffner beim Rangieren in Pasing abgezweigt hat. Von dem Kuchen haben Sie sich auch ein großes Stück abschneiden wollen, schließlich sind Sie seit Jahren mit Riederer befreundet gewesen. Als Sie an dem fraglichen Montag in den Laden gekommen sind, um mit ihm zu verhandeln, haben Sie zufällig mit angehört, wie Ihr Freund mit Kirsch und der Schneidergenossenschaft auch noch ins Geschäft kommen wollte. Das hätte langfristig einen ganz besonders dicken Gewinn mit der Konfektionskleidung garantiert: feste Abnehmer für die gestohlenen Nähmaschinen und noch dazu billige Arbeitskräfte fürs Nähen! Nachdem Kirsch weg war, sind Sie also wieder hin zum Riederer, haben ihn drauf angesprochen. Der aber hat wohl nicht die geringste Lust verspürt, mit Ihnen zu teilen. Sie sind wütend geworden, Riederer auch, und so ging es immer weiter, bis Sie schließlich zur Schere gegriffen und zugestochen haben. Dann endlich war Ruh. Ist's nicht so gewesen? Los, sagen Sie was, Herr Fischer!«

Er rüttelte an Fischers Schultern, wie um ihn aufzuwecken. Reglos hockte der seit ihrer Ankunft auf dem Stuhl an dem kleinen Tisch, den Blick nach unten, den langen Rücken gebeugt. Keinen Mucks gab er von sich.

»Immerhin habe ich Sie kurz nach der Tat vor dem Geschäft in der Kaufingerstraße getroffen«, fuhr Thiel fort. »Wir haben sogar miteinander gesprochen, wie Sie sich vielleicht erinnern, des Hundes wegen. Den haben Sie wohl auch erstochen, weil er Sie angebellt hat, als Sie aus dem Laden gekommen sind. Genau wie der kleine Köter am Freitag in Pasing. Der war Ihnen auch im Weg. Sie stechen wohl gern zu, wenn Ihnen was im Weg ist, oder?«

Ein Brummen war das Einzige, was Fischer von sich gab, als er die langen Beine sortierte. Der Stuhl war unbequem, der Tisch zu niedrig für einen Mann seiner Größe.

»Wenn Sie's nicht zugeben, machen Sie's nur schlimmer. Ein Geständnis stimmt den Richter milde, glauben Sie mir. Dann können Sie sich drauf hinausreden, dass der Riederer Sie bedroht hat, genau wie vorher den Kirsch. Riederer war halt einfach ein jähzorniger Mann. Wenn ein Bär wie der auf einen losgeht, muss man sich wehren, das sagen auch andere. Also?«

Langsam hob Fischer den Kopf. Das Glasauge starrte geradewegs an die Wand, das gesunde funkelte spöttisch. Schmallippig grinste er Thiel an: »Sie haben Ihre Aufgabe brav erledigt, Herr Offiziant, trotz Ihrer Kopfverletzung. Was soll ich dazu noch sagen? Trotzdem sind es reine Vermutungen, nichts davon ist ein eindeutiger Beweis.«

»Da irren Sie sich, Herr Fischer.«

Zum ersten Mal fühlte Thiel sich in der Lage, dem merkwürdigen Blick standzuhalten, den Spott einfach zu ertragen. Er musste sich einfach auf das Glasauge konzentrieren. Langsam zog er einige zusammengefaltete Bogen Papier aus der Tasche, legte sie vor Fischer auf den Tisch, strich sie glatt. »Kennen Sie das?«

Aufmerksam studierte er Fischers Reaktion. Ein dunkler Schatten huschte über sein Gesicht, das Grinsen verflog für einen Moment, der spöttische Blick glitt ab in eine Fratze, genau wie damals, bei seinem Besuch in Fischers Laden. Dann hatte er sich wieder gefasst.

»Was soll das sein?«, fragte der Nähmaschinenhändler ruhig und verschränkte die Arme vor der Brust. Auch sein Anzug war blutdurchtränkt und schmutzig von der Rangelei am Boden der Metzgerei.

»Das wissen Sie genau: die Unterlagen über Riederers Geschäft mit den Konfektionswarenhändlern in der Maximilianstraße. Die hab ich Ihnen vorhin, bei unserem kleinen Kampf, aus der Tasche gezogen.«

Auf einmal wurde es mucksmäuschenstill in der Verhörzelle. Thiel wagte kaum, Luft zu holen. Fischers Mund verzog sich abermals. Schallend brach das wohlbekannte Lachen aus ihm heraus.

Thiel ließ ihn gewähren. Ungerührt schaute er geradewegs auf das Glasauge. Irgendwann würde der Anfall vorbei sein. So lange konnte er warten.

Sobald Fischer merkte, dass die übliche Wirkung ausblieb, wurde er wieder still. Mehrmals zuckte es noch um seinen Mundwinkel, dann endete auch das. Der Blick seines gesunden Auges wurde immer nervöser, Thiel fühlte sich immer sicherer.

»Also?«, fragte er schließlich.

»Sie haben gewonnen, Herr Offiziant, gratuliere.« Fischers sonst wohl tönender Bass klang etwas verstimmt. »Das hätte ich Ihnen nicht zugetraut. Es stimmt, ich habe Riederer erstochen. Wie er mir da letztens so gegenüberstand, keinerlei Anstalten machte, mich an dem Handel zu beteiligen – dabei habe ich ihn und Knopp doch überhaupt erst auf die Idee gebracht! Ich habe den beiden mal erzählt, wie leicht man bei der Langsamkeit der

Königlich-Bayerischen Staatseisenbahn einen Waggon mit Waren verschwinden lassen könnte. Etwas Ähnliches habe ich vor Jahren schon einmal oben in Bremen in die Wege geleitet. Nie hätte ich den beiden zugetraut, dass sie das ohne mich einfädeln! Als Riederer dann auch noch mit Kirsch und seiner Genossenschaft ins Geschäft kommen wollte, ist mir endgültig der Kragen geplatzt. Bei aller Freundschaft, Herr Offiziant, aber irgendwann ist meine Geduld einfach mal zu Ende.«

Blitzschnell schoss er vom Stuhl hoch und schlang seine Finger um Thiels Gurgel, drückte zu. Thiel wurde unsagbar schlecht.

»Thiel!«, brüllte es durch den Korridor. Die Tür wurde aufgerissen, krachte scheppernd gegen die Wand. Thiel fuhr zusammen, Fischer ließ ihn los. Erschrocken drehten sich beide um.

»Was fällt Ihnen ein! Sie sind nicht mehr im Dienst.« Aufgebracht schnaufte der Polizeidirektor nach jedem einzelnen Wort laut auf. Sein Bart zitterte. »Sie haben hier drin nichts mehr zu suchen. Verlassen Sie sofort die Zelle!«

Fischer starrte ihn fassungslos an. Um seinen Mund zuckte es zwar wieder, das erwartete Grinsen blieb aber aus.

»Da sind ja die Herrschaften. Man hat mir oben gesagt, dass ich Sie alle hier unten finde, nicht wahr?«

Wie auf Kommando wandten sie nun alle drei den Kopf zur Tür. Thiel fasste sich als Erster und eilte auf den Redakteur zu: »Herr Stiegler, das ist ja eine Überraschung! Grad hab ich an Sie gedacht. Ich hätte eine sehr gute Geschichte für Sie. Sie glauben ja gar nicht, was hier grad passiert ist! Das wird einen Skandal geben, wie Sie ihn noch nicht erlebt haben. Und Sie kriegen die Geschichte ganz exklusiv. Wollen wir gleich ins ›Weiße Bräuhaus‹ hinübergehen?«

»Sie gehen nirgendwohin, Thiel!« Blitzschnell war Burchtorff ihm in den Weg getreten. »Das ist ein Befehl. Ab sofort sind Sie wieder im Dienst und berichten mir oben erst mal unter vier Augen, zu welchem Ergebnis Sie bei Ihren Ermittlungen gelangt sind.«

Sonntag, 15. Mai 1870

Der Kaffee duftete verführerisch. Im strahlenden Sonnenschein schwebte der heiße Dampf über der dunklen Flüssigkeit. Voller Vorfreude schürzte Thiel die Lippen und hob die Tasse an. Über den Rand sah er zu Johanna. Sie hatte den Kopf in den Nacken gelegt und genoss mit geschlossenen Augen die Walzermusik, die die Kapelle spielte.

»Möchten Sie tanzen?«, fragte er vorsichtig.

»Warum nicht?«

Stolz geleitete er sie zu dem kleinen Podium, das auf der Caféterrasse des »Tambosi« am Hofgarten aufgebaut war. Die Kapelle intonierte einen Wiener Walzer. Thiel liebte diese Musik. Schon spürte er sie bis in die Fingerspitzen und Fußsohlen hinein. In kühnen Schwüngen führte er seine Partnerin über die Tanzfläche. Wie gern ließ er sich von dem Rhythmus treiben. Alles Schreckliche der letzten Wochen war darüber für eine Weile vergessen. Immer weiter holte er aus, immer schneller wurden seine Drehungen. Dem älteren Herrn, der mit seiner schwerfälligen Dame kurzzeitig seine Bahn kreuzte, nickte er ganz entrückt zu. Viel zu spät erst wurde ihm bewusst, dass der markante Backenbart eindeutig Polizeidirektor Karl von Burchtorff zuzuordnen war. Als der kurz darauf mit seiner Gemahlin am Arm an ihm vorbeischritt, grüßte Thiel respektvoll als Erster. Burchtorff blieb stehen und stellte ihn seiner Frau, einer geborenen Freiin zu Hirschberg, vor. Eine Spur zu offensichtlich musterten beide Thiels Begleiterin. Johanna quittierte das mit einem freundlichen Kopfnicken.

»Dass Sie mich ins ›Tambosi‹ begleiten, beschäftigt den Herrn Polizeidirektor sehr«, kommentierte Thiel später lächelnd die für alle etwas peinliche Episode.

»Mich wundert, dass er überhaupt noch hierherkommt«, erwiderte Johanna. »Die ganze Geschichte muss ihm doch sehr unangenehm sein.«

»In der Polizeidirektion tut er freilich alles, um jeden falschen Verdacht gegen sich auszuräumen. Jeder soll sehen, wie sehr er sich freut, dass der Mord an Riederer endlich geklärt ist. Er tut gerade so, als hätte er meine heimlichen Ermittlungen die ganze Zeit über unterstützt, fast schon, als wäre es sogar seine eigene Idee gewesen, mich außer Dienst auf Mörderjagd zu schicken. Deshalb hat er mich auch so schnell wieder in Gnaden aufgenommen und als besondere Auszeichnung gleich zum Kommissar ernannt. Auch die Audienz beim Innenminister hat er nur aus diesem Grund für mich arrangiert. Ich sollte mich einfach nur geehrt fühlen. Dass er mir dafür sogar höchstpersönlich den Anzug bei seinem privaten Schneider besorgt hat, sagt doch schon alles.«

»Herr von Burchtorff will einfach davon ablenken, dass er sich beim Kartenspielen im ›Tambosi‹ mehr als einmal gehörig verplaudert hat.«

»Nicht nur, dass er sich verplaudert hat. Immerhin sind dadurch vertrauliche polizeiliche Informationen nach draußen gelangt. Darüber soll ich in Zukunft natürlich selbstverständlich den Mund halten, schließlich hat er mich jetzt dahin gesetzt, wo ich immer schon hingewollt habe: auf den Posten des Kommissars.«

»Sie dürfen das nicht zu eng sehen«, bemerkte Johanna und schenkte ihm wieder einmal ihr charmantes Lächeln. »Sie haben die Beförderung wirklich verdient.«

»Meinen Sie? Nun gut, dann freue ich mich jetzt einfach, dass alles gut ausgegangen ist.«

Zufrieden zupfte er die Jackettärmel zurecht. Der leichte Stoff schmeichelte seiner Figur. Nie hätte er sich selbst eine so exzellente Qualität leisten können. Dafür bedauerte er nicht einmal, dass ihn die wüste Verfolgungsjagd auf Fischer seinen guten Wollanzug gekostet hatte. Der neue Anzug passte ohnehin besser in den Frühling. Vom nächsten Lohn würde er sich einen weiteren nähen lassen. Emma Niedermayr hatte bereits Maß genommen. Er fand, dass sie eine ausgezeichnete Schneiderin war, auch wenn Kathi Bauer das immer bestritten hatte. Die Muster, die er bei ihr gesehen hatte, sahen gut aus. Außerdem war er froh, auch ihr etwas

Gutes tun und ihren mutigen Einsatz als Lockvogel damit ein wenig vergelten zu können. In seinem neuen Rang trug er künftig Zivil, weitere Anzüge taten also not.

»Wissen Sie«, sagte Johanna, »ich freue mich von ganzem Herzen. So hat der Frühling wenigstens Ihnen einen guten Aufschwung gebracht.«

»Danke«, erwiderte Thiel bewegt und beugte sich vor, um nach ihrer Hand zu greifen, »aber warum betonen Sie das so?«

»Das fragen Sie noch? Haben Sie denn unsere arme Emma schon vergessen? Und Kirsch? Die beiden werden ganz von vorn beginnen müssen. Na ja, zumindest hat unsere Emma schon wieder ein bisschen was zu tun als Näherin, auch will sie mir zur Hand gehen bei meiner Idee, dass Damen aus dem Bürgertum die Schulbildung der einfacheren Frauen etwas auffrischen. Keine Angst, das ist natürlich nichts Politisches.« Sie zwinkerte ihm zu. »In ganz privatem Kreis wird das vonstatten gehen. Die Frauen sollen endlich instand gesetzt werden, selbstständig für sich zu sorgen. Das wird Emma etwas Geld einbringen und natürlich weitere Kontakte zu Damen, die für sich schneidern lassen wollen. Kirsch ist wohl gut in Mainz angekommen. Emma hat eine kurze Nachricht von ihm bekommen. Hoffentlich findet er wieder eine Stelle in seinem gelernten Beruf. Zuletzt aber, mein lieber Herr Thiel, dürfen Sie Ihren bedauernswerten Freund, den Gendarmeriekommandanten Gersthofer, nicht vergessen.«

»Ja, der! Einen ziemlichen Rüffel hat er vom Polizeidirektor gekriegt, weil er mich wie einen Verbrecher auf die Wache zitiert hat.«

»Dabei hat er doch nur seine Pflicht getan.«

»Ja, das hat er«, entgegnete Thiel gereizt. »Aber vielleicht begreift er nun endlich, was ich ihm seit Langem schon zu sagen versuche. Dass die dort oben uns in den unteren Rängen nur ausnutzen. Am Polizeidirektor bleibt die Geschichte mit der ›Tambosi‹-Runde gewiss nicht lange kleben. Gersthofer aber muss eine ganze Weile wieder auf Streife gehen, weil er zu übereifrig gewesen ist. Das zeigt wieder mal: Wir hier unten sind diejenigen, die unseren Kopf hinhalten, um für Sicherheit und Ordnung zu sorgen. Uns trifft's immer als Erste. Genau dafür wollte ich die Kollegen alle mal zusammenbringen, wie es uns die Gehilfen in den Gewerken schon lange vormachen. Eines Tages werd ich das noch schaffen, glauben Sie mir.«

»Glauben Sie noch immer, dass Ihr Freund Gersthofer Sie beim Polizeidirektor angeschwärzt hat?«

»Wer denn sonst?«

»Vielleicht hat Sie damals jemand anderes im Wirtshaus belauscht. Oder jemand, der Sie seit Längerem auf den Arbeiterversammlungen beobachtet hat und dem Sie vielleicht mal zu nahe getreten sind. Es könnte doch gut sein, dass sich jemand an Ihnen rächen oder sich einfach selbst nur bei Burchtorff lieb Kind machen wollte. Schauen Sie, da hinten kommt übrigens unser lieber Herr Stiegler. Immer auf der Suche nach einer guten Geschichte.«

Bevor Thiel den Kopf in die von ihr gewiesene Richtung wendete, betrachtete er ihr Gesicht. Ihre hellblauen Augen leuchteten amüsiert, ihre Lippen waren gespitzt. Dann begriff er endlich.

»Ja, unser lieber Herr Stiegler. Der ist wirklich immer für eine Überraschung gut.«

Nachwort

In der königlichen Haupt- und Residenzstadt München stehen im Frühjahr 1870 die Zeichen – wie überall im Land – auf Umbruch. Außenpolitisch geht es darum, ob Bayern sich dem Norddeutschen Bund unter Preußens Führung anschließen soll, innenpolitisch muss sich auch das Königreich Ludwigs II. der Industrialisierung und dem damit verbundenen Strukturwandel in Gesellschaft, Wirtschaft und Politik stellen. Noch unter Ludwigs Vater und Vorgänger, König Maximilian II., werden 1862 verschiedene Verwaltungsreformen durchgeführt, darunter eine große Neuorganisation der Justiz. Ludwig II. verfügt 1868 die Einführung der Gewerbefreiheit. Letzteres hat weit reichende Konsequenzen für die handwerklich geprägte Mittelschicht. Die meisten Handwerksbetriebe stürzen in eine Krise, weil bei Eröffnung eines Betriebes keine Lehre mehr nachgewiesen werden muss. Die Folge ist eine Flut von neuen Kleinstbetrieben, die in harter Konkurrenz zueinander stehen und sich bei den Preisen gegenseitig unterbieten. In München vervielfacht sich um 1870 allein im Schneiderhandwerk die Zahl der Selbstständigen binnen kürzester Zeit, die Zahl der Betriebe in dieser Branche verdoppelt sich fast. Gleichzeitig kommen große Konfektionsbetriebe auf, die den Schneidern mit auf Vorrat gefertigter, günstiger Bekleidung »von der Stange« heftig Konkurrenz machen. Um zu überleben, arbeiten viele der Kleinbetriebe für größere Meisterbetriebe, eine Abhängigkeit, die zumeist unter miserablen Bedingungen besteht.

Seit den Sommermonaten 1869 formieren sich die Gehilfen, Gesellen und Arbeiter Bayerns verstärkt in branchenspezifischen Gewerkschaften. Den Arbeitnehmern in den eher mittelständisch als industriell ausgerichteten Betrieben (ab fünf Gehilfen galt ein Betrieb bereits als »Fabrik«) geht es um massive Lohnerhöhungen, eine Reduzierung der täglichen Arbeitszeit und um eine generelle Verbesserung der Arbeitsbedingungen. In den einzelnen Städten und Regionen des Königreiches sind diese Gewerkschaften unterschiedlich ausgeprägt. In der Regel stehen sie unter dem Einfluss des ADAV (Allgemeiner Deutscher Arbeiterverein, 1863 in Leipzig gegründet); auch die Arbeiterbildungsvereine sind dabei von Bedeutung.

Durch die Reform des bayerischen Strafgesetzes im Jahr 1862 sind den Arbeitnehmern unter gewissen Einschränkungen Streiks erlaubt. Ende März 1870 wird ein Streik der Münchener Bäckergehilfen kurzfristig abgesagt; auch ein eintägiger Streik von Brauereigehilfen bleibt folgenlos. Seit dem 11. April 1870 befinden sich in der königlichen Haupt- und Residenzstadt allerdings sechs- bis siebenhundert Schneidergehilfen im Ausstand. Das ist der erste Streik dieser Größenordnung. Insgesamt wird er vier Wochen dauern, allerdings mit einem Fiasko für die Streikenden enden. Nur wenige Betriebe übernehmen die vereinbarte Tariferhöhung; einhundert Schneidergehilfen werden infolge des Streiks sogar entlassen. Die Arbeitgeber legen »schwarze Listen« an, auf der die Anführer der Streikenden namentlich aufgeführt sind. Vor ihrer (Wieder-)Einstellung wird gewarnt.

Die Gewerkschaft der Schneidergehilfen ist – wie die meisten anderen Arbeitnehmerorganisationen – dem ADAV angeschlossen. Auch der ADAV durchläuft in jener Zeit eine Umbruchphase. Dabei geht es vor allem um das Für und Wider sozialdemokratischer Einflussnahme und überhaupt um die politische Ausrichtung des Vereins. Den bayerischen und speziell den Münchener Gewerkschaften, so sehen es die auswärtigen Funktionäre, mangelt es aufgrund der spezifischen Situation im Land an sozialem Klassenbewusstsein. Die Arbeiterschaft rekrutiert sich im Königreich Ludwigs II. vorrangig noch aus Handwerksgehilfen und Kleinmeistern; eine »richtige« Fabrikarbeiterschaft wie in anderen Regionen Deutschlands ist die Ausnahme. Deshalb schicken die Sozialdemokraten auswärtige, bezahlte Agitatoren nach Bayern, um die dortigen Gewerkschaften politisch zu sensibilisieren. Die Agitatoren reisen von Stadt zu Stadt, besuchen die einzelnen Zusammenkünfte der Arbeiter und halten Vorträge, beraten bei der Durchführung von Streiks und schulen die Arbeitnehmervertreter in den politischen Ideen der Arbeiterbewegung.

Im Zuge der Industrialisierung gerät auch die Frauen- und Kinderarbeit in den Blickpunkt des Interesses. Kinderarbeit wird von den Gewerkschaften wie von den sich bald als Partei formierenden Sozialdemokraten abgelehnt; der Komplex Frauenarbeit bildet dagegen über Jahrzehnte hinweg einen Streitpunkt: Vertreterinnen der Frauenbewegung wie zunächst Louise Otto-Peters oder später Hedwig Dohm pochen bereits vehement auf das Recht der Frau auf Arbeit. Nur wer die Möglichkeit hat, sich seinen Lebensunterhalt selbst zu verdienen, ist wirklich frei und unabhängig. Die unter dem Einfluss von Lassalle stehenden Sozialdemokraten sehen dagegen in den Frauen als »billige« (weil für gleiche Arbeit schlechter bezahlte) Arbeitskräfte eine Konkurrenz für die oftmals teuren, weil besser ausgebildeten männlichen Arbeitskräfte, die es auszuschalten gilt. Nach außen vertreten sie den Grundsatz: »Die Lage der Frau kann nur verbessert werden durch die Lage des Mannes.« Das finden die Frauenrechtlerinnen skandalös.

Für den vorliegenden Kriminalroman bildet der schon erwähnte Streik der Münchener Schneidergehilfen im April 1870 die historische Kulisse. Einige der im Roman erwähnten Ereignisse sind »echt«. So ist zum Beispiel auf der Zusammenkunft am 27. April 1870 den Schneidergehilfen tatsächlich von ihrem Streikkomitee vorgeschlagen worden, eine Produktivgenossenschaft zu gründen. Ziel war, sich von der Willkür der Meister unabhängig zu machen. Nachzulesen ist das in einer Zeitungsmeldung der Münchener Neuesten Nachrichten vom 28. Mai 1870 sowie in den entsprechenden Akten im Bayerischen Hauptstaatsarchiv München. Ebenfalls historisch belegt ist die immer wiederkehrende Diskussion über die leere Streikkasse der Schneider. Das fehlende Geld war letztlich ein entscheidender Punkt für das Scheitern des Streiks. Auch einzelne Romanfiguren, so die ADAV-Funktionäre Robert Neff und Leonhard Tauscher sowie der Münchener Polizeidirektor Karl von Burchtorff, sind historisch belegt; die Ausgestaltung ihrer Charaktere und ihres Verhaltens dagegen ist fiktiv. Ein sozialdemokratischer Agitator aus Mainz ist für jene Monate ebenfalls mehrfach in den Quellen erwähnt, im Roman wurde daraus die fiktive Figur des gelernten Schriftsetzers Friedrich Kirsch.

»Echt« sind des Weiteren die politischen Richtungskämpfe innerhalb der frühen bayerischen Arbeiterbewegung, ebenso die Anspielungen auf die Diskussion zum Recht der Frauen auf Arbeit. Ob aber die Frauen der Schneidergehilfen wirklich während des Streiks nachts genäht und damit den Streik ihrer eigenen Männer unterlaufen haben, dafür gibt es in den Quellen keinerlei Hinweise. Die große Not der Familien lässt es jedoch als plausibel erscheinen.

»Echt« ist außerdem, dass damals ein Polizeioffiziant eigens zur Beobachtung der Arbeiterumtriebe in der Stadt München abgestellt war. Er besuchte die Versammlungen, observierte die Funktionäre, lieferte ausführliche schriftliche Berichte an den Polizeidirektor, die heute im Hauptstaatsarchiv zu studieren sind. Die Struktur der Ordnungskräfte in der königlichen Haupt- und Residenzstadt München unterlag Sonderregelungen. Die Polizei, direkt dem Magistrat unterstellt, hatte für öffentliche Sicherheit und Ordnung zu sorgen. Darüber hinaus war der Polizeidirektor der Gendarmerie gegenüber weisungsbefugt, obwohl sie eigentlich ein Teil der bayerischen Armee war. Die Gendarmen übernahmen den Wachdienst in der Stadt, während die Polizisten (in den Rängen Polizeidiener, Offizianten und Kommissare) vor allem administrative Aufgaben innehatten. Eine Kriminalpolizei im heutigen Sinn gab es noch nicht. Berichte zu einzelnen Fällen belegen, dass der Polizeidirektor sich bei besonderem persönlichem Interesse durchaus direkt in die Aufklärung eines Mordfalls einmischte. Dass er, wie im vorliegenden Roman, persönlich einen Polizeioffizianten mit der Aufklärung beauftragt hätte, könnte also vorgekommen sein.

Existiert hat natürlich auch das »Café Tambosi« am Münchener Odeonsplatz mit seinen legendären Kartenrunden der »besseren« Kreise.

Die Geschichte der frühen Arbeiterbewegung in Bayern ist gut dokumentiert. Es gibt zahlreiche Augenzeugenberichte, literarische Werke, Berichte in Zeitungen und Zeitschriften sowie umfangreiches Quellenmaterial in den einschlägigen Archiven. Dennoch ist es möglich, dass bei der Recherche die ein oder andere Einzelheit entgangen sein mag. Bei aller Liebe zum Detail und trotz vielfältiger Anlehnungen an die Wirklichkeit ist dies »nur« ein Roman, keine historisch-wissenschaftliche Abhandlung. Aus dramaturgischen Gründen schließt das eine gewisse Freizügigkeit im Umgang mit den Fakten ein. Um es mit Erich Kästner zu sagen: »Ob wirklich passiert oder nicht, das ist egal. Hauptsache, dass die Geschichte wahr ist! Wahr ist eine Geschichte dann, wenn sie genau so, wie sie berichtet wird, wirklich hätte passieren können.«

Mein besonderer Dank gilt allen, die mir bei der Arbeit zum vorliegenden Roman behilflich waren, allen voran der Historikerin Susanne Kirsch für zahlreiche Gespräche und Informationen rund um die Anfänge der bayerischen Arbeiter- und Gewerkschaftsbewegung, Roman Bischof vom Kommissariat 112 in München für wertvolle Tipps zur Geschichte der Polizei in der bayerischen Landeshauptstadt, außerdem Gisela L. Bock für unermüdliche Einführungen ins Bayerische, Claudia Müller-Tief und Christa Schauer für vielfältige kritische Anmerkungen, Petra Albrecht-Lutsch für allerletzte, unverzichtbare Hinweise sowie Barbara Lauer und Christel Steinmetz für die hervorragende Zusammenarbeit seitens des Verlages. Und natürlich ein großes Dankeschön an Eva, Jonas und Alexander.

Heidi Rehn, Sommer 2006